UN DÉFENSEUR POUR EVERLY

UN DÉFENSEUR POUR EVERLY
(MERCENAIRES REBELLES, TOME 5)

SUSAN STOKER

DU MÊME AUTEUR

<u>Autres livres de Susan Stoker</u>

Mercenaires Rebelles

Un Défenseur pour Allye

Un Défenseur pour Chloé

Un Défenseur pour Morgan

Un Défenseur pour Harlow

Un Défenseur pour Everly

Un Défenseur pour Zara

Un Défenseur pour Raven

Ace Sécurité

Au Secours de Grace

Au Secours d'Alexis

Au Secours de Bailey

Au secours de Felicity

Au secours de Sarah

Forces Très Spéciales Series

Un Protecteur Pour Caroline

Un Protecteur Pour Alabama

Un Protecteur Pour Fiona

Un Mari Pour Caroline

Un Protecteur Pour Summer

Un Protecteur Pour Cheyenne

Un Protecteur Pour Jessyka

Un Protecteur Pour Julie

Un Protecteur Pour Melody

Un Protecteur pour l'avenir

Un Protecteur Pour Les Enfants de Alabama

Un Protecteur Pour Kiera

Un Protecteur Pour Dakota

Forces Très Spéciales : L'Héritage

Un Sanctuaire pour Caite

Un Sanctuaire pour Brenae

Un Sanctuaire pour Sidney

Un Sanctuaire pour Piper

Un Sanctuaire pour Zoey

Un Sanctuaire pour Avery

Un Sanctuaire pour Kalee

Hawaï : Soldats d'élite

Un paradis pour Élodie (Apr 2021)

Un paradis pour Lexie (Aug 2021)

Un paradis pour Kenna (Oct 2021)

Un paradis pour Monica

Un paradis pour Carly

Un paradis pour Ashlyn

Un paradis pour Jodelle

Delta Force Heroes Series

Un héros pour Rayne

Un héros pour Emily

Un héros pour Harley

Un mari pour Emily

Un héros pour Kassie

Un héros pour Bryn

Un héros pour Casey

Un héros pour Wendy

Un héros pour Mary

Un héros pour Macie

Un héros pour Sadie

1

Kannon « Ball » Black frappa à la porte de l'appartement devant lui et attendit impatiemment qu'on lui ouvre.

Il n'était pas content.

La seule chose qui l'amadouait un peu, c'était de savoir que la femme de l'autre côté de la porte n'était pas contente non plus.

Il avait été vraiment nul quand ils s'étaient rencontrés pour la première fois, et Everly Adams avait le droit d'être énervée contre lui. Pour sa défense, alors que la nuit en question avait été très sympa pour ses amis, il avait eu du mal en les voyant tous en couple avec des femmes merveilleuses alors qu'il n'en avait pas. Et vu son comportement, il n'en aurait probablement *jamais*. Ce n'était pas qu'il n'aimait pas les femmes, au contraire. Il aimait beaucoup les femmes de ses copains et il aurait fait n'importe quoi pour elles.

Mais il s'était brûlé les ailes. D'abord avec son ex-partenaire. Puis plus tard, pendant une des pires périodes de sa vie, quand sa petite amie aurait dû être là pour lui, Holly l'avait entubé à la place. C'était un coup dont il n'était pas sûr de se remettre un jour.

La nuit où ses amis avaient fêté les fiançailles de Gray et d'Arrow, il avait été perturbé. La malchance a voulu qu'ils aient une nouvelle mission ce soir-là, et qu'un civil allait être fortement impliqué.

Et que ce civil était une femme.

Il avait lâché qu'elle allait certainement tout faire foirer et qu'ils allaient devoir veiller sur elle. Sauf qu'elle était derrière lui tout ce temps-là et qu'elle avait tout entendu. Un classique.

Les quelques jours qui s'étaient écoulés depuis avaient été difficiles, car elle avait passé beaucoup de temps avec les Mercenaires Rebelles, passant en revue les informations dont ils disposaient – ce qui n'était pas grand-chose – en essayant de découvrir où était la sœur disparue d'Everly.

La nuit précédente, ils avaient décidé que quelqu'un devait faire le voyage jusqu'à Los Angeles pour obtenir plus d'informations. Everly y allait aussi, c'était certain. En tant qu'agent de police de Colorado Springs et du SWAT, elle avait quelques contacts avec des officiers du LAPD. Comme il s'agissait d'une mission d'enquête, toute l'équipe n'était pas nécessaire, et d'une façon ou d'une autre, Ball s'était porté volontaire pour voyager à Los Angeles avec Everly.

Il n'avait pas envie de partir.

Mais ce n'était pas juste de séparer Gray, Ro, Arrow et Black de leurs femmes simplement parce que Ball n'était pas certain de vouloir travailler avec Everly. Meat aurait pu y aller, mais il aidait Rex, leur chef, sur une autre affaire.

Il ne restait donc que lui.

Ball était certain qu'Everly était une bonne policière. Mais son ex-partenaire Riley avait eu le potentiel d'être une bonne garde-côte, et voyez ce qui lui était arrivé...

La porte devant Ball s'ouvrit, mais il ne vit que le dos

d'Everly, car elle se tourna immédiatement et s'éloigna de lui sans le saluer.

Plus étonné qu'irrité, Ball poussa la porte et entra dans son appartement. L'immeuble en lui-même était agréable. Les voitures au-dehors étaient toutes assez coûteuses, et toutes les lumières fonctionnaient dans le parking et dans la résidence. Les couloirs sentaient l'eucalyptus, et il y avait des fleurs fraîches dans le vestibule. Il n'était pas surpris qu'une policière vive dans une résidence sûre et propre... en revanche, son appartement le surprit.

Ball savait qu'il avait jugé Everly bien trop durement dès qu'il avait appris son existence, mais en voyant son appartement, il dut reconsidérer même le peu qu'il pensait savoir. Il ne savait pas trop à quoi il s'était attendu, mais pas au foyer sobre et confortable qu'elle s'était fait.

Il avait vécu dans suffisamment d'appartements pour savoir qu'il était difficile de les personnaliser. Les murs étaient toujours blancs et donnaient une impression de stérilité. Mais pas l'appartement d'Everly. Elle avait réussi à rendre son espace chaleureux et vivant sans le remplir de bazar jusqu'au plafond.

La porte s'ouvrait sur un grand espace de vie. Elle avait un canapé en daim marron et des coussins éparpillés au hasard ainsi qu'une couverture grise dans un coin. Au lieu d'une table basse, un grand pouf accueillait les télécommandes et autres petites choses. Une bibliothèque débordait de livres dans un coin. La télévision était énorme et couvrait la majorité d'un mur. Il y avait également des photos aux murs représentant Everly et une jeune fille, qu'il savait être sa sœur disparue.

La cuisine était petite, mais fonctionnelle. Elle avait une cafetière sur un comptoir presque vide et il vit un bol et une cuillère dans l'évier, sans doute les traces de son petit-déjeuner. Une petite table avec assez de place pour deux était disposée entre la cuisine et le salon. Et pour une raison qu'il ignorait, cette table attrista Ball. Il imagina Everly assise là, à manger ses repas toute seule. Même s'il vivait seul, il avait une table pouvant accueillir au moins six personnes. Il y avait passé de nombreuses nuits avec ses amis, à rire et à parler.

Dans l'ensemble, son appartement était rangé, mais pas obsessionnellement propre. Exactement comme le sien.

— Vas-tu rester là à juger la façon dont je vis, ou pouvons-nous partir ? demanda Everly avec une main sur la hanche.

Ball ne se sentit pas coupable d'avoir observé son foyer. Plus il passait de temps avec elle, plus il devenait curieux. Pas parce qu'il était séduit. Non, Everly Adams était la dernière personne qu'il voulait fréquenter. Elle n'était pas du tout son genre. Il ne voulait certainement pas côtoyer une femme qui travaillait dans le même domaine que lui.

Il ne voulait même pas *travailler* avec une femme. Et s'il se mariait ou qu'il avait une relation sérieuse un jour, c'était avec quelqu'un qu'il appréciait et qu'il respectait... mais dont il n'était pas amoureux. Son cœur était plus en sécurité de cette façon.

Cependant, en regardant Everly qui le fixait impatiemment, il ne pouvait nier qu'elle était belle. Ses cheveux roux tombaient au-dessous de ses épaules, ébouriffés, ce qui lui donna envie de les remettre en place. Ses yeux verts lui lançaient des éclairs d'irritation. Elle était grande – il estimait qu'elle faisait environ un mètre soixante-dix-huit –, mais elle faisait toujours quinze centimètres de moins que lui. Elle était également musclée tout en ayant de belles courbes. Il avait l'impression qu'elle devait être assez épatante dans son uniforme du CSPD.

— Ball ? demanda-t-elle. Tu m'écoutes ?

Cela le fit réagir. Son ancienne partenaire chez les garde-côtes, Riley Foster, lui posait toujours la même question. Il avait trouvé ça amusant avant l'accident. Maintenant, ça l'ennuyait.

— Ai-je le choix ? demanda-t-il un peu plus sèchement qu'il ne l'avait voulu.

Il fit semblant de ne pas la voir lui jeter un regard noir avant qu'elle se détourne. Il n'était pas là pour se faire des amis. Il devait travailler avec Everly sur cette affaire, mais une fois qu'ils auraient retrouvé sa sœur, il espérait que leurs chemins ne se croiseraient plus jamais.

— Bon, dit Everly en ramassant un sac en toile posé sur le sol de la cuisine.

Sans rien dire de plus, elle se dirigea vers la porte d'entrée, ne regardant pas derrière elle pour voir si Ball la suivait.

En sachant qu'il faisait déjà foirer les choses avec elle, Ball soupira. Ce n'était pas qu'il ne la respectait pas parce qu'elle était dans la police et qu'elle cherchait à trouver sa sœur. C'était juste qu'il regrettait être celui qui devait l'accompagner à Los Angeles pour l'aider.

Elle attendit qu'il sorte de son appartement, puis elle verrouilla la porte derrière lui. Ils se dirigèrent en silence vers sa Ford Mustang noire. Ball adorait sa voiture. Elle se conduisait comme dans un rêve et elle était terriblement cool, en plus. Everly ne sembla pas troublée ou très impressionnée. Ball appuya sur un bouton de sa clé afin d'ouvrir le coffre et il hésita à lui prendre son sac, mais il décida qu'elle n'apprécierait sans doute pas son geste.

Elle fit claquer le coffre après avoir mis son sac à l'intérieur et marcha vers le côté passager. Quand ils furent tous les deux installés, Ball sortit du parking et se dirigea vers le petit aéroport de Colorado Springs. De là, ils prenaient un vol pour Denver, puis pour Los Angeles.

— As-tu eu des nouvelles de tes grands-parents aujourd'hui ? demanda-t-il une fois qu'ils furent en route.

— Oui, mais ils n'ont toujours aucune nouvelle d'Elise.

Elise était la demi-sœur disparue d'Everly. Elle avait quinze ans. C'était la raison pour laquelle ils étaient dans sa voiture et se dirigeaient vers l'aéroport.

— Tes contacts à LAPD ont-ils de nouvelles informations ?

Everly soupira et se frotta les tempes.

— Non. Ils font de leur mieux, mais je pense que certains croient qu'elle n'est qu'une fugueuse de plus et qu'elle refera surface. Ils sont débordés de travail, bien sûr, et même s'ils font de leur mieux pour m'aider, il ne se passe rien. Nous sommes tous stressés, mais Papy et Mamie vivent très mal la situation, d'autant qu'Elise vivait chez eux.

Ball trouvait mignon qu'elle utilise des surnoms pour ses grands-parents, mais il ne comptait pas le lui dire.

— Ont-ils déjà pris son ordinateur pour l'analyser ?

— Pas que je sache. L'inspecteur à qui on a confié l'affaire a demandé la liste des appels téléphoniques, mais l'entreprise de téléphonie prend son temps pour répondre. Mamie a dit que l'inspecteur était venu chez eux hier, mais il a seulement inspecté un peu les environs. Il a déjà essayé de trouver la trace de son téléphone, mais il n'a pas réussi, sûrement parce qu'il est éteint et qu'il ne se connecte à aucune antenne relais.

— Qu'est-il arrivé, selon *toi* ? demanda Ball.

Ils avaient ressassé les faits lors de leur réunion avec les autres Mercenaires Rebelles, mais aucun scénario n'avait paru plus probable qu'un autre pour comprendre ce qui était arrivé à l'adolescente.

Elle était partie pour l'école comme d'habitude, mais elle n'était jamais rentrée chez elle. Après avoir parlé à ses amis et à ses professeurs, ils avaient découvert qu'elle avait passé la journée à l'école et que tout avait semblé normal. Quand elle avait quitté l'école pour rentrer chez elle à pied, comme elle le faisait tous les jours, personne ne l'avait revue.

— Je pense qu'elle a rejoint la mauvaise personne et qu'elle a été enlevée. Elise n'est pas comme moi, dit Everly. Parce qu'elle est sourde, elle a toujours pris les choses plus à cœur que moi. Elle est sensible, et c'est difficile pour elle d'avoir des amis, ce qui est une des raisons pour lesquelles elle vit toujours à Los Angeles. Je ne voulais pas la faire quitter les rares amis qu'elle a, et franchement, Elise ne voulait pas partir non plus. Les plus petites choses l'angoissent, et elle peut ensuite déprimer pendant des semaines.

— Et tu n'es pas comme cela ? demanda Ball.

— Pas vraiment. J'ai vu trop de choses au travail pour être stressée par les petites choses, et je n'ai certainement pas des sautes d'humeur qui durent plusieurs semaines. C'est en partie à cause de son âge. C'est une adolescente et je comprends. Mais parfois, ça me rend dingue. Je ne supporte pas non plus que l'on fasse tout un drame, et si on ne m'aime pas telle que je suis – très franche et directe – alors je passe à quelqu'un d'autre.

Ball eut l'impression qu'il y avait une raison plus profonde, mais il n'insista pas.

— Est-il arrivé quelque chose récemment qui aurait stressé Elise ?

— Je ne suis vraiment pas sûre. Elise me racontait tout autrefois, mais pendant l'année dernière, elle ne m'a pas contactée aussi souvent, et quand c'est le cas, elle prétend simplement que tout va bien.

— Et votre mère ?

— Quoi, ma mère ? demanda Everly.

— Pourrait-elle être dans le coup ?

— Je ne crois pas. Ma mère est une connasse, et quand j'ai emménagé avec Papy et Mamie, je n'ai plus eu beaucoup de contact avec elle. Elise non plus, je pense. Mais son histoire est différente. Elle a toujours pris personnellement tout ce que faisait maman.

— Ah bon ?

— Oui. Elle se croit coupable de la séparation entre notre mère et son père… ce qui est n'importe quoi. Peut-être que si maman arrêtait les drogues, elle pourrait avoir une relation normale pour une fois dans sa vie. Avec ses filles, ses parents… *n'importe qui.*

— C'est pour cette raison qu'Elise est allée vivre avec ses grands-parents, n'est-ce pas ?

— Exactement. Ma mère a disparu pendant une semaine, et Elise a fini par prendre le bus pour aller chez Mamie. Papy était furieux, et il est immédiatement parti chez maman pour l'engueuler, mais comme elle n'était pas là, il a dû se contenter de prendre toutes les affaires d'Elise et de la faire emménager chez eux.

— C'était quand ?

— Il y a environ quatre ans.

— Elle n'a pas revu ta mère depuis ? demanda Ball.

Il avait du mal à imaginer que l'on puisse laisser un enfant seul dans une maison pendant des jours comme l'avait fait Ella Adams.

— Pas que je sache, mais je ne suis pas là-bas. Connaissant ma mère, elle a sûrement envoyé des textos ou des mails à Elise. Histoire de la faire culpabiliser.

— Elise a peut-être voulu retourner chez ta mère, suggéra Ball.

Everly secoua la tête, mais elle parut inquiète.

— Non.

— Tu n'en es pas certaine.

Everly pivota sur son siège afin de regarder Ball en face.

— Ella Adams ne se soucie que d'elle-même. Elise le sait. Nous avons eu de longues conversations à ce sujet. Elle sait qu'elle est mieux chez Papy et Mamie.

— Mais c'est possible, insista Ball, frustré qu'Everly n'envisage même pas cette possibilité.

Elle souffla.

— Oui. Tu as raison. C'était une possibilité.

— C'était ? demanda Ball en levant un sourcil.

— Oui, c'était. J'ai parlé à l'inspecteur Ramirez à ce sujet. Il est allé parler à ma mère. Elle était avec un type dans un motel pourri où on paie à l'heure. Il l'a interrogée et il a dit qu'elle semblait très surprise d'entendre qu'Elise avait disparu. Elle a même réussi à faire couler quelques larmes. Elle était défoncée, et comme je l'ai dit plus tôt, elle ne s'intéresse vraiment qu'à elle-même. Il a dit qu'il garderait un œil sur elle pour vérifier si elle se rendait quelque part où Elise pouvait traîner, mais après un jour et demi de surveillance, elle n'avait pas quitté l'hôtel où il l'avait trouvée. Je sais que tu penses que je suis un cas social et un rat d'égout, Ball, mais ce n'est pas parce que ma mère est une droguée qu'elle a fait passer son stupide gène à ma sœur et moi.

— Je ne pense pas que tu es un cas social, dit Ball, sincèrement choqué qu'elle puisse le penser.

Everly poussa un gros soupir et refusa de le regarder dans les yeux.

— C'est vrai, insista Ball. Je sais que nous ne sommes pas vraiment partis du bon pied...

Elle ricana.

— ... mais ça ne veut pas dire que je ne respecte pas ce que tu fais.

Everly le scruta.

— Mais tu ne peux pas travailler avec moi.

Ball haussa les épaules.

— Ce n'est pas personnel. Je n'aime pas travailler avec des femmes.

— Pourquoi ?

— Ça n'a aucune importance.

Elle gloussa sèchement.

— Je pense que si, puisque nous allons travailler ensemble pendant la semaine qui vient.

— Alors, si Elise n'est pas retournée vivre avec ta mère, a-t-elle pu vouloir loger chez quelqu'un d'autre ? demanda Ball.

Pendant une seconde, il pensa qu'elle n'allait pas lâcher la question de savoir pourquoi il n'aimait pas travailler avec des femmes, mais elle finit par soupirer.

— Je ne sais pas. Je voulais qu'Elise vienne vivre avec moi, mais l'école où elle est en ce moment est merveilleuse, et toutes ses amies sont là-bas. J'envoie donc de l'argent tous les mois pour aider mes grands-parents, et Elise sait que quand elle finira le lycée, elle sera plus que bienvenue pour venir vivre à Colorado Springs avec moi.

— As-tu des objections si Meat se connecte à distance sur son ordinateur dès que nous arriverons à Los Angeles ?

Ils en avaient déjà parlé, mais il voulait en être certain.

— Aucune.

Ball hocha la tête. Il essaya de trouver d'autres sujets dont ils devaient parler, mais rien ne lui vint.

Il n'avait jamais été aussi... bizarre... avec une femme auparavant. C'était parce qu'il ne savait pas exactement ce qu'il ressentait au sujet d'Everly. Il l'admirait d'être douée dans un travail qui était typiquement dominé par les hommes, tout en n'aimant pas devoir travailler avec elle. Il compatissait parce que sa sœur avait disparu et qu'elle était si inquiète... mais il avait aussi l'impression que les flics de Los Angeles avaient peut-être raison, et que la jeune fille faisait juste les quatre cents coups.

Ses sentiments concernant à la fois son ex-partenaire et son ex petite amie étaient remontés à la surface à cause de cette affaire, et il avait dû les gérer au cours des derniers jours, tout en essayant à contrecœur de rattraper les bêtises qu'il avait dites au sujet d'Everly quand il avait appris qu'elle allait les suivre dans leur mission.

Heureusement, ils arrivèrent vite à l'aéroport, alors il n'eut pas besoin de faire la conversation. Il se gara et ils marchèrent vers un guichet. En moins d'une heure, ils furent installés dans l'avion et ils décollèrent pour Denver. Bien sûr, Rex leur avait donné des sièges voisins dans l'avion. Ball aurait préféré faire une pause en ne la voyant pas, mais ils durent partager un accoudoir.

Souhaitant détendre le silence gêné entre eux pendant que l'avion avançait sur la piste, Ball regarda Everly qui était assise à côté du hublot. Elle avait fermé les yeux et posé la tête contre l'appui-tête. Elle serrait les mains sur ses genoux, et il était évident qu'elle n'aimait pas prendre l'avion.

Elle portait également une bague à son index droit qu'il n'avait pas remarquée auparavant. C'était un anneau en or qui aurait sans doute pu passer pour une bague de mariage si elle avait été sur l'autre main.

Ses pensées sur les bijoux furent vite remplacées par des souvenirs de son ex.

Holly n'avait pas non plus aimé prendre l'avion. Elle détestait la sensation de l'avion qui décollait et elle pensait toujours qu'ils allaient s'écraser. Ils n'avaient pas souvent pris l'avion ensemble, mais Ball avait toujours passé un bras autour de ses épaules, lui disant de s'accrocher à lui, qu'il assurerait sa protection.

En se forçant à ne pas penser à elle, Ball regarda par le hublot de l'autre côté de l'allée afin de ne pas voir Everly lutter contre ses propres peurs. Ses doigts se contractèrent nerveusement, car il avait envie de poser les mains sur les siennes afin de la rassurer. C'était stupide. Être ensemble était tout aussi désagréable pour elle que pour lui.

Heureusement, le décollage se passa très bien et ils atteignirent bientôt le niveau de croisière en direction de Denver. Everly sortit des écouteurs, les brancha sur son téléphone, les plaça sur ses oreilles, puis se tourna légèrement vers le hublot, bloquant ainsi toute tentative de communication.

Ball soupira. Le voyage allait être long.

2

____

Everly plaça les écouteurs sur ses oreilles, mais elle ne prit pas la peine d'allumer la musique. Elle devait être capable de tout entendre en cas d'urgence. Elle détestait voler. *Détestait* ça. En général, elle prenait la voiture pour se rendre à Los Angeles quand elle allait voir sa sœur ou ses grands-parents, mais leur temps était précieux maintenant. Il fallait se rendre à Los Angeles et trouver Elise.

Quand elle pensait à l'endroit où pouvait se trouver sa sœur, la terreur menaçait de la submerger, mais elle se forçait à penser à autre chose. Elle allait la retrouver. Il le fallait. L'alternative était impensable.

Sa sœur et elle n'avaient pas eu de chance depuis le début de leur existence. Elles avaient dû se débrouiller et se battre depuis leur petite enfance. Leur mère était en lice pour le record de pire mère au monde, mais au moins elles avaient eu Papy et Mamie.

Everly n'avait pas été surprise quand sa mère était tombée enceinte d'Elise. Franchement, elle avait été stupéfaite que ce ne soit pas arrivé plus tôt. Ella Adams était une droguée qui s'était rendue plusieurs fois en cure de désintoxication depuis l'adolescence, mais au fond, elle n'avait pas vraiment envie d'arrêter. Elle aimait les sensations que lui donnaient les drogues, et elle aimait faire la fête. Elle était aussi très jolie, même après des années d'autodestruction. Everly et sa sœur avaient hérité de ses cheveux auburn, mais Ella avait quelque chose de plus qui attirait toujours les hommes.

Le vrai problème était qu'Ella ne se souciait que d'elle-même. Elle se moquait des pères de ses enfants et de ses enfants. Peu importe qu'elle cause des heures interminables d'inquiétude à ses parents, ou qu'elle oublie parfois de nourrir ses enfants. Ella voulait simplement se défoncer... elle voulait être au centre de l'attention. Elle était égoïste et égocentrique.

Ball avait demandé comment Everly savait que sa sœur n'était pas allée chez sa mère. C'était parce qu'Elise haïssait cette femme autant qu'Everly. Elle ne serait jamais retournée vivre avec elle. Ce qui ne voulait pas dire qu'elle ne subissait pas les travers de l'adolescence. Elle trouvait que ses grands-parents étaient trop stricts et elle aspirait à plus d'indépendance.

Everly comprenait pourquoi Elise ne voulait pas vivre avec elle à Colorado Springs, même si Everly n'était pas très heureuse de cette décision.

Elle savait qu'Elise ne voulait pas abandonner son école et ses amis, même si cela pouvait l'aider à quitter Los Angeles, et Everly voulait ce qu'il y avait de mieux pour sa petite sœur. Elle était une des personnes les plus intelligentes qu'elle connaissait. C'était la seule chose qui pouvait calmer Everly en ce moment. Elle savait que si quelque chose lui était effectivement arrivé, Elise savait garder son calme jusqu'à ce qu'Everly la retrouve.

Et puis il y avait cet homme à côté d'elle...

Ball l'avait détestée avant même de la rencontrer. Et

c'était dur. Elle n'était pas exactement Miss Sympathique, mais elle n'avait jamais déplu simplement parce qu'elle était une femme. Everly avait bien conscience de travailler dans un secteur dominé par les hommes, mais ils faisaient généralement au moins des efforts pour cacher le fait qu'ils la pensaient incapable de faire le travail, et ils en parlaient dans son dos.

D'un côté, elle respectait Ball à contrecœur parce qu'il était franc, mais de l'autre, cela l'énervait. Comment osait-il la juger sans même la connaître ? Comment osait-il décider qu'elle ne pouvait pas faire son travail simplement parce qu'elle avait des seins ?

Après avoir passé quelques jours près de lui, elle comprenait que ses problèmes venaient de son propre passé et qu'il n'y avait pas vraiment de rapport avec elle. Malgré tout, elle n'arrivait pas à se débarrasser de la blessure causée par ses mots le premier jour de leur rencontre.

Elle était stressée et inquiète, et elle devait supporter deux trajets en avion avant de pouvoir serrer son papy et sa mamie dans ses bras. Son niveau de stress n'était pas aidé par l'avion. Les décollages et les atterrissages étaient les pires, selon elle. Il était statistiquement évident que la majorité des accidents d'avion avaient lieu au cours des quelques minutes après le décollage ou juste avant l'atterrissage. Chaque fois qu'elle prenait donc l'avion, elle faisait de son mieux pour supporter ces dix minutes environ au début et à la fin de chaque vol.

En plus de tout le reste, elle n'avait dormi qu'un total d'environ six heures au cours des derniers jours. Chaque fois qu'elle fermait les yeux, elle était hantée par la découverte du corps sans vie d'Elise. Elle était flic. Elle savait que les quarante-huit premières heures étaient cruciales pour retrouver une personne disparue. Et ces deux jours s'étaient écoulés depuis longtemps. Les flics sur place pensaient qu'elle avait fugué, mais Everly savait qu'ils avaient tort.

Oui, Elise était déprimée ces derniers temps, mais elle n'aurait jamais disparu sans parler à qui que ce soit. Quelqu'un la détenait. Everly le sentait au plus profond de son être. Il suffisait de découvrir qui, et où elle était.

Everly priait pour que l'enlèvement n'ait aucun lien avec ce que soupçonnait un des inspecteurs de Los Angeles : le trafic d'êtres humains. La plupart de ses collègues agissaient encore comme si Elise était une fugueuse, mais lui avait été assez inquiet par la possibilité du trafic pour qu'il en parle à Everly. Maintenant, elle n'arrivait pas à se la sortir de la tête.

La traite des êtres humains était bien plus courante que ce que l'on pensait. Apparemment, les enlèvements et les disparitions étaient en augmentation à Los Angeles. Et à cause de l'âge d'Elise, et du nombre d'autres jeunes filles et femmes comme elle qui avaient disparu sans laisser de traces récemment, l'inspecteur à Los Angeles se demandait s'il ne s'agissait pas d'une autre affaire de trafic.

Everly ne voulait pas y croire, mais elle avait de l'expérience dans les enquêtes de disparition, et ses soupçons avaient tourné autour d'un réseau souterrain de travailleuses du sexe. Mais comme toutes les personnes qu'elle avait interrogées au cours des années, elle n'avait jamais pensé que cela pouvait arriver à quelqu'un qu'elle connaissait et qu'elle aimait. Impossible.

Pourtant, c'était peut-être le cas.

Quoi qu'il en soit, Elise avait simplement disparu.

Everly avait déjà entendu parler des Mercenaires Rebelles, et elle avait réussi à contacter Rex, leur chef insaisissable. Quand elle lui avait présenté son affaire, et après quelques recherches, il avait accepté de travailler dessus. Rex détestait le trafic sexuel. Apparemment, il s'était donné pour mission d'y mettre fin, une victime à la fois. Quand il avait entendu de la part de l'inspecteur de Los Angeles qu'il s'agissait d'un enlèvement soupçonné de servir au trafic sexuel, Rex avait été beaucoup plus prompt à vouloir l'aider. En permettant même à Everly d'être impliquée... mais elle pensait que c'était surtout parce que Rex travaillait de près avec la police de Colorado Springs, et qu'il voulait que cette relation continue de s'épanouir.

Elise n'était pas exactement désarmée : Everly avait pris le temps de lui apprendre l'autodéfense de base, mais elle n'avait que quinze ans. Et elle était sourde. Et elle avait hérité de la taille de son père. Du haut de son mètre soixante, elle n'était pas vraiment assez forte pour affronter un homme adulte.

Comme de nombreuses jeunes filles de son âge, Elise adorait les réseaux sociaux. Elle discutait sans arrêt avec ses amies, leur envoyait des photos amusantes et postait des selfies. Si Everly devait émettre une hypothèse, c'était que sa sœur avait attiré l'attention de quelqu'un qui aimait son apparence : ses cheveux roux et ses yeux verts. Elle avait peut-être parlé à la mauvaise personne en ligne et elle était partie le rejoindre. Si c'était le cas, Everly ne pensait pas qu'Elise l'avait fait avec l'intention d'être partie si longtemps. Elle n'avait pas pris ses affaires pour la nuit, et elle n'avait pas dit à Mamie ou Papy où elle se rendait. Sa sœur était responsable... mais c'était encore une ado. Elle ne réfléchissait pas vraiment aux conséquences de ses actes.

Everly avait fait de son mieux pour être une bonne fluence, mais c'était difficile parce qu'elle était souvent absente. D'abord, c'était la fac, puis elle avait trouvé du travail au département de police de Phœnix. Elle avait travaillé à fond et n'avait pas pu rentrer à la maison aussi souvent qu'elle l'avait voulu. Elle avait reçu une offre d'emploi du département de police de Colorado Springs et elle s'était installée là.

Elle se rendait aussi souvent que possible à Los Angeles, mais finalement le travail d'éduquer Elise avait été endossé par Papy et Mamie.

Juste à ce moment-là, elle entendit l'hôtesse dire quelque chose dans les haut-parleurs de l'avion. Everly retira un écouteur, mais elle avait déjà raté l'annonce.

— Qu'a-t-elle dit ? demanda-t-elle avec une légère angoisse.

— Juste que nous allons bientôt entamer notre descente, dit Ball.

Merde. Elle détestait l'atterrissage autant que le décollage.

Sans attendre, Ball tendit la main et prit la sienne. Il entrecroisa leurs doigts et posa leurs mains serrées sur l'accoudoir entre eux.

Il ne la regarda pas, et il avait toujours les plis sur son front qu'elle avait appris à reconnaître comme un signe de son stress ou de son irritation. Peu lui importait à ce moment précis. Le simple fait d'être reliée à quelqu'un l'aidait à rendre sa peur plus gérable.

En se disant qu'elle ne lui donnait la main que parce qu'elle était paniquée et qu'elle n'avait pas assez dormi au cours des derniers jours, Everly ferma les yeux et reposa sa tête en arrière. Elle était sûre qu'après l'atterrissage Ball allait devenir désagréable, mais pour l'instant, elle allait accepter le réconfort qu'il lui offrait.

Deux heures plus tard, quand ils atterrirent enfin à Los Angeles, Everly était plus que reconnaissante.

Ball ne lui avait pas tenu la main pendant l'autre vol jusqu'à Los Angeles, parce qu'Everly avait offert d'échanger sa place avec une femme qui avait été séparée de son mari quand ils avaient reçu leur billet. Everly était donc assise six rangées derrière Ball, essayant d'oublier comme c'était rassurant de sentir sa main autour de la sienne, et comment il avait repoussé le pire de sa panique par ce simple geste.

Maintenant, la seule chose qu'elle voulait, c'était voir Papy et Mamie. Cela faisait trop longtemps depuis sa dernière visite. Ils avaient autour de soixante-quinze ans maintenant, mais on aurait dit des cinquantenaires. Allison Adams avait les mêmes cheveux roux que sa fille et ses petites-filles. Même si l'âge avait estompé leur couleur, il était toujours évident qu'elle était naturellement rousse, et elle était menue comme Elise. Landen Adams était grand : un mètre quatre-vingt-trois, et Everly avait toujours adoré ses sourires indulgents quand sa femme faisait n'importe quoi... ce qui était souvent. Il ne semblait jamais gêné par ses singeries, et il avait toujours une main sur elle. Il lui touchait le dos. Lui tenait la main. Posait la main sur sa jambe quand ils étaient assis. Passait les doigts dans ses cheveux.

Leur relation était une des raisons pour laquelle Everly était encore célibataire. Elle n'avait jamais rencontré un homme qui la regardait de la même façon que Papy regardait Mamie.

Cela lui brisait le cœur que deux personnes aussi incroyables puissent avoir une fille comme Ella.

Dès que Ball et elle quittèrent la zone sécurisée de l'aéroport, Everly vit Papy et Mamie. Sans s'inquiéter de savoir si Ball la suivait, elle se dirigea tout droit vers eux. Ils avaient dit qu'ils la rejoignaient à l'aéroport, mais Everly leur avait répondu de ne pas s'inquiéter, que Ball et elle pouvaient louer une voiture et qu'elle les verrait chez eux.

Bien sûr, ils avaient ignoré cela et ils étaient venus de toute façon.

Ne se souciant de rien d'autre que de la sensation des bras de sa grand-mère autour d'elle, Everly laissa tomber son sac en toile et plongea presque dans les bras qui l'attendaient.

Pour la première fois depuis qu'elle avait appris la disparition d'Elise, elle craqua.

En sentant l'odeur familière de Mamie et en voyant comme elle avait l'air fragile, Everly perdit le contrôle. Il lui fallut plusieurs minutes, mais elle finit par se reprendre et elle leva les yeux vers Papy. Il se tenait derrière sa femme, comme d'habitude, et il avait une main dans son dos pendant qu'elle embrassait Everly.

Elle s'avança vers lui et elle sentit quelqu'un la toucher. Pendant un instant, elle avait complètement oublié Ball. En tournant la tête, elle le vit reculer d'un pas, et elle se rendit compte à ce moment-là qu'il avait gardé une main au creux de son dos pendant tout le temps qu'elle était dans les bras de Mamie, lui offrant son soutien silencieux.

Avant qu'elle puisse intégrer cette information, Papy la serra dans ses bras. Il sentait pareil, lui aussi... l'odeur des cigares qu'il aimait fumer malgré les reproches de sa femme.

— Salut, papy, dit Everly.

— Salut, gamine. Ça va ? demanda-t-il.

Everly inspira profondément et hocha la tête. Ça n'allait pas, mais elle devait être forte. Ses grands-parents auraient dû profiter de leur retraite. À la place, ils avaient été occupés à élever leur deuxième petite-fille, et maintenant ils étaient pleins de culpabilité et ils s'en voulaient de sa disparition.

— Nous allons la retrouver, dit-elle à son grand-père avec plus de confiance qu'elle n'en ressentait. Elle ne savait pas du tout s'ils allaient retrouver Elise, mais avec les Mercenaires Rebelles, elle espérait avoir une chance. Même une minuscule chance valait mieux que rien du tout.

— Vous êtes venus ici en voiture ? demanda Everly lorsqu'elle se pencha pour ramasser son sac en toile.

Il n'était pas à ses pieds, et elle leva la tête. Il était déjà posé sur l'épaule de Ball. Elle voulut insister en affirmant qu'elle pouvait porter son propre sac, mais elle savait que Mamie la gronderait et lui dirait de laisser le « gentil jeune homme » porter ses affaires.

— Nous avons utilisé Uber, dit fièrement Papy.

Everly gloussa.

— Sérieusement ?

— Oui. Nous ne voulions pas faire tout le trajet jusqu'ici, et nous savions que vous alliez louer une voiture, alors nous nous sommes dit que nous pourrions rentrer avec vous, dit Mamie. Maintenant... présente-nous ton ami.

— C'est vrai. Mamie, Papy, voici Kannon Black. Il fait partie d'un groupe spécial qui nous aidera à trouver Elise. Voici ma grand-mère, Allison Adams.

Allison lui tendit la main.

— Je suis ravie de vous rencontrer, Kannon.

— De même. J'aimerais seulement que ce soit en de meilleures circonstances. Et s'il vous plaît, appelez-moi Ball, dit-il en lui serrant la main.

— Ball. . . comme c'est inhabituel, murmura sa grand-mère. Laissez-moi deviner... à cause de « cannonball », le boulet de canon ?

— Pardon ? demanda Ball.

Allison gloussa.

— Est-ce ainsi que vous avez eu votre surnom ? À cause de votre prénom ? Kannon. Ball ?

Ball sourit.

— À vrai dire, non. Mais c'est très approprié.

Everly ne put retenir un sourire en entendant les mots de sa grand-mère.

— Et voici mon grand-père, Landen, dit-elle.

Ball lui serra la main.

— Merci d'avoir servi dans l'armée, dit Papy.

Everly écarquilla les yeux de surprise.

— Comment sais-tu qu'il a fait l'armée ?

— Je le vois, dit Papy avant de se tourner vers Ball. Dans quel département ?

— Chez les garde-côtes, monsieur.

— C'est Papy. Ou Landen, si tu veux. Tu ne me fais pas le coup du « monsieur ».

— Pardon, répondit Ball. C'est ancré en moi. J'ai grandi dans le sud. Ma mère me donnerait un coup sur la tête si je ne vous témoignais pas mon respect en vous appelant monsieur.

Papy gloussa.

— Très bien. Tu m'as montré du respect. Maintenant, ça suffit. C'est Papy ou Landen pour toi.

— Venez, dit-elle. Allons chercher la voiture. Il me tarde de rentrer et de jeter un coup d'œil à l'ordinateur d'Elise.

Ces mots lui rappelèrent la raison de sa visite, et Everly aurait aimé se mettre des claques lorsqu'elle vit Papy froncer les sourcils et les rides d'inquiétude apparaître sur le front de mamie. Elle passa le bras autour de celui de sa grand-mère et l'attira vers la zone de location de voitures de l'aéroport.

— Nous allons la retrouver, Mamie, dit-elle doucement. Je jure de ne pas abandonner tant qu'elle n'est pas rentrée à la maison.

— Je ne suis pas idiote, dit Allison. Je connais les statistiques aussi bien que toi. Je suis au courant des trafics d'êtres humains. Elise est très belle, comme toi, et je suis terrifiée de ne plus jamais la revoir.

Ball répondit avant qu'Everly en ait le temps.

— D'après ce que me dit Everly, Elise est intelligente. Elle sait que sa sœur fera tout ce qu'il faut pour la retrouver. Ayez confiance, Allison. Nous allons retourner chaque pierre et fouiller dans chaque crevasse pour retrouver votre petite-fille.

— Merci, dit Mamie avec un sanglot.

Puis elle respira profondément et sembla se redresser.

— J'ai un rôti dans la mijoteuse, dit-elle à Everly. Tu es trop maigre. Tu dois garder tes forces. As-tu assez dormi ?

Everly sourit. Certaines choses ne changeaient jamais. Sa grand-mère essayait toujours de la nourrir, elle était toujours inquiète qu'elle ne se repose pas assez.

— Je suis désolée d'avoir mis aussi longtemps avant de venir vous voir, lui dit-elle. Je vais essayer de faire mieux à l'avenir.

Papy passa le bras autour de la taille de sa femme, et ils marchèrent tous les trois côte à côte.

— Tu n'es pas obligée de nous rendre visite pour que nous sachions que tu nous aimes.

— C'est vrai, mais vous me manquez, dit Everly.

Mamie donna un coup de coude dans les côtes de son mari.

— Arrête de lui dire que ce n'est pas grave si elle ne rentre pas à la maison.

— Ce n'est pas ce que j'ai dit ! se défendit Papy.

— Mais si !

Pendant que ses grands-parents continuaient à faire semblant de se disputer, Everly se tourna pour vérifier que Ball était toujours là. Elle croisa son regard pendant une fraction de seconde... et ce qu'elle y vit la surprit. Au lieu de l'air cynique ou méfiant auquel elle s'était habituée, il semblait plus détendu que jamais.

* * *

Heureusement, il n'y eut pas une longue queue à la location de voitures et Ball put s'enregistrer assez rapidement. Il choisit un SUV au lieu de ce qu'ils avaient prévu, puisque les grands-parents d'Everly les accompagnaient.

Il aimait les grands-parents d'Everly. Ils semblaient un peu sombres, car ils étaient perturbés par la disparition de leur petite-fille, mais le lien étroit entre eux était difficile à rater. Landen gardait la main dans le dos de sa femme ou sur son bras pendant qu'ils parlaient, et la façon dont il la regardait montrait qu'il était toujours très amoureux d'elle.

De plus, la mamie d'Everly était drôle avec ses tentatives de le rapprocher d'Everly. Il avait aussi surpris Allison lui matant le cul, et cela le faisait rire.

Pour la première fois depuis qu'il avait appris devoir travailler avec Everly, il l'avait vue baisser sa garde. Sa réaction en voyant ses grands-parents l'avait touché.

Il détestait que les femmes utilisent leurs larmes de crocodile. Holly, son ex, l'avait fait tout le temps. Elle faisait de son mieux pour pleurer quand elle n'obtenait pas ce qu'elle voulait. Et sa partenaire Riley avait pleuré toutes les larmes de son corps pendant l'enquête sur ce qui était arrivé à Ball. Même s'il ne pouvait pas le prouver, il était à peu près sûr que ses larmes avaient influencé certains des policiers qui devaient s'occuper de son sort.

Mais les larmes d'Everly avaient été sincères, inévitables... elles venaient du fond de son âme. Il soupçonnait que c'était un mélange de soulagement d'être dans les bras de sa grand-mère, et de désespoir parce que sa sœur avait disparu. Au cours des discussions qu'ils avaient eues ces derniers jours, elle n'avait pas montré la moitié des émotions qu'elle avait eues en voyant sa grand-mère. Cela lui rappelait qu'il ne s'agissait pas simplement d'un autre travail pour elle. Pas du tout.

Elle n'était peut-être pas proche de sa mère, et même ne l'aimait pas beaucoup, mais elle était extrêmement proche de ses grands-parents et de sa demi-sœur. En voyant leurs retrouvailles, Ball avait eu un sentiment d'urgence qu'il n'avait pas ressenti jusqu'à aujourd'hui.

Avant ça, Elise n'avait été qu'une autre jeune fille disparue. Mais maintenant, elle était beaucoup plus réelle.

Ball n'était toujours pas ravi de devoir travailler avec Everly, mais la voir avec ses grands-parents avait déjà changé quelque chose en lui. Il devait simplement découvrir *quoi*.

Everly insista pour que Mamie s'assoie à l'avant, et elle passa la majorité du trajet à discuter avec son grand-père à l'arrière. Pendant ce temps, Allison Adams lui fit un interrogatoire en règle. Elle lui posa des questions personnelles sur son âge, où il vivait, s'il voulait des enfants... jusqu'à ce qu'Everly lui dise d'arrêter.

À mesure qu'ils approchaient de la maison, Ball commença à faire plus attention à l'environnement. Les Adams vivaient dans un quartier agréable. Il n'était pas hors de prix, mais ce n'était pas non plus un mauvais quartier de la ville. Toutes les pelouses étaient tondues et il y avait des fleurs le long des trottoirs.

— Il y a deux décennies, cet endroit était rempli d'enfants, dit Allison. Mais maintenant, tout le monde a grandi et a déménagé. Il n'y a plus que nous autres, les vieux, qui restons.

— Tu n'es pas vieille, dit Everly du fond de la voiture.

— Seulement expérimentée, répondit Allison du tac au tac, comme si c'était une plaisanterie courante entre sa petite fille et elle.

— C'est joli, dit Ball.

— Effectivement. Malheureusement, à chaque année qui passe c'est de moins en moins joli, dit Papy. Il y a plus de crimes, et les gangs sont en train de gagner du terrain, lentement mais sûrement.

— Pensez-vous qu'Elise a pu être impliquée dans un gang ? demanda Everly.

— Non. Mais d'un autre côté, il y a quelques jours, j'aurais dit qu'il était impossible qu'elle disparaisse sans laisser de traces.

Il n'avait pas tort.

Après s'être engagé dans l'allée, Ball s'arrêta et coupa le moteur.

— Je fais le tour, dit-il à Allison.

— Pas besoin, dit-elle avec un petit sourire.

Son mari était déjà descendu et lui avait ouvert la porte. Il lui tendit la main et l'aida à descendre du SUV comme s'il le faisait chaque jour de leur vie... ce qui était sans doute le cas. Il l'accompagna jusqu'à la porte en laissant Ball et Everly en arrière.

Ball se tourna pour ouvrir la porte d'Everly, mais il découvrit qu'elle était déjà descendue et qu'elle avait ouvert le coffre du SUV pour sortir son sac. Il se précipita pour essayer de prendre son sac avec ses affaires.

— Je m'en occupe, dit-elle en lui retirant le sac des mains.

— J'essayais seulement d'être poli, lui dit-il.

— Eh bien, arrête. Ce n'est pas un rendez-vous galant. J'ai tout à fait conscience de ce que tu penses de moi.

— Everly...

— Économise ta salive, dit-elle. Je t'ai très clairement entendu le jour de notre rencontre, quand tu parlais de moi dans mon dos. Tu ne veux pas travailler avec moi, et je suis certaine que tu es furieux de devoir être celui qui m'accompagne à Los Angeles. Je comprends. Tu penses que non ? Je travaille avec des hommes comme toi tout le temps.

— Des hommes comme moi ? demanda Ball.

— Oui. Des hommes qui pensent qu'une femme ne peut pas faire le travail aussi bien qu'eux.

— Ce n'est pas...

— Si, l'interrompit-elle encore une fois. Mais je vais te donner un scoop : nous pouvons faire le travail tout aussi bien que vous, si ce n'est mieux. Peu importe que je sois plus petite, ou plus légère que la plupart des hommes. J'ai appris à me battre très efficacement pour ma taille. Je sais lutter quand c'est nécessaire. Je peux courir tout aussi vite qu'un homme, même plus vite qu'un grand nombre des flics de la police de Colorado Springs. Je sais également utiliser une arme à feu et fouiller un bâtiment tout aussi bien. Quand je porte mon équipement du SWAT, on ne voit même pas que je suis une femme.

Elle continua sur sa lancée :

— Je ne sais pas quel est ton problème avec les femmes, Ball, et je m'en moque. Tu peux me traiter comme de la merde et je ne serais pas surprise. Mais ne pense pas une seule seconde que tu peux traiter Papy et Mamie en manquant de respect. Je ne le supporterais pas. Compris ?

— Ai-je fait quelque chose jusqu'ici pour leur manquer de respect ? demanda Ball.

Il n'attendit pas qu'elle réponde et poursuivit :

— Non. Ils me semblent merveilleux, et tu as de la chance de les avoir. J'aimerais beaucoup connaître *mes* grands-parents, mais ils sont morts quand j'étais petit, et je ne me souviens pas d'eux. Et je n'aime peut-être pas travailler avec les femmes, mais ça n'a rien à voir avec toi. J'ai eu une mauvaise expérience. C'est mon problème, et je fais de mon mieux pour ne pas laisser cela affecter cette affaire. Je sais que j'ai été un vrai con quand j'ai appris que tu serais impliquée, et j'en suis désolé. Mais ta sœur a besoin que nous travaillions ensemble, alors c'est ce que j'essaie de faire. D'accord ?

Elle le fixa un instant, puis elle hocha la tête et se dirigea vers la porte sans dire un mot de plus.

Ball la suivit, et dès qu'il entra dans la petite maison, il se détendit. L'odeur de rôti embaumait la maison, faisant gargouiller l'estomac de Ball. Le salon était un peu encombré, mais d'une façon qui prouvait qu'Allison et Landen vivaient là depuis longtemps.

Il y avait des photos sur toutes les surfaces et sur la majorité des murs, et Ball les étudia brièvement avant de se dire qu'il devait les examiner plus tard. D'après ce qu'il avait déjà vu, Everly semblait heureuse quand elle était petite, mais à mesure que le temps passait, les photos captaient quelque chose de plus sérieux. Il était curieux au sujet de la douleur qu'il voyait dans ses yeux sur les photos les plus récentes. Une douleur qu'elle faisait de son mieux pour la dissimuler, mais qui apparaissait malgré tout de temps en temps.

Il savait qu'il n'avait pas caché son déplaisir de devoir travailler avec elle, mais il n'avait pas non plus cru qu'elle se souciait de ce qu'il pensait. Il avait clairement eu tort. Malgré ce qu'elle avait dit dehors, elle s'en souciait beaucoup. Et cela le surprenait.

Il se promit mentalement de faire mieux pour mettre de côté ses a priori. Elise méritait tout son professionnalisme et son expertise. Si Everly et lui se disputaient continuellement, cela risquait de détourner leur attention de la raison pour laquelle ils étaient là.

Le plan avait été qu'il loge à l'hôtel près de là pendant qu'Everly restait chez ses grands-parents, mais quand Mamie en fut informée, elle tapa du poing sur la table.

— J'ai déjà préparé la chambre, leur dit-elle.

— Quelle chambre ? demanda Everly.

— *Ta* chambre. La tienne et celle de ton homme.

Ball serra les lèvres pour s'empêcher de rire en voyant l'air horrifié d'Everly.

— Nous ne sommes pas ensemble, Mamie. Je te l'ai *dit*.

La femme plus âgée croisa les bras et prit un air entêté. Papy leva les yeux au ciel.

— Vraiment pas ? Je pensais que vous vouliez être polis, reprit Mamie avec un peu de tristesse. Je veux dire, tu as trente-quatre ans, tu es assez grande pour ramener un garçon à la maison. De plus, comment vais-je avoir des arrière-petits-enfants, sinon ?

Ball s'étrangla avec la gorgée d'eau qu'il venait de prendre.

— Mamie ! se plaignit Everly.

— Quoi ?

— Nous ne sortons pas ensemble. Il ne m'aime pas !

— Si, je t'aime bien, rétorqua Ball immédiatement.

Il fut surpris de se rendre compte à ce moment-là que non seulement elle lui plaisait bien, mais en plus, il la *respectait.* Il n'était peut-être pas ravi qu'elle travaille avec son équipe, mais ça n'enlevait rien au fait que plus il passait du temps avec elle, plus il commençait à la connaître, et plus il l'appréciait à contrecœur.

— Non, tu ne m'aimes pas, dit-elle.

— Si.

— Non. Pas du tout, insista-t-elle.

Ball ricana.

— Et arrête de sourire !

Cela fit encore grandir son sourire. Il jeta un coup d'œil à Mamie et il la vit debout dans la cuisine, les observant avec un sourire satisfait. Il se tourna vers elle.

— J'apprécie votre offre de me loger, vraiment. Mais je crois qu'Everly a besoin d'un peu de temps avec ses grands-parents. J'ai aussi beaucoup de recherches à faire, et des discussions à avoir avec les autres membres de l'équipe à Colorado Springs.

— N'essaie même pas de me cacher des choses, dit Everly en posant les mains sur ses hanches.

Elle le faisait souvent et Ball ne pouvait s'empêcher de remarquer comment cela étirait son tee-shirt sur sa poitrine. Bon sang, elle avait de beaux seins... et il était vraiment nul de remarquer ça.

— Je n'en avais pas l'intention, précisa-t-il.

— Très bien. Il peut rester, dit Everly en se tournant vers Mamie.

— Sérieusement, cela ne me gêne pas du tout de...

— Je dormirai ici et tu peux avoir la chambre d'amis, dit Everly en l'interrompant encore.

— Nous avons fait mettre un lit king size dans la chambre d'amis il y a quelques mois, dit Papy, intervenant pour la première fois dans la conversation. Le canapé ici est pourri. Croyez-moi, je le sais. Je me suis endormi dessus de très nombreuses fois.

Everly regarda son grand-père, incrédule.

— Tu ne vas pas t'y mettre aussi ?

— Je ne sais pas de quoi tu parles, dit Papy avec un sourire en coin. Tout ce que je dis, c'est que si Ball doit faire des recherches jusque tard dans la nuit, je suppose que tu devras en discuter avec lui, et ce sera plus facile si vous êtes dans la même chambre. Ta Mamie et moi nous ne dormons pas très bien, et si vous êtes ici dans le salon, ça nous gênera.

Ball ne put s'empêcher d'être impressionné par la façon dont le couple manipulait aisément leur petite-fille. Ce n'était pas qu'il voulait dormir dans la même chambre qu'elle, mais c'était amusant de la voir se tortiller, embarrassée. Il trouvait assez étrange que ses grands-parents aient envie de la balancer dans une situation intime avec un homme qui n'était pas son petit ami... mais Ball étudia alors le couple de plus près.

Allison fronçait les sourcils, elle se tordait les mains lentement mais sûrement. Et même si Landen était en train de taquiner Everly, Ball entendit la touche d'inquiétude dans sa voix.

Ils utilisaient sans doute l'absence de vie amoureuse de leur petite fille pour se distraire de la situation avec Elise. Il savait déjà qu'ils ressentaient énormément de culpabilité. Ils n'avaient aucun contrôle sur l'endroit où se trouvait Elise maintenant ni sur ce qui avait pu lui arriver... mais ils pouvaient contrôler l'endroit où dormait Everly, peut-être même l'aider à trouver quelqu'un avec qui elle pouvait passer sa vie.

Ils se concentraient donc sur le fait de taquiner Everly et lui au lieu de s'inquiéter de ce qui pesait sur leurs épaules depuis une semaine.

— C'est bon, dit-il en relâchant la pression sur Everly. Je peux dormir à l'hôtel comme prévu. Je te promets de te dire ce que je découvre.

— Non. Je n'ai pas confiance en toi. Nous resterons tous les deux ici.

Sa réponse le surprit et l'ennuya. Il avait besoin de passer du temps sans elle. Il ne pouvait pas être avec elle en permanence. Impossible.

— J'ai déjà réservé la chambre d'hôtel. Je resterai là-bas.

— Et si Elise appelle ? N'auras-tu pas besoin d'être ici ? Et si ses ravisseurs appellent ? Nous ne pouvons pas prendre huit ou dix heures de congé tous les soirs juste parce que c'est trop bizarre pour toi de travailler avec une fille.

Ball serra les dents. Elle avait raison. Bon sang.

— Très bien.

— Très bien, répéta-t-elle. Mais – elle se tourna vers sa grand-mère – je peux dormir dans la chambre d'Elise. Il y a un lit très bien là-dedans. De cette façon, Ball peut quand même faire ses recherches dans le calme relatif de la chambre d'amis, et s'il a besoin de demander quelque chose, je serai là pour l'assister.

En entendant parler de leur petite-fille disparue, Allison soupira profondément, et ses épaules tombèrent comme si le poids du monde appuyait à nouveau dessus, ayant déjà oublié les plaisanteries avec Everly.

Se disant qu'il allait laisser tranquille le couple stressé et se mettre au travail, Ball dit doucement :

— Si quelqu'un peut m'indiquer la chambre d'Elise, j'aimerais y jeter un coup d'œil, si ça ne vous dérange pas.

— Je vais te montrer, dit Landen.

Il longea un petit couloir et Ball le suivit. Avant de quitter le salon, il vit Everly passer dans la cuisine pour réconforter sa grand-mère.

— La voici, dit Landen en ouvrant une des portes. Si tu as des questions, n'hésite pas.

Et là-dessus, il partit rejoindre sa femme et sa petite-fille.

Ball entra dans la chambre d'Elise et resta immobile un moment, observant tout, essayant de se mettre à la place de l'adolescente de quinze ans. Les Adams n'avaient pas l'air d'avoir touché quoi que ce soit depuis qu'elle était partie pour l'école, presque une semaine plus tôt.

Son lit était défait, comme si elle venait d'en sortir. Il y avait des draps roses sur le lit, et le duvet était également rose avec de grosses fleurs blanches. Les murs étaient couverts de posters de Beyoncé et Drake, ainsi que de Thor et Wonder Woman. Il y avait également le poster d'un jeune acteur qu'il ne reconnut pas. Il se dit qu'il allait poser la question à Everly plus tard, et il continua son examen.

Elle avait un bureau qui était dans un désordre absolu. Il y avait des papiers et des livres sur toute la surface. Un panneau d'affichage était accroché sur le mur au-dessus. Ball s'approcha et vit des billets de spectacles, quelques photos d'Elise avec d'autres filles, un poème, et d'autres petits souvenirs accrochés pour qu'elle puisse les voir tous les jours.

Des vêtements sales étaient entassés dans un coin à côté d'un panier déjà plein, et des habits débordaient d'un petit placard de l'autre côté de la chambre.

Ball s'avança vers la fenêtre et essaya de l'ouvrir. Elle était verrouillée. Il regarda au-dehors et vit qu'il était facile d'ouvrir la fenêtre et de sortir de la maison, car la chambre se trouvait au rez-de-chaussée, mais il ne vit pas de traces de pas dehors, sous la fenêtre elle-même. De plus, elle était partie à l'école le jour de sa disparition. Elle n'était pas sortie par la fenêtre pour rejoindre quelqu'un.

— On dirait une chambre d'adolescente normale, n'est-ce pas ?

Ball ne fut pas surpris par l'apparition soudaine d'Everly. Il l'avait entendue entrer quelques secondes auparavant.

— Oui. Mais il manque quelque chose, dit-il.

— Quoi ?

— Un ordinateur.

Il se tourna pour regarder Everly.

— Elle n'a pas le droit de l'utiliser dans sa chambre, ce qui l'ennuie beaucoup. Mamie et Papy l'autorisent à en avoir un, mais elle doit l'utiliser dans le salon, quand ils sont présents. Ils ne veulent pas qu'elle reste éveillée toute la nuit à discuter avec ses amies.

— Hmm.

— À quoi penses-tu ? demanda Everly.

— À rien, pour l'instant. J'ai simplement l'impression que même si tes grands-parents ont de bonnes intentions, et que c'était une bonne idée, ils n'ont peut-être pas fait aussi attention qu'ils le croyaient par rapport à l'ordinateur. Qui est-ce ? demanda-t-il en indiquant le poster du menton.

Everly scruta le poster du jeune homme et dit :

— Sean Berdy. Pourquoi penses-tu qu'ils n'ont pas fait attention ?

Ball marcha vers le poster et il souleva le coin du bas qui n'était pas fixé au mur. Il regarda derrière.

— Ball ? Vas-tu me répondre ?

— Qui est Sean Berdy ? demanda-t-il en ignorant sa question pour l'instant.

Everly soupira.

— C'est un acteur sourd. Il a joué dans le film *Le Gang des champions 2* il y a très longtemps, et dernièrement il est apparu dans la série télé *Switched*… une série qui a aidé à augmenter la visibilité de la culture des sourds. Elise adore cette série, et elle est aussi plus ou moins amoureuse de Sean.

Ball leva le poster plus haut jusqu'à ce qu'Everly puisse en voir le dos.

Le souffle coupé, Everly s'approcha de lui. Elle lui prit le poster des mains et inclina la tête pour mieux lire ce qu'Elise avait écrit au dos.

Elise Berdy avait été écrit de façon répétée, avec des cœurs partout.

— Waouh, souffla Everly.

— Je ne peux pas contredire ton analyse quand tu dis qu'elle était amoureuse de Sean, dit Ball en gloussant.

Everly ne répondit pas, mais elle souleva le poster un peu plus haut. Au-dessus des cœurs et de son prénom, il y avait de nombreuses lignes d'écriture. Elle plissa les yeux pour les lire.

Ball fronça les sourcils en s'approchant pour lire au-dessus de son épaule.

Mamie est si méchante ! Elle ne veut même pas me conduire à Hollywood pour rencontrer Sean. Je sais que s'il me voyait, il tomberait amoureux de moi. Je ne suis pas trop jeune. Nous serions très bien assortis. Je déteste ma vie ici. Je déteste Mamie, je déteste ma sœur, je déteste ma mère. Je déteste tout le monde !

Je me suis réveillée aujourd'hui et les fleurs sur la terrasse ont poussé dans la nuit. Elles sont tellement jolies.

J'ai parlé à Ev aujourd'hui, et même si je suis heureuse pour elle, je suis triste pour moi. Je déteste Los Angeles et il me tarde de me casser.

J'ai eu un A pour ma rédaction d'écriture créative. Trop fort !

J'aimerais être morte.

Carrie est une connasse ! Elle a dit à Rick que j'étais vierge et ils se sont tous moqués de moi. Quelle bonne amie...

Les notes étaient clairement une sorte de journal intime. Les mots avaient été écrits à des moments différents, car ils avaient des couleurs variées et ils étaient inscrits au hasard autour du poster. Parfois à l'horizontale, parfois en diagonale, d'autres fois à l'envers.

— Ne panique pas, dit Ball doucement en souhaitant poser la main sur les épaules soudain très raides d'Everly pour la réconforter... tout en voulant laisser de la distance entre eux pour son propre bien.

— Ne panique pas ? répéta-t-elle. Comment faire autrement ? Elle a dit vouloir être morte ! Elle a dit qu'elle me détestait.

— C'est une ado, dit Ball. Ses hormones sont complètement perturbées, et elle ressent chaque émotion avec dix fois plus de force que nous. On dirait que c'est sa façon de se défouler.

Il regarda Everly prendre une profonde respiration.

— Tu as raison.

Puis elle laissa tomber le poster et se tourna vers lui.

— Comment savais-tu qu'il fallait regarder derrière ?

Ball haussa les épaules.

— Tous les autres posters de la chambre ont des punaises aux quatre coins. Celui-ci n'en a qu'en haut pour le tenir au mur. Et il est aussi beaucoup plus abîmé que les autres... comme s'il avait été manipulé de façon répétée.

Everly examina un moment le poster. Puis elle hocha la tête.

— Je vais devoir prendre des photos de ce qu'elle a écrit et l'envoyer aux autres, pour qu'ils puissent nous aider à découvrir qui sont les gens dont elle parle et jeter un coup d'œil à leur passé, dit Ball doucement.

Everly soupira.

— Je sais. Je n'aime pas ça, mais je sais.

— Et c'est bien qu'elle n'ait pas eu d'ordinateur dans sa chambre, ça l'a sûrement empêchée de rester éveillée la moitié de la nuit en discutant avec ses amis... mais qu'en est-il de son téléphone ? Je sais que tu as dit que l'inspecteur avait vainement essayé de le retrouver et qu'ils attendent les relevés téléphoniques. Elle l'a sûrement utilisé pour envoyer des messages. Tes grands-parents ont-ils inspecté son télé-phone, ou l'ordinateur après chaque utilisation ? Ont-ils vérifié à qui elle parlait et sur quel site Internet ?

Everly secoua la tête.

— J'en doute. Ils sont merveilleux et assez à la page, mais je ne crois pas qu'ils sachent comment faire ça.

— Nous commencerons par là. Nous allons utiliser ceci – il indiqua le poster – pour voir qui sont ses amis avec lesquels elle parlait le plus souvent, et examiner cet ordina-teur. Demain, je me rendrai à son école, j'interrogerai ses professeurs et ses amis, et je regarderai les caméras de vidéosurveillance. Tu pourras contacter l'inspecteur et voir s'il a des nouvelles, et peut-être même lui mettre la pression pour qu'il se dépêche.

— Ça ne fonctionnera pas, dit Everly.

Légèrement irrité qu'elle remette déjà en question ce qu'il disait, Ball demanda :

— Pourquoi ?

— Parce que tu ne connais pas la langue des signes. Tu ne peux parler à personne à l'école d'Elise.

Quel idiot ! Ball avait oublié qu'Elise était sourde. Ou plutôt, il n'avait pas vraiment oublié, mais le fait de fréquenter Everly lui avait momentanément fait omettre ce petit détail.

— Oui, bien sûr. Nous irons tous les deux à l'école, puis nous irons au commissariat de police.

Elle le fixa d'un air étrange.

— Quoi ?

— Juste comme ça ?

— Juste comme quoi ? demanda-t-il, perplexe.

— On change de plan, juste comme ça ? demanda-t-elle.

— Oui, Everly. Quel est le problème ?

— Je m'étais dit que tu allais trouver un moyen de leur parler, ou que tu dirais que tu pouvais gérer ça, ou que tu allais rester éveillé toute la nuit et apprendre la langue des signes. Je suis sûre que cela t'ennuie de dépendre de moi pour quoi que ce soit, puisque tu ne veux pas travailler avec moi.

Ces rappels constants sur son attitude du début commençaient à l'ennuyer, mais Ball essaya de garder son calme.

— Ce n'est pas avec toi spécifiquement que je ne veux pas travailler.

— C'est ça.

— La dernière femme avec laquelle j'ai travaillé a failli me faire tuer.

Everly ne lâcha pas l'affaire :

— Je ne suis pas elle.

En soupirant, Ball passa une main dans ses cheveux.

— Je sais.

— C'est vrai ? Parce que d'après ce que je vois, depuis que nous nous sommes rencontrés, j'ai vraiment l'impression d'être punie pour le crime de quelqu'un d'autre. Je ne sais pas ce qu'il t'est arrivé, et c'est nul que ça te soit arrivé, mais était-ce vraiment *parce qu*'elle était une femme ? Ou bien est-il plus facile pour toi de blâmer son sexe pour ce qui est arrivé ?

Debout au milieu de la chambre d'une adolescente, Ball sentit son monde pivoter sur son axe en entendant ces mots.

Avait-il été injuste envers Riley ? Il ne l'avait pas cru avant, mais les paroles d'Everly le forçaient à se poser la question. Elle avait tout à fait raison au sujet d'une chose : il laissait ses préjugés personnels se mettre en travers de sa mission. Il n'allait pas immédiatement se mettre à sauter de joie parce qu'il devait travailler avec Everly, mais il avait effectivement besoin d'elle.

— Je suis désolé que mes expériences passées rendent plus difficile le fait de travailler avec moi. Je vais faire de mon mieux pour les mettre de côté afin de trouver ta sœur.

— Merci.

— Je suppose que tu ne veux pas une bonne nuit de sommeil avant de commencer là-dessus ? demanda-t-il en indiquant encore une fois le poster.

— Absolument pas. De toute façon, je ne dors pas bien en ce moment. Si je suis debout, j'aime autant faire quelque chose pour retrouver Elise.

Ball n'aimait pas entendre qu'elle ne dormait pas bien, mais ce n'était pas vraiment une surprise. Les cernes sous ses yeux prouvaient qu'elle ne prenait pas soin d'elle. Il voulut lui dire que si elle tombait malade, elle ne pouvait pas aider sa sœur, mais il se ravisa en pensant qu'il allait peut-être trop loin. Il passa à autre chose.

— Attrape le poster, je vais demander l'ordinateur qu'elle utilisait à tes grands-parents.

Everly hocha la tête.

En inspirant profondément, Ball sortit de la chambre.

Travailler avec Everly s'avérait être plus difficile qu'il ne l'avait pensé... mais pas pour les raisons qu'il avait énumérées au départ.

Elle lui plaisait *vraiment*.

Il admirait sa force.

Il admirait le fait qu'elle se défende et qu'elle ne supporte pas ses conneries.

Elle ne ressemblait pas du tout à son ancienne partenaire chez les garde-côtes. Riley Foster avait voulu faire du bon travail, mais elle n'avait pas vraiment confiance en elle. Elle avait seulement conduit ce jour fatal parce que c'était moins intimidant que de gérer le canon à la proue du petit bateau.

Ball soupçonnait qu'Everly aurait adoré être tireuse sur ce bateau. Elle n'aurait pas hésité à se porter volontaire pour le poste... et elle se serait éclatée.

Ne souhaitant plus penser à Riley, Ball se rendit à la cuisine. Il avait besoin de cet ordinateur afin de contacter Meat et de le mettre au travail pour découvrir où était Elise Adams.

* * *

Elise Adams était assise sur le sol froid du sous-sol où elle avait été enfermée. Ses lèvres étaient sèches et elle n'avait mangé que quelques bouchées de la nourriture que son ravisseur lui avait apportée au cours des derniers jours. Elle craignait qu'il la drogue et l'attaque quand elle était vulnérable. La pièce était sombre et peu importe le nombre de clignements des yeux, l'obscurité ne se dissipait pas, même si elle ne s'y attendait vraiment.

L'homme qui l'avait conduite ici lui avait parlé, mais elle n'avait pu comprendre que des bribes de ce qu'il disait en lisant sur ses lèvres, car il tournait toujours la tête pour regarder autour de lui, comme s'il craignait que quelqu'un les voie.

Elle ne savait pas du tout où elle était, mais elle avait peur et elle était malheureuse, souhaitant revenir en arrière et changer la décision qu'elle avait prise à la fin de cette journée d'école fatidique. Elle ne s'était pas imaginé qu'accepter de rencontrer le garçon auquel elle parlait depuis des mois pouvait se terminer en étant enchaînée à un poteau dans le sous-sol d'une maison délabrée.

Une lumière s'alluma en haut des escaliers, Elise cligna des paupières. Ses yeux refusaient de s'adapter à la lumière après être restés dans l'obscurité pendant si longtemps, et elle dut détourner la tête. Quand elle regarda à nouveau devant elle, un homme se tenait là.

Il était bien plus grand qu'elle, et ses cheveux bruns n'étaient pas courts, mais ils n'étaient pas longs non plus. Si elle l'avait croisé dans la rue, elle ne l'aurait pas regardé à deux fois, car il semblait si ordinaire. Si normal. Il était vieux, bien plus vieux qu'elle... au moins quarante ans... et il portait un tee-shirt noir et un jean.

C'était le même homme qui était venu la chercher après l'école. Il avait montré son téléphone sur lequel il avait écrit une note affirmant être le père de Rob, et elle l'avait bêtement cru. Elle avait été un peu nerveuse, mais elle faisait confiance à Rob, et donc à son « père » par extension.

Mon Dieu, aurait-elle pu être plus stupide ?

Elle regarda son visage, mais il se contentait de la fixer. Enfin, il fit signe vers le bas.

Elise baissa les yeux et vit qu'il tenait un sac de fast-food. Sa bouche se mit immédiatement à saliver. Elle avait tellement faim. Elle ne savait pas s'il avait drogué la nourriture qu'il tenait, mais elle était arrivée au point de s'en moquer. Elle était affamée. Elle allait devoir prendre le risque.

Sans réfléchir, elle se leva et tendit les bras, mais

l'homme recula en tenant le sac hors de sa portée. Il le posa sur la table de l'autre côté de la pièce. Puis il revint vers elle.

Elle se concentra sur ses lèvres quand il commença à parler. Elle ne saisit que certains mots, à cause de la lumière tamisée et parce qu'elle avait encore du travail pour maîtriser l'art de lire sur les lèvres. Elle vit qu'il parlait lentement, comme pour l'aider à le comprendre plus facilement. Pourquoi n'avait-il pas préparé un mot pour elle, comme il l'avait fait quand il était passé la chercher ?

— Nourriture... silence... rentrer chez toi... gentille avec moi...

Puis il la fixa comme s'il attendait une réponse.

Ne sachant pas quoi faire d'autre, et ne souhaitant pas provoquer cet homme, Elise hocha la tête.

Il sourit alors, et Elise se mit immédiatement à paniquer. Qu'avait-elle accepté ?

Elle secoua la tête, mais l'homme ne le vit pas... il avait déjà commencé à retirer son tee-shirt.

Elise essaya de reculer, mais elle avait oublié les chaînes autour de ses chevilles. Elle tomba sur ses fesses sur le sol dur en béton, et elle vit une pure malveillance dans ses yeux. Il ricana en se penchant et en tendant la main vers les boutons du joli chemisier qu'elle avait choisi de porter plusieurs jours auparavant.

Le souffle coupé par l'horreur, elle frappa sa main et s'éloigna autant que possible de lui.

Quand il refit un pas vers elle, Elise poussa un cri de terreur.

L'homme s'arrêta et inclina la tête, fronçant les sourcils en la contemplant.

Elise ne savait pas du tout ce qu'il pensait à ce moment précis. Elle n'était pas naïve, elle savait ce qu'il voulait, mais elle ne pouvait pas rester allongée docilement pendant qu'il abusait d'elle. Elle savait qu'il pouvait la dominer physiquement, mais Everly lui avait appris à se battre. Elle pouvait enfoncer les doigts dans ses yeux, lui donner un coup de pied dans les testicules, en gros faire tout et n'importe quoi pour l'empêcher de la toucher.

Elle fléchit les doigts, prête à causer tous les dégâts qu'elle pouvait... quand l'homme se mit soudain à sourire.

Mais ce n'était pas un sourire de bonheur. Il était malveillant. Ce sourire, en plus de son regard, fit frissonner Elise.

Il retourna vers l'endroit où il avait jeté son tee-shirt et il l'enfila lentement sur sa tête. Elise voulut être soulagée, mais elle ne pouvait pas oublier son regard. Il avait prévu quelque chose, la question était quoi.

L'odeur du fast-food, qui l'avait d'abord fait saliver d'anticipation, lui donnait maintenant la nausée. Elle voulut pleurer. À la place, elle pria de tout son cœur pour qu'Everly la retrouve. Il le fallait. Elle était policière et Elise savait qu'elle était très douée dans son travail. Elle retrouverait sa piste. C'était ce qu'elle faisait.

Elle fixa l'homme qui se remit à parler lentement en s'arrêtant souvent, comme s'il voulait s'assurer qu'Elise puisse lire sur ses lèvres.

— Tu... gentille fille. Pure. Tu attends... mieux. Si tu... manger... bien te comporter.

Puis l'homme partit chercher le sac de nourriture sur la table et il le ramena vers elle, le laissant tomber sur ses genoux.

— Bien... chez toi... bientôt.

Puis il tourna les talons et remonta les escaliers. Avant qu'Elise puisse regarder ce que lui avait valu son apparente pureté, la lumière s'éteignit et elle fut une fois de plus plongée dans l'obscurité.

Elle songea à refuser de manger, mais c'était une mauvaise idée. Elle avait besoin de forces. S'il avait mis des drogues dedans, tant pis. Et s'il venait terminer ce qu'il avait clairement voulu faire, et qu'elle était assommée par une drogue quelconque, c'était mieux, non ?

Elise frissonna à l'idée que cet homme la touche.

À une époque, elle avait espéré que Rob serait l'homme avec lequel elle perdrait sa virginité, mais ça ne risquait pas d'arriver. Il n'y avait *pas* de Rob.

Maintenant, elle devait faire tout ce qu'il fallait pour rester en vie, y compris garder des forces en mangeant, jusqu'à ce qu'Everly la retrouve. Elise ne doutait pas qu'elle en soit capable.

En tripotant la bague sur son index droit, elle pria avec plus de ferveur que jamais.

Elle ne sentait pas le goût de la nourriture, mais elle la mangea quand même.

Puis elle pleura.

3

____

Everly avait l'estomac noué de frustration. Ils avaient appelé Meat qui leur avait expliqué comment installer l'ordinateur de façon à ce qu'il puisse se connecter à distance. Il leur avait dit de le laisser exactement tel qu'il était et de le laisser faire. Ils avaient suivi ses instructions, avaient mangé un repas rapide avec ses grands-parents, puis ils avaient commencé à examiner le journal intime improvisé au dos du poster, ligne par ligne.

Mamie et Papy avaient passé la tête dans la pièce quelques heures plus tôt pour leur souhaiter bonne nuit, puis ils étaient partis se coucher.

Il était maintenant deux heures du matin et Ball venait de jeter l'éponge.

— Je vais rester juste un peu plus longtemps, dit Everly.

— Non. On est crevés tous les deux. Je pense que nous ferions mieux de dormir, puis de recommencer demain quand nous nous serons reposés, suggéra Ball.

— Moi, ça va. Si tu veux aller te coucher, tu peux, dit Everly d'un air absent, sans quitter l'écran de l'ordinateur des yeux.

Sans un mot, Ball lui saisit la main et la tira hors de la chaise, hors de la salle à manger et dans le couloir. Everly ne protesta pas trop bruyamment, toujours consciente de ses grands-parents qui dormaient dans une chambre tout près.

Se disant qu'elle allait jouer le jeu avant de ressortir examiner le poster de sa sœur à la recherche d'un indice quand Ball serait endormi, elle se rendit à la salle de bains en face de la chambre de sa sœur et elle enfila un tee-shirt et un legging pour dormir. Elle ne regarda même pas Ball quand il partit vers la salle de bains après qu'elle eut fini.

Elle se glissa dans le lit de sa sœur et se tourna sur le côté.

C'était étrange d'être dans la chambre d'Elise. Triste. Déchirant. Everly n'aurait pas dû être là. Ce devait être sa sœur sous ce duvet confortable. Où était-elle maintenant ? Avait-elle un endroit chaud pour dormir ? Un lit ?

En faisant de son mieux pour éloigner ces pensées lugubres sur ce que vivait sa sœur à ce moment précis, Everly se demanda brièvement ce qu'il se serait passé si elle avait suivi la suggestion de Mamie et qu'elle avait dormi dans la chambre d'amis avec Ball.

Cela faisait longtemps qu'elle n'avait pas partagé un lit avec quelqu'un, même juste pour dormir. Elle avait eu quelques liaisons, mais c'était surtout pour soulager la tension et pas vraiment pour être profondément liée à un homme. Elle couchait avec lui, faisait un câlin de 2,3 secondes, puis le type ou elle se levait inévitablement pour rentrer.

Être ici dans la maison de ses grands-parents, dans le lit de sa sœur, à penser à Ball... c'était trop bizarre.

D'autant plus qu'Everly avait des sentiments très mitigés au sujet de l'homme dans la chambre d'à côté. Elle était bien consciente du fait qu'il ne voulait pas être ici, et quand elle l'avait confronté sur le sujet, au lieu de lui mentir, il avait avoué qu'il ne voulait pas travailler avec une femme. Il s'était même excusé pour la façon dont il l'avait traitée, et elle avait été très surprise.

Ball ne lui paraissait pas être le genre d'homme à s'excuser souvent, simplement parce qu'il ne devait pas avoir l'habitude de faire des choses pour lesquelles il devait s'excuser. Bien sûr, il était con, mais même elle devait admettre qu'il avait fait attention avec elle depuis qu'il avait horriblement mis les pieds dans le plat lors de leur première rencontre. Et il était respectueux et gentil avec ses grands-parents.

Elle ne le connaissait pas depuis longtemps, mais plus elle en apprenait, plus elle l'appréciait presque. *Presque.* Il était clair qu'il respectait également ses coéquipiers, et elle l'avait brièvement vu interagir avec les fiancées des autres hommes. Il avait paru carrément doux avec elles.

Son hostilité ne lui avait pas paru logique alors, mais apprendre qu'il était presque mort à cause de la femme avec laquelle il travaillait… cela éclaircissait beaucoup de choses.

En faisant tourner la bague à son doigt, Everly ferma les yeux et repensa à Elise. Cette bague était aussi familière que sa respiration. C'était une des choses les plus précieuses qui lui appartenaient. Elle ne l'avait encore jamais enlevée et elle n'avait pas l'intention de le faire un jour.

Pendant qu'elle réfléchissait à la disparition d'Elise, elle ne put empêcher l'arrivée de quelques pensées très sombres. Sa sœur avait-elle faim ? Mal ? Était-elle en vie ?

Elle avait tant de questions et pas une seule réponse. Et Everly *détestait* ne pas avoir de réponses.

Everly était si perdue dans ses pensées qu'elle n'avait pas entendu Ball ouvrir la porte de la chambre d'Elise. Elle sursauta quand elle le sentit s'asseoir sur le lit à côté d'elle… et elle fut carrément choquée quand il souleva la couverture et s'installa dans le lit avec elle. Il passa un bras autour de son ventre et un autre bras sous son cou.

Il était si proche qu'elle sentait l'odeur mentholée de son dentifrice, et Everly déglutit.

— Qu'est-ce que tu fabriques ? demanda-t-elle en se débattant légèrement pour s'extirper de ses bras.

— Je dors, dit-il calmement. Enfin, si tu veux bien arrêter de gigoter.

— De *gigoter* ? fulmina-t-elle. Lâche-moi !

— Non. Maintenant silence et dors.

— Sérieusement, Ball. Ce n'est pas drôle. Tu es censé dormir dans l'autre chambre. Lâche-moi.

Il serra le bras autour de son ventre, et elle le sentit se rapprocher encore. Il frôla son oreille avec ses lèvres en parlant.

— Tu n'as presque pas dormi. Nous ne pouvons rien faire pour ta sœur en ce moment même. Meat restera sûrement éveillé toute la nuit pour travailler sur son ordinateur, et il nous appelle dès qu'il trouve quelque chose. Nous aurons une longue journée demain, et nous devons tous les deux dormir quelques heures.

— Je peux très bien dormir avec toi dans l'autre chambre, l'informa Everly.

— À la seconde où je m'endormirai, tu vas te lever et relire ce foutu poster pour la centième fois. Il n'y a rien ici qui nous aidera. C'est seulement sa façon de passer ses nerfs. Alors, encore une fois... *silence*.

Comment savait-il ce qu'elle avait prévu ? Elle avait effectivement espéré se faufiler jusqu'au salon pour voir si elle trouvait quelque chose sur l'ordinateur d'Elise après avoir attendu suffisamment longtemps pour qu'il s'endorme.

— Pas du tout, lui mentit-elle. Et je ne peux pas dormir si tu me touches.

— Essaie, fut sa réponse peu compatissante.

— Ball...

— Chut. Je suis épuisé, dit-il.

— Alors, sors de ce lit et va dormir dans la chambre d'amis, répondit-elle d'un ton désobligeant.

Il inspira profondément.

— Tu sens bon, chuchota-t-il, si doucement qu'Everly n'était pas certaine de l'avoir bien entendu.

— Quoi ?

— Dors, dit Ball un peu plus fort. Essaie. Si tu n'arrives pas à dormir au bout d'un moment, je partirai.

— Très bien, souffla Everly.

Elle allait faire n'importe quoi pour qu'il la lâche. L'avoir si près, être tenue par lui, lui donnait soudain envie de choses qu'elle ne pouvait pas avoir. En tout cas, pas avec lui. Ball et elle, ils étaient comme l'huile et l'eau. Incompatibles.

Mais elle ne pouvait nier qu'être collés ensemble sur le matelas était... agréable. Vraiment agréable.

Elle ne savait pas si dormir avec Ball dans le lit de sa sœur était approprié, mais elle ne parvint pas à rassembler l'énergie de le jeter hors du lit.

— J'ai peur pour elle, dit-elle doucement après un silence tendu.

Ball serra les bras autour d'elle et enfouit doucement le nez dans son cou. Ça chatouillait un peu, mais elle pensa à autre chose que sa sœur pendant une seconde.

Plusieurs minutes s'écoulèrent, puis il chuchota :

— Nous allons la trouver. Je te le promets.

Elle dut faire un énorme effort, mais Everly fit battre en retraite les larmes qui menaçaient de tomber.

Elle aimait ce Ball plus doux qui lui manifestait son soutien. Un peu trop.

Toute sa vie, elle avait eu l'impression que c'était elle

contre le monde. Mais à ce moment-là, juste celui-là, elle eut l'impression d'avoir vraiment quelqu'un à ses côtés.

* * *

Ball savait qu'il tirait sur la corde, mais il avait vu Everly devenir de plus en plus stressée au fil de la soirée. Quand elle ne se fâcha même pas alors que Mamie avait fait un commentaire légèrement suggestif à propos d'eux, il avait su qu'elle était arrivée au bout.

Quand ses grands-parents étaient allés se coucher, elle s'était inquiétée en surinterprétant chaque mot écrit par sa sœur au dos du poster. Il l'avait alors physiquement traînée vers la chambre et il lui avait dit clairement que c'était fini pour la nuit.

Quand elle était partie à la salle de bains pour se préparer à aller se coucher, il savait qu'elle faisait semblant de jouer le jeu, et qu'elle retournerait analyser le poster dès qu'il s'endormirait. Quand il eut fini de se préparer à se coucher, il décida donc de faire quelque chose d'inédit.

Oh, il avait dormi avec des femmes, bien sûr. Mais généralement, c'était pour le sexe, et après, il roulait sur un côté pendant que la femme restait de l'autre côté du lit. Ball n'aimait pas les câlins. Cependant, à la seconde où il était entré dans la chambre d'Elise et qu'il s'était allongé sous le duvet, il avait posé les bras autour d'Everly, la piégeant ainsi. Au début, il l'avait surtout fait parce que le lit était très petit – et parce que l'irriter était amusant –, mais dès que sa chaleur lui était parvenue, il avait su avoir fait une erreur de jugement. Il aimait ça un peu trop.

Il était surpris de trouver cela si agréable. De la trouver si agréable. Il essaya de ne pas s'attarder dessus, mais il sentait chaque centimètre de son corps contre le sien. Il n'était pas excité, mais il se sentait... content. Il était également épuisé. Il avait dépensé beaucoup d'énergie à stresser parce qu'il devait travailler avec une femme, puis à essayer de découvrir où Elise avait pu se rendre. Il était dans une ville inconnue, dans une maison inconnue, et il avait eu sa dose d'être poli et courtois. Il voulait simplement se détendre et dormir un peu.

D'une façon ou d'une autre, tenir Everly dans ses bras sembla faire disparaître tout le stress qu'il avait ressenti. Elle fut raide et tendue au début, mais plus ils restèrent allongés là, plus il la sentit se détendre.

Il inspira profondément, et l'odeur de son shampooing le détendit davantage.

Quand elle eut avoué sa peur, Ball chuchota :

— Nous allons la trouver. Je te le promets.

Il sentit encore son corps se raidir, l'entendit retenir sa respiration, mais elle se contrôla et se détendit une fois de plus. Au bout de dix minutes, sa respiration régulière lui indiqua qu'elle s'était endormie.

Il était ravi qu'elle ait enfin pu avoir un peu de repos. Ball était certain qu'elle serait debout et impatiente de continuer dans quelques heures. Il aurait fait de même si c'était sa sœur qui avait disparu.

Mais pour le moment, il profita du silence de la maison, rompu seulement par le bruit estompé d'une horloge quelque part. Il profita aussi de sentir Everly contre sa grande carcasse, comme si elle avait été faite pour être là.

En fermant les yeux, Ball fit courir le pouce sur l'anneau à sa main droite. Il ne savait pas quelle signification il avait, mais il l'avait vue tourner la bague toute la nuit. Comme si le simple fait de la toucher la calmait.

Il s'endormit avec son odeur dans les narines et avec elle dans ses bras... et il n'avait jamais aussi bien dormi.

* * *

— J'ai de mauvaises nouvelles, dit Meat le lendemain matin, quand Ball et Everly étaient assis à table après le petit-déjeuner.

Everly avait essayé de dire à Mamie qu'ils pouvaient acheter quelque chose sur le trajet de l'école, mais elle avait refusé et avait insisté pour leur préparer des œufs, du bacon et des pancakes.

— Vous avez besoin d'un bon repas pour commencer la journée. Je te connais, Ev, tu vas acheter n'importe quoi et tu seras épuisée à la fin de la journée. Si ton homme et toi vous commencez la journée avec le ventre plein, vous réfléchirez mieux.

Elle ne pouvait pas contredire l'argument du « ventre plein » et elle décida de laisser passer le « ton homme ».

Cela faisait longtemps qu'Everly ne s'était pas réveillée aussi bien reposée. Elle avait su immédiatement où elle était... et dans les bras de qui. À un moment pendant la nuit, Ball s'était tourné sur le dos et elle s'était réveillée avec la tête sur son torse. Il avait un bras autour de ses épaules et elle était restée recroquevillée contre lui. Le confort qu'elle avait ressenti était troublant.

Elle s'était glissée hors du lit, avait pris ses affaires et s'était dirigée vers la salle de bains, ravie qu'il ne soit pas réveillé. Elle avait pris une douche rapide, ne se demandant qu'un petit peu si Elise avait pu le faire depuis qu'elle avait disparu, et quand elle était arrivée dans la cuisine, Ball était déjà là. Habillé et l'air aussi éveillé que toujours... bon sang.

Elle espérait que Mamie ne l'avait pas vu sortir de la chambre d'Elise. Avec un peu de chance, il avait été assez intelligent pour défaire le lit de la chambre d'amis afin de ne pas montrer où il avait dormi. Sa grand-mère ne la lâcherait plus si elle savait qu'Everly et Ball avaient finalement partagé un lit la nuit précédente.

Ils bavardèrent de tout et de rien, évitant le sujet auquel

ils pensaient tous en mangeant. Dès que Mamie disparut dans la cuisine avec la vaisselle sale, Ball avait appelé son coéquipier.

— Ne nous fais pas attendre, gronda-t-il. Crache le morceau.

Meat était sur haut-parleur. Bien qu'Everly aurait préféré épargner les détails à Mamie, elle voulait surtout entendre de vive voix ce que Meat avait découvert.

— J'ai pu entrer dans son compte Facebook, mais elle ne l'utilise pas beaucoup. Il y avait quelques messages, mais rien d'intéressant.

— Et ? demanda Everly avec impatience.

— Une seconde, j'y arrive. Il y avait en revanche une tonne d'autres applications sur son ordinateur. Instagram, Snapchat, Sarahah, Yubo, Musical.ly, Kik, WhatsApp. . . ce sont les principaux qu'elle semble avoir utilisés dans le passé.

— Je n'ai jamais entendu parler de certains d'entre eux, dit Everly, stupéfaite.

— Les gosses sont débrouillards et ils utilisent la même chose que leurs amis. Quoi qu'il en soit, un grand nombre de ces applications les attire parce qu'elles ne gardent aucune trace des conversations entre deux personnes, elles peuvent même être totalement anonymes.

— Même si elles sont anonymes, il reste des adresses IP et d'autres choses que nous pouvons pister, non ? demanda Ball.

— Eh bien, oui, mais on dirait qu'Elise n'utilisait pas vraiment l'ordinateur pour parler avec ses amis, dit Meat.

— Elle utilisait son téléphone, devina Allison.

Everly se tourna pour regarder sa grand-mère. Elle se tenait dans la cuisine et elle les écoutait.

— C'est ce que je pense, oui, dit Meat.

— C'est le cas. Elle était toujours dessus, dit tristement

Allison. Elle disait qu'elle parlait avec ses amis, et nous n'y avons pas vraiment réfléchi. On ne s'est pas dit qu'elle pouvait mentir. Nous lui avons dit qu'elle n'avait pas le droit de l'utiliser à table et nous avons insisté pour qu'elle finisse d'abord ses devoirs, mais dès qu'elle avait terminé, elle était penchée au-dessus de cette chose.

Everly ne réfléchit même pas, elle se mit à communiquer en langue des signes avec sa grand-mère : *ce n'est pas de ta faute.*

Ah bon ? répondit Mamie par signes.

Non. Crois-moi, tous les ados sont obsédés par leur téléphone. Ça ne veut pas dire que tu es une mauvaise tutrice.

Je parie que ça ne serait pas arrivé si elle était avec toi. Tu l'aurais surveillée. Tu aurais posé plus de questions.

Stop, dit Everly.

— Que se passe-t-il ? demanda Meat dans le haut-parleur du téléphone de Ball.

— Everly et sa mamie ont une discussion, dit Ball à son coéquipier.

— Mais... je ne les entends pas parler, répondit Meat.

— Et pourtant...

Everly ne put déchiffrer son ton.

— Je suis désolée. Ce n'était pas poli. Je ne me suis même pas rendu compte que je le faisais. Meat, je parlais à Mamie en langue des signes. Elle pense que tout ceci est de sa faute.

— Ce n'est pas le cas, répondit Ball immédiatement.

— Et je disais à ma petite-fille qu'elle aurait été plus sévère avec Elise. Everly ne l'aurait jamais laissée parler à des inconnus sur Internet.

— Mamie, tu sais que ce n'est pas vrai, et tu ne sais même pas si elle parlait avec des inconnus. Pourquoi penses-tu que ces applications existent ? Parce que les adolescents veulent un moyen de contourner leurs parents.

Si Elise voulait discuter en ligne, elle aurait trouvé un moyen. Arrête de t'en vouloir pour ça. Meat ?

— Oui ?

— Il n'y a donc pas d'informations sur l'ordinateur ?

— Ce n'est pas exactement ce que j'ai dit. Sur l'ordinateur, j'ai une partie des conversations qu'elle a eues avec les gens sur WhatsApp, ainsi que les photos qu'elle a mises sur Snapchat. Pour une raison que j'ignore, sûrement volontaire, aucune conversation de son téléphone n'est synchronisée avec les applications de son ordinateur. Il me faudra donc son téléphone pour retrouver les conversations. Et si elle a utilisé Kik, ce sera très difficile de découvrir avec qui elle parlait. Le plus gros attrait de ce site, c'est que tout reste privé et anonyme.

— Mais tu peux le découvrir ? demanda Everly.

— Avec assez de temps, oui.

Elle comprit ce qu'il voulait dire. Ils n'avaient peut-être pas le temps nécessaire pour qu'il retrouve les partenaires de conversation de sa sœur... mais pire, s'ils n'avaient pas le téléphone, ils n'allaient même pas pouvoir essayer.

— Est-il possible d'ordonner à son fournisseur téléphonique de fournir les informations sur ses appels et d'apprendre ce que nous voulons de cette façon ?

— Oui et non, répondit Meat. Nous pourrons avoir les numéros de téléphone auxquels elle a envoyé des textos et qu'elle a appelés, mais les applications sont différentes. Nous pourrions sans doute ordonner aux applications de fournir ces informations, mais il faudra des lustres.

En soupirant alors qu'elle avait vraiment envie de hurler, Everly hocha la tête. Elle comprenait. Ils avaient besoin du téléphone. Mais c'était sûrement impossible. La police avait déjà essayé de le retrouver, et maintenant il devait être éteint ou cassé en mille morceaux.

— Nous nous rendons à l'école d'Elise ce matin, dit Ball

à Meat. Ensuite, nous parlerons à tous les contacts d'Everly au commissariat. Nous en saurons plus quand nous aurons parlé avec eux et découvert ce qu'ils ont fait pour enquêter.

— Je vous contacte si je découvre autre chose sur l'ordinateur. Madame Adams ?

Everly se tourna vers sa grand-mère. Elle était toujours à côté, à les écouter.

— Oui ?

— Je ne connais pas très bien votre petite-fille – Everly, je veux dire –, mais Ball et elle, et nous autres dans le Colorado, nous faisons tout ce que nous pouvons pour trouver Elise.

— Merci.

— Si vous êtes d'accord, n'utilisez pas l'ordinateur aujourd'hui. Je n'ai pas encore fini de cloner le disque dur.

— Je ne m'en servirai pas, répondit Mamie.

— Merci.

— Je t'appelle plus tard, dit Ball à son ami.

— Très bien. Au revoir.

— Au revoir.

Ball coupa le téléphone.

— Ainsi, vos autres amis sont dans le Colorado ? demanda Allison, même si selon Everly ce n'était pas une question légitime, parce que Ball le lui avait déjà dit. S'il vous plaît, dites-moi que vous n'êtes pas avec la mafia.

Ball gloussa.

— Non, madame. Nous sommes simplement un organisme qui aide à retrouver les personnes disparues.

— D'accord.

Ensuite, elle s'adressa en langue des signes à Everly. *Ça va ?*

Je vais bien.

Tu as l'air. Comme si tu avais dormi.

C'est le cas.

Vous dormirez sûrement mieux dans le lit king size de la chambre d'amis, au lieu du petit lit dans lequel vous avez dormi la nuit dernière.

Everly secoua la tête en sachant qu'elle rougissait. Évidemment, sa grand-mère savait que Ball n'avait pas dormi dans la chambre d'amis. Elle soupira, mais ne put nier qu'elle avait bien dormi la nuit précédente. Elle avait été épuisée, oui, mais elle avait l'impression que son sommeil avait été aussi bon grâce à l'homme qui l'avait tenue dans ses bras toute la nuit.

Peut-être allait-elle simplement céder et choisir le confort ce soir en s'installant dans la chambre d'amis, finalement. Ça ne dérangeait pas Mamie. Et manifestement, pas Ball non plus.

En se demandant ce qu'elle pouvait bien penser, elle se détourna de sa grand-mère et surprit le regard de Ball.

— Je dois vraiment apprendre la langue des signes. Je paierais beaucoup d'argent pour savoir ce qui te fait rougir ainsi.

Everly regarda sa montre.

— Rien. L'école va commencer. Notre rendez-vous avec le principal est dans quarante minutes. Nous devons partir.

Ball hocha la tête et se leva. Everly serra Mamie dans ses bras et lui demanda de dire à Papy qu'elle l'aimait, et ils sortirent.

En route vers l'école d'Elise, Everly raconta tout ce qu'elle savait sur l'endroit. Quand il avait été fondé, le nombre d'élèves, quels étaient les niveaux, le fait que tout le monde était sourd ou malentendant, et que les résultats des examens des élèves étaient parmi les plus élevés de l'État.

En arrivant, ils se garèrent sur une place de parking et Everly sauta de la voiture sans attendre que Ball fasse le tour et lui ouvre la portière. Elle avait grandi en voyant Papy faire cela pour Mamie, et elle avait un jour souhaité qu'un homme fasse la même chose pour elle. Peut-être était-ce toujours un souhait. Mais elle voulait aussi un homme qui soit fier d'elle et du travail qu'elle faisait, qui n'insistait pas pour la traiter comme si elle n'était pas capable de s'occuper d'elle-même.

— Ne sois pas offensé si les gens te fixent, dit-elle à Ball quand ils se dirigèrent vers la porte d'entrée de l'école.

— Pourquoi me fixeraient-ils ?

En décidant d'être directe, elle lui expliqua :

— Premièrement, parce que tu es canon. Je suis certaine que tu le sais, alors ne te dis pas que je suis en train de draguer. Deuxièmement, parce que dans leur monde, c'est toi le marginal. Ils vont parler de toi en sachant que tu ne les comprends pas. Ne le prends pas mal.

— Promis.

Il s'arrêta un moment avant de dire :

— Je suis canon ?

Everly leva les yeux au ciel.

— Je savais que tu ne pourrais pas t'empêcher d'en faire la remarque. Quand même, tu dois le savoir.

Il haussa les épaules.

— Je suppose que je n'y pense pas tellement. Je suis qui je suis.

Everly s'arrêta près de la porte d'entrée et elle le dévisagea.

— Ball, tu es grand et musclé. Tes cheveux blonds et tes yeux bleus sont à couper le souffle. Tu as cette mâchoire carrée, et tu roules des mécaniques en marchant ce qui montre que tu ne manques pas de confiance en toi. Tu es peut-être vieux pour ces adolescents, mais tu as aussi une aura autour de toi qui dit « qu'on ne m'emmerde pas ». Si tu épousais une de leurs mères, tu serais un vrai DILF. Alors oui, tu es canon.

— Qu'est-ce que c'est, un DILF ?

Elle gloussa.

— Tu ne le sais pas ?

— Non.

— Alors moi je le sais et toi tu dois le découvrir, lui dit-elle avec un sourire avant d'ouvrir la porte.

Elle entendit Ball se dépêcher derrière elle, et elle ne put s'empêcher de sourire plus largement en ayant le dessus avec lui... pour une fois.

Ils arrivèrent au milieu d'un changement de classe, et son sourire s'évanouit lorsqu'elle vit des bribes de conversations entre les différents groupes d'élèves. Elle avait eu tort. Ils ne parlaient pas du tout de Ball.

Ils parlaient de sa sœur. De la disparition d'Elise.

La plupart pensaient qu'elle avait fugué.

Honteuse d'avoir profité ne serait-ce qu'une minute de sa journée alors qu'Elise était dehors quelque part, sûrement terrifiée, Everly pinça les lèvres et refusa de regarder les enfants autour d'eux pendant qu'ils marchaient vers le bureau d'accueil.

— Qu'est-ce qui ne va pas ? Que disent-ils ? demanda Ball en l'arrêtant avec une main sur son avant-bras.

— Rien.

— Everly, dis-le-moi. Je m'en fous s'ils parlent de moi, mais vu ta réaction, je pense qu'il s'agit d'autre chose, n'est-ce pas ?

Ayant l'impression d'être sur le point de craquer, Everly ferma les yeux et inspira profondément. Ball l'attira sur le côté, mais elle n'ouvrit pas les yeux. Quand elle sentit un mur dans son dos, elle ouvrit finalement les paupières et elle vit Ball se tenir entre elle et le couloir. Il avait la main posée sur le mur à côté de sa tête et il se penchait auprès d'elle.

— Parle-moi. À qui dois-je casser la figure ? demanda-t-il.

Sans réussir à se contrôler, elle gloussa.

— Tu ne peux pas te battre avec un enfant, Ball.

— Pourquoi pas ?

Elle lui jeta un regard exaspéré.

— Parce que !

— Ce n'est pas une réponse. Dis-moi ce qu'ils racontent.

Everly secoua la tête. Elle ne pouvait pas en parler maintenant.

— Nous devons aller rejoindre le principal, dit-elle pour gagner du temps.

— Everly, dit-il en posant une main sous son menton. Dis-le-moi.

— Ce n'est rien. Ils parlent simplement d'Elise. Ils se demandent qui tu es et pourquoi je suis là. Ils savent que je suis sa sœur, et apparemment certains pensent que je l'ai abandonnée. Ce n'étaient que des ragots, Ball... ils disaient qu'elle avait sûrement fugué parce que personne ne se souciait d'elle.

Ball se tourna et jeta des regards noirs aux quelques élèves qui tournaient encore dans les couloirs.

— Qui ? Je leur casse la figure.

Everly lui saisit le bras.

— Ball ! Arrête.

Il se retourna vers elle.

— Tu n'as pas abandonné ta sœur. Ne laisse pas ces conneries t'atteindre une seule seconde. Tu as tout laissé tomber pour être là pour elle maintenant. Et je sais que tu as pris un congé sans solde pour être ici.

— Comment le sais-tu ?

— Je sais tout, dit-il et Everly eut la drôle d'impression que c'était vrai. Ev, ne laisse pas ces petites merdes te perturber. Nous allons trouver Elise.

— Et si nous n'y arrivons pas ?

— On y arrivera.

— Ball, tu ne peux pas le savoir.

— Si. Je ne sais pas comment, mais c'est le cas. Quelqu'un d'aussi joli que ta sœur – et je parle autant de son caractère que de son physique – ne peut pas avoir une vie si courte.

— Tu ne sais pas comment elle est de caractère.

— Je t'ai écoutée parler d'elle. J'ai lu ce qu'elle pensait au dos de ce poster. Elle a des émotions très fortes. Pour tout le monde. Si seulement elle se souciait d'elle-même, elle ne serait pas aussi émotive. J'ai rencontré Mamie et Papy, j'ai vu sa chambre, j'ai vu comme tu l'aimes. Comment pourrait-elle être laide à l'intérieur ?

Everly se contenta de le fixer. Elle ne savait même pas si elle appréciait Ball jusqu'à maintenant, mais étant donné ce qu'il venait de dire, elle sentit qu'elle se radoucissait.

— J'ai peur, chuchota-t-elle.

— Moi aussi, avoua-t-il. Mais ça ne va pas nous arrêter, n'est-ce pas ? Elise a besoin de nous. Elle compte sur toi pour la trouver. Et bon sang, c'est ce que nous allons faire, peu importe l'avis de ces commères adolescentes. D'accord ?

— D'accord.

— Bien.

Puis il lui prit la main – pas de façon romantique, plutôt avec impatience – et il la traîna le long du couloir. Apparemment, l'expression sur le visage de Ball était un peu effrayante, car les quelques enfants qui traînaient encore par-là se dépêchèrent de sortir de son chemin.

* * *

Ball était assis à côté d'Everly dans le bureau du principal et il les regarda parler.

Everly traduisait pendant qu'elle parlait en langue des

signes afin qu'il puisse comprendre ce qui était dit. C'était étrange d'être à l'extérieur, et il comprenait maintenant pourquoi Rex avait insisté pour qu'Everly soit impliquée dans l'enquête. Il n'aurait pas pu parler de cette façon avec le principal. Il aurait dû se résoudre à écrire des choses sur des bouts de papier en demandant au principal de faire la même chose.

La situation aurait été gênante et cet homme ne se serait pas ouvert comme il l'était avec Everly. Il était évident qu'ils se connaissaient, qu'ils avaient eu de nombreuses discussions au sujet de sa sœur dans le passé.

L'homme était inquiet au sujet d'Elise, et il dit à Everly que personne ne lui avait rapporté quoi que ce soit étrange pour sa dernière journée d'école. Il avait parlé à tous ses professeurs et tout le monde avait répondu la même chose, que la journée avait été normale. Elle avait eu un contrôle d'histoire et une assez bonne note. Elle bavardait joyeusement au déjeuner avec un groupe de filles avec lequel elle traînait, et elle n'avait rien dit à qui que ce soit sur ce qu'elle allait faire après l'école.

La seule chose utile de la conversation fut quand le principal dit que des conducteurs de bus avaient vu Elise marcher dans la direction opposée de la maison de ses grands-parents.

C'était nouveau. Everly saisit immédiatement l'information au vol.

— Pourquoi personne ne l'a dit aux flics ? demanda-t-elle.

Je crois que ça a été fait. Ils étaient ici hier et ils ont parlé à une poignée des amis d'Elise, dit le principal en langue des signes pendant qu'Everly *traduisait.*

Après encore vingt minutes de discussion, et sans obtenir d'autres informations utiles, Everly le remercia. Il leur dit qu'ils pouvaient parler aux élèves s'ils en avaient envie.

— Devons-nous trouver ses amis et voir s'ils veulent bien nous parler ? demanda Everly dans le couloir.

Il secoua la tête.

— Je ne crois pas que cela apporterait grand-chose. J'ai cru le principal quand il a dit que personne n'avait rien vu d'inhabituel. Ta sœur est du genre réservée, non ?

— Oui. Je ne savais même pas qu'elle craquait pour ce Sean Berdy. Elle m'a fait regarder le film *Le Gang des champions* une fois quand je leur ai rendu visite, mais ça ne m'avait pas marqué à l'époque.

— D'accord. Et a-t-elle une amie avec laquelle elle traîne tout le temps ? Une meilleure amie ou un meilleur ami ?

— Pas vraiment.

— Je me dis que si elle parlait à quelqu'un sur une de ces applications, elle le gardait peut-être pour elle. Tu l'as dit hier, elle est très sensible. Si elle avouait qu'elle avait un super petit ami, elle pouvait craindre que quelqu'un essaie de la dissuader, ou de la taquiner, ou de lui dire qu'il n'était peut-être pas celui qu'elle pensait. Peut-être était-il plus âgé, et s'inquiétait-elle que quelqu'un le dise à ses grands-parents ?

Everly réfléchit à tout ce qu'il avait dit.

— Tu as sans doute raison. Mais que faisons-nous maintenant ?

— Allons marcher.

— Marcher ? Tu es fou ?

— Non. Viens. Fais-moi confiance.

Et bizarrement, c'est ce qu'elle fit. Ils sortirent de l'école comme ils y étaient entrés et tournèrent à gauche... dans la direction opposée de celle qu'Elise aurait dû prendre pour rentrer chez elle.

* * *

Ball était perturbé. Et pas seulement à cause de l'affaire.

Plus il passait du temps avec Everly et plus il l'appréciait.

Elle n'était pas du genre à être hystérique, et en fait elle avait été bien plus stoïque qu'il n'aurait pu l'imaginer, étant donné les circonstances.

Elle ne s'attendait pas à ce qu'il fasse des choses pour elle simplement parce qu'il était un homme et qu'elle était une femme. Il se souvenait clairement de Riley qui se mettait en retrait et qui le laissait enrouler la corde sur le bateau qu'ils conduisaient ensemble. Elle le laissait aussi mettre l'essence, vérifier le moteur et nettoyer le bateau à la fin de la journée.

D'un autre côté, il avait fait toutes ces choses sans réfléchir et sans hésiter.

Il avait sans doute perpétué quelques-uns des stéréotypes de genre dans lesquels elle était tombée. Il avait toujours été très motivé pour être le premier à monter à bord d'un bateau qu'ils arrêtaient, et pour se placer devant elle quand les choses tournaient mal.

En avait-il toujours été ainsi ? Il ne s'en souvenait franchement plus.

Mais Ball avait l'impression que s'il essayait de tenter cela avec Everly, elle le pousserait sur le côté et ferait elle-même ce qu'il fallait.

Ce n'était pas une pensée agréable de se dire que peut-être, juste peut-être, il n'avait pas rendu service à Riley pendant toutes ces années.

Il ne l'avait pas laissé faire beaucoup de choses parce qu'il avait cru qu'elle ne *voulait* pas. Mais si c'était le contraire ? Et si elle avait pu être une meilleure garde-côte s'il avait arrêté de la protéger, s'il n'avait pas eu ce besoin de la maintenir en sécurité ?

Et si c'étaient ses actes à lui qui avaient fini par causer l'accident lui ayant coûté sa carrière ?

Merde.

Mais c'était plus que ça. Oui, être avec Everly le faisait lentement changer d'avis sur le fait de travailler avec les femmes, ce qui était insensé, car il ne la connaissait – ne la connaissait *vraiment* – que depuis un jour environ, mais cela cassait lentement le bouclier qu'il avait construit autour de son cœur. Holly lui avait arraché le cœur quand elle l'avait abandonné alors qu'il était en convalescence, mais en étant témoin de la dévotion d'Everly pour sa sœur et ses grands-parents, même alors qu'elle ne vivait pas dans la même ville, il savait qu'elle n'était pas du genre à tourner le dos à l'homme qu'elle était censée aimer.

— Que cherchons-nous ? demanda Everly en le tirant de sa rêverie.

— Je ne sais pas trop. Mais quelqu'un a vu ta sœur marcher dans cette direction. C'est un des meilleurs indices que nous ayons eus depuis que nous avons commencé à enquêter.

Everly acquiesça, tournant constamment la tête d'un côté et de l'autre en cherchant tout ce qui pouvait être lié à Elise.

— Quand tu te préparais ce matin, Gray m'a envoyé un e-mail, lui dit Ball.

— Ah oui ?

Il y avait du progrès. Elle ne le descendit pas en flèche parce qu'elle ne lui en avait pas parlé plus tôt.

— Oui. Il a contacté le bureau du FBI ici à Los Angeles et il a obtenu des informations sur les réseaux de trafic sexuel.

Ces mots semblèrent flotter entre eux comme l'énorme éléphant dans la pièce. C'était un risque d'aborder ce sujet d'un seul coup, et il ne l'aurait pas du tout mentionné quelques jours auparavant, mais après avoir passé les dernières vingt-quatre heures avec Everly, Ball s'était dit qu'elle pouvait le supporter. Et qu'elle préférait qu'il soit direct. Il avait raison.

— Et ?

Sa question n'était pas hostile. Il y entendit la tristesse, mais son entraînement prenait le relais et elle était clairement curieuse aussi.

— Ils ont enquêté sur un groupe très agressif qui semble être basé ici à Los Angeles et qui utilise les réseaux sociaux et différentes applications pour attirer des ados vulnérables dans leur toile. Gray les a informés de la disparition d'Elise, et elle est maintenant sur leur écran radar. Ils ont sa photo et sa description, et ils seront vigilants lors de futures descentes.

— Ont-ils des pistes sur qui pourrait être impliqué ? Quand prévoient-ils leur prochaine descente ? demanda Everly.

— Malheureusement, comme tu le sais, le trafic d'êtres humains n'est pas effectué par une seule personne. Il y a de nombreux niveaux de participants, ce qui rend presque impossible le fait de trouver la tête du serpent. Ils ont pu sauver quelques femmes et faire plusieurs rafles dans des bordels qui forçaient les femmes et les jeunes filles à travailler contre leur gré, mais trouver la ou les personnes à l'origine de l'opération peut prendre des années.

Les épaules d'Everly s'affaissèrent.

— Mon Dieu. Je n'imagine même pas ce que ces pauvres femmes ont traversé.

— Je sais.

Ball ne savait pas trop quoi dire d'autre. Everly savait aussi bien que lui que les chances de retrouver Elise s'amenuisaient à chaque heure qui passait. Si elle avait été piégée par quelqu'un dans le monde du trafic d'êtres humains, elle pouvait se trouver à l'arrière d'un camion ou au fond d'un vaisseau, quittant les États-Unis en ce moment même. Parce qu'ils étaient si près du Mexique, il n'était pas impossible qu'elle ait depuis longtemps traversé la frontière.

Juste à ce moment-là, Everly inspira brusquement... et se mit à courir.

Ball s'élança à sa poursuite, inquiet parce qu'il ne savait pas si elle courait vers quelque chose ou si elle fuyait. Elle s'arrêta cependant bientôt à une vingtaine de mètres seulement de l'endroit où elle était partie.

Elle se tenait au bord du trottoir, fixant l'herbe le long de la route.

Dans les grandes herbes et les ordures se trouvait un petit sac noir.

Heureusement, Everly ne l'avait pas touché... mais bien sûr, elle ne l'aurait pas fait. Elle était policière. Elle comprenait l'importance des preuves et qu'il était crucial de ne pas les contaminer.

— Est-ce à Elise ? demanda Ball.

Everly hocha la tête. Elle s'agenouilla pour mieux l'examiner, pendant que Ball sortait son téléphone pour prendre une photo.

— La bandoulière est cassée, dit Everly.

— Il a pu y avoir une lutte, devina Ball.

Everly hocha la tête et se leva. Elle effectua un tour complet, essayant de se familiariser avec la configuration du terrain.

De l'autre côté de la rue se trouvait une station essence. Ce n'était pas la meilleure partie de la ville, mais ce n'était pas non plus la pire. Ball savait qu'il pouvait y avoir des caméras de surveillance à la station. Et si c'était le cas, elles avaient peut-être filmé une partie de ce qui était arrivé. Si Elise avait été saisie et mise de force dans une voiture, il était possible que le véhicule apparaisse.

Il n'y avait pas de feux de circulation, alors malheureusement Meat ne pouvait pas obtenir les enregistrements de caméras de circulation, mais s'ils savaient quel genre de voiture ils cherchaient, ils pouvaient travailler avec le FBI et voir s'ils pouvaient la repérer sur la prochaine caméra de circulation, puis la suivante et ainsi de suite.

— Allez, viens, dit Ball. On va parler aux employés de la station essence. Voyons s'ils ont remarqué quelque chose de suspect au cours de la semaine dernière. Nous verrons aussi s'il y a des caméras.

Everly hocha la tête, puis elle hésita.

— Son sac...

— Nous appellerons les flics après notre passage à la station. Son sac est là depuis qu'elle a disparu. Je pense qu'il pourra y rester une quinzaine de minutes de plus. Nous serons juste de l'autre côté de la route. Si nous voyons quelqu'un ici, un de nous pourra revenir en courant, d'accord ?

Elle hocha la tête.

— Tu as raison. D'accord.

Il était facile de voir qu'Everly était secouée par la découverte, mais c'était aussi leur premier gros indice. Ils se dépêchèrent de traverser la rue et se dirigèrent vers la boutique de la station.

— Veux-tu chercher aux alentours ou parler avec la personne à la caisse ? demanda Ball en faisant de son mieux pour travailler avec elle et ne pas lui donner d'ordres.

Elle leva la tête vers lui, un sourcil levé.

Il haussa les épaules.

— J'essaie.

Elle sut manifestement ce qu'il voulait dire, car elle se contenta de répondre :

— Je vais à la caisse. Si c'est une femme, elle sera peut-être moins intimidée avec une autre femme. Et si c'est un homme, je pourrais flirter pour obtenir des informations.

— Pour obtenir des informations ? demanda Ball. Ça se fait vraiment ?

— Je sais que je ne suis pas vraiment un mannequin, mais je l'ai déjà fait assez souvent pour mes enquêtes, et je n'en ai pas honte.

— Je ne remettais absolument pas en doute ton apparence, lui dit Ball avec sincérité. Tu es très belle. C'est juste ta façon de le dire qui m'a fait tiquer.

Elle sembla très surprise, comme si elle n'avait pas l'habitude de recevoir des compliments. C'était dommage, vraiment, car plus il passait du temps avec Everly, plus il était attiré par elle. Elle faisait tourner les têtes partout où elle passait, et Ball l'avait remarqué.

— Bref. Finissons-en pour pouvoir appeler les flics et leur faire ramasser le sac. J'aimerais savoir ce qu'il y a dedans et s'il y a d'autres indices.

Là-dessus, elle lui tourna le dos et ouvrit la porte de la boutique.

Ball l'observa à travers la vitre. Il vit sa démarche de flic devenir un balancement de hanches plus séducteur. Elle avait des hanches délicieuses et la façon dont son jean moulait ses fesses aurait dû être illégale.

En secouant la tête et en souriant intérieurement, Ball se tourna pour inspecter les alentours du bâtiment... et il heurta quelqu'un qui se tenait bien trop près de lui.

L'homme lui donna immédiatement un coup de genou dans l'entrejambe, et Ball se plia en deux, à l'agonie.

Profitant de l'avoir momentanément neutralisé, l'homme lui prit le bras et le força à faire le tour du bâtiment.

Ball lutta pour reprendre ses esprits. L'enfoiré qui l'avait frappé le poussa violemment et Ball tomba à genoux dans le gravier du parking. Il se releva immédiatement, mais deux autres hommes l'avaient déjà saisi par les bras en le tenant entre eux.

Ball était plus grand que les trois hommes, mais il subissait encore des élancements de douleur entre les jambes, et celui qui l'avait attaqué le premier put lui mettre encore deux coups de poing avant que Ball ne revienne à lui. D'une certaine façon, les coups de poing au visage l'aidèrent à rediriger la douleur de ses testicules vers sa tête.

En utilisant des manœuvres qu'il avait apprises chez les garde-côtes, ainsi que celles que ses collègues Mercenaires Rebelles lui avaient montrées, Ball contre-attaqua.

Au bout d'une minute, il fut consterné de voir qu'il perdait quand même le combat. Trois contre un, ce n'était pas vraiment juste, mais ces hommes s'en moquaient. Ils ne lui avaient rien demandé, et Ball ne savait pas du tout pourquoi il avait été ciblé...

Jusqu'à ce qu'un des hommes qui attendaient au coin du magasin dit :

— Dépêchez-vous de l'assommer pour que nous puissions prendre la fille !

Certainement pas. Ils n'allaient pas mettre la main sur Everly.

— Certainement pas ! dit une voix féminine près de là, et avant que Ball puisse l'avertir de partir, Everly se joignit à la mêlée.

Maintenant qu'il ne se battait plus contre trois hommes à la fois, Ball put assommer un des enfoirés.

Il se retourna pour aider Everly... et à la place, il resta figé de stupeur. L'homme qui lui avait donné un coup dans l'entrejambe gémissait de douleur sur le sol, et elle tenait l'autre avec une clé de bras. Elle était plus petite que lui de six ou sept centimètres, et pourtant il était penché en arrière, totalement sous son contrôle.

Un homme portant un treillis, un polo avec le nom de la station essence et une casquette apparut au coin du magasin.

— Les flics arrivent... Waouh !

Ball fut impressionné, car le jeune homme reprit très vite ses esprits et cria :

— J'ai des cordes à l'arrière !

Il tourna les talons et repassa le coin de la station, sans doute pour aller chercher la corde afin d'attacher les voyous qui venaient de les attaquer.

Ball ne put s'en empêcher : il s'avança vers le premier homme – qui était maintenant à quatre pattes, comme s'il avait l'intention de se lever – et il lui donna un coup de pied dans l'entrejambe.

L'homme tomba sur le côté en criant de douleur.

Satisfait, Ball se tourna vers Everly. Elle avait suffisamment coupé l'oxygène du type pour lui faire perdre connaissance et elle le faisait lentement descendre vers le gravier.

À ce moment-là, une quantité énorme de sentiments et de pensées lui traversèrent l'esprit.

— Est-ce que ça va ? demanda-t-elle.

Ball hocha la tête, mais il ne dit rien.

Elle fronça les sourcils.

— Tu en es sûr ?

— Oui, dit-il au bout d'un moment. Merci.

Everly hocha la tête, puis elle se tourna pour s'assurer que les hommes qu'elle avait neutralisés n'avaient pas l'intention de bouger.

Ball n'arrivait pas à croire la vitesse avec laquelle elle avait battu ces deux hommes. Et elle n'avait même pas hésité. Elle s'était immiscée dans le combat et elle avait fait le nécessaire. Elle avait couvert ses arrières. Et l'avant. Et qu'elle soit une femme n'avait rien changé. Elle l'avait fait. Et très efficacement, en plus.

Comme touché par la foudre, ou frappé à l'arrière de la tête par Gibbs dans la série *NCIS*, Ball sut que ce n'était pas avec les femmes en général qu'il avait du mal à travailler... ce n'était qu'avec Riley. Elle avait presque dix ans de moins que lui, et elle avait toujours avoué qu'elle avait rejoint l'armée uniquement pour les avantages financiers. Elle n'avait pas vraiment aimé son travail, et il en avait été frustré. Enfin, pas vraiment frustré, mais peut-être assez arrogant pour penser qu'il pouvait la faire changer d'avis.

Mais alors qu'il continuait à fixer Everly – qui ne semblait pas avoir subi le moindre bleu – pendant que du sang coulait de sa lèvre éclatée, il comprit qu'il avait toujours su que ce n'était pas le genre qui faisait de quelqu'un un bon partenaire. C'était la passion. La passion pour le travail. Et Everly n'en manquait pas.

Il lui devait des excuses. De grosses excuses. Mais ce n'était pas le moment, car ils avaient les mains pleines avec ces enfoirés, le sac d'Elise, et les informations qu'ils pouvaient peut-être trouver à la station essence au sujet de la disparition d'Elise.

En tout cas, Ball était sûr d'une chose : il avait eu tort quand il n'avait pas voulu travailler avec Everly. C'était une partenaire d'enfer et il n'allait pas hésiter à lui faire savoir qu'elle pouvait couvrir ses arrières et lui les siennes, n'importe quel jour de la semaine.

4

Everly était épuisée. Après l'accrochage avec les petits délinquants – qui n'avaient aucun rapport avec sa sœur disparue et voulaient seulement récupérer de l'argent facilement – et après leur déclaration à la police, ils attendirent impatiemment qu'un agent les accompagne de l'autre côté de la rue pour ramasser le sac d'Elise au bord de la route. Ils avaient été tous les deux surpris de voir que son téléphone portable était à l'intérieur. Il était éteint, mais il était là.

Ball voulait le prendre et le donner à Meat, mais le policier insista pour l'envoyer aux experts de la LAPD. Everly savait que Ball était contrarié, et franchement, elle l'était aussi. Elle avait l'impression que Meat pouvait obtenir des résultats beaucoup plus rapidement que la police de Los Angeles.

Ils se rendirent au commissariat avec le policier, et ils parlèrent à l'inspecteur Diego Ramirez, à qui l'affaire d'Elise avait été confiée. Il parla avec eux des centaines d'adolescents qui étaient portés disparus chaque semaine... alors que la majorité n'avait pas vraiment disparu.

Ball avait presque perdu son sang-froid.

— Je me fous de ce que disent les statistiques, Elise Adams a disparu. Purement et simplement. Je comprends, vous ne voulez pas gaspiller vos ressources en cherchant quelqu'un qui n'a pas vraiment de problème, mais Elise n'est pas une droguée. Elle ne joue pas les rebelles. Elle a disparu. Une fugueuse n'aurait pas jeté son sac avec de l'argent et son téléphone dedans. Jamais. Maintenant, vous pouvez soit nous aider à la chercher, soit nous rendre le sac avec son téléphone, et nous laisser la retrouver par nous-mêmes.

L'inspecteur Ramirez avait fixé Ball pendant un moment, puis il avait hoché la tête.

— Je vous crois et j'ai fait de mon mieux pour suivre des pistes, mais il n'y a aucune piste à suivre en ce moment. Le sac est la première.

Ball ne lâcha pas l'affaire et il ne détourna pas le regard.

— Quel est le plan, alors ? Comment allons-nous trouver Elise ?

Ils finirent par parler pendant encore une heure et demie. Ils eurent une image beaucoup plus complète de la situation du trafic d'êtres humains dans la région, et cela fit très peur à Everly. Si sa chère sœur avait été prise par un des recruteurs, ils ne la retrouveraient sans doute jamais. Elle vivrait le reste de sa vie comme jouet pour celui qui voulait bien payer ce privilège... et elle était sans doute déjà droguée pour la garder plus soumise et docile.

C'était terrifiant, et comme s'il percevait tous les scénarios horribles qui lui passaient par la tête, Ball posa la main sur son genou pour la rassurer.

Ce petit geste l'aida à reprendre ses esprits et lui fit savoir qu'elle n'était pas seule. Que Ball avait promis de faire ce qu'il fallait pour trouver sa sœur.

Depuis la bagarre à la station-service, il était... différent. C'était subtil, mais bien réel. Everly sentait qu'il la regardait fréquemment, mais quand elle se tournait pour voir ce qu'il voulait, il détournait le regard. Au début, elle pensait qu'il était énervé qu'elle soit venue l'aider, mais ce n'était pas ça. Elle ne parvint pas à trouver la réponse, mais comme ils n'avaient pas encore eu le temps de parler de l'attaque, elle allait devoir attendre pour savoir ce qu'il pensait.

Ils avaient promis de retourner au commissariat dans un ou deux jours pour donner des nouvelles à l'inspecteur au sujet de l'affaire. Everly ne voulut pas retourner tout de suite chez ses grands-parents. Elle avait l'impression de devoir faire quelque chose. Pas juste de rester assise à parler de choses et d'autres.

— Viens, dit Ball quand ils quittèrent le bureau de Ramirez.

— Où ?

— J'ai faim, et je sais que tu dois avoir faim aussi.

— Mamie a sûrement cuisiné toute la journée, l'avertit Everly.

Ball sourit.

— Merveilleux. J'ai l'impression qu'il me faudra faire encore plus de sport pour ne pas prendre le poids de la grand-mère.

— Le poids de la grand-mère ? demanda Everly avec un petit sourire.

— Oui. Ta mamie est une cuisinière excellente, à en juger par le repas d'hier soir.

— Oui, et ?

— Je ne m'en sors pas trop mal en cuisine, mais ma faiblesse, ce sont les repas faits maison... que je n'ai pas eu à préparer moi-même. Je vais manger comme un cochon et tu seras gênée quand il me faudra ouvrir le bouton de mon jean pour pouvoir respirer. Quelques repas de la sorte et je vais prendre du poids de grand-mère.

Everly gloussa. Il n'avait pas tort. Mais en même temps,

elle se dit qu'il n'avait pas à s'inquiéter de prendre du poids. Cet homme était bâti comme une maison de briques. Il n'allait pas du tout perdre la forme. Il était bien trop dévoué aux Mercenaires Rebelles.

— Pendant que tu disais au revoir à Ramirez, un des autres agents m'a parlé des camions-restaurants garés à quelques pâtés de maisons. Nous pourrions aller chercher quelque chose pour tenir jusqu'au dîner de ce soir.

— Bonne idée, répondit Ball.

Il lui ouvrit la porte du commissariat et ils sortirent dans l'air chaud et humide de l'après-midi.

Ils restèrent silencieux un moment en marchant, et Everly finit par ne plus pouvoir le supporter.

— Tu n'as rien dit sur ce qui est arrivé.

Elle n'avait pas besoin de développer : il savait de quoi elle parlait.

— Je sais.

Elle attendit, mais il ne dit rien de plus. Décidant de laisser tomber tout en étant déçue, Everly marcha à côté de Ball jusqu'aux camions. Il choisit un kebab à la grecque et elle prit un bol de sushis. Il y avait quelques bancs sous les arbres près de là, et ils s'y installèrent.

Ils mangèrent en silence pendant un moment, puis Ball déclara :

— J'ai agi comme un vrai con.

Cette affirmation semblait sortir de nulle part et Everly fronça les sourcils.

— Quoi ? Quand ?

Il ne mangeait pas, fixant son kebab comme s'il risquait de se faire attaquer par lui s'il détournait les yeux.

— En général. Je t'ai jugée avant même de te rencontrer, et pire, j'ai laissé mes expériences du passé influencer tout ce que mes amis et Rex m'ont dit sur toi.

Il leva alors la tête et l'émotion dans ses yeux figea Everly.

— Merci pour ce que tu as fait aujourd'hui. Intellectuellement, je savais que tu étais une policière, et au SWAT, mais émotionnellement, je te voyais encore comme une simple femme.

Everly refusa de baisser le regard. Une simple femme ? Que voulait-il dire par là ?

— Continue, dit-elle doucement en oubliant son propre déjeuner à cause du sérieux de leur conversation.

— Quand j'étais chez les garde-côtes, on m'a attribué Riley pour partenaire. Elle venait de sortir de l'académie et elle était très enthousiaste d'être affectée à une patrouille. J'avais une dizaine d'années de plus qu'elle et j'étais content de lui montrer les ficelles du métier. Au bout d'un moment, nous avons acquis une routine confortable, mais nous n'étions pas égaux. J'étais son mentor et j'adorais ce rôle. Avec le recul, je sais que je l'ai traitée différemment parce qu'elle était une femme. Je n'étais pas aussi dur avec elle que je l'aurais été avec un partenaire masculin. Je faisais bien trop de choses pour elle. Mais elle ne se plaignait pas. Elle faisait son travail, et quand cela devenait dur, ce qui arrivait de temps en temps, elle se mettait en retrait et me laissait prendre les commandes.

Il s'arrêta et Everly eut terriblement envie de lui dire de continuer, de lui raconter ce qui était arrivé pour le rendre aussi amer et réticent à travailler avec une femme. Mais elle resta silencieuse. Elle tenta quelque chose en posant la main sur la sienne.

Son encouragement sembla l'aider, car il respira profondément et continua. Mais cette fois, il ne la regarda pas, il avait le regard perdu dans le vide comme s'il revivait les événements qu'il décrivait.

— Nous étions dans le golfe du Mexique avec notre

bateau Defender de sept mètres et demi. Nous faisions une patrouille normale quand nous avons reçu un appel au sujet d'une embarcation suspecte dans notre zone. Riley était dans la cabine, comme d'habitude, et j'étais à l'avant pour contrôler le M240.

Everly l'imaginait dans sa tête et elle était certaine que Ball devait paraître très imposant. Les pieds bien ancrés sur le pont, les biceps rebondis, se tenant à la mitraillette, prêt à faire ce qu'il fallait pour défendre son pays. Elle se dit qu'il fallait lui demander de voir une photo de lui en uniforme.

— Qu'est-il arrivé ? demanda-t-elle.

— Je ne sais pas ce que tu connais de la navigation, mais apparemment Riley a cru voir quelque chose devant nous, et elle a fait une manœuvre à pleine vitesse, en virant brusquement de bord sans m'avertir. Je n'étais pas préparé, j'ai été jeté à l'eau… mais mon bras est resté accroché à une des cordes sur le côté du bateau quand j'ai essayé de ne pas tomber.

Everly retint sa respiration.

— Oui, gloussa Ball sans la moindre trace d'humour. J'ai été traîné le long du bateau sur au moins deux cents mètres avant que Riley ne ralentisse. Mon épaule était déboîtée et j'avais déchiré presque tous les muscles et les ligaments. L'ironie est que j'ai eu de la chance. Il y a eu un cas quelques années auparavant, où quelqu'un a été tué quand la même chose est arrivée. Les hélices lui ont frappé la tête quand il a été jeté par-dessus bord. Riley ne faisait pas son intéressante et n'essayait pas d'être exagérément agressive dans ses manœuvres pour essayer d'intimider quelqu'un. Elle réagissait simplement à quelque chose qu'elle pensait avoir vu. Et le plus drôle, c'est qu'elle avait bien vu quelque chose. Un bateau sans aucune lumière traînait dans la zone. J'ai réussi à remonter à bord, et malgré la douleur dans mon bras, nous avions un travail à faire. Il s'est trouvé que le bateau transportait de la drogue. Riley était chargée de fouiller les hommes, car mon épaule était hors service. Je pointais mon arme sur eux, mais quand elle a voulu les menotter, un des hommes a sorti un pistolet qu'il avait réussi à cacher sur lui et il m'a tiré dessus.

Everly inspira brusquement.

Ball hocha la tête.

— J'ai abattu et tué les deux hommes du bateau et Riley a pété un câble. Elle a fait tellement d'erreurs ce soir-là que ce n'était même plus drôle. Elle était hystérique et ne pouvait pas naviguer, alors j'ai moi-même dû accrocher le bateau au nôtre et nous conduire jusqu'au port. Riley a reçu des réprimandes, et elle a été rétrogradée, mais elle a pu garder son travail. Son avocat a prétendu qu'elle n'avait pas été correctement entraînée et que le stress de la situation l'avait poussée à agir à l'encontre de son caractère. Ce qui m'a vraiment perturbé, c'est que pendant son audience, son avocat a transformé les faits en affirmant que d'une certaine façon, c'était de *ma* faute si j'avais pris une Balle.

— Sérieusement ?

— Sérieusement, répondit Ball. Je croyais que nous étions partenaires, mais quand les choses sont devenues difficiles, elle n'a témoigné absolument aucune loyauté à mon égard. Elle ne s'est même jamais excusée. Mon épaule a mis des années à guérir, avec le coup de fusil en plus des ligaments arrachés. Finalement, les garde-côtes m'ont démobilisé pour raison médicale. Ça m'a rendu amer pendant très longtemps.

— Je comprends. Mais, Ball, je ne te ferais jamais ça, ni à quiconque avec qui je travaille.

— Je sais, dit-il doucement.

— Vraiment ? demanda Everly.

Il se tourna alors pour la regarder.

— Oui. C'est ce que j'essaie de t'expliquer, mais mal.

Quand ces types m'ont cassé la figure, je ne me suis pas une seule fois imaginé que tu pouvais venir m'aider. Ça ne m'a même pas traversé l'esprit. Si j'avais été avec un de mes coéquipiers, c'est la première chose à laquelle je me serais attendue. Mais voilà, tu es arrivée. Tu leur as mis la pâtée. Tu n'as même pas transpiré en le faisant, je te jure. J'ai honte de moi, Everly. Et je suis vraiment désolé.

L'animosité qu'elle pouvait encore ressentir après l'avoir entendue dire qu'il ne voulait pas d'une femme dans une de ses missions s'évapora.

— Ce n'est pas grave, Ball.

— Merci de me pardonner si facilement. Mais j'ai peur qu'il me faille plus longtemps pour me le pardonner. Les femmes sont tout aussi capables que les hommes. Je le sais, je l'ai vu moi-même, mais d'une certaine façon tout s'est mélangé dans ma tête après Riley. Je pensais toujours qu'elles étaient capables... tant que je n'étais pas obligé de travailler avec elles. C'était stupide.

— Quel âge as-tu ? demanda Everly.

— Je suis assez vieux pour avoir plus de jugeote.

Elle leva les sourcils.

— J'ai quarante ans.

— Bien. Tu as donc encore vingt ans avant la retraite pour rattraper ton attitude d'homme des cavernes.

Il sourit et Everly se détendit. Elle était contente de pouvoir le taquiner pour le remettre de bonne humeur.

— Sérieusement, tu as été très forte aujourd'hui.

— N'est-ce pas ? Mais je dois admettre que c'est beaucoup plus facile de se battre sans porter tout mon équipement. Je n'avais pas à m'inquiéter qu'ils attrapent mon arme ou les menottes. Et tu les avais déjà endommagés.

Il secoua la tête.

— Non. Ne minimise pas ce que tu as fait. Tu es ma Wonder Woman personnelle.

— Cette comparaison-là, je veux bien l'accepter, lui dit Everly avec un sourire.

Ils se retournèrent tous les deux vers leur nourriture et mangèrent un peu sans parler. Puis Ball déclara :

— Il faut que Meat ait accès à ce téléphone.

Le commentaire était un changement brutal de sujet, mais cela ne gêna pas Everly.

— Comment ?

— Je ne sais pas. Mais je suis certain que Rex aura une idée.

— Appelle-le.

— Maintenant ? Tu es sûre ? Nous faisions une pause.

Everly lui jeta un regard incrédule.

— D'accord, dit Ball en sortant son téléphone.

Il appuya sur un bouton et attendit. Au bout de quelques secondes, ils entendirent la voix modifiée du chef de Ball dans le téléphone.

— Quoi de neuf ?

Ball passa quelques minutes à le mettre au courant des événements de la journée, puis il en vint à la raison de son appel.

— Meat travaille encore sur l'ordinateur d'Elise, mais nous avons l'impression que si elle a été ciblée par un trafiquant, ses communications avec lui seront sur son téléphone. Il est en possession des flics maintenant, et ils ont dit ne pas savoir combien de temps il faudrait à leur département d'expertise informatique pour y jeter un coup d'œil.

— Quel était le nom de cet inspecteur, déjà ?

— Ramirez. Diego Ramirez.

— Donnez-moi un peu de temps pour que je lui parle. Je ne le connais pas personnellement, mais je connais d'autres gens là-bas. Everly est-elle là ?

— Je suis là, dit-elle.

— N'abandonne pas tout espoir, ordonna-t-il. Avant de

savoir exactement ce qui est arrivé, ne suppose rien. D'accord ?

— D'accord, dit-elle doucement.

— On se rappelle, dit Rex avant de raccrocher.

— C'était bizarre, non ? dit Everly lorsque Ball rangea son téléphone. Je veux dire, c'était gentil de sa part, mais quelque chose dans son ton paraissait... étrange. Presque désespéré.

Ball marqua une pause, comme s'il réfléchissait à ce qu'il pouvait lui dire.

— Ce n'est pas quelque chose dont Rex parle. Je le sais seulement parce qu'Arrow l'a révélé au reste de l'équipe. Je te le dis à toi parce qu'après ce que tu as fait pour moi aujourd'hui, j'ai l'impression que nous ne sommes plus juste deux inconnus essayant de résoudre une affaire. La femme de Rex a disparu un jour, tout comme Elise. Elle était là quand il est parti travailler un matin, et elle avait disparu quand il est rentré chez lui. Il n'y a pas eu beaucoup d'indices, et ça fait dix ans maintenant, et elle n'a pas été vue de façon confirmée.

— Confirmée ?

Ball hocha la tête.

— La raison pour laquelle Rex a créé les Mercenaires Rebelles, c'est pour aider à trouver les autres femmes et enfants disparus. Au cours des années, il a eu quelques indices au sujet de sa femme, mais rien n'a abouti, même s'il a pu en aider tant d'autres. Mais il n'arrêtera jamais de la chercher, soit jusqu'à ce qu'il la retrouve, soit jusqu'à ce que ses ossements soient trouvés et identifiés.

Everly regarda Ball avec incrédulité avant de secouer la tête.

— Dix ans ?

— Oui.

Les sushis qu'elle avait mangés menacèrent de remonter.

— Je ne peux pas passer dix ans sans savoir ce qui est arrivé à Elise. Elle aurait vingt-cinq ans... non. Je ne peux pas...

Ball posa son kebab à moitié mangé sur le côté et il lui prit la main.

— Je ne voulais pas te perturber. Je suis un idiot.

— Sérieusement, je ne peux pas le faire.

— Écoute-moi, ordonna Ball en posant les mains sur ses épaules et en la faisant pivoter sur le banc. Nous sommes proches. Je le sens. Je te le dirais directement si je pensais qu'elle était morte. Vraiment. Mais quelque chose me dit qu'elle est encore ici... quelque part. Compris ?

Everly hocha la tête. Elle voulait le croire. Terriblement.

— Bien.

Il se leva et tendit la main.

— Viens. Ramirez a dit qu'il nous ramènerait à l'école si nous en avions besoin. Nous allons chercher la voiture de location et retourner chez Mamie. Nous appellerons Meat pour savoir ce qu'il a trouvé dans l'ordinateur. Et si je connais bien Rex, il obtiendra très vite l'accès à ce téléphone.

— D'accord.

Elle laissa Ball la relever, et elle fut seulement un peu surprise quand il la serra dans ses bras. Le sursaut d'électricité qu'elle sentit entre eux fut très intense. Il la garda contre lui pendant un moment avant de s'écarter. Il ramassa ce qui restait de leur déjeuner et jeta tout dans une poubelle près de là, avant de lui faire signe de passer devant lui. Elle le fit et elle sentit ses doigts dans le creux de son dos.

Elle eut soudain l'image de Papy faisant la même chose avec Mamie, et elle s'arrêta brutalement.

— Quoi ? Qu'est-ce qui ne va pas ? demanda Ball.

— Rien. Ça va, essaya de le rassurer Everly.

Elle ne savait pas du tout s'il sentait l'alchimie entre eux comme elle, mais elle n'avait certainement pas l'intention de lui poser la question. Il venait tout juste de conclure qu'elle pouvait être une bonne partenaire. Elle ne voulait pas mêler le sexe à tout ce bazar.

* * *

Ball était assis dans un fauteuil confortable avec un sourire sur le visage. Si quelqu'un lui avait dit que quelque chose pouvait le faire sourire avant qu'il parte pour Los Angeles, il l'aurait traité de fou. Il travaillait avec une femme, il y avait une adolescente disparue, et il n'avait pas son équipe à ses côtés. C'était un désastre potentiel qui attendait son heure.

Même si la journée avait été longue, il avait eu quelques épiphanies assez sérieuses au sujet de lui-même. Et maintenant, il avait le ventre plein avec le pain de viande de Mamie et il l'écoutait plaisanter avec Everly.

En parlant d'Everly, elle avait été extrêmement magnanime, le pardonnant d'avoir été un crétin. Elle ne lui avait peut-être pas exactement sauvé la vie aujourd'hui… ou peut-être que si. En tout cas, elle l'avait empêché de recevoir des coups pires que ce qu'il avait pris.

— J'ai rangé quand vous êtes partis ce matin et j'ai remarqué que tu n'avais pas apporté beaucoup d'affaires, dit sa grand-mère. As-tu besoin que je fasse la lessive ? As-tu apporté assez de culottes ?

— Mamie ! s'exclama Everly en devenant écarlate.

— Quoi ? Oh, tu ne veux pas que je dise *culotte* devant Kannon ? Ça ne te gêne pas, n'est-ce pas ? demanda-t-elle en se tournant vers lui.

— Non, madame.

— Et tu as sûrement des sous-vêtements qui ont besoin d'être lavés aussi. Tu peux mettre tes affaires avec celle d'Everly.

— Achevez-moi tout de suite, marmonna Everly.

Ball fit de son mieux pour ne pas rire.

— C'est bon pour l'instant, dit-il à Mamie. Mais merci.

— Combien de temps pensez-vous rester ici ? demanda-t-elle.

C'était une question à laquelle il était plus difficile de répondre.

— J'espère que les choses vont accélérer quand mes amis auront mis la main sur les données du téléphone d'Elise, dit Ball avec diplomatie.

— Oh, ce serait un tel soulagement, dit la grand-mère.

Ball voyait comme la situation était stressante pour eux. Malgré leurs plaisanteries, Allison et Landen avaient des difficultés à supporter la disparition de leur petite-fille. Il voulait leur dire que ce n'était pas leur faute. Elise était vulnérable pas seulement parce que sa mère était comme elle était, mais aussi à cause de son handicap. Cependant, il ne voulait pas faire replonger la bonne humeur actuelle de Mamie.

— Oh ! Everly, je sais. Va chercher ton album de collages pour que je puisse le montrer à Kannon.

— Ça va pas la tête ?

— Everly Adams ! Surveille ton langage ! gronda Mamie.

Cette fois, Ball ne put pas s'empêcher de sourire.

— Ce n'est pas drôle, siffla Everly.

— C'est un peu drôle, rétorqua-t-il.

— Ball ne s'intéresse pas aux articles de journaux sur moi datant du lycée. C'était il y a une éternité.

— Si, ça l'intéresse, répliqua Ball.

— Tu vois ? Allez, vas-y, va les chercher. Si tu ne le fais pas, je trouverais les vieux albums photo de quand tu étais au lycée.

Là-dessus, Everly se leva et sortit à grands pas de la pièce sans un mot de plus.

Mamie sourit, mais dès qu'Everly fut hors de portée de voix, elle se tourna vers Ball avec un air sévère. Elle se pencha en avant et dit :

— Sois franc avec nous, Kannon. Penses-tu que notre Elise est toujours en vie ?

Surpris par la question – et par le changement brutal d'attitude –, Ball hocha immédiatement la tête.

— Oui. Cependant, je ne suis pas censé le dire, surtout pas à la famille. Mais trouver son téléphone, c'était énorme. Cela n'aidera pas à retrouver l'endroit où elle est maintenant, mais nous donnera un aperçu de ce qui est arrivé. Avec qui elle parlait.

Allison Adams hocha la tête.

Landen prit alors la parole. Ce soir-là, il avait laissé sa femme dominer la conversation, satisfait d'être assis à côté d'elle.

— Dieu sait que nous avons fait des erreurs, que ce soit avec notre fille et maintenant avec notre petite-fille, mais nous aimons tellement Elise, et nous ferons à peu près n'importe quoi pour qu'elle revienne en sécurité à la maison. S'il faut de l'argent, nous avons des comptes pour la retraite sur lesquels nous pouvons retirer de l'argent, et nous pouvons refaire un crédit sur la maison si nécessaire. Tout ce que nous voulons, c'est qu'Elise rentre.

Ball ne put s'empêcher d'être impressionné par le sentiment, mais malheureusement l'argent n'allait pas aider Elise maintenant.

— Je ne pense pas que ce soit nécessaire, mais si nous ne trouvons rien et que l'affaire s'éternise, cela pourrait valoir le coup d'engager un détective privé.

Landen hocha la tête. Il semblait abattu, mais pas amorphe.

Il changea alors de sujet... et commença à parler de son *autre* petite-fille.

— Il faut que tu saches qu'Everly a un cœur très tendre sous des extérieurs rugueux. Elle n'a pas eu une vie facile, elle a eu bien trop de responsabilités sur les épaules depuis bien trop longtemps. Notre fille a été une mère terrible. Elle ne se souciait que d'elle-même. C'est toujours le cas. Everly préparait son propre repas – s'il y avait de la nourriture dans la maison – quand elle avait six ans. Même quand elle a emménagé avec nous, elle essayait de s'occuper d'Allison et moi, elle minimisait les horreurs qui se passaient dans la maison de sa mère. Nous nous sommes dit qu'elle ne trouverait jamais un homme qui comprendrait cela. Elle est parfaitement capable de se gérer toute seule, mais elle a parfois besoin de quelqu'un sur qui s'appuyer.

Ball était gêné de parler d'Everly dans son dos, mais il ne voulait pas non plus induire ses grands-parents en erreur.

— J'apprécie votre petite-fille, monsieur, mais nous ne sortons pas ensemble, expliqua-t-il en douceur.

— Pourquoi pas ? demanda Allison avec plus de curiosité que d'hostilité.

— Nous nous sommes rencontrés il y a moins d'une semaine, lui dit Ball. Et jusqu'à aujourd'hui, je n'étais pas vraiment ravi de travailler avec une femme.

— Mais Everly est agent de police, dit Papy d'un ton indigné.

— Elle est plus que ça, ajouta Mamie en donnant un coup de coude à son mari. Everly est belle. Et intelligente. Et gentille. Et courageuse. Tu serais fou de ne pas vouloir sortir avec elle. Qu'est-ce qui ne va pas chez toi ?

Ball esquissa un sourire.

— De plus, une semaine c'est très long. Landen m'a embrassée le lendemain de notre rencontre. Il m'a demandé de l'épouser un mois plus tard, et nous sommes ensemble depuis. Quand on sait, on sait.

— C'est merveilleux pour vous, mais...

— N'es-tu pas attiré par elle ? Es-tu homosexuel ? Ce n'est pas grave si c'est le cas, mais je comprendrais alors pourquoi tu ne veux pas sortir avec elle, dit Mamie.

Ball faillit s'étrangler.

— Je ne suis pas homosexuel, et je pense que votre petite-fille est très belle.

— Alors pourquoi ne veux-tu pas sortir avec elle ? Apprendre à la connaître ? demanda Allison.

— Ce n'est pas ce que j'ai dit.

Ball essaya un rétropédalage en commençant à transpirer. Merde, la grand-mère d'Everly était plus douée pour les interrogatoires que Black, et ce n'était pas peu dire.

— Alors tu *veux* sortir avec elle ! C'est ce que je pensais. Bien. Je suis contente de vous avoir mis dans la même chambre, alors. Tu pourras apprendre à la connaître, peut-être partager quelques baisers. À notre époque, nous devions être discrets quand nous logions chez mes parents. Je ne voulais pas que vous vous sentiez obligés de vous faufiler dans la maison au milieu de la nuit. Parfois nous nous levons pour aller chercher un verre d'eau et ce serait gênant de nous croiser.

Il ouvrit la bouche pour répondre – ne sachant pas trop par où commencer –, mais heureusement, Everly revint et le sauva. Elle tenait un grand cahier et elle le lui tendit en soufflant avant de s'asseoir par terre devant le canapé où étaient installés ses grands-parents.

— Non, ma chérie, tu dois t'asseoir à côté de Kannon et lui expliquer ce qu'il voit, dit Mamie d'un ton pas si innocent que ça.

Everly la regarda comme si elle avait perdu l'esprit.

— M'asseoir à côté de lui ? Mamie, il est assis dans le fauteuil.

— Et alors ?

— Et alors, il n'y a pas de place pour moi !

— Mais si, regarde, il va se décaler un peu…

Ball fit ce qu'on lui ordonnait, en laissant une place minuscule entre sa jambe et le bord du fauteuil.

— Là, tu vois ?

Comme si elle avait l'habitude des ordres de sa grand-mère et qu'elle savait qu'Allison allait insister jusqu'à ce qu'elle lui obéisse, Everly se leva lentement et s'approcha de l'endroit où il était assis. Elle avait un air résigné et articula silencieusement :

— Pardon.

Ball montra la place à côté de lui. Avec un soupir, elle s'assit prudemment sur l'accoudoir du fauteuil.

En passant la main autour de sa taille, Ball tira jusqu'à la faire glisser de l'accoudoir et elle se retrouva coincée entre lui et le bord du fauteuil. Elle posa une de ses mains sur sa cuisse pour l'équilibre, et l'autre resta en l'air devant elle. Il sentit la chaleur de son corps le long du sien.

Il leva le bras, le posa confortablement autour de ses épaules, et elle tomba davantage contre lui. Les cheveux d'Everly frôlèrent sa mâchoire et cette odeur familière monta sous son nez jusqu'à ce qu'il ne puisse sentir rien d'autre. Ball se sentait entouré par elle… étonnamment, ça ne le dérangea pas du tout.

Il vit le sourire satisfait sur le visage de Mamie avant qu'elle tourne la tête pour le cacher.

N'aimant pas qu'Everly soit gênée – et elle était claire-ment mal à l'aise, à en juger par la couleur rose de ses joues – Ball ouvrit le carnet de coupures.

La première photo était une coupure de journal d'une Everly bien plus jeune dans un costume de squelette acheté en magasin et avec un énorme sourire auquel il manquait deux dents.

— C'est mignon, dit-il en souriant.

Everly leva les yeux au ciel.

— Il y avait une fête de quartier pour Halloween. Ma mère a oublié de me prendre un costume, mais Mamie a trouvé ça dans l'épicerie au bout de la rue. Bien sûr, il y a eu un photographe du journal pour immortaliser mon côté ringard.

— Pas ringard, mignon, lui dit Ball.

Il la sentit se détendre un peu contre lui lorsqu'il tourna la page.

Il passa l'heure suivante à examiner des aperçus du passé d'Everly. Il y avait quelques photos de plus, mais surtout des articles sur les différentes compétitions dans lesquelles Everly avait été très douée. Il y avait quelques poèmes qu'elle avait écrits et quelques rédactions de l'école primaire. Il était évident que ses grands-parents étaient très fiers d'elle.

Quand il arriva au bout du carnet, Everly s'était complètement détendue et elle appuyait une grande partie de son poids contre lui. Elle était coincée dans un minuscule recoin du fauteuil, et devait être inconfortable, mais elle ne bougea pas pour se lever quand il eut terminé.

— Nous allons nous coucher, dit Papy doucement. Allison est épuisée.

Ball vit que la grand-mère d'Everly s'était endormie contre son mari.

— Besoin d'aide ? demanda-t-il.

— Non, je m'en occupe. Elle le fait presque tous les soirs. Autrefois, je pouvais la soulever et la porter jusqu'au lit, mais maintenant on y va tous les deux comme on peut. On vous verra demain matin.

Et là-dessus, Landen réveilla doucement sa femme en la secouant, et comme il l'avait dit, ils marchèrent bras dessus bras dessous jusqu'au couloir de leur chambre.

— Ils ont traversé tant de choses dans leur vie, et je

déteste qu'ils doivent maintenant aussi vivre ça. Ce n'est pas juste.

— Comment ta mère est-elle devenue la personne qu'elle est ? demanda Ball. Je veux dire, tes grands-parents sont merveilleux. Je ne comprends pas.

— Ne va pas croire qu'ils ne se sont pas posé la même question, dit Everly. Et la réponse courte est : je ne sais pas. Je suppose que c'est la vieille question de l'inné et de l'acquis. Ma mère est-elle née pour devenir une droguée, ou bien y a-t-il eu un facteur dans son environnement ? Je penche pour la deuxième possibilité. Mamie dit qu'elle n'a vu aucune indication d'une personnalité sujette à la dépendance avant le lycée. Ensuite, elle a fréquenté les mauvaises personnes, et le reste fait partie du passé. D'après ce que j'ai compris, elle n'a pas commencé lentement, en ce qui concerne les drogues. Elle est passée directement d'un verre discret volé ici et là à la cocaïne. Et voilà. Elle a été accro dès la première fois, et à partir de là, sa vie est tombée dans une spirale infernale. Elle n'a pas fini le lycée. Elle est tombée enceinte de moi, et même si elle a fait des tentatives pour essayer d'arrêter, elle ne l'a jamais vraiment voulu.

— C'est nul.

— C'est vrai. Mais ne sois pas désolé pour moi. J'ai eu Mamie et Papy. Ils ont été merveilleux. Ils sont intervenus quand il était évident que ma mère n'essayait même plus de m'élever. Je suis sortie diplômée du lycée, j'ai gagné une tonne de bourses, et j'ai étudié deux ans dans un centre universitaire, puis j'ai continué jusqu'à obtenir ma licence. J'ai travaillé comme une dingue et c'est grâce à leur soutien.

— Je ne critiquais ni toi ni tes grands-parents, dit Ball avec douceur. J'aurais aimé connaître les miens, mais ils sont morts quand j'étais jeune.

— Comment sont tes parents ? demanda Everly.

Ball haussa les épaules.

— Ils sont sympas. Je ne leur parle pas autant que je le devrais, mais ils vivent en Caroline du Nord. Ils ont un camping-car et ils sont souvent à droite et à gauche, à parcourir le pays. J'ai conçu un site Internet pour eux afin de garder leurs amis informés de l'endroit où ils se trouvent et de ce qu'ils font. C'est très simple, mais c'est ce qu'ils voulaient.

Everly se redressa un peu.

— Tu as conçu un site Internet pour eux ?

— Oui, pourquoi ?

— Tu le dis comme si ce n'était rien.

— Ce n'est rien. Enfin, *techniquement*. Il existe des modèles pour les blogs et les sites Internet que n'importe qui peut installer. Mais je ne voulais pas un de ceux-là, je voulais en faire un sur mesure pour eux, qui soit facile à mettre à jour et que ma mère peut utiliser avec son télé-phone. De plus, c'est mon travail.

Everly écarquilla les yeux.

— Non, tu travailles pour les Mercenaires Rebelles.

— Oui, mais en général ce n'est pas à plein temps. Je conçois des sites Internet le reste du temps. J'ai même travaillé sur le site du commissariat de Colorado Springs l'année dernière. Ils voulaient le mettre à jour, le rendre plus facile à consulter.

— Waouh. Je ne savais pas.

— Tu pensais que je n'étais qu'un ancien garde-côte très bête, n'est-ce pas ?

Elle gloussa.

— Non.

— Menteuse, c'est ce que tu pensais.

Ball adorait voir Everly sourire. Il enfonça les doigts dans ses côtes et elle poussa un petit cri et se débattit.

— Arrête !

— Admets-le et j'arrêterai.

— Jamais ! s'exclama-t-elle en commençant à riposter.

Elle essaya de le chatouiller en avançant les mains vers lui.

Reconnaissant de ne jamais avoir été chatouilleux, Ball la saisit autour de la taille et la remonta de façon à la poser sur ses genoux, lui donnant un meilleur accès à ses côtes très chatouilleuses. Elle rit et ondula sur lui en essayant de détacher ses doigts.

— Arrête... oh, mon Dieu, je ne supporte pas les chatouilles ! Pouce, pouce ! cria-t-elle.

— Avoue que tu pensais que j'étais un abruti, l'encouragea-t-il.

— Très bien ! Je l'avoue. Mais il faut que tu saches que j'avouerais n'importe quoi pour que tu arrêtes.

Ball arrêta de bouger les doigts et se contenta de la tenir.

— Vraiment ? demanda-t-il.

— Ne me regarde pas avec cette lueur dans les yeux, l'avertit Everly en souriant.

Ils se regardèrent un moment... et ils semblèrent se rendre compte en même temps que leur position était très intime. Elle avait les jambes écartées sur ses cuisses. Ses mains étaient posées sur son torse. Et d'une façon ou d'une autre, il avait fait passer les pouces sous son tee-shirt, où il caressait sans réfléchir sa peau chaude.

Ils ne dirent rien... mais ne bougèrent pas non plus.

La sonnerie du téléphone de Ball interrompit le moment électrique.

Everly glissa de ses genoux et resta debout devant le fauteuil, un peu gênée. Ensuite, elle se tourna vers la petite table à côté du canapé et elle attrapa le verre que sa grand-mère avait utilisé plus tôt, l'emportant à la cuisine.

— Allô ? dit Ball en décrochant le téléphone, remarquant que l'appel venait de Rex.

— J'aurai les données du téléphone d'Elise dans les vingt-quatre heures qui viennent environ.

— Vraiment ?

— Vraiment.

— Ai-je envie de savoir comment tu l'as fait ? demanda Ball à son chef.

— Je connais des gens qui connaissent des gens. Comment ça se passe pour toi ?

— Bien.

— Je veux la vérité, Ball. Je sais que tu n'étais pas ravi qu'elle se joigne à toi.

— Je ne l'étais pas. Mais cela se passe bien.

— Écoute, je sais que j'ai été absent dernièrement, et je m'en excuse. Mais je suis de retour maintenant, et si tu as des problèmes, je dois le savoir. Je peux sûrement envoyer Ro ou Black pour prendre la relève si tu le souhaites. Nous avons besoin d'Everly. Elle peut parler aux amis d'Elise, et à Elise elle-même quand nous la trouverons. Mais si tu...

— J'ai dit que ça va, l'interrompit Ball. Je suis sincère.

Il surprit le regard d'Everly. Elle se tenait dans l'embrasure de la porte de la cuisine, lui laissant un peu d'espace tout en écoutant la conversation. Il ne pouvait pas lui en vouloir. Si c'était sa sœur à lui qui avait disparu, il aurait lui aussi écouté.

— Tu avais raison, nous avons besoin d'Everly. Elle a été très utile jusqu'ici, et franchement, il est possible qu'elle m'ait sauvé la vie aujourd'hui.

Il y eut un silence de l'autre côté du téléphone, comme si Rex était trop surpris pour parler. Ball continua donc :

— J'ai été attaqué par des espèces de voyous qui essayaient de se débarrasser de moi pour pouvoir prendre Everly. Je perdais le combat à mains nues, parce qu'ils étaient plus nombreux, mais Everly est arrivée, et elle a cassé la figure de deux d'entre eux pendant que je m'occupais du troisième. Elle a aussi réussi à ce que le principal de l'école d'Elise s'ouvre à elle et cette conversation nous a conduits à retrouver le sac et le téléphone de sa sœur. Je n'aurais pas pu communiquer avec le principal ni avec les étudiants. J'avais tort… et je peux l'admettre.

Il parlait à Rex, mais il s'adressait directement à Everly. Il avait besoin qu'elle sache qu'il ne cherchait pas simplement à lui faire plaisir. Il essayait vraiment de changer son comportement concernant le fait de travailler avec les femmes… en tout cas, de travailler avec *elle*.

— Je dois appeler un vétérinaire, souffla Rex.

— Quoi ? Pourquoi ? demanda Ball.

— Pour voir si les poules ont soudain des dents, plaisanta Rex.

— Je t'emmerde.

— Mais sérieusement, je suis content parce que je n'ai eu que de bons échos au sujet du Sergent Adams. Elle serait une bonne ressource à avoir ici à Colorado Springs.

Ball n'avait pas quitté Everly des yeux. Elle n'avait pas non plus bougé de l'endroit où elle se trouvait.

— Tu m'appelles dès que vous avez obtenu quelque chose grâce au téléphone ? demanda Ball.

— Bien sûr. Si tu as besoin de quoi que ce soit en attendant, vraiment n'importe quoi, appelle, ordonna Rex.

— Promis.

— À plus tard.

— Au revoir.

Ball éteignit son téléphone et Everly ne dit toujours rien. Finalement, il déclara :

— C'était Rex. Il se sert de son réseau et il devrait pouvoir accéder au téléphone d'Elise dans la journée qui vient.

Everly hocha la tête.

— Ev, ça va ? demanda-t-il en devenant plus inquiet.

— Étais-tu sincère ? dit-elle doucement.

Ball n'eut pas besoin d'avoir de précisions sur ce qu'elle voulait dire.

— Oui.

— Je ne t'ai pas sauvé la vie aujourd'hui.

Ball haussa les épaules.

— Tu aurais pu. Un des flics a trouvé un couteau sur un de ces types.

— Je crois que je vais aller au lit moi-même... sauf si tu as besoin que je fasse quelque chose ?

En comprenant qu'elle battait en retraite, Ball secoua la tête.

— Non, c'est bon. Je vais juste relire les notes du principal et voir si je peux trouver quoi que ce soit sur l'ordinateur d'Elise. Everly ?

— Oui ?

— Il y a plus de place dans le lit de la chambre d'amis que dans celui d'Elise, et j'ai vu que tu n'étais pas ravie de dormir dans le lit de ta sœur. En outre... cela fait longtemps que je n'ai pas aussi bien dormi qu'avec toi à côté de moi la nuit dernière.

— Es-tu en train de me demander de dormir avec toi dans la chambre d'amis ? demanda Everly sans détour.

— Oui, dit Ball.

Il la vit réfléchir, puis elle hocha lentement la tête.

— Moi aussi. Je n'avais pas aussi bien dormi depuis la disparition d'Elise et tu as raison, je trouvais bizarre de loger dans sa chambre. Je resterai dans la chambre d'amis avec toi à condition que tu ne te fasses pas des idées.

— Promis, dit Ball immédiatement, soulagé qu'elle ait accepté.

— D'accord. Si tu as besoin de moi, tu me réveilles.

— OK.

Everly hocha la tête et partit dans le couloir. Ball la

regarda partir. Une fois qu'il fut seul dans le salon, il posa la tête sur les coussins derrière lui et se passa la main sur le visage.

Qu'est-ce qui n'allait pas chez lui ?

Il était attiré par Everly.

Il ne le devait pas, et pas seulement parce qu'ils travaillaient ensemble. Il ne voulait pas encore une fois se perdre pour une femme. Pas après que Holly lui ait arraché le cœur.

D'une façon ou d'une autre, il avait l'impression que c'était déjà trop tard. Everly Adams s'était faufilée sous ses boucliers et elle les faisait maintenant tomber les uns après les autres. Et le pire, c'est qu'elle n'essayait même pas. Il était certain qu'elle était aussi perturbée par leur attirance que lui... ce qui était rendu évident par le fait qu'elle batte en retraite ce soir.

Ce n'était ni le moment ni l'endroit d'explorer ça. Il leur fallait trouver sa sœur. Mais peut-être qu'une fois qu'elle serait en sécurité chez elle et que les choses seraient un peu revenues à la normale, Ball pourrait appeler Everly et l'inviter à déjeuner avec lui.

Oui, c'était un bon plan. Trouver Elise. Rentrer à la maison. Retourner à sa routine habituelle. Puis sortir une fois ou deux avec Everly... et se débarrasser de cette attirance.

Se sentant mieux maintenant qu'il avait une stratégie, il se détendit.

Lentement mais sûrement. Ça fonctionnerait parfaitement.

5

———————

Everly s'éveilla brutalement, un peu perdue. Elle ne savait pas ce qui l'avait dérangée. Elle regarda l'horloge. Trois heures quatorze du matin. Tout était silencieux dans l'obscurité, mais elle sut immédiatement qu'elle était seule dans le lit king size de la chambre d'amis.

Quelques heures plus tôt, elle s'était retirée, car elle ne savait pas trop quoi faire de ce nouveau Ball.

Elle avait l'habitude qu'il soit distant et grognon. L'homme qui avait carrément dit à son chef qu'il avait besoin d'elle et qu'elle lui avait sauvé la vie était quelqu'un qu'elle ne savait pas vraiment gérer.

Bien sûr, elle était ravie qu'ils s'entendent bien, mais c'était de plus en plus dur de lutter contre son attirance pour lui. Elle soupçonnait que cela avait commencé quand il s'était collé contre elle la nuit précédente. Elle s'était sentie bien. Trop bien.

Mais maintenant, il n'était plus dans le lit avec elle.

Avant qu'elle parte se coucher, il avait dit vouloir travailler un peu plus longtemps, mais elle avait supposé qu'il voulait dire une heure ou deux. Cela faisait beaucoup plus longtemps maintenant.

Elle espérait qu'il était encore éveillé parce qu'il avait trouvé quelque chose d'important qui pouvait les conduire à Elise, mais si c'était le cas, ne l'aurait-il pas réveillée pour le lui dire ?

Et s'il avait trouvé quelque chose de terrible… et qu'il ne voulait pas lui dire parce qu'il avait peur de sa réaction ? Et si Rex avait trouvé des preuves qu'Elise avait été tuée ?

Vraiment inquiète maintenant, Everly rejeta les couvertures et marcha vers la porte.

Elle descendit discrètement les marches et elle vit Ball à la table de la salle à manger. Il était assis devant l'ordinateur, la lueur de l'écran illuminant son visage alors qu'il fronçait les sourcils de concentration. Everly ouvrit la bouche pour lui demander s'il avait trouvé quelque chose, mais elle s'arrêta quand elle le vit faire un mouvement de main subtil, toujours en étudiant attentivement l'écran.

Elle ne voyait pas l'écran de l'ordinateur, car il était assis de profil, mais on aurait dit qu'il…

Oui… il disait le mot *sécurité* en langue des signes.

Pendant qu'elle le regardait, perplexe, il fit *Tu es en sécurité*. Il cliqua sur l'ordinateur devant lui et recommença. Et encore.

Puis il fit : *Je m'appelle Ball. Tu es en sécurité.*

Ses signes étaient lents, pourtant quand elle comprit ce qu'il faisait, les genoux d'Everly menacèrent de lâcher.

Elle avait dû faire une sorte de bruit, ou peut-être que Ball avait perçu qu'il n'était plus seul, car il tourna la tête et il la vit.

— Hé, dit-il doucement.

— Que fais-tu ? demanda-t-elle alors que c'était évident.

Ball haussa les épaules et fit signe à son ordinateur.

— Il y a une tonne de vidéos sur Internet expliquant la

langue des signes, mais ce n'est pas aussi facile que ça en a l'air.

Il sembla découragé, et Everly compatit.

— Tu t'en sortais très bien.

— Je suis nul. Ce n'est pas grave, tu peux le dire.

— Non. Comme tu l'as dit, ce n'est pas aussi facile que cela le paraît. Et j'ai vu ce que tu voulais dire... tout comme Elise le saura.

— Je n'arrivais pas à dormir, avoua-t-il. J'ai fouillé un moment sur l'ordinateur d'Elise. Puis j'ai commencé à travailler sur un site Internet que je conçois, juste pour m'occuper, en espérant que Rex appelle avec d'autres informations sur son téléphone. Mais je n'arrêtais pas de penser à ta sœur. Impossible de m'arrêter. J'ai réfléchi à ce qui allait arriver si nous devions faire une descente dans une maison où elle est détenue. Je risque de lui faire peur parce qu'elle ne pourra pas m'entendre. Je me suis donc dit que si j'apprenais quelques mots, ça pourrait l'aider à rester calme jusqu'à ce que tu puisses venir jusqu'à elle.

Everly eut envie de pleurer. De toute sa vie, c'était sans doute la chose la plus incroyable qu'un homme n'ait jamais faite pour elle.

— Si tu veux vraiment apprendre, je t'aiderai.

— Oui ? demanda Ball en la regardant une fois de plus.

— Oui.

— Merci. Que fais-tu debout ? Tu dormais profondément quand je suis allé te voir.

C'était une conversation si étrange. Une conversation comme celle entre deux amants. Ou un mari et une femme. Everly se força à chasser cette pensée. Elle aimait cependant qu'il soit venu voir comment elle allait. C'était... agréable. Elle haussa les épaules.

— Je viens de me réveiller.

Ball ferma l'ordinateur portable et se leva. Il s'avança

vers elle. Elle leva la tête vers lui lorsqu'il s'arrêta juste devant elle. Aucun d'eux ne bougea. Everly n'arrivait même plus à respirer.

— Allez, viens, il reste encore du temps pour dormir quelques heures avant de devoir se remettre au travail.

Ball avança la main et pendant une seconde, Everly pensa qu'il allait la serrer dans ses bras, mais il posa doucement la main au creux de son dos et il la fit pivoter. Elle marcha devant lui, de retour vers la chambre qu'ils utilisaient.

Il garda la main sur elle jusqu'à ce qu'elle atteigne le lit.

— Grimpe, dit-il doucement.

Elle s'avança sur le matelas jusqu'à être de nouveau de son côté du lit. Elle ne fut pas surprise quand il la suivit une minute plus tard et passa un bras autour de sa taille. Everly se détendit contre lui.

Au bout de quelques minutes, elle dit :

— Quand je me suis réveillée, je me suis inquiétée parce que tu n'étais pas venu. Pendant une seconde, je me suis dit que tu avais peut-être découvert quelque chose d'horrible sur Elise et que tu ne voulais pas me le dire.

— Je t'ai dit que je ne ferais pas ça.

— Je sais. Mais on m'a déjà menti avant, Ball. De nombreuses fois.

— Tu es policière. Je comprends.

Elle secoua la tête.

— Oui, mais ce n'est pas ce que je veux dire.

Elle le sentit se raidir légèrement derrière elle. Everly n'avait encore jamais raconté cette histoire avant, mais après ce qu'elle venait de voir – Ball essayant d'apprendre la langue des signes pour apaiser une adolescente effrayée – elle avait l'impression qu'il méritait sa franchise.

— Ma mère me mentait tout le temps. *Tout* le temps. Du

plus loin que je me souvienne, elle me mentait en me regardant dans les yeux et elle s'en fichait.

— Je suis vraiment désolé.

Everly avait les bras collés contre sa poitrine et Ball bougea la main qu'il avait autour de sa taille pour couvrir ses poings serrés.

— À quel sujet mentait-elle ?

— De tout. Que nous n'avions pas assez d'argent pour acheter de la nourriture. L'heure à laquelle elle rentrait. Qu'elle serait là pour passer me chercher après l'école. Que son petit ami du moment ne me ferait pas de mal…

Elle sentit la main de Ball serrer ses poings avec plus de force, mais il ne l'interrompit pas.

— Elle m'a dit que Mamie et Papy ne voulaient pas que je vive avec eux quand je le lui ai demandé, une fois. Je l'ai crue pendant plus d'un an avant de demander à Mamie si c'était vrai. Elle a pleuré et m'a dit que bien sûr, ce n'était pas vrai. Si j'avais envie de vivre avec eux, ils étaient à cent pour cent d'accord. Ils connaissaient leur fille. Ils savaient qu'elle ne s'occupait pas de moi et également que s'ils essayaient de me prendre à elle, qu'elle leur tiendrait tête et qu'elle me traiterait sans doute encore moins bien.

— Bon sang, dit Ball.

— Oui. Elle a continué à mentir même après que je sois partie de chez elle. Elle me disait que je lui manquais et qu'elle faisait de gros efforts pour être sobre afin que je puisse revenir. À l'époque, j'avais plus ou moins arrêté de croire à tout ce qu'elle disait. Je suis devenue si cynique qu'il m'a fallu longtemps avant de faire confiance à qui que ce soit. Mais tu sais ce qui était le pire ?

— Quoi ?

— Elle m'a juré qu'elle faisait attention. Qu'elle ne tomberait pas encore une fois enceinte par accident. J'ai été si naïve que je l'ai crue. Mais un soir, quand j'avais environ dix-neuf ans, je suis allée lui rendre visite et je l'ai trouvée sur le sol de sa maison merdique, et elle saignait entre les jambes. Ma mère avait utilisé des drogues dans le passé pour causer une fausse couche volontaire, et je pensais qu'elle avait recommencé. Elle tombait enceinte, puis elle prenait un cocktail de pilules parce que quelqu'un lui avait dit que ça aidait à avorter. J'ai décidé à ce moment-là que je ne lui parlerais plus jamais.

— Mais tu lui as pourtant reparlé, supposa Ball.

— Oui. Quand je l'ai trouvée en train de saigner, j'ai été profondément dégoûtée par elle, et par moi-même parce que j'avais cru à ses mensonges. Mais je l'ai quand même emmenée à l'hôpital. C'est là que j'ai découvert qu'elle saignait à cause des complications de sa grossesse, pas à cause d'une autre tentative d'avortement. Par miracle, elle avait fait de son mieux pour ne pas se droguer pendant qu'elle était enceinte, et même si ma mère était trop entêtée pour appeler une ambulance quand elle a compris que quelque chose n'allait pas, Elise est née relativement en bonne santé... en dehors de sa surdité, bien sûr. Parce qu'elle avait réussi à rester clean pendant sa grossesse, l'hôpital n'a vu aucune raison de lui envoyer les services sociaux.

Everly ricana. Ce fut un bruit étrange, aussi désespéré que moqueur.

— En l'espace d'un an, elle a recommencé son vieux manège. Mamie et Papy ont fait ce qu'ils ont pu pour s'occuper d'Elise chaque fois que maman partait en vrille, mais ils n'ont pas voulu impliquer le tribunal. Alors pendant ses dix premières années environ, Elise a vécu la moitié de sa vie dans la maison stable et aimante de ses grands-parents, et l'autre moitié dans l'enfer de la maison de notre mère. Heureusement, Elise était bien plus maligne que moi. Elle a décidé que cela suffisait et qu'elle allait vivre avec Mamie et

Papy à plein temps avant d'aller au collège. Enfin... oui... ma mère est une menteuse pathologique. Je suis surprise qu'Elise et moi soyons aussi normales étant donné les circonstances. Mais je reviens à mon sujet. Pendant une seconde, j'ai cru que tu me cachais des choses sur l'affaire d'Elise... des choses terribles. Je suis désolée. Tu as dit que tu ne le ferais pas, et j'ai douté de toi dès que j'en ai eu l'occasion.

— Ev, sois plus indulgente avec toi-même. Tu as eu une semaine difficile. Ta sœur a disparu et tu es une policière qui a l'habitude de faire tout son possible pour résoudre les affaires. Il faut être honnête, rester assis à attendre, ce n'est pas notre point fort. Je déteste que nous soyons ici, à l'aise, le ventre plein, alors que nous ne savons pas du tout où est Elise ni ce qu'elle traverse. Mais je te jure que je ne te cacherai jamais des informations. Quand je les découvre, tu les découvres en même temps.

— D'accord.

Elle resta longtemps silencieuse.

— Ball ?

— Oui, Ev ?

— Même si Elise a été sourde toute sa vie... ma mère n'a pas pris la peine d'apprendre à parler en langue des signes. Même si tu peux seulement dire quelques mots, ce sera déjà énorme pour Elise.

Ball la serra contre lui pour un câlin maladroit, mais il ne dit rien.

Ayant l'impression d'avoir franchi une espèce de limite, mais ne sachant pas comment cela risquait de changer la nature de leur relation – tout en sachant qu'elle avait vraiment changé – Everly s'endormit pendant que Ball caressait l'anneau à son doigt avec le pouce.

* * *

Elise ne savait pas du tout quelle heure il était, ni même quel jour c'était, mais des heures s'étaient écoulées depuis la dernière fois qu'elle avait vu l'homme qui l'avait enlevée et enchaînée dans la cave de la vieille maison délabrée.

Plus tôt, elle avait rassemblé le courage d'explorer sa petite prison, dans les limites de ses chaînes, et elle avait découvert un seau près de là qui était apparemment pour qu'elle puisse se soulager. Elise était ravie de ne pas avoir eu beaucoup à manger ou à boire, car utiliser ce seau était extrêmement humiliant et dégoûtant.

Elle pouvait se contenter d'être affamée si cela impliquait qu'elle n'était plus jamais obligée de revoir cet homme. La deuxième fois, il n'avait pas retiré son tee-shirt, mais elle n'aimait pas la façon dont il la regardait. Elle n'était pas idiote : elle savait qu'elle avait eu beaucoup de chance jusqu'ici de ne pas avoir subi d'agression sexuelle. Elle ne savait pas pourquoi il n'avait rien tenté. Et ne pas savoir si sa chance risquait de prendre fin à chaque visite était très effrayant.

Elle ne s'inquiétait plus qu'il risque de mettre de la drogue dans sa nourriture, mais chaque fois qu'il en apportait – ce qui n'était pas souvent – elle devait faire exactement ce qu'il disait pour l'obtenir. Lève-toi. Regarde à droite. Souris. Tourne-toi. Soulève ton chemisier pour montrer ton ventre... tes seins.

Il ne l'avait jamais obligée à se dévêtir complètement, mais elle avait l'impression d'être une marionnette et lui le marionnettiste. C'était dégradant et démoralisant, mais si elle ne faisait pas ce qu'il voulait, elle n'était pas nourrie. C'était aussi simple que ça. Elle avait essayé de le défier, une fois, et il l'avait laissée seule dans l'obscurité pendant ce qui lui avait semblé une éternité. Quand il était revenu et qu'il avait recommencé ses petites manœuvres psychologiques, elle avait été assez affamée pour faire ce qu'il voulait.

Elise savait qu'elle dégageait une horrible odeur et elle était faible de n'avoir pas assez mangé. Elle avait fait ses petits jeux et lui avait obéi pour obtenir de la nourriture et de l'eau. Mais ce n'était jamais assez. Cela suffisait à la garder en vie et désespérée pour qu'il revienne.

Psychologiquement, elle comprenait qu'il l'entraînait à associer son apparition avec les besoins basiques de nourriture et d'eau, mais elle était déterminée à lutter contre lui comme elle le pouvait. Elle allait agir comme un poney bien entraîné quand il le lui demandait, mais il ne pouvait pas contrôler ses pensées ou ses émotions.

Malheureusement, elle n'entendait pas s'il y avait quelqu'un d'autre dans la maison avec elle. Elle ne savait pas du tout ce qu'il se passait au-dessus d'elle. Il y avait eu de nombreuses fois dans sa vie où elle avait regretté de ne pas pouvoir entendre, et celle-ci en faisait définitivement partie.

Elise voulait sortir.

Elle voulait rentrer à la maison.

Elle voulait revoir Papy et Mamie.

Parler à sa sœur par Internet.

Toutes les choses qu'elle avait crues si terribles dans sa vie ne lui semblaient plus aussi sombres. Elle avait passé tellement de temps en ligne à essayer de se sentir normale. En ligne, elle n'était pas sourde. Elle n'était pas la petite rousse avec un million de taches de rousseur. Elle était qui elle voulait.

Elise avait adoré la liberté que lui avaient donnée les forums de discussion. Mais elle avait été naïve. Everly l'avait avertie de certains des dangers d'Internet, mais elle s'était dit que sa grande sœur était simplement trop protectrice.

Bien sûr que les gens auxquels elle parlait étaient des adolescents, comme elle.

Bien sûr qu'il s'agissait de garçons, pas d'hommes.

Bien sûr qu'ils étaient inoffensifs.

Jusqu'à ce qu'ils ne le fussent plus.

Elle avait discuté avec Rob pendant des mois. Elle lui avait expliqué ce qu'elle ressentait envers sa mère. Comme elle se sentait seule la plupart du temps. Ils avaient bavardé pendant des heures. C'était excitant... et Elise était tombée amoureuse de Rob, dix-sept ans.

Mais tout était un mensonge.

Chaque mot.

Et elle avait été stupide d'accepter de le rencontrer.

Elle était montée dans le fourgon blanc à l'air innocent conduit par l'homme qu'elle n'avait encore jamais vu, simplement parce qu'il avait dit être le père de Rob et qu'il allait la conduire jusqu'à lui.

Tellement stupide.

Il n'y avait pas de Rob.

Il n'avait jamais existé. Elle en était presque certaine.

Juste un vieux type aux yeux sombres et effrayants, un type qui lui faisait du mal.

Elle ne pensait pas qu'il lui restait encore des larmes, pourtant elles coulèrent le long de son visage comme si elle n'avait pas pleuré jusqu'à en être malade quelques heures auparavant.

Elle fit tourner l'anneau à son doigt, le même que sa sœur, et espéra vivement qu'Everly soit aussi douée pour son travail qu'Elise l'avait toujours pensé. Elle savait que les choses dans la vraie vie ne fonctionnaient pas comme à la télévision, mais elle ne pouvait faire autrement que prier pour que quelqu'un ait trouvé son sac. L'homme avait éteint son téléphone et jeté son sac par la fenêtre presque dès qu'il l'avait fait monter dans le fourgon. Avec un peu de chance, Everly allait pouvoir pénétrer le système et découvrir ce qu'il se passait.

Mais dès qu'elle eut cette pensée, ses épaules s'af-faissèrent.

Elle avait cru parler à un garçon de dix-sept ans qui s'appelait Rob. Ce vieux type. Elle ne savait pas vraiment si leur discussion allait aider Everly à la trouver, maintenant.

Alors que les larmes continuaient à couler sur son visage, Elise dit en langue des signes : *Je suis ici. S'il vous plaît, retrouvez-moi.*

* * *

Trente-six heures plus tard, Ball était plus que frustré. Rex avait reçu la permission de faire accéder Meat au téléphone d'Elise, mais jusqu'ici il n'avait pas eu beaucoup de chance. Il avait facilement pu pénétrer dans le registre des messages et des appels téléphoniques, mais il n'y avait pas grand-chose d'intéressant.

Elise avait effectivement les applications sur son téléphone que Meat avait trouvées sur son ordinateur, mais comme il les avait prévenus, de nombreuses applis étaient orientées vers l'anonymat, et en général, les échanges étaient effacés dès que les applications étaient fermées.

Ils avaient néanmoins trouvé une chose alarmante : c'était une application de pistage. Elle semblait avoir été installée automatiquement quand Elise avait ouvert une photo envoyée par une des applis. La photo était juste celle d'un chien faisant quelque chose de drôle, mais tant que la photo était sur son téléphone, elle pouvait être suivie.

Everly était presque à bout et Ball ne savait pas trop ce qu'il pouvait faire d'autre pour la distraire. Ils avaient fait plusieurs aller et retour depuis la maison de Mamie jusqu'à la station essence en ne trouvant aucun nouvel indice. Il était de plus en plus probable qu'Elise était montée en voiture avec quelqu'un et qu'elle ait disparu ainsi.

Mamie avait fait leur lessive en mélangeant leurs affaires la veille, et quand ça n'avait même pas perturbé Everly, Ball avait compris qu'elle n'allait pas bien. Puis elle avait craqué et pleuré dans ses bras quand ils étaient au lit, plus tard dans la soirée. Ball en avait terminé. Trop de temps s'était écoulé sans aucun indice. Si Elise avait été impliquée dans le réseau de trafiquants, elle serait bientôt enterrée si profondément qu'ils ne la trouveraient plus jamais.

— Viens, dit-il à Everly.

Elle était assise à la table de la salle à manger, le regard perdu dans le vide devant son ordinateur, essayant de trouver ce qu'elle pouvait chercher. Quelqu'un d'autre à contacter. Un autre journaliste qu'elle pouvait supplier de parler de l'affaire de sa sœur dans le journal du soir. Malheureusement, les adolescentes qui disparaissaient à Los Angeles n'avaient pas vraiment d'intérêt médiatique.

— Où ? demanda-t-elle.

— Nous allons au commissariat pour revoir l'inspecteur Ramirez. Nous relirons ses notes et nous verrons si nous pouvons trouver quelque chose de nouveau. Ensuite, Rex aura peut-être une info pour nous. Une adresse. Un numéro de téléphone. *Quelque chose.*

La lueur d'espoir qui brilla dans les yeux d'Everly fut terrible à voir. Elle avait très bien tenu étant donné les circonstances, tout comme ses grands-parents. Mais la tension commençait à tous les atteindre. Ball détestait cela.

Everly rassembla ses affaires sans un mot. Elle prit son sac et passa dans le salon pour dire où ils allaient à Mamie et Papy. Ball l'entendit dire d'appeler s'ils apprenaient quoi que ce soit, puis elle revint vers lui.

En silence, ils avancèrent jusqu'à la voiture de location et se rendirent au commissariat de police. De temps en temps, il jetait un coup d'œil à Everly. Elle avait la tête tournée et elle était extrêmement vigilante, observant tout et tout le monde.

Au bout d'un moment, elle demanda :

— Devons-nous aller en centre-ville et parler aux prostituées ? Apporter la photo d'Elise et leur demander si elles l'ont vue ?

Ball eut l'estomac noué à cette idée.

— En dernier ressort, peut-être. Mais tu sais aussi bien que moi que si elle a été enlevée pour le trafic, ils ne la mettront pas dans la rue. Pas au début. Ils vont la garder sous cloche jusqu'à la briser psychologiquement, jusqu'à ne plus avoir peur qu'elle s'enfuie ou qu'elle prévienne quelqu'un de sa situation.

— Je sais, dit Everly doucement. C'est juste que je ne sais pas quoi faire d'autre. Je connais les statistiques. Je sais qu'il est très probable que nous cherchions son cadavre, mais une part de moi refuse de le croire.

Ball la vit tripoter la bague à son doigt et cela lui rappela une photo que Mamie lui avait montrée la veille. Une photo d'Elise et Everly, debout l'une à côté de l'autre. Everly avait le bras posé sur l'épaule d'Elise, et sa sœur lui tenait le poignet. Il avait vu une bague sur son doigt qui ressemblait exactement à celle d'Everly.

— Parle-moi de vos bagues, demanda-t-il en essayant de chasser les pires scénarios de la tête d'Everly.

— Le jour de la naissance d'Elise, mamie m'a dit qu'Elise allait être la personne que je connaîtrais plus longtemps que n'importe qui dans le monde. Plus longtemps que mes amis, plus longtemps que ma mère, plus longtemps qu'elle, et même plus longtemps que l'homme que je rencontrerais un jour avec de la chance et que j'épouserais. Elle m'a demandé si j'acceptais la responsabilité d'être une sœur. La responsabilité de veiller sur elle. De jouer avec elle, de rire avec elle, de pleurer avec elle quand c'était nécessaire. D'être toujours là pour elle, quoi qu'il arrive. Bien sûr, j'ai acquiescé. Mamie m'a donné la bague comme un rappel physique de mon engagement envers ma sœur.

— Et quand Elise a eu dix ans, mamie lui a aussi offert une bague. Je me souviens comme elle était heureuse, comme elle se sentait adulte de porter cette bague. Mamie en a fait toute une cérémonie et une fête.

— Je sais que les gens ne comprennent pas notre lien. Je veux dire, je suis bien plus âgée qu'Elise. Mais à la seconde où je l'ai vue, quelque chose s'est mis en place. J'ai aidé à lui enseigner la langue des signes quand elle était petite, et j'ai fait tout ce que j'ai pu pour être là pour elle. Les bagues nous lient, même quand nous sommes physiquement séparés.

Everly leva la main et regarda sa bague.

Elle était en or, avec des lignes ondulées qui s'effaçaient avec le temps. Elle ne semblait pas particulièrement coûteuse, mais il était clair qu'elle n'avait pas de prix pour elle.

Ce qu'elle dit ensuite confirma les pensées de Ball.

— Je ne l'enlève jamais. Jamais. C'est comme si, tant que je la porte, ma sœur est là avec moi.

Elle haussa les épaules.

— Ça paraît sûrement puéril.

— Pas du tout. Je suppose que c'est un peu comme une bague de mariage. Oui, ça indique aux autres que l'on fait partie d'une relation, mais plus que ça, c'est un engagement. Si j'avais une femme, je voudrais qu'elle ressente la même chose au sujet de la bague à son doigt que toi avec la tienne. Je voudrais qu'elle la regarde et qu'elle pense à moi. Qu'elle sache que j'ai la même bague à mon doigt et que je pense à *elle*. Savoir que l'on est si proche de quelqu'un dans ce monde est quelque chose de magnifique, et je pense que tes grands-parents sont merveilleux d'avoir offert cela à ta sœur et toi.

— C'est ce que je pense aussi, acquiesça Everly.

Ils furent tous les deux perdus dans leurs pensées

pendant le reste du trajet jusqu'au commissariat, et quand ils se garèrent dans le parking, Ball finit par dire :

— Je vais trouver ta sœur, Everly. Peut-être pas aujourd'hui. Peut-être pas demain. Même si cela me prend le reste de ma vie, je découvrirai ce qui est arrivé pour que tu puisses être en paix.

— Merci, dit-elle doucement. Ça compte beaucoup.

— Viens, dit Ball. Allons voir ce que sait Ramirez.

En hochant la tête, Everly descendit de la voiture et ils marchèrent jusqu'au commissariat.

Trente minutes plus tard, ils étaient assis tous les deux dans la salle d'interrogatoire avec le dossier de la disparition d'Elise posé entre eux. Il n'y avait pas grand-chose dedans, et même si Ramirez faisait ce qu'il pouvait, il n'avait trouvé aucune information qu'ils n'avaient pas déjà découverte eux-mêmes.

— Merde, c'était une perte de temps, dit Everly, dégoûtée.

Juste à ce moment-là, ils entendirent un brouhaha à l'extérieur de la salle.

Everly se leva et s'approcha de la porte. Elle l'ouvrit... et fit un pas en arrière, surprise quand l'inspecteur Ramirez faillit la renverser en entrant.

Ball fut debout et derrière Everly en l'espace d'une seconde.

— Qu'est-il arrivé ? demanda-t-il.

— Un appel au 911 vient d'arriver. Un homme a dit qu'il promenait le chien de sa petite amie et qu'il a entendu quelqu'un appeler à l'aide dans une maison qu'il pensait vide. La fille avait cassé une vitre du grenier et elle agitait fébrilement le bras en hurlant. Une unité est en route, mais je pensais que vous aimeriez le savoir.

— Faisait-elle un bruit bizarre ? demanda Everly.

— Un bruit bizarre ?

— Elise est sourde. Si elle criait, une personne entendante se serait posé des questions.

— Je ne sais pas. Mais je me rends là-bas. Je vous contacterai pour vous le faire savoir.

— Nous venons aussi, dit Everly.

— Absolument pas, dit l'inspecteur.

— Écoutez, c'est ma sœur qui a disparu, et si c'est vraiment elle, et que vous débarquez là-bas en lui hurlant des ordres, elle ne va pas vous comprendre. Et si celui qui l'a enlevée est toujours par là, elle ne pourra pas vous dire à quoi il ressemble. Vous avez besoin de moi.

L'inspecteur ne sembla pas convaincu.

— C'est une policière, ajouta Ball. Elle sait comment ne pas vous gêner et elle connaît les protocoles. Ce n'est pas n'importe quelle civile.

Cela suffit. Ramirez hocha la tête.

— D'accord, mais je pars maintenant.

Sans un mot, Everly retourna vers la table, rassembla les quelques papiers qu'ils avaient regardés et fut de retour à côté de Ball.

— Nous sommes prêts.

En l'espace d'une minute, ils furent à l'arrière du SUV de Ramirez. La sirène était allumée, et ils roulèrent comme des fous vers le quartier misérable où l'homme avait dit que se trouvait la maison.

Ball saisit la main d'Everly et la serra. Ils ne dirent rien, s'accrochant simplement l'un à l'autre en priant pour que la fille qui criait à l'aide soit Elise.

6

Le quartier était plongé dans le chaos le plus total quand Ramirez se gara. Des voitures de flics étaient déjà alignées des deux côtés de la rue étroite, et il y avait des ambulances qui attendaient le signal pour pouvoir s'approcher.

Ball descendit en tirant Everly derrière lui. Elle entendit les chiens policiers aboyer d'excitation, ainsi que les chiens du quartier qui se joignirent à eux. Mais son regard était rivé sur la maison entourée par la police.

L'agent du SWAT en elle voulait les rejoindre, mais la sœur en elle ne pouvait pas bouger ses jambes pour s'approcher de la maison. Il y avait trois étages, dont un grenier. La peinture blanche à l'extérieur s'écaillait et le jardin était rempli d'herbes hautes. Des planches en bois décrochées pendaient aux murs ici et là, et le porche d'entrée semblait pouvoir s'envoler à la moindre brise.

— Restez ici, ordonna Ramirez. Je vais voir ce qu'il se passe.

Il n'attendit pas leur accord, mais il se tourna et se dirigea vers ceux qui semblaient être aux commandes.

Everly ne parvenait pas à bouger un seul muscle. Elle

pouvait seulement s'accrocher à la main de Ball comme si c'était la seule chose qui l'empêchait de se fracasser en un million de morceaux. Elle ne savait pas vraiment quand il était devenu sa planche de salut, mais à un moment des derniers jours, il était devenu son système de soutien. C'était de la folie. Elle n'avait jamais dépendu de qui que ce soit de toute sa vie, en dehors de ses grands-parents. Elle avait appris très jeune qu'elle ne pouvait compter que sur elle-même. Mais, malgré leurs débuts compliqués, Ball avait commencé à être important pour elle.

Cela aurait dû la faire paniquer. Sur le moment, elle ne ressentit que de la gratitude pour sa présence avec elle.

La possibilité que sa sœur soit déjà morte était très présente à son esprit, surtout étant donné le temps qui s'était écoulé sans qu'elle soit vue. Cependant, Everly n'était pas sûre de pouvoir gérer la réalité d'un des flics sortant de la maison et lui disant qu'ils arrivaient trop tard, qu'Elise était vraiment partie.

Il y eut des cris à l'intérieur de la maison et Everly ferma les yeux.

— Du calme, Ev.

Elle hocha la tête, mais elle n'ouvrit pas les yeux.

Il y eut alors d'autres cris et des appels pour une ambulance.

Les yeux d'Everly s'ouvrirent juste à temps pour voir une adolescente être conduite hors de la maison avec un policier à ses côtés. Son cœur fit un bond, mais une seconde plus tard, ses épaules s'affaissèrent.

La fille n'était pas Elise.

Elle était plus âgée. Et plus grande. Et elle avait la mauvaise couleur de cheveux. Elle portait un jean et un tee-shirt noir. Ses cheveux bruns étaient tout emmêlés, elle ne portait pas de chaussures. L'adolescente tenait son bras ensanglanté pendant que l'agent la guidait jusqu'à une ambulance qui s'était garée devant la maison.

— Ce n'est pas elle, chuchota tristement Everly.

— Elle saura peut-être quelque chose, lui dit Ball avec douceur.

Mais leur attention fut détournée de la jeune fille que l'on aidait à monter dans l'ambulance à cause d'autres cris dans la maison. Everly espérait qu'ils avaient attrapé la personne responsable de l'enlèvement de la pauvre jeune femme.

Perplexe, elle vit alors une autre adolescente être conduite hors de la maison. Celle-ci était blonde et petite, comme Elise. Elle était sans doute plus jeune que la sœur d'Everly, peut-être douze ou treize ans.

— Il y en avait deux ? demanda Everly, choquée.

— Viens, dit Ball en la tirant plus près de la porte.

Everly le suivit sans rechigner. Les policiers autour d'eux ne firent pas attention à eux. Ils étaient focalisés sur ce qui était relayé par leurs radios.

— Cela ressemble à un trafic, marmonna Ball. Plus d'une victime, cela signifie en général qu'ils les rassemblent avant de les envoyer ailleurs. Ne perds pas espoir, Everly.

Ces paroles firent monter l'adrénaline en elle. Elle réagit sans réfléchir, se dirigeant vers le policier le plus proche.

— Je suis le Sergent Adams, je viens de Colorado Springs. Je suis ici parce que ma sœur adolescente a disparu. Elle fait environ un mètre soixante, elle est rousse, mais elle est sourde. Si elle est là-dedans, elle va avoir peur parce qu'elle ne peut pas entendre quoi que ce soit.

L'agent sembla d'abord préoccupé par autre chose, mais lorsqu'Everly continua à parler, il hocha la tête.

— Je vais transmettre l'information.

— Savez-vous combien il y en a dedans ? demanda Ball.

— Nous ne le savons pas pour l'instant. Ils fouillent la maison de haut en bas. Jusqu'ici, ils en ont trouvé quatre.

Quatre. Everly inspira brusquement. Quatre enfants, mortellement effrayées et enlevées à leurs familles. Les trafiquants sexuels étaient les pires des pires. Des rebuts de l'humanité.

— Le Sergent Adams connaît la langue des signes, dit Ball au policier. Si sa sœur est à l'intérieur, elle peut lui parler. L'aider à rester calme. Veuillez faire passer cette information.

Étonnamment, c'est ce qu'il fit.

— Nous serons juste là, ajouta Ball, et l'homme hocha la tête.

Ball fit reculer Everly de quelques pas et la serra contre lui. Ils regardèrent une autre fille être conduite hors de la maison en sanglotant. Puis une autre. Il était clair que les filles étaient traumatisées. Elles étaient toutes sales, et l'une d'entre elles n'était qu'à moitié vêtue. Les implications étaient terrifiantes, mais Everly garda le regard rivé sur la porte. Elle pria plus que jamais auparavant que la personne suivante à sortir soit sa sœur.

Cinq longues minutes d'agonie s'écoulèrent, puis une autre fille apparut. Et encore une autre.

— Six, chuchota Ball. Il doit s'agir d'un trafic.

Everly retint sa respiration... puis elle entendit le son qu'elle reconnut alors qu'elle ne l'avait jamais entendu auparavant.

Elise. Qui hurlait de terreur.

Elle s'extirpa des bras de Ball et piqua un sprint vers la maison. Elle entendit des cris derrière elle, et Ball qui criait quelque chose, mais elle n'avait d'yeux que pour la porte d'entrée. Elle courut à l'intérieur, en sachant que Ball la soutenait, puis elle s'arrêta et dut se forcer à respirer une seconde.

La maison avait une odeur affreuse. Une odeur de déchets humains, d'odeurs corporelles, et de moisissure. Elle avait vu quelques environnements assez terribles en tant que policière, mais savoir que sa sœur était à l'intérieur, qu'elle avait été dans cet endroit pendant qui sait combien de temps, c'était encore pire.

Elise cria encore et Everly se tourna vers les escaliers qui se trouvaient à côté du vestibule. Elle descendit en courant et se fraya un chemin entre les quatre policiers qui lui bloquaient le chemin jusqu'à sa sœur.

Là, au fond du sous-sol, se trouvait Elise.

Elle portait le chemisier et le short qu'elle avait selon Mamie le jour où elle avait disparu après l'école. Elle était pieds nus et elle était recroquevillée contre le mur, fixant les policiers comme s'ils étaient des incarnations du diable. Du coin de l'œil, Everly vit un seau que sa sœur avait utilisé comme des toilettes, mais elle l'ignora, souhaitant rassurer Elise avant tout.

En s'approchant, elle commença à essayer de la calmer.

Tout va bien. C'est moi. As-tu mal quelque part ?

Elise leva les yeux vers sa sœur et Everly faillit chanceler sous le poids de l'incompréhension, de la douleur et de la peur qu'elle y vit.

C'est moi. Je suis là. Elle fit un pas vers Elise, soulagée lorsqu'elle ne se recroquevilla pas. *Je vais me rapprocher.*

Quand elle hocha légèrement la tête, Everly fit un autre pas en avant. Elle entendit Ball dire aux policiers de lui laisser de l'espace, qu'elle était la sœur de la victime, elle n'avait jamais été si reconnaissante de sa présence. Elle ne pouvait pas se concentrer sur eux et faire en sorte qu'ils lui laissent la place de faire le nécessaire pour communiquer avec sa sœur.

Elle jeta un bref coup d'œil derrière elle et elle vit que Ball s'était avancé, s'approchant d'elle et d'Elise. Le soutien qu'elle ressentit grâce à cet acte fut immense. Il était près d'elle au cas où elle ou Elise avaient besoin de lui, mais il n'intervint pas.

Everly s'approcha, puis elle s'accroupit. Elle marcha à quatre pattes en parcourant le mètre qu'il restait jusqu'à être juste devant Elise. *As-tu mal quelque part ?* fit-elle encore en langue des signes.

Pas vraiment. Mais je ne peux pas bouger beaucoup à cause des chaînes. Elise montra ses chevilles.

D'accord. On va les enlever. Je te cherche depuis ta disparition.

Je suis désolée, communiqua fébrilement Elise. *Je suis vraiment désolée. J'ai été tellement stupide. J'ai fait exactement ce que tu m'as dit de ne jamais faire.*

Chut. Nous parlerons de tout ça plus tard. Tu vas bien maintenant. Puis-je te serrer dans mes bras ? demanda Everly.

Elise secoua la tête. *Non. Je suis dégoûtante.*

Même si tu étais couverte de merde de chien de la tête aux pieds, ça me serait égal. J'ai simplement besoin de te tenir dans mes bras.

Le petit hochement de tête lui suffit. Juste avant de prendre sa sœur dans ses bras, Everly jeta un autre coup d'œil rapide par-dessus son épaule. Ball était juste à côté avec un coupe-boulons dans la main. Elle ne savait pas d'où il le sortait, mais il était clair qu'il hésitait, lui laissant le temps de passer un moment avec sa sœur.

— Nous devons la sortir d'ici, lui dit-il doucement, quelques minutes plus tard.

— Je sais, répondit Everly en serrant sa sœur contre elle. Donne-nous juste une seconde.

Elle sentit sa sœur trembler sans faire d'autres mouvements, mais après un long moment, elle posa les bras autour d'Everly et elle s'accrocha à elle.

Everly eut envie de pleurer, mais elle savait qu'elle devait être forte. Elle aurait le temps de craquer plus tard.

— Je dois la toucher pour retirer ses chaînes, dit Ball. Peux-tu l'avertir, s'il te plaît ?

Everly hocha la tête et elle s'écarta pour s'asseoir à côté d'Elise. Ses genoux touchaient toujours sa sœur, car elles avaient besoin toutes les deux de ce lien. *Voici mon ami. Il va enlever tes chaînes. D'accord ?*

Everly regarda Ball et elle dut déglutir pour empêcher les larmes de s'échapper de ses paupières pendant qu'il communiquait minutieusement ce qu'il avait essayé d'apprendre l'autre jour.

Je m'appelle Ball. Tu es en sécurité.

Elise hocha la tête, puis elle se tourna vers Everly. *Waouh, il s'exprime mal.*

Everly éclata de rire, se sentant soulagée pour la première fois depuis qu'elle avait entendu sa sœur hurler. Elle allait s'en sortir. Quelque chose d'affreux lui était arrivé dans cette pièce, c'était évident, mais elle était en vie, et son sens de l'humour était toujours intact.

Elle répondit rapidement : *Oui, mais il y a un jour et demi, il ne connaissait aucun signe, alors sois indulgente.*

Ball ? demanda Elise. *Quel drôle de nom !*

C'est un surnom.

Que veut-il dire ?

Everly se tourna vers Ball qui attendait patiemment la permission de toucher la jambe d'Elise.

— Elle veut savoir comment tu as eu ton surnom.

Ball sourit, et même si c'était un peu forcé, elle lui était très reconnaissante de faire de son mieux pour mettre Elise à l'aise.

— Veux-tu traduire pour moi ? demanda-t-il.

— Bien sûr, lui dit Everly en le faisant pendant qu'il parlait.

Quand j'étais chez les garde-côtes, j'étais un peu maniaque. Tout avait sa place, et je détestais être désorganisé. J'avais aussi le don de savoir quand les choses étaient sur le point de mal tourner. Quand quelqu'un allait me mentir. Quand ils allaient essayer de fuir. Mes collègues garde-côtes disaient toujours que j'étais vraiment « on the Ball », que j'étais réactif et attentif. Ça a été raccourci pour faire Ball. Mon nom de famille est Black, mais heureusement qu'ils ne m'ont pas surnommé ainsi, puisque j'ai un ami à Colorado Springs dont le surnom est Black. Tu imagines avoir deux personnes dans le même groupe d'amis avec le même surnom ? Mais ce qui est drôle, c'est qu'ils auraient dû m'appeler Ball parce que mon prénom est Kannon. Tu sais, comme « cannonball », le boulet de canon.

Everly ne connaissait pas l'origine de son surnom, et après le temps qu'ils avaient passé ensemble, elle avait très envie d'apprendre à peu près tout sur lui. Ils avaient été balancés dans une situation très intense et ils s'étaient rapprochés en une très courte période de temps. Mais ils ne savaient pas les plus petits détails l'un sur l'autre.

Elise sourit un peu au boulet de canon, puis elle se tourna vers Everly. *Tu le connais donc du Colorado ?*

Oui. Maintenant, peut-il s'il te plaît retirer tes chaînes afin que nous puissions sortir d'ici ?

Elise se tourna vers Ball et hocha la tête. Puis elle montra les chaînes et tendit les jambes, afin de lui permettre de faire passer la pince.

En l'espace de quelques secondes, Elise fut libérée et Everly l'aida à se relever.

— Ça va ? demanda Ball.

Everly hocha la tête.

Puis il fit quelque chose qui la stupéfia. Il se tourna vers Elise et il s'exprima très lentement, et pas tout à fait correctement, mais assez pour qu'elles puissent le comprendre : *Ta sœur n'aurait jamais arrêté de te chercher. Elle t'aime énormément.*

Everly ne savait pas du tout qu'il avait cherché *ça* en ligne.

Elise regarda Ball, puis sa sœur, puis encore Ball. Puis elle fit des signes d'une seule main. *Je l'aime aussi.*

Sois forte, fit Ball avant de se tourner vers Everly.

— Accompagne ta sœur. Je vais rester ici et essayer de découvrir autant d'informations que possible. Je viendrai à l'hôpital quand j'aurai terminé. S'ils veulent la garder pour la nuit, je ferai en sorte de prendre les affaires dont tu as besoin pour rester avec elle. J'appellerai aussi tes grands-parents et je leur ferai savoir qu'Elise a été trouvée et qu'elle va bien, et je les conduirai à l'hôpital.

Il parla d'une voix très pragmatique, comme si la façon dont il prenait soin d'elle, d'Elise et de ses grands-parents n'était pas du tout extraordinaire. Elle n'avait personne d'autre dans sa vie sur qui elle pouvait s'appuyer, personne qui faisait le nécessaire afin qu'elle puisse se concentrer entièrement sur sa sœur. Everly savait qu'elle devait sans doute appeler elle-même sa grand-mère, mais elle était focalisée sur Elise et Ball semblait le comprendre.

— Merci, dit-elle, incapable de trouver les mots pour exprimer ses sentiments de façon plus appropriée.

Puis il la surprit encore une fois en se penchant et en l'embrassant sur le front. Il appuya longuement les lèvres contre elle, fermement et intensément, avant de s'écarter. Il hocha la tête dans sa direction et dans celle d'Elise avant de se tourner et de les guider hors du sous-sol.

Tu as quelque chose à me dire, frangine ? dit Elise en langue des signes.

Une fois de plus, Everly fut extrêmement reconnaissante qu'Elise semble encore être elle-même. Ce qui lui était arrivé n'avait pas éteint l'étincelle de vie dans sa sœur. Elle ne savait pas trop quoi dire au sujet de Ball, mais elle était prête à tout raconter à Elise si ça pouvait l'aider à traverser son épreuve.

Les policiers les escortèrent hors de la maison et les conduisirent jusqu'à une ambulance. Everly n'aimait pas les hématomes de sa sœur ni sa saleté, mais elle était en vie. C'était tout ce qui comptait. Elles pouvaient surmonter tout le reste... ensemble.

 7

Ball fit les cent pas dans le bureau de l'inspecteur Ramirez. Aller et retour. Aller et retour. C'était ça, ou frapper quelqu'un.

Cela faisait deux jours depuis qu'Elise et les autres filles avaient été sauvées dans la maison vide, et les flics n'avaient aucune information sur l'identité de l'homme qui les avait enlevées.

Everly était assise sur une chaise devant le bureau de l'inspecteur. Elle le regardait. Elle avait été incroyable pendant les deux derniers jours. Elle était restée avec sa sœur à l'hôpital avant que celle-ci puisse rentrer chez elle, faisant en sorte qu'Elise se sente en sécurité pendant qu'elle racontait ce qui était arrivé aux autorités.

Elise avait juré ne pas avoir été violée, et au début, Ball ne savait pas s'il devait la croire. Il pensait qu'elle essayait peut-être de minimiser ce qui était arrivé, particulièrement devant lui et l'inspecteur masculin. Mais après avoir été rassuré par Everly qui expliqua que le médecin confirmait les dires d'Elise, il avait été extrêmement soulagé.

Cela ne voulait pas dire qu'Elise n'avait pas été affectée

par ce qui était arrivé. Elle avait malgré tout été traumatisée. La cruauté psychique que son ravisseur lui avait fait subir était difficile à digérer, et Ball savait que s'ils avaient mis trop longtemps à la retrouver, l'homme aurait fini par passer à l'agression sexuelle. Dans le cas présent, on aurait presque dit qu'il cherchait à la préparer pour quelque chose.

Et ça ne convenait pas du tout à Ball, particulièrement d'après ce qu'il savait des trafiquants.

Il n'était pas non plus très certain de l'état mental d'*Everly*. Elle avait été trop occupée à prendre soin de sa sœur et de ses grands-parents pour prendre soin d'elle-même. C'était Ball qui avait fait en sorte qu'elle mange la première nuit à l'hôpital. Il lui avait apporté des vêtements pour dormir, et il avait fait installer un lit pliable dans la chambre d'hôpital de sa sœur, afin qu'elle n'essaie pas de dormir sur la chaise inconfortable.

En voyant comme Everly était attentionnée avec sa sœur, il se souvint qu'Holly n'avait *pas* été attentionnée quand il était blessé. Il s'était attendu à ce qu'elle fasse comme Everly maintenant. Qu'elle soit à ses côtés et qu'elle *agisse* au moins comme si elle s'inquiétait pour lui.

À la place, elle lui avait dit qu'elle n'aimait pas les hôpitaux et qu'il n'avait qu'à l'appeler quand il pouvait sortir. Lorsqu'il avait appelé, elle avait prétendu être trop occupée et ne pas pouvoir passer le récupérer. Il avait fini par appeler un taxi pour rentrer chez lui. Et les quelques semaines qui suivirent avaient été progressivement pires.

Il avait franchement cru qu'ils allaient se marier ; il l'aimait à ce point. Mais à la fin, Ball avait compris qu'elle était une garce égoïste qui avait seulement cherché une vie facile et qui s'était dit qu'il lui convenait parce qu'il était dans l'armée.

Se forçant à refouler ses pensées amères, Ball commença une autre traversée du petit bureau. Everly et lui étaient venus au commissariat pour parler de l'affaire avec l'inspecteur Ramirez. Pour apprendre de nouveaux détails sur les enlèvements. Everly avait entendu le témoignage de sa sœur, mais ils voulaient maintenant savoir ce qu'il se passait et trouver l'homme responsable.

Il y avait eu sept jeunes filles en tout. Trois avaient été maintenues dans des chambres à l'étage, une au grenier, une dans le salon au rez-de-chaussée, et même une dans la cuisine. Elles étaient toutes enchaînées comme Elise l'avait été. Mais contrairement à Elise, toutes les autres avaient été agressées.

La plupart d'entre elles racontaient des versions de la même histoire : elles avaient discuté avec un type en ligne qu'elles pensaient être de leur âge. Après quelques mois, elles avaient accepté de le rencontrer, et quand le « père » de ces garçons était arrivé, elles étaient montées dans sa voiture.

Cependant, l'adolescente la plus âgée avait simplement été au mauvais endroit au mauvais moment. Elle avait été frappée jusqu'à perdre connaissance et elle s'était réveillée dans la maison.

La fille au grenier était responsable de leur sauvetage. Ce jour-là, par un coup du sort stupéfiant, son ravisseur n'avait pas complètement enfoncé le verrou sur la chaîne de sa cheville. Quand il était parti, elle avait attendu longtemps avant de s'approcher de la fenêtre et de la briser. Quand l'inconnu qui ne se doutait de rien était passé en promenant son chien, elle avait hurlé et elle l'avait supplié d'appeler les policiers.

La fille avait entendu d'autres personnes dans la maison, mais elle ne savait pas combien étaient piégées en même temps qu'elle. En plus d'Elise, il y avait une jeune fille de douze ans, deux de quatorze ans, deux de seize ans, et une de dix-huit. Elles étaient toutes physiquement très différentes les unes des autres. Certaines étaient grandes, d'autres petites. Il y avait une blonde, deux brunes, Elise avec ses cheveux roux, deux aux cheveux noirs, et la jeune femme de dix-huit ans avait teint ses cheveux en rose.

— Nous pensons que le coupable collectionnait différents genres de filles pour les vendre sur le marché noir, poursuivit l'inspecteur.

— Et qu'est-il fait contre cela ? demanda Ball.

— Tout notre possible, répondit calmement Ramirez. Le FBI est impliqué, et nous avons la description de la voiture de cet homme, de son physique, et nous analysons tous les témoignages pour voir si nous pouvons recouper d'autres informations.

— Vous rendez-vous compte que si cette fille n'avait pas brisé la fenêtre, nous ne les aurions probablement pas trouvés, n'est-ce pas ? demanda Everly.

C'était ce que Ball pensait, mais ne voulait pas dire... pas devant Everly. Mais il aurait dû savoir qu'elle n'allait pas reculer devant la vérité.

— Vous ne le savez pas, dit Ramirez.

— Aviez-vous seulement fait le lien entre les autres filles disparues et Elise ? demanda Everly avec une grande perspicacité. Ou bien les avez-vous considérées comme des fugueuses également ? Aucun de leurs parents n'avait les mêmes connaissances dans la police que moi, et ils n'ont pas pu engager une personne comme mon ami Ball ici pour les aider à enquêter et à garder le dossier ouvert. Il y a quelque chose qui ne va pas du tout dans notre société quand un enfant disparaît et que la première chose que pensent les policiers, c'est qu'il ou elle a fugué et finira par réapparaître.

— Les statistiques le confirment pourtant, sergent Adams, dit Ramirez.

— Je sais, mais je m'en fous. Je sais aussi que quand je vais rentrer chez moi, je vais avoir une discussion avec mon chef de la police. Même si trois des quatre disparitions sont simplement des enfants fâchés, ce n'est pas juste que l'on balaie si facilement les inquiétudes de la quatrième famille.

Personne ne dit rien pendant très longtemps. Ensuite, Ramirez s'éclaircit la gorge et dit :

— Il se peut que nous ayons besoin de reparler à Elise. Parfois, les victimes se souviennent de plus de détails quand un peu de temps s'est écoulé.

— Si vous avez besoin de lui parler, elle sera avec moi à Colorado Springs, répondit Everly.

Ball arrêta de faire les cent pas et il se tourna pour fixer Everly. Ils n'avaient pas passé beaucoup de temps ensemble au cours des deux derniers jours, car elle était surtout restée avec sa sœur. Ils n'avaient pas discuté de la suite. Il s'était dit qu'Everly allait passer un peu plus de temps à Los Angeles avec sa famille, puis retourner à Colorado Springs et essayer de reprendre le cours de sa vie normale, tout comme Elise allait le faire ici. Il aurait dû deviner qu'elle ferait autrement.

— C'est peut-être le mieux, dit l'inspecteur.

— En réalité, ce n'est pas le mieux. Ça va être affreux, dit sèchement Everly. Ses amis sont ici. Ses grands-parents. Son école. Mais je n'ai pas l'impression qu'elle y est en sécurité, et elle non plus. Tant que vous n'avez pas trouvé l'homme qui l'a enlevée et agressée, ainsi que la personne derrière toute cette opération, elle sera aussi loin d'ici que je le peux. Et c'est donc à Colorado Springs. Avec moi.

— Il faudra qu'elle soit disponible si nous avons des questions, dit Ramirez.

— Ce n'est pas un problème. Nous avons des avocats pour enfants au commissariat de Colorado Springs, ainsi que des dessinateurs de portrait-robot.

— Et pour l'école ? demanda Ball.

Everly se tourna vers lui et il vit l'émotion dans ses yeux. Elle était très remontée, et il ne pouvait pas lui en vouloir. Si la situation était différente, si Everly était celle qui avait été enlevée, et que l'homme était toujours en liberté, il n'aurait pas été à l'aise à l'idée de la laisser ici.

Cette pensée aurait dû l'inquiéter... mais à la place, il trouva cela très normal.

Il ne connaissait pas non plus Elise depuis très long-temps, mais le peu qu'il avait appris l'avait rendu très protecteur. Elle souffrait et elle était effrayée, mais elle faisait de son mieux pour agir comme si ce n'était pas le cas. Elle lui avait appris quelques mots en langue des signes, et s'était moquée de lui quand il se trompait. Elle était extrê-mement forte et courageuse... comme sa sœur.

— Colorado Springs possède une école pour les sourds. Elle n'est pas aussi prestigieuse que celle qu'il y a ici, mais si l'on prend tout en compte, ce sera très bien, dit Everly.

— Et Elise est d'accord pour partir ? demanda Ball.

— C'est elle qui a demandé si elle pouvait venir chez moi.

Ball hocha la tête. Il réfléchit à de nombreux plans.

— Je suis désolé que nous n'ayons pas pu la trouver plus tôt, Ramirez.

— Moi aussi. Mais nous l'avons retrouvée, et pour l'in-stant cela tient du miracle. J'apprécie la façon dont tout le monde a traité ma sœur depuis qu'elle a été sauvée. Le professionnalisme et le soin ont été impeccables.

L'inspecteur hocha la tête.

Ball prit le coude d'Everly quand elle se leva, puis il fit un pas en arrière en lui laissant de l'espace. C'était intéressant de la voir interagir avec d'autres policiers. C'était comme si elle devenait quelqu'un d'autre. Elle était raide, moins émotive. Il comprenait, mais il détestait quand même cela.

À la seconde où ils sortirent du commissariat, elle se voûta.

Ball avait très envie de la toucher, mais il garda les mains dans les poches.

— Je peux contacter l'entreprise de location et m'organiser pour garder la voiture plus longtemps, dit-il pendant qu'ils traversaient le parking.

— Pourquoi ?

— Je me disais juste que comme tu n'aimes pas prendre l'avion, tu serais plus à l'aise si nous rentrions en voiture. Ton chef t'a donné une autre semaine de congés, n'est-ce pas ?

— Oui, mais ce n'est pas nécessaire. Nous pouvons prendre l'avion.

Il ne put s'en empêcher. Ball l'arrêta en posant une main sur son biceps.

— Everly, tu détestes prendre l'avion. Nous pouvons rentrer en voiture.

— Je déteste beaucoup de choses. Manger des choux de Bruxelles. Travailler de nuit. Enlever ma sœur à Mamie et Papy. Mais ça ne signifie pas que je ne le fais pas. Je dois retourner à Colorado Springs, installer Elise à l'école, faire en sorte qu'elle soit bien chez moi, qu'elle se sente en sécurité, et m'assurer que mon patron accepte que je travaille uniquement de jour, au moins pendant un moment. Je n'ai pas le temps de rentrer en voiture.

Ball la fixa. Elle avait raison, mais il avait eu hâte d'apprendre à connaître Elise un peu mieux et de passer plus de temps avec Everly. Dormir avec elle lui avait manqué quand elle était à l'hôpital avec Elise, et la nuit précédente, elle avait dormi dans la chambre de sa sœur avec elle. D'une certaine façon, pendant les quelques jours qu'ils avaient passés à Los Angeles, il s'était habitué à l'avoir dans ses bras. Ce qui avait commencé surtout pour embêter Everly était devenu bien plus que cela.

— D'accord. Je vais appeler Rex et il commandera nos billets.

— Ce n'est pas nécessaire, protesta-t-elle.

— Si.

— Non, pas du tout. Je peux m'occuper toute seule de ma sœur.

— Personne ne dit que tu ne le peux pas, répondit Ball en essayant de comprendre d'où venait ce comportement soudain. Rex est ravi qu'Elise ait été retrouvée. Fais-moi confiance, c'est son objectif dans toutes les affaires, mais ça ne finit pas toujours aussi bien que celle-ci. Il va être heureux de vous faire sortir toutes les deux de Los Angeles afin qu'elle puisse commencer à guérir.

Everly baissa la tête et elle soupira.

— Je sais. C'est simplement difficile d'accepter de l'aide.

— Si c'est plus facile, dis-toi que c'est pour Elise... pas pour toi.

Elle gloussa.

— C'est vrai.

— Et il y a autre chose.

— Quoi ?

— Je travaille chez moi. Quand je ne suis pas en mission, je serais heureux qu'Elise vienne chez moi après l'école si tu n'es pas encore rentrée. Elle peut m'aider à apprendre la langue des signes et avec un peu de chance, se sentir en sécurité également.

— Tu ferais ça ? Pourquoi ?

— Pourquoi ?

— Oui. Il y a une semaine, tu me détestais.

— Il y a une semaine, j'étais con, confirma Ball. Mais tu m'as fait comprendre mes erreurs. Elise me plaît. Elle ressemble énormément à sa grande sœur. De plus... si elle est chez moi, ça signifie que je pourrais te voir aussi.

— Tu en as envie ? J'étais certaine qu'entre Mamie, les coupures de journaux, la discussion sur nos sous-vêtements qui copulaient dans le lave-linge, et les arrière-petits-enfants, que tu t'enfuirais en courant sans un regard en arrière.

Ball haussa les épaules.

— Oui, eh bien… tu t'es trompée.

— Merci. Ça me serait d'une grande aide. Et ça va sûrement sans dire, mais ne la laisse pas utiliser Internet sans surveillance. Je sais qu'elle a quinze ans, mais c'est ce qui lui a causé tous ses problèmes.

— Bien sûr, dit Ball.

— Merci.

— Et toi, comment vas-tu ?

— Moi ?

— Oui. Toi. Ça fait un moment que tu travailles sans t'arrêter. Je sais que tu dormais assez bien avant que nous trouvions Elise, mais je ne t'ai pas beaucoup vue ces deux derniers jours. Tu as l'air fatiguée.

— Je suis fatiguée, lui dit Everly. Mais je suis tellement contente que nous l'ayons trouvée. C'est difficile à exprimer. Je sais mieux que la plupart des gens les chances que nous avions pour que cela arrive. Même alors que j'essayais d'être optimiste, j'avais un peu l'impression qu'elle pouvait avoir disparu. La retrouver a été un miracle, et je veux la faire sortir d'ici dès que je le peux.

— Je te comprends.

— Et Elise a demandé des nouvelles de notre mère hier soir. Elle a demandé si maman savait qu'elle avait disparu et si je pensais qu'elle viendrait la voir.

Ball se moquait d'être au milieu d'un parking devant le commissariat, il prit Everly dans ses bras. Elle ne chercha pas à se débattre. À la place, elle fondit plus ou moins contre lui. Ses cheveux frôlèrent la mâchoire de Ball et il inspira profondément, ayant besoin de cette intimité physique autant qu'elle.

— Je suis désolé, dit-il.

— Moi aussi. Je ne comprends pas. Elise est sa chair et son sang. Pourquoi s'en moque-t-elle ?

Ball savait qu'Everly avait déjà la réponse, mais il devait dire quelque chose.

— Les personnes dépendantes à la drogue ne s'intéressent vraiment à rien d'autre que leur dose suivante. Elles la désirent de toutes les fibres de leur être. Elles mentent, trichent et volent pour l'obtenir. Les choses comme les emplois, la famille et les amis restent sur le carreau dans leur quête de trouver de la drogue.

— Je sais, murmura Everly.

Ils restèrent ainsi pendant un long moment, profitant du réconfort offert par le contact humain.

— Merci d'être ici, dit Everly. Je sais que tu ne voulais pas venir et que tu aurais pu partir maintenant. À la place, tu as été incroyable. Tu as conduit Mamie et Papy pour les aller-retour à l'hôpital. Tu as aussi apporté des vêtements de rechange à Elise. Tu as vérifié si je mangeais quelque chose. Je... ça n'est pas passé inaperçu.

C'était encore une autre chose que Ball aimait chez Everly. Elle ne se gênait pas pour dire ce qu'elle pensait... que ce soit bon ou mauvais.

— Pas moyen que je vous abandonne à la seconde où elle a été retrouvée.

Everly haussa les épaules et se redressa.

Ball garda les mains sur sa taille, tout comme Everly garda les siennes sur ses avant-bras. Elle le regarda dans les yeux.

— Il y a une semaine, tu serais parti.

Elle avait raison.

— Que se passe-t-il entre nous ? demanda-t-elle.

— Je ne sais pas, répondit Ball doucement. Mais ça fait très longtemps que je ne me suis pas senti ainsi. Peut-être jamais.

— Pareil pour moi. J'étais parfaitement heureuse d'être policière et un membre du SWAT, indépendante et dure à cuire. Je n'avais besoin de personne, et ça me plaisait. Maintenant, ma petite sœur va vivre avec moi et je ne sais pas du tout si l'homme qui l'a enlevée va essayer de recommencer. Pendant ces deux derniers jours, je me suis retournée pour te dire quelque chose au moins une douzaine de fois, avant de me rendre compte que tu n'étais pas juste à côté de moi.

Il gloussa.

— Nous avons effectivement passé presque toutes les minutes de chaque jour ensemble pendant un moment, n'est-ce pas ?

Everly hocha la tête.

— Si ça peut te rassurer, j'ai très mal dormi. J'avoue que je te taquinais cette première nuit, quand je suis venu m'allonger derrière toi. Ce lit était largement assez grand pour que nous puissions dormir sans jamais nous toucher... mais la plaisanterie s'est retournée contre moi, parce que maintenant je n'arrive pas à bien dormir si tu n'es pas là avec moi.

— Nous sommes mal barrés, dit Everly en secouant la tête.

— La semaine a été intense, acquiesça Ball. J'aimerais te voir quand nous serons à la maison.

— Tu viens de proposer de m'aider avec Elise. Nous allons nous revoir, c'est sûr, lui dit Everly.

— Non, je veux dire te *voir*. T'inviter à sortir comme une personne normale. Au restaurant. Au bowling. Peut-être au cinéma. Voir s'il y a encore cette attirance quand nous serons revenus à nos vies normales.

Elle le fixa comme s'il venait de lui demander de retirer ses vêtements et de traverser le commissariat en courant.

Mal à l'aise, Ball se pressa de dire :

— Si tu en as envie. Je sais que j'ai été vraiment con, et je ne t'en voudrai pas si tu ne veux pas avoir affaire à moi. J'ai été extrêmement macho et j'aurais dû te laisser le bénéfice du doute, mais tu connais mon passé, tu sais pourquoi je ne l'ai pas fait, et...

Everly l'interrompit.

— Ça me plairait.

— Oui ?

— Oui. Mais je ne peux pas te promettre que j'aurai beaucoup de temps. Je ne sais pas ce que je ferai d'Elise si nous sortons. Ça ne me plaira pas de la laisser seule, et je n'aurais pas Mamie et Papy pour m'aider.

— Elle pourra soit venir avec nous, soit un de mes amis pourra veiller sur elle. Nous ne dirons pas que c'est du baby-sitting parce qu'Elise est bien trop grande pour ça, mais je pense qu'elle ne voudra pas être seule pendant un moment, elle non plus.

— Ils feraient ça ?

— Tu plaisantes ? À la seconde où ils entendront que j'ai un vrai rendez-vous, les autres vont se précipiter pour l'inviter.

— Vous me semblez tous très proches.

— C'est le cas. Je ferais n'importe quoi pour eux. Je pensais savoir ce que signifiait la fraternité quand je faisais mon service militaire, mais ce n'est rien en comparaison de ce que j'ai trouvé auprès d'eux.

— Comment ont été créés les Mercenaires Rebelles ? demanda Everly.

— Nous avons tous reçu un appel de Rex, qui nous a demandé de faire un entretien d'embauche. Nous nous sommes rencontrés au Pit, et il n'est jamais venu. Nous étions bien énervés, mais on a fini par passer la nuit à bavarder en jouant au billard. Apparemment, l'entretien était plutôt de voir comment nous nous entendions ensemble, car nous avons reçu des appels pour nous embaucher juste après.

— Et depuis tout ce temps, vous n'avez jamais rencontré Rex ? demanda Everly.

Elle tenait toujours ses bras, et Ball avait encore les mains sur sa taille. Il savait qu'il n'était pas pressé de partir, il profitait de ce petit moment avec elle.

— Non.

— Et comment tes amis ont-ils rencontré leur copine ?

Ball gloussa.

— Ce sont vraiment de *longues* histoires, et je leur laisserai te les raconter.

— Puis-je te demander quelque chose ?

— Bien sûr.

— C'est juste que... je ne comprends pas comment tu peux être si opposé aux femmes, et pourtant sembler très heureux que tes amis ont des copines.

— Je ne suis pas contre les femmes, dit Ball.

Elle leva les sourcils.

— C'est vrai, insista-t-il. J'aime Allye, Chloé, Morgane et Harlow comme si elles étaient mes propres sœurs. Je ferais n'importe quoi pour elles. Elles sont courageuses et intelligentes, et elles méritent des hommes aussi merveilleux que mes coéquipiers.

— Mais ? dit Everly.

— J'aime qu'ils aient trouvé quelqu'un qui les complète, mais je n'ai pas voulu cela pour moi à cause de mon passé. Mon ex, Holly, m'a vraiment joué un sale tour et je ne voulais surtout pas être remis dans ce genre de position vulnérable.

— Je vois.

— Je n'en suis pas sûr, dit Ball en serrant ses hanches plus fort quand elle commença à s'écarter. Intellectuellement, je savais que toutes les femmes n'étaient pas comme mon ancienne partenaire ou mon ex. Mais je ne voulais quand même pas réessayer et souffrir encore. J'ai donc gardé les femmes à distance, me disant également que je ne travaillerais plus volontairement avec une femme. Mais Rex m'a alors pris de court et je n'avais pas le choix.

Everly fronça les sourcils et essaya encore de s'écarter. Cette fois, Ball la serra contre lui en posant le bras autour de sa taille, la collant contre son torse.

— Mais en une semaine, tu m'as montré que ma réflexion était faussée. Riley et Holly avaient des défauts, mais ça ne signifie pas que je dois faire souffrir les autres femmes à cause de ça pour le restant de mes jours... et ça ne signifie pas non plus que je ne peux pas essayer de trouver un peu de bonheur pour moi-même.

Elle le fixa avec de grands yeux.

Ball continua.

— J'aime les femmes de mes amis. Je ferais n'importe quoi pour elles, simplement parce qu'elles rendent mes amis heureux. Mais jusqu'à ces quelques derniers jours, je n'avais pas vraiment compris ce que mes amis ressentaient pour elles.

— Ball...

— Je ne te mets pas la pression, Everly, dit Ball avant qu'elle puisse continuer. Je veux t'inviter à sortir, apprendre à mieux te connaître. Je veux apprendre à connaître Elise. Si les choses progressent, c'est très bien. Si nous décidons qu'il vaut mieux que nous restions amis, pas de souci. Mais, quelle que soit la façon dont les choses se développent pour nous personnellement, tu dois savoir que je serais ravi de t'avoir à mes côtés pour n'importe quelle mission future, sans aucune réserve.

Elle cligna rapidement des yeux en entendant ces mots, puis elle déglutit.

— Je... merci.

— Avec plaisir.

Ball prit alors un risque. En se penchant lentement, lui laissant le temps de rejeter ses avances, il s'arrêta avec les lèvres juste au-dessus des siennes.

Elle se leva sur la pointe des pieds et franchit la distance entre eux.

La caresse de ses lèvres contre les siennes fut merveilleuse.

À la seconde où ils se touchèrent, quelque chose changea en lui.

Mienne.

Le mot résonna dans sa tête, mais Ball était assez malin pour le garder pour lui. Il savait qu'Everly n'apprécierait pas tellement une affirmation aussi possessive dès le début de leur relation, voire jamais. Ça ne correspondait pas à son caractère.

Ce qui ne changeait rien à ce que ressentait Ball.

Il monta une main pour la poser derrière sa tête et la tenir contre lui en transformant ce baiser qui, après une courte rencontre d'exploration, devenait une revendication.

Elle ouvrit la bouche dès qu'il frôla ses lèvres avec la langue, et il entra. Everly poussa un gémissement lorsqu'il prit possession de sa bouche. Il inclina la tête d'un côté et elle de l'autre. Elle serra ses biceps avec assez de force pour qu'il ait l'impression d'être couvert de petites marques en forme de demi-lune à travers son tee-shirt.

Rompant le baiser bien plus tôt qu'il ne le voulait, Ball s'écarta et se lécha les lèvres, savourant son goût. Il fallut un moment à Everly pour ouvrir les yeux, mais quand elle le fit, Ball fut récompensé par un regard d'un tel désir qu'il dut se forcer à ne pas la dévorer à nouveau.

— Je dois te ramener à ta sœur, dit-il doucement.

Everly hocha la tête.

— Ça fait longtemps que je n'ai pas fait ça.

— Fait quoi ? demanda-t-elle.

— *Ceci.*

— Fréquenter quelqu'un ? dit-elle avec un petit sourire.

— Oui. J'ai invité des femmes à sortir, mais je l'ai fait en sachant qu'il ne se passerait rien. Mais là... ça signifie quelque chose.

Il retint sa respiration en attendant sa réponse.

— Oui, dit-elle doucement.

Ce fut suffisant. En retirant ses doigts des cheveux d'Everly, il les écarta de son visage avant de faire un pas en arrière et de lui laisser la place de respirer.

— Prête à retourner voir Elise ?

Everly hocha la tête.

— Si tu as besoin de quoi que ce soit, pourrais-tu me le faire savoir, s'il te plaît ? Même si c'est juste du temps qu'il te faut. Tu n'as pas eu une seule minute à toi depuis que nous avons quitté Colorado Springs. Je serais heureux de divertir tes grands-parents, ou de veiller sur Elise, si tu as besoin d'une heure pour te reposer dans une chambre en silence.

— Merci. J'apprécie. Sérieusement. Ça a été dur, parce que j'ai l'habitude d'être toute seule très souvent, mais pour le moment, je sais que si j'avais le temps de trop réfléchir à ce qu'il s'est passé, je paniquerais beaucoup plus.

— D'accord. Mais si tu as besoin de quoi que ce soit, tu me le dis et je ferai ce que je peux pour te l'obtenir.

— Comme un pot de crème glacée Ben and Jerry's ? le taquina-t-elle un peu timidement.

— Dis-moi juste quel goût tu veux et je te l'apporte, répondit Ball avec sérieux.

Il lui prit la main et frotta la bague au doigt d'Everly pendant qu'ils marchaient jusqu'à la voiture.

— Et ça vaut aussi lorsque nous serons de retour à Colorado Springs. Ce sera un grand changement pour ta sœur et toi, et je ne veux surtout pas que votre relation souffre à cause de ces changements.

— Ça ira.

Ball hocha la tête.

— L'offre reste ouverte. Et... avec un peu de chance, tu me verras beaucoup de toute façon.

Elle sourit. Il attendit qu'elle s'installe dans la voiture, puis il ferma la portière derrière elle.

Quand ils furent en route vers la maison de Mamie, Everly demanda :

— Penses-tu vraiment que c'est une affaire de trafic ?

Ball fut un peu déçu que leur conversation tourne à nouveau autour du travail, mais cela valait peut-être mieux.

— C'est probable. Le FBI va se renseigner, tout comme Ramirez et les autres inspecteurs. J'espère qu'ils pourront trouver quelque chose qui conduira au démantèlement du réseau.

— Je l'espère.

— Moi aussi.

Le reste du trajet se fit en silence. Ball était aussi perdu dans ses pensées qu'Everly. La semaine avait été étrange. Il avait eu beaucoup d'épiphanies qui changeaient complètement la façon dont il voyait l'avenir.

Et il avait beaucoup essayé, mais il n'arrivait pas à se sortir ce baiser de sa tête.

Il avait été très irrité que Rex lui colle Everly dans les pattes en l'impliquant dans la mission, mais il ne pouvait nier que cela avait été une bénédiction pour lui.

8
───────

Cinq jours plus tard, Ball se demanda s'il avait rêvé le
moment intime avec Everly à Los Angeles. À partir du
moment où ils étaient revenus à la maison de Mamie, elle
s'était comportée de façon très professionnelle. Elise était
assise entre eux pendant les vols jusqu'à Colorado Springs,
et Everly s'était à peine souvenue de lui dire au revoir quand
il les avait déposées à son appartement.

Il l'avait appelée et il lui avait parlé quelques fois, mais
elle avait paru distante et quelque peu irritée par ses appels.
Il avait alors eu recours aux textos afin de ne pas l'interrompre, mais ses réponses étaient courtes et presque
grossières.

Il avait compris le message.

Il s'était dit qu'il y avait eu un lien quand ils étaient à Los
Angeles, mais il s'était clairement trompé. Elle avait été
submergée pendant la disparition de sa sœur, et maintenant
qu'elle avait été retrouvée, Everly était submergée d'une
autre façon.

Se sentant abandonné et irrité, alors même qu'il
comprenait sa situation, Ball fit de son mieux pour

prétendre que tout allait bien avec ses amis, mais quand il était chez lui, seul, il était grognon et les plus petites choses l'ennuyaient.

Ainsi, lorsque son téléphone vibra en recevant un texto en fin d'après-midi, il faillit l'ignorer. Il était en train de fignoler les derniers détails d'un site Internet et ne voulait pas être dérangé par un de ses amis essayant de lui remonter le moral. Il avait bien essayé de cacher sa mauvaise humeur à ses coéquipiers, mais ils l'avaient perçue quand même.

Quand le téléphone vibra pour la quatrième fois, Ball soupira et le ramassa.

Elise : Tu es là ?

Elise : J'ai cru voir quelque chose, et j'ai peur.

Elise : Ball ?

Elise : Je ne sais pas quoi faire !

Le pouls de Ball accéléra brusquement et il commença à tapoter au clavier en se dirigeant vers la porte.

Ball : Suis en route. Reste à l'intérieur. N'ouvre pas la porte. Où est Ev ?

Elise : Elle est restée coincée au travail. Je ne voulais pas l'ennuyer.

Frustré, Ball secoua la tête. Il ne savait même pas qu'Everly était retournée au travail. Il avait cru qu'elle avait encore quelques jours de congé avant de reprendre.

Ball : J'arrive dans 5 min.

Elise : OK.

Ball conduisit sa Mustang comme une chauve-souris des enfers. Heureusement, l'immeuble d'Everly n'était pas très loin de chez lui. Il se gara sur une place de parking et se dirigea vers l'appartement d'Everly. Il envoya un texto à Elise en marchant.

Ball : Je suis là. Pose ta main sur la porte pour sentir les vibrations quand je frapperai. Je vais frapper deux fois. Puis m'arrêter. Puis encore deux fois et tu sauras que c'est moi.

Elise : OK.

Il monta les marches deux à deux et se trouva devant la porte d'Everly au bout de quelques secondes. Il frappa deux fois, puis encore deux. La porte s'ouvrit immédiatement et Elise se jeta dans ses bras.

Ball la fit avancer dans l'appartement et ferma la porte derrière lui. Il serra Elise un moment avant de poser les mains sur ses épaules et de la faire reculer pour mieux la voir.

Elle avait des traces de larmes sur le visage, mais rien de plus.

— Est-ce que ça va ? demanda-t-il lentement, afin qu'elle puisse lire sur ses lèvres.

Elle hocha la tête.

Détestant ne pas pouvoir lui parler, il sortit son téléphone. Sans Everly pour traduire, ils devaient se résoudre à communiquer par textos. L'adolescente savait écrire les messages aussi vite qu'elle pouvait parler en langue des signes.

Ball : Dis-moi ce qui est arrivé.

Elise : Je faisais mes devoirs quand j'ai cru voir quelque chose derrière la fenêtre, du coin de l'œil. J'ai regardé par la fenêtre et quelqu'un courait dans le parking. Il est passé derrière quelques arbres, et j'aurais pu jurer qu'il s'est arrêté et qu'il a regardé la fenêtre.

Ball : Je vais aller voir. Reste ici.

Elise secoua violemment la tête et saisit son bras.

Ball la reprit dans ses bras, et quand elle eut fini de trembler, il la relâcha et dit en langue des signes : *Tu es en sécurité.* Puis il écrivit à nouveau sur son téléphone.

. . .

Ball : *Promis, je ne pars pas, et je ferai tout ce qui est en mon pouvoir pour te garder en sécurité. Je dois jeter un coup d'œil et voir si je trouve quelque chose. Je reviens tout de suite.*

Elise lut le texto, puis hocha la tête à contrecœur.

Ball serra son épaule et sortit. Il parcourut la propriété tout autour de l'appartement et ne vit rien qui sortait de l'ordinaire. Rien qui indiquait un danger. Il ne savait pas du tout si Elise avait vraiment vu quelque chose, ou si elle subissait un peu de stress post-traumatique. Il n'aurait pas été surpris que ce soit le cas.

Il savait qu'Everly lui avait fait voir une psychologue et faisait de son mieux pour faire en sorte qu'Elise se sente en sécurité, mais souvent, le temps était ce qui guérissait le mieux.

Il remonta à l'étage et envoya un texto à Elise en arrivant. La porte s'ouvrit immédiatement, et elle leva les sourcils en lui disant quelque chose en langue des signes.

Supposant qu'elle demandait s'il avait trouvé quelque chose, Ball secoua la tête.

Le dos d'Elise se voûta, et elle se détourna de lui, déçue. Elle attrapa son téléphone.

Elise : *Pardon de t'avoir dérangé.*

Ball : *Tu ne me déranges PAS. Jamais. Tu as fait exactement ce qu'il fallait. Tu as demandé de l'aide. Tu ne dois jamais avoir honte de ça.*

Ball : *Si ça ne te gêne pas, j'aimerais que tu restes jusqu'au retour d'Ev.*

Elise : *Avec plaisir.*

Les deux heures qui suivirent passèrent très vite. Ball aida Elise avec ses devoirs de mathématiques, puis ils passèrent le reste du temps à travailler sur sa langue des signes. Il apprit un tas de nouveaux signes, et Elise avait perdu son air effrayé lorsqu'il entendit une clé tourner dans la serrure.

En se levant, Ball indiqua la porte et dit en langue des signes : *Everly*.

Ball observa différentes émotions passer très vite sur le visage d'Everly lorsqu'elle le vit. La surprise, le plaisir, l'irritation, puis l'inquiétude.

— Qu'est-ce qui ne va pas ? Pourquoi es-tu là ? demanda-t-elle.

— Elise m'a envoyé un message en disant qu'elle pensait avoir vu quelqu'un dehors. Elle avait peur.

Everly passa une main sur son visage et Ball vit son épuisement. Sa contrariété parce qu'elle n'avait pas appelé ou essayé de le joindre au cours de la semaine passée disparut en un instant. Il lui prit le bras et la conduisit jusqu'au canapé, à côté d'Elise.

— Assieds-toi. Détends-toi. Je vais te faire une tasse de thé.

Elle n'émit aucune objection, ce qui lui prouva encore plus qu'elle était fatiguée.

Debout dans la cuisine, en attendant que l'eau se réchauffe, il observa Everly et sa sœur qui « parlaient ».

Leurs mains bougeaient à toute vitesse, et les progrès que Ball pensait avoir faits pour communiquer avec Elise ne semblaient plus qu'une plaisanterie. Il savait qu'il fallait plus de quelques heures pour avoir un bon niveau en langue des signes, mais les voir parler lui montra exactement le temps que ça allait lui prendre.

Everly portait encore son uniforme. Il avait cru au début que cela lui rappellerait trop Riley et son aversion des femmes au travail, mais ça n'arriva pas.

À la place, il pensa immédiatement à son envie de le lui retirer, pièce par pièce. Comme on déballait un cadeau.

En secouant la tête – le fait qu'ils n'aient eu aucune conversation sérieuse depuis leur retour à Colorado Springs ne présageait rien de bon dans le domaine du déshabillage –, Ball fit infuser son thé, puis il passa dans l'autre pièce avec la tasse.

Elle l'accepta avec un petit sourire, but une gorgée, puis la posa sur la table basse devant elle avant de continuer sa conversation avec Elise.

Il ne savait pas du tout ce qu'elles se disaient, mais aucune ne semblait paniquée, alors il décida de considérer que c'était bon signe. Il resta silencieux et assis sur une chaise près de là. Il était intéressant d'observer les deux sœurs de près. Elles avaient toutes deux les cheveux roux et les yeux verts, mais alors qu'Elise était menue, ce n'était pas le cas de sa sœur. Elle était bien plus grande que sa sœur, et avec des rondeurs de femme. Elise était jolie, mais à ses yeux, Everly était belle.

Il fut tiré de ses pensées quand Everly se tourna vers lui.

— Peux-tu m'apporter le téléphone d'Elise ? Elle a dit qu'il était sur la table.

— Bien sûr. Quelque chose ne va pas ? demanda Ball en se levant pour attraper le téléphone.

— Non. J'y jette un coup d'œil tous les jours pour m'assurer qu'elle n'a pas parlé à quelqu'un d'interdit.

Ça semblait logique, mais Ball n'aimait pas ça, et pour toutes les deux.

— Elle doit avoir un téléphone pour sa sécurité, mais je suis terrifiée à l'idée que celui avec lequel elle parlait, celui qui l'a enlevée, essaie de la contacter à nouveau. Elle m'a assuré qu'elle n'a pas téléchargé les applications qu'elle utilisait, mais je suis quand même paranoïaque.

Il tendit le téléphone à Everly.

— Je comprends.

Il savait qu'il était grossier envers Elise, mais il se tourna afin qu'elle ne puisse pas voir son visage en disant :

— Si tu veux, je peux demander à Meat ou à Rex de mettre une puce GPS dedans. Ils peuvent aussi surveiller les échanges si nécessaire.

Everly leva la tête vers lui.

— Tu ferais ça pour elle ?

— Non.

Elle écarquilla les yeux, surprise.

— Mais tu viens de dire...

— Je le ferais pour toi.

— Ball... commença-t-elle, mais Elise toucha alors son bras et dit quelque chose en langue des signes.

Everly hocha la tête et appuya sur quelques boutons du téléphone de sa sœur. Elise ne semblait pas perturbée par le fait que sa sœur la surveille. Elle attendit simplement qu'Everly soit satisfaite de voir qu'elle n'avait pas communiqué avec des personnes interdites.

Elles se parlèrent un peu plus longtemps, puis Elise se leva. Elle s'approcha de Ball, qui était toujours debout près du canapé, et indiqua lentement afin qu'il puisse la comprendre : *Merci d'être venu.*

Avec plaisir, dit Ball. *Tu peux m'appeler quand tu veux.* Il lui tardait d'apprendre les signes pour dire d'autres mots. Épeler les mots était pénible et très long.

Elise sourit et lui tendit les bras.

Ball la serra dans ses bras, puis il la regarda s'éloigner dans un petit couloir et disparaître dans une chambre vers le fond.

Il se tourna vers Everly. Elle le fixait d'un air qu'il ne put déchiffrer.

— Quoi ?

— Pourquoi es-tu si gentil ?

Ball fronça les sourcils.

— Je ne comprends pas.

— Je ne t'ai pas vu depuis que tu nous as déposées. Je t'ai ignoré… en gros, j'ai été affreuse alors que tu n'as rien fait pour mériter ça.

— Je dirais que nous sommes quittes, alors, répondit Ball calmement. Parce que c'est ainsi que j'ai agi avec toi quand nous nous sommes rencontrés la première fois.

Everly ferma les yeux et laissa tomber sa tête sur le coussin derrière elle.

Ball s'approcha et la fixa longuement. Puis il tendit la main.

— Allez, viens.

Elle ouvrit les yeux et regarda son visage, puis sa main. Sans poser de question, elle tendit la main vers lui. Il la tira sur ses pieds, puis lui fit faire demi-tour. Avec les mains sur ses épaules, il la poussa dans le couloir vers l'autre chambre.

— Change-toi. Mets quelque chose de confortable. Puis reviens, et nous parlerons. Ou pas. Nous regarderons la télé. Comme tu veux.

— Ce que je veux vraiment, c'est pouvoir dormir plus de deux heures par nuit, maugréa Everly.

— Change toi, Ev, ordonna Ball.

— Et autoritaire, en plus, protesta-t-elle tout en souriant légèrement.

Ball lui sourit à son tour et recula hors de la chambre.

Vingt minutes plus tard, elle réapparut dans le salon. Elle portait un legging noir et un tee-shirt trop grand qui la couvrait jusqu'à mi-cuisse. Elle s'était brossé les cheveux après avoir défait son chignon, et ses cheveux ondulés ayant été confinés toute la journée, tombaient maintenant librement autour de son visage. Elle s'était frotté le visage et il était encore un peu rose. Mais même après s'être changée et rafraîchie, elle paraissait encore stressée.

— Viens là, dit Ball depuis le canapé en lui tendant un bras.

Étonnamment, elle obéit. Everly se laissa tomber sur le canapé, se colla contre lui et releva les genoux. Ball serra le bras autour d'elle, et ils restèrent ainsi en silence pendant quelques minutes.

— Tu as faim ?

Elle secoua la tête.

— J'ai acheté quelque chose en route. Je me suis dit qu'Elise aurait déjà mangé.

— C'est le cas.

— As-tu trouvé quoi que ce soit ? demanda Everly.

Ball savait de quoi elle parlait.

— Non.

— Penses-tu qu'elle l'a inventé ?

— Non. Elle était vraiment secouée quand je suis arrivé. Ça aurait pu être son imagination, mais à toi de me dire si elle est du genre à exagérer.

— Non, elle ne l'a jamais été, mais d'un autre côté, c'était avant qu'elle se fasse enlever par quelqu'un qui voulait sûrement la vendre comme esclave sexuelle.

— J'ai eu des nouvelles de Rex, hier. Il a dit que le FBI n'avait pas trouvé d'autres informations pour l'instant.

Everly soupira.

— Pensent-ils toujours qu'il s'agit d'un réseau de trafic sexuel ?

— Oui. Le mode opératoire correspond. L'enlèvement de toutes ces filles environ en même temps, qui sont toutes très différentes, ce n'est pas ce que ferait un kidnappeur ordinaire.

— Alors on attend ? demanda Everly.

— On attend, confirma Ball.

— Attendre, c'est nul.

Il ne put s'empêcher de rire.

— Oui, Ev, c'est vrai.

Puis son ton redevint plus sombre.

— C'était quoi ?

— Qu'est-ce qui était quoi ? demanda-t-elle.

— Qu'est-ce qui t'a fait changer d'avis sur nous ?

Il ne savait pas si elle comptait répondre, mais finalement, elle dit doucement :

— Ma vie est tellement compliquée. Tu n'as vraiment pas besoin de moi et de mes problèmes. Je ne veux pas te perturber comme l'a fait ton ex.

Il se tourna pour la regarder.

— Et comment pensais-tu faire ça ?

Everly haussa les épaules.

— Je vais sans doute avoir ma sœur adolescente chez moi pendant un moment. Elle est sourde, et bien que ça ne change rien pour moi, je sais qu'elle devra lutter dans la société d'aujourd'hui. Les employeurs vont supposer qu'elle est bête simplement parce qu'elle n'entend pas. On se moquera d'elle. Mes grands-parents ne rajeunissent pas, et ils vivent dans une ville que je déteste. Ma mère est une pétasse. Je dois découvrir comment aider Elise à traverser ce qui lui est arrivé, la garder en sécurité, et partir au travail afin de financer le toit au-dessus de nos têtes. Je ne sais pas du tout comment faire tout cela et avoir un petit ami en même temps. Je me suis dit que c'était plus simple pour nous deux si je laissais tomber.

— Veux-tu que je te dise comment faire tout cela et avoir un petit ami en même temps ? demanda Ball.

Everly leva les yeux vers lui, mais elle ne répondit pas.

— Tu laisses ton petit ami t'aider. Tu n'es pas obligée de tout faire toute seule, Ev.

— Je ne veux pas profiter de toi, répondit-elle.

— Me laisser t'aider, ce n'est pas profiter. Laisse-moi dire les choses de cette façon... s'il m'arrivait un accident pendant une de mes missions et que je devais rester en fauteuil roulant pendant quelques mois, que ferais-tu ?

— Ce n'est pas la même chose, protesta-t-elle.

— Vraiment ? rétorqua Ball.

Elle secoua la tête avec entêtement.

— Laisse-moi t'aider, supplia Ball. Nous ne sommes pas obligés de sortir ensemble. Crois-moi, je comprends tes réticences. Mais laisse-moi t'aider jusqu'à ce qu'Elise soit bien installée. Comme je l'ai suggéré avant, elle peut venir chez moi après l'école et continuer à m'aider à apprendre la langue des signes. Je ferai en sorte qu'elle fasse ses devoirs et qu'elle n'aille pas sur Internet. Si je dois partir en mission, je demanderai à Allye, Chloé ou quelqu'un d'autre de rester avec elle.

— Mais je ne les connais même pas, protesta Everly.

— Alors, je te les présenterai. Allye est enceinte et elle est déjà à l'étape de la maternité où elle aime tout le monde. Elle va adorer Elise... comme tous les autres.

Everly ferma les yeux et reposa la tête sur l'épaule de Ball.

— J'ai peur.

— Moi aussi.

— Vraiment ?

— Oui, Ev. Ma dernière relation a été un désastre, et qu'est-ce que je sais des adolescentes ? Rien. Mais je suis prêt à faire l'essai. Si tu hésites à cause de moi, il te suffit de le dire. Je ne veux surtout pas découvrir dans quelques mois que l'alchimie que je ressens entre nous n'est pas réciproque. Je te présenterai quand même aux autres femmes, et elles feront ce qu'elles peuvent pour vous aider. Rex va quand même faire tout ce qu'il peut pour découvrir ce qui est arrivé et faire tomber le ou les responsables. Accepter mon aide ne suppose rien en retour.

Elle se redressa... et s'assit avec audace sur ses genoux.

Surpris, Ball attrapa ses hanches pour l'aider à garder l'équilibre.

— Je n'hésite pas à cause de toi... enfin, pas de la façon que tu veux dire. C'est juste... j'ai eu peur parce que je me suis beaucoup appuyée sur toi quand nous étions à Los Angeles. Je n'ai encore jamais été ainsi avec quelqu'un d'autre, et ça m'a inquiété. Je ne veux pas devenir une de ces femmes qui ne peuvent rien faire sans le demander d'abord à leur copain. Qui ne peut pas prendre une seule décision par elle-même.

Ball ne put s'empêcher de rire.

Everly lui jeta un regard noir.

— Je suis sérieuse, là.

— Je sais et je suis désolé. Mais Ev, tu ne seras jamais ce genre de femme. Une des choses que j'admire le plus chez toi, c'est le fait que tu n'as pas besoin de moi. Holly prenait rarement des décisions par elle-même. Je devais décider ce que nous mangions pour le dîner, quand il fallait faire les courses, où nous allions pour sortir, qui conduisait. C'était épuisant.

Everly l'examina un peu plus longtemps avant de s'affaler contre lui.

Ball la serra contre son torse et il posa les pieds sur la table basse devant lui. Il n'arrivait pas à croire comme ils étaient bien assortis.

— Donne-moi une chance, Ev, dit-il doucement. Donne-*nous* une chance.

Elle hocha la tête et Ball eut l'impression qu'il venait de gagner à la loterie.

Ils restèrent assis en silence sur son canapé, profitant simplement de la compagnie de l'autre pendant un long moment. Si long que Ball sentit l'instant où Everly devint un poids mort dans ses bras. Elle s'était endormie.

En bougeant aussi lentement que possible afin de ne pas

la réveiller, Ball glissa un oreiller sous sa tête et se détendit sur le canapé. Il ne savait pas du tout combien de temps elle allait dormir de cette façon, mais il n'avait pas l'intention de la réveiller. Elle avait besoin de se reposer, et il voulait faire tout ce qu'il pouvait pour qu'elle y parvienne.

En fermant les yeux, Ball pria en silence pour que tout se passe bien. Elise allait guérir, Everly allait apprendre à lui faire confiance, et Rex allait découvrir s'il existait encore une menace contre Elise. Pour l'instant, il allait chérir la confiance qu'Everly lui avait accordée en baissant suffisamment sa garde pour s'endormir dans ses bras.

Dans sa chambre, Elise se couvrit la tête avec les couvertures et alluma son téléphone. Il était neuf. Everly le lui avait acheté le jour où elles étaient arrivées à Colorado Springs. C'était aussi une version plus récente que l'ancien, ce qui était cool.

Elle cliqua sur l'App Store et téléchargea une appli de calculatrice.

Sauf que ce n'était pas du tout une calculatrice. Rob lui avait parlé de cette application secrète afin qu'ils puissent communiquer sans s'inquiéter que les autres mettent le nez dans leurs affaires. À l'époque, elle avait trouvé que c'était mignon et assez osé. Maintenant, ça lui semblait juste effrayant.

Mais elle ne pouvait s'empêcher de se demander si ce qui était arrivé avait vraiment eu en rapport avec Rob. Le garçon qu'elle avait pensé connaître était adorable, et toujours très attentionné envers elle.

Coincée dans cette maison, elle s'était convaincue que Rob n'existait pas. Elle savait qu'Everly et Ball étaient égale- ment certains que la personne avec laquelle elle avait communiqué pendant tous ces mois était la même qui l'avait enlevée.

Maintenant, en sécurité à Colorado Springs… Elise espérait qu'ils aient tous eu tort.

Il fallait qu'elle s'en assure d'une façon ou d'une autre.

En se disant qu'Everly était soit endormie, soit en pleine discussion avec Ball, elle cliqua sur l'icône de la messagerie et elle se connecta.

Ce qu'elle vit la terrifia.

Non seulement il y avait les derniers messages qu'elle et Rob s'étaient envoyés, mais il lui avait aussi écrit après son sauvetage.

Rob : Il me tarde de te rencontrer aujourd'hui.

Elise : Moi aussi.

Rob : Rejoins-moi en face de la station-service, près de ton école.

Elise : OK.

Rob : Elise ?

Elise : Oui ?

Rob : Je t'aime.

Elise : Je t'aime aussi.

Rob : À bientôt.

C'était le dernier message qu'elle avait vu avant d'être enlevée. Les suivants dataient du jour qui *suivait* son sauvetage.

Rob : Tu es mon âme sœur.

Rob : Ma préférée.

Rob : Nous sommes faits l'un pour l'autre.

Rob : Les autres filles ne t'arrivent pas à la cheville.

Rob : Personne ne t'aimera jamais comme moi. Je ne te quitterai jamais. Nous formerons une très belle famille.

Les policiers et Everly avaient raison. Rob n'existait pas.

Elle communiquait avec l'homme âgé depuis le début. Pas avec le beau garçon dont elle rêvait.

Sans réfléchir aux conséquences, Elise composa rapidement une réponse.

Elise : Tu es malade ! Tu n'as pas 17 ans, tu es vieux. Tu m'as fait du mal ! Tu m'as menti tout comme ma mère le fait toujours. Laisse-moi tranquille !!!

Comme s'il était resté à attendre sa réponse, il renvoya immédiatement un message.

Rob : Jamais. Tu es à moi.

Terrifiée, Elise sortit de l'application et la supprima immédiatement de son téléphone. Elle s'assit et jeta le téléphone sur le sol, se moquant de le casser. Puis elle se recoucha, se couvrit une fois de plus la tête et se mit à sangloter.

9

———

Cinq jours plus tard, Everly marqua une pause à l'extérieur du bar apparemment décrépi. L'enseigne était tordue et semblait pouvoir tomber à la moindre rafale. Les panneaux en bois sur l'extérieur du bâtiment lui donnaient un air rustique.

Comme s'il avait lu dans ses pensées, Ball dit :

— Ce n'est pas aussi minable que ça en a l'air.

Everly leva un sourcil.

— Je suis déjà venue ici, tu te souviens ?

Il gloussa.

— C'est vrai. Viens.

Elle sentit sa main au creux de son dos lorsqu'elle se dirigea vers la porte. Il était environ midi et Elise était à l'école. Everly avait une journée de congé et Ball avait décidé qu'il était temps pour elle de se refamiliariser avec l'équipe et de rencontrer leurs copines. Il s'était organisé pour que tout le monde se rassemble ici au Pit.

Everly était nerveuse. Ils étaient tous des amis de Ball. Les hommes et les femmes pour lesquels il déplacerait des montagnes si nécessaire. Si elle ne leur plaisait pas, elle avait l'impression que la relation entre Ball et elle était foutue.

Et elle avait *vraiment* l'impression d'être dans une relation avec lui. Everly ne savait pas très bien comment c'était arrivé. Ça ne faisait pas si longtemps qu'elle était entrée dans ce bar et qu'elle avait entendu Ball médire d'elle. Elle avait été énervée et un peu blessée.

Mais il avait réussi à se faufiler sous ses défenses. Il ne se passait plus une journée sans qu'elle le voie, même si ce n'était que pour une trentaine de minutes. Quelques jours auparavant, il était arrivé chez elle juste après qu'elle ait fini le travail pour déposer des lasagnes qu'il avait préparées pour Elise et elle. Un autre jour, il était passé quand Elise était déjà au lit, et ils avaient discuté jusqu'à ce qu'elle regarde sa montre qu'elle se rende compte qu'il était une heure du matin.

Il avait demandé des nouvelles de Mamie et Papy et il la renseignait sur l'enquête de trafic humain en cours à Los Angeles. Et puis il y avait eu les textos. Il lui envoyait constamment des messages, juste pour lui faire savoir qu'il pensait à elle, ou pour lui dire ce que Rex avait trouvé, ou pour raconter une blague idiote.

Il envoyait également des messages à Elise. Everly avait eu une longue discussion avec sa sœur concernant la sécurité sur Internet, et même si c'était un peu tard, elle se dit qu'il valait mieux maintenant que jamais. Tous les matins, Everly vérifiait le téléphone d'Elise. Elle n'était pas ravie de le faire, tout comme Elise n'était pas ravie que sa sœur la surveille, mais elle en comprenait les raisons.

Et tous les matins, Everly faisait défiler des pages et des pages de textos entre Ball et Elise. Sa petite sœur s'ouvrait de plus en plus à Ball, et elle ne fut pas étonnée de voir qu'il était extrêmement sensible dans ses réponses. Il écoutait ses inquiétudes au sujet de trouver des amis, de s'intégrer à l'école... ils avaient même eu une conversation assez profonde au sujet du sexe et des relations. Des sujets dont Elise ne souhaitait pas parler avec Everly. Particulièrement, de ce que les hommes comme son ravisseur retiraient du fait de faire souffrir les femmes, et qu'Elise ne devait jamais coucher avec quelqu'un qui lui mettait la pression. Un commentaire marqua particulièrement Everly :

Ball : Le sexe peut être de nombreuses choses... passionné, rapide, lent, hilarant, ludique ou sérieux. Mais ça ne doit jamais être douloureux. Ou manipulateur. De ta part ou de la sienne.

Everly n'avait jamais connu l'aspect ludique du sexe. Ni même la passion. Cependant, il avait vraiment raison en disant que ça ne devait être ni manipulateur, ni douloureux.

Ball était perspicace et il comprenait ce qu'Elise avait traversé, ce qui plaisait encore davantage à Everly.

Leur conversation n'était pourtant pas uniquement déterminée émotionnellement. Il avait aussi envoyé de courtes vidéos de lui pratiquant la langue des signes. Il s'améliorait, mais c'était encore assez brut. Elise était extrêmement patiente en corrigeant ses erreurs, elle avait même envoyé quelques vidéos d'elle démontrant certains signes.

Everly adorait voir se développer cette amitié entre Ball et sa sœur, mais elle s'inquiétait également. Elle ne pensait pas que Ball était le genre d'homme à complètement sortir de la vie d'Elise si ça ne fonctionnait pas entre Everly et lui, mais ça ne l'empêchait pas d'y penser.

Ball était presque tout ce qu'elle voulait chez un partenaire, et ça lui faisait très peur. Sa vie était déjà assez compliquée. Elle ne savait pas si elle voulait – ou si elle pouvait – laisser la place à un homme au milieu de tout le reste. Mais elle ne pouvait nier que c'était agréable d'être avec lui.

Ils entrèrent dans le bar et il était exactement comme dans les souvenirs d'Everly. Un peu sombre, une odeur marquée d'alcool, et de la musique qui sortait d'un juke-box dans le coin de la première salle. Elle supposa que le volume de la musique montait à mesure que le bar se remplissait et que l'heure devenait tardive, mais pour l'instant, ce n'était qu'un bruit de fond paisible. Ball la guida jusqu'au bar.

— Everly, voici Noah Ganter. Il y a plusieurs barmans, mais Noah et Dave sont ici le plus souvent.

Elle lui tendit la main.

— Bonjour, ravie de te rencontrer.

Le barman approchait de la trentaine et il avait l'air sympathique. Ses cheveux bruns étaient ébouriffés et ses yeux noisette pétillaient d'humour. Il semblait heureux, comme s'il n'avait pas le moindre souci au monde.

— Pareillement, dit Noah. Puis-je t'offrir quelque chose à boire ?

Il était encore tôt, et même si elle ne conduisait pas, Everly ne buvait pas beaucoup d'alcool.

— Un coca ?

— C'est une question ou une affirmation ? répondit Noah avec un sourire.

Everly sourit à son tour.

— Une affirmation.

Noah attrapa une canette de coca et la posa sur le bar devant elle.

— Et avant de poser la question, les femmes au Pit reçoivent toujours de l'eau en bouteille et des sodas dans la canette. C'est un bar assez sûr, mais tout peut arriver. Cependant, nous faisons notre possible pour que ça n'arrive *pas*.

Everly apprécia. Elle prit la canette en hochant la tête.

— Merci beaucoup.

— Avec plaisir.

Noah attrapa un verre et versa une limonade au gingembre pour Ball. Il ajouta des tranches de citron vert et de citron jaune et fit glisser le verre sur le bar jusqu'à Ball.

— Tu sais, tu pourrais commander un Sprite. Ce serait la même chose.

— Je l'aime comme ça, dit Ball.

Pendant cette courte conversation, la main de Ball était restée au creux du dos d'Everly et il appliqua une petite pression de la main pour l'éloigner du bar.

Avant d'être très loin, Noah appela :

— Everly ?

Elle se retourna.

— Oui ?

— Si un jour tu te lasses de Ball, je suis célibataire.

Everly rit. Elle avait l'impression que Noah était quelqu'un d'amusant à fréquenter, mais s'il fallait vraiment choisir, elle préférait nettement l'intensité de Ball.

— Sérieusement ? grogna Ball à côté d'elle.

Everly posa un bras autour de la taille de Ball et le serra contre elle.

— Merci ! dit-elle à Noah. Je garderai ça en tête.

— Certainement pas, maugréa Ball en se tournant vers la porte qui menait à l'arrière.

Everly entendit le brouhaha d'un grand groupe de personnes avant de passer par la porte. À la seconde où ils entrèrent dans la salle, les bavardages cessèrent et tout le monde se tourna vers eux.

Elle les avait tous vus auparavant, mais les circonstances étaient différentes. Elle était venue ici pour se renseigner sur la façon dont les Mercenaires Rebelles allaient l'aider à retrouver sa sœur. Maintenant, elle était là pour une visite amicale.

Normalement, elle se moquait de ce que les gens

pensaient d'elle. En tant que policière, elle avait l'habitude des commentaires désagréables et des gens qui la détestaient au premier regard. Mais elle n'était pas ici en tant que représentante de la loi. Elle était avec Ball et elle savait qu'elle allait être jugée.

Il les conduisit jusqu'au groupe qui se tenait autour de deux tables de billard. Il resta près d'elle et salua les hommes en levant le menton.

— Il était temps que vous arriviez, dit une des femmes.

Ball sourit.

— Pardon de t'avoir fait attendre, Allye.

Voici donc la tristement célèbre Allye. Everly avait beaucoup entendu parler d'elle, et Ball avait même mentionné qu'elle accepterait peut-être de parler à Elise, puisqu'elle avait également été enlevée.

La femme enceinte s'approcha d'eux et serra brièvement Ball dans ses bras. Elle se tourna ensuite vers Everly.

— Bonjour, je m'appelle Allye. Je suis avec Gray. Je suis tellement contente que ta sœur aille bien.

Et après cette courte introduction, Allye se créa une place dans le cœur d'Everly. L'inquiétude pour le bien-être de sa sœur poussa Everly à l'apprécier tout de suite.

— Moi aussi, dit Everly.

— Ce qui est vraiment effrayant, c'est que ça peut arriver à n'importe qui, dit une femme d'environ la même taille qu'Elise. Je veux dire, les ados sont tellement vulnérables, et les enfoirés comme celui qui l'a enlevée le savent. Au fait, moi, c'est Chloé.

— Salut, dit Everly.

Une autre femme s'avança ensuite et serra Everly contre elle. Elle avait des cheveux blonds dont les pointes étaient colorées en violet. En général, Everly n'aimait pas être touchée par des gens qu'elle ne connaissait pas, mais en sachant qu'il s'agissait des amies de Ball, c'était tolérable. De plus, l'autre femme s'écarta rapidement.

— Je m'appelle Harlow. Je suis désolée pour ce qui est arrivé à ta sœur, mais je t'admire de l'avoir ramenée ici pour vivre avec toi. Et avec nos hommes sur l'affaire, je sais qu'elle sera en sécurité.

— Merci.

Everly reconnut la petite femme qui s'avança alors. Elle écarquilla les yeux de surprise. Si elle avait été présente la dernière fois qu'elle était au bar, Everly ne s'en était pas rendu compte. Elle aurait reconnu cette femme n'importe où... Morgane Byrd. Sans doute la personne disparue la plus célèbre aux États-Unis depuis des années.

— Bonjour, Everly. Je m'appelle Morgane.

— Je sais, répondit Everly.

Elle lui fit un petit sourire.

— Oui, c'est bizarre d'être célèbre parce que j'ai été enlevée. Quoi qu'il en soit, je voulais juste te souhaiter la bienvenue chez les folles. Nous sommes sans doute toutes un peu trop bavardes et nous avons tendance à dire tout ce qui nous passe par la tête, mais quoi qu'il arrive, nous soutenons nos hommes et nos amies. Et si tu es avec Ball, cela signifie que tu es l'une des nôtres. C'est un peu étrange de dire ça à une policière, parce que, eh bien... tu es policière. Mais si tu as besoin de quoi que ce soit, il te suffit de le demander, et nous serons là. Si tu as besoin d'un endroit pour garder Elise pendant que tu travailles, une de nous sera heureuse de l'occuper pour toi.

Everly pleurait rarement, mais elle sentit les larmes monter en écoutant Morgane. Voilà une femme qui avait traversé un enfer. Mais elle ne s'était pas laissée abattre. Elle voulait qu'Elise la rencontre, elle aussi. Qu'elle voie que les choses terribles qui lui étaient arrivées ne la définissaient pas nécessairement. Qu'elle pouvait avancer sans peur et être heureuse.

— Merci, répondit-elle d'une voix rauque.

Elle sentit le pouce de Ball caresser le creux de son dos pour la soutenir en silence. Elle avait toujours eu l'impression de faire partie d'une corporation. La camaraderie qu'elle partageait avec ses collègues policiers était très profonde. Mais pas à ce point.

Ces femmes s'étaient ouvertes à elle comme s'il était évident que Ball et elle allaient rester ensemble pour toujours. Elles agissaient comme si elle était une partie permanente de leur petit groupe, alors que Ball et elle ne se connaissaient même pas un mois plus tôt.

— Et bien sûr, mes coéquipiers, dit Ball, l'aidant à calmer ses émotions en continuant les présentations. Tu as déjà rencontré la plupart d'entre eux et tu as brièvement parlé au téléphone à quelques-uns, mais au cas où tu l'aurais oublié, voici Gray. Il a mis Allye en cloque.

Tout le monde gloussa et Everly apprécia cette réduction de la tension.

— Et voici Ro. Il aime faire semblant d'être américain, mais d'après son accent, tu sais qu'il est complètement britannique.

— Je t'emmerde, dit Ro en souriant. Ça fait assez longtemps que je vis ici chez les sauvages pour être le neveu de Sam.

— Sam ? demanda Everly en regardant Ball.

— Oncle Sam ? la taquina-t-il.

— Oh ! Évidemment, dit Everly avec un sourire. Bonjour, Ro. Je suis contente de te revoir.

— Et voici Arrow et Black, poursuivit Ball en les présentant encore une fois. Puis il se tourna lentement vers le seul homme qui n'était pas avec une femme.

— Ev, voici Meat. Meat, Everly.

Elle eut la même pensée que la première fois qu'elle l'avait rencontré : il ne ressemblait pas du tout à un expert informatique typique. Il faisait sans doute environ un mètre quatre-vingt-trois, les cheveux bruns et des yeux qui semblaient passer du gris au bleu orageux, puis encore au gris. Il était mince, mais avec des épaules très larges. Il évoquait les nageurs qu'Everly voyait aux Jeux olympiques.

— Quoi ? Non, pas la peine de me le dire : je ne ressemble pas à un informaticien, n'est-ce pas ? demanda Meat.

Everly haussa les épaules et lui fit un petit sourire d'excuse.

— Non. Mais franchement, je pense que c'est mieux que tu ne ressembles pas à Charlie Eppes, de la vieille série télé *Numb3rs*, ou à Spencer Reid de *Criminal Minds*. Sinon, je n'aurais jamais cru que tu étais un ancien de la Delta Force. Sans vouloir te vexer.

Tout le monde resta silencieux un moment et Everly se demanda si elle ne venait pas de commettre un impair. Son humour n'était pas toujours bien compris.

Mais tout le monde éclata alors de rire. Meat s'avança et la serra dans ses bras. Everly laissa presque tomber sa canette de coca, mais elle parvint à la garder, alors même que Meat la faisait pencher en arrière de façon théâtrale.

— Arrête ça, grogna Ball.

Tout le monde rit encore plus fort, Everly comprise.

Quand Meat la remit debout, il la regarda brièvement dans les yeux... et Everly aperçut une émotion à laquelle elle ne s'attendait pas.

De la tristesse.

Elle ne savait pas du tout pourquoi cet homme incroyable avait des raisons d'être triste. Cependant, l'émotion disparut presque au moment où elle la reconnut.

— Je suis content de te rencontrer. J'ai lu un si grand

nombre de tes textos et de tes messages à ta sœur au cours des dernières semaines, que j'ai l'impression de te connaître.

Everly leva les yeux au ciel.

— Je me demande aussi si je risque beaucoup de problèmes si j'essaie de faire du chantage à une représentante de la loi en la menaçant de faire savoir à tous ses collègues policiers qu'elle aime les Backstreet Boys.

Everly bougea sans réfléchir. Elle donna son coca à Ball et se jeta sur Meat. Il rit et évita facilement sa tentative de le jeter à terre. Ils luttèrent en jouant un moment, pendant que les femmes l'encourageaient, jusqu'à ce qu'elle finisse le dos contre le torse de Meat, incapable d'échapper à ses bras costauds. Il se pencha en avant et chuchota à son oreille :

— Ne t'inquiète pas, ton secret ne risque rien avec moi.

Elle n'eut pas le temps de répondre avant que Ball donne une tape à l'arrière de la tête de Meat.

— Trouve ta propre copine. Laisse la mienne tranquille.

Meat sourit et la relâcha. Everly laissa Ball lui prendre la main et l'attirer dans ses bras. Elle s'appuya contre lui et se tourna vers les filles.

— J'ai entendu dire que les Backstreet Boys et les New Kids on the Block allaient faire une tournée ensemble. Qui veut m'accompagner pour aller les voir ?

Les quatre femmes crièrent immédiatement « Oui ! » En même temps.

Everly tira la langue à Meat.

— Aimer les Backstreet Boys est un critère requis. C'est un truc de filles, tu ne peux pas comprendre.

— C'est bon, déclara Chloé. On la garde.

Elle avança vers Ball et tira Everly hors de ses bras.

— Allez discuter entre vous. Nous prenons Everly.

Elle essaya de la tirer vers elle, mais Ball ne la lâcha pas.

Everly sentit que Ball frottait sa bague, puis il se pencha en avant et l'embrassa sur le front.

— Si elles veulent que tu sois à la tête d'un hold-up dans une des chocolateries locales, ne les laisse pas te convaincre.

Elle sourit.

— Promis.

— Bien.

Puis il lâcha lentement sa main, ses doigts traînant le plus longtemps possible le long de sa paume avant de perdre le contact.

Chloé l'entraîna vers une table contre le mur pendant que les hommes s'appuyaient contre un des billards.

— Elise va-t-elle vraiment bien ? demanda Morgane lorsqu'elles furent installées.

Everly hocha la tête.

— Je le crois, mais c'est difficile à dire. Je lui fais voir une psychologue un jour sur deux pour parler de ce qui est arrivé. Elle ne m'en parle pas beaucoup, et je déteste ça.

— Elle ne veut pas t'inquiéter, dit Allye. Les gens que l'on aime le plus sont ceux que l'on s'efforce de ne pas mêler à nos emmerdes.

Everly réfléchit à cela. C'était vrai.

— Elle a parlé à Ball de certaines choses. Par exemple, du fait qu'elle pensait que ce Rob l'aimait vraiment pour ce qu'elle était. Qu'il se moquait du fait qu'elle soit sourde. C'est vraiment horrible que ce « Rob » soit une espèce de psychopathe qui se servait de ses points faibles contre elle.

— Oui. Quelles sont les nouvelles sur les recherches du coupable ? Les autres jeunes filles ont-elles pu éclaircir ce qui est arrivé ? demanda Harlow.

— Pas vraiment. Elles avaient plus d'informations qu'Elise, simplement parce qu'elles pouvaient entendre, mais jusqu'ici chaque piste a été une impasse. C'est exaspérant, soupira Everly. Je ne veux pas être impolie... mais pensez-vous que nous pourrions parler d'autre chose ? Ce n'est pas parce que je ne veux pas que vous sachiez des choses sur ma sœur et sur ce qui se passe, mais cela fait bien trop longtemps que je n'ai pas pensé à autre chose.

— Bien sûr ! s'exclama Chloé. C'est nous qui sommes impolies. Que penses-tu de ça... vous faites quoi ce week-end, Elise et toi ? Harlow se sert de nous comme cobayes pour son prochain cours de cuisine. Elle nous fait d'abord essayer les recettes avant de se rendre dans les refuges pour femmes de la région afin d'apprendre aux résidentes comment préparer des repas rapides et sains.

— J'aimerais beaucoup participer, dit Everly avant de se tourner vers Harlow. Comment t'es-tu lancée là-dedans ?

Harlow expliqua comment elle avait été engagée pour être l'une des deux cuisinières à plein temps du refuge pour femmes qui avait brûlé, et qu'elle faisait maintenant ce qu'elle pouvait pour aider les femmes à se remettre sur pied en leur apprenant comment cuisiner avec un budget limité.

— Je connais l'histoire de Morgane, dit Everly quand Harlow eut fini d'expliquer comment Black et elle s'étaient rencontrés. Mais je ne connais pas vraiment les autres.

— Je suis danseuse, dit Allye. Une espèce de taré s'est mis en tête qu'il me voulait pour sa collection personnelle à cause de mes cheveux et de mes yeux. J'avais quitté la ville, mais il a commencé à enlever mes amies, alors j'y suis retournée.

— Oh, merde ! souffla Everly. Et Gray t'a laissée faire ?

Allye grimaça.

— Eh bien...

Les autres se mirent à rire.

— Pas exactement. J'ai un peu quitté la ville à son insu. Oui, c'était stupide, eh oui, le sale type m'a attrapée. Je crois que tu le sais.

Everly hocha la tête.

— Mais les Mercenaires Rebelles sont venus et m'ont trouvée. Je danse toujours pour une troupe à Denver, de temps en temps, mais ma passion c'est d'enseigner aux enfants, surtout aux enfants ayant des besoins particuliers, ici à Colorado Springs.

— Mon frère me faisait faire les comptes pour la mafia, et il me gardait en otage dans la maison de nos parents décédés parce qu'il voulait mettre la main sur l'argent de maman, dit Chloé d'un ton pragmatique. La mafia a été impliquée et ils m'ont enlevée, mais ensuite ils m'ont simplement laissée sortir de leur camp à Denver. Ro et les autres étaient prêts à charger, pour ainsi dire, et puis ils m'ont vue sortir tranquillement à pied. C'était surréaliste.

— Et ton frère ? demanda Everly.

— Ce n'est plus un problème, dit succinctement Chloé. Quoi qu'il en soit, je ne travaille pas à plein temps maintenant, mais j'étais conseillère financière. J'ai toujours mes certificats officiels. Je suis sûre que tu gères bien tes affaires, mais si tu as un jour besoin de conseils financiers, je serais heureuse de t'aider.

— Merci. Ça allait, mais maintenant qu'Elise vit avec moi, je vais sans doute devoir repenser une partie de ma stratégie d'investissement, dit Everly.

— Je ne suis pas douée avec l'argent, et je ne sais pas me battre pour un sou, dit Morgane, mais si tu veux un joli pot de miel frais, je m'en occupe.

Everly rit.

— J'aimerais beaucoup.

— Arrow et moi construisons une maison à Black Forest, et j'y ai déjà installé une ruche... assez loin du chantier, bien sûr. Il me tarde que la maison soit terminée pour que nous puissions vraiment nous installer.

— Morgane est spécialisée en développement personnel, expliqua Allye. Elle fait le tour des écoles, participe à des conférences et parle de surmonter les obstacles et de donner du sens à sa vie.

Everly était impressionnée. Elle avait vu beaucoup de femmes qui ne surmontaient jamais les épreuves qui leur étaient arrivées. Elles laissaient leur assaillant, leur agresseur ou leur situation terrible les accabler, souvent de façon répétée. Elles se tournaient vers les drogues pour tout supporter et réprimer leurs émotions. De son point de vue, Morgane était une femme incroyable.

— Ce qui m'est arrivé, c'était nul, dit Morgane. C'est comme ça. Mais je n'ai qu'une seule vie. Si je laisse une année ruiner les quarante prochaines, qu'est-ce que ça dit de moi ? De plus, j'ai beaucoup de raisons de vivre.

— Ça, c'est sûr, dit Allye avec emphase.

Morgane sourit à son amie.

— Je veux dire, en dehors des raisons de vivre *normales*.

Elle posa une main sur son ventre avant de chuchoter :

— Je suis enceinte.

Son annonce déclencha toute une série de félicitations et d'exclamations de la part des autres à la table. À tel point que les hommes vinrent voir si tout allait bien. Après les avoir rassurés, et d'autres félicitations de la part des hommes, les choses se calmèrent et les femmes furent à nouveau seules.

— Je suppose que ça signifie que tu as réussi à surmonter ton obstacle mental au sexe, plaisanta Chloé.

Everly se dit que ce n'était pas très gentil, mais comme Morgane se contenta de sourire, ça ne devait pas la déranger.

— C'est évident. Et puis il m'a fallu bien trop longtemps pour ma santé mentale. Je détestais ne pas pouvoir faire l'amour avec Arrow. Je *détestais* ça. Mais il ne m'a jamais mis la pression. À vrai dire, j'ai parfois souhaité qu'il me pousse davantage. Mais une fois que nous avons enfin fait la chose, j'ai compris qu'il n'y avait absolument rien de similaire entre faire l'amour avec Arrow et ce qui m'était arrivé avant. Et le reste, comme ils disent, c'est de l'histoire ancienne. Je lui ai sauté dessus chaque fois que c'était possible, et voilà, maintenant je suis enceinte de sept semaines.

— Je suis tellement heureuse pour toi, dit Allye. Et pour moi. Je suis morte de peur à l'idée d'être maman. J'ai peur de perturber mon enfant. C'est vraiment un soulagement de savoir que quelqu'un d'autre aura un enfant peu de temps après moi.

— Pareil pour moi, la rassura Morgane. Je sais que je vais être extrêmement surprotectrice et il faudra que vous m'aidiez à me contrôler, d'accord ?

Tout le monde acquiesça.

— Qu'est-ce qui t'a donné envie de devenir flic ? demanda Harlow une fois que l'enthousiasme autour de la grande nouvelle de Morgane fut passé.

Everly avait apprécié ne pas être au centre de l'attention. C'était intéressant d'observer la dynamique entre les amies. Elles se soutenaient sans se juger et c'était agréable de voir qu'elles arrivaient à parler de leurs expériences passées avec franchise et honnêteté, sans avoir l'impression de devoir faire comme si tout allait parfaitement bien après ce qu'elles avaient traversé.

Elle s'intéressa particulièrement à l'histoire de Morgane. Elle se dit qu'elle allait chercher s'il n'y avait pas quelques-uns de ses discours sur Internet pour les montrer à Elise.

— Je ne sais pas vraiment... Non, c'est un mensonge.

Everly décida d'être complètement sincère avec ces femmes. Elle ne s'était jamais sentie aussi vite acceptée et elle savait sans l'ombre d'un doute qu'elles ne la jugeraient pas.

— J'avais sept ans, je crois. Ma mère était partie depuis au moins une journée, peut-être plus. J'étais toute seule après l'école dans notre appartement miteux. J'avais faim et il n'y avait pas grand-chose à manger parce que maman avait dépensé l'argent qu'elle avait pour acheter des drogues. Elle est brusquement entrée dans l'appartement et elle a claqué la porte derrière elle. Elle a crié que je devais me cacher et que si quelqu'un frappait à la porte, il fallait rester silencieuse et ne pas répondre. Elle m'a poussée dans ma chambre et m'a enfermée, pour ma propre sécurité, a-t-elle prétendu.

Je ne savais pas ce qu'il se passait, mais au lieu d'avoir peur, je me suis mise en colère. Ce jour-là à l'école, un des enfants de la classe avait eu une fête d'anniversaire. Sa mère avait apporté des cupcakes magnifiques. Ils avaient été décorés par un professionnel et nous avons tous chanté « Happy Birthday ». J'ai alors compris que ma mère n'était pas normale. Je m'en étais doutée depuis longtemps, mais je suppose que c'est ce jour-là que ça m'a vraiment frappé. Alors au lieu de me cacher sous le lit comme je le faisais d'habitude, je me suis faufilée jusqu'à la fenêtre et j'ai regardé dehors.

Je suis restée là pendant les deux heures qui ont suivi, à regarder la police faire une descente dans un des appartements de l'autre côté du parking. Il y avait ces deux policières... je ne les oublierai jamais. Elles étaient là quand ils ont enfoncé la porte, et je me suis dit qu'elles étaient si courageuses. Deux hommes et trois femmes ont été conduits à l'extérieur des deux appartements, et bien que l'un d'entre eux soit menotté, il décida de se battre. Il était sûrement shooté. Et ces deux femmes l'ont mis à terre si vite que je n'arrivais pas à le croire. Elles étaient bien plus petites que lui, mais ça ne changeait rien. C'est à ce moment-là que j'ai décidé vouloir être comme elles.

Je savais ce qu'étaient les drogues et je détestais que ma mère en prenne. Elle me promettait d'arrêter, mais elle ne le faisait jamais. Après avoir fait sortir les adultes de la maison, ils ont fait sortir quatre enfants. Des enfants de deux à quatre ans, environ. Ils semblaient mortellement effrayés, et encore une fois, ces deux policières se sont occupées d'eux, et au bout de quelques minutes, les enfants souriaient et ils étaient heureux parce qu'ils avaient reçu de petites peluches et des bâtons lumineux.

Je suis restée à la fenêtre longtemps après le départ des policiers et le retour du calme. Ma mère a déverrouillé la porte et elle a essayé de faire comme s'il ne s'était rien passé. Que c'était normal qu'il y ait une descente de l'autre côté de la rue. Je savais que cela aurait très bien pu être notre appartement. Je voulais être capable de casser la figure de n'importe quel garçon ou fille qui osait se moquer de moi. Je voulais que ces deux policières soient fières de moi, même si elles ne savaient jamais qu'elles avaient changé ma vie.

Il y eut un silence après son histoire. Everly pensa pendant une seconde qu'elle avait été trop franche. Qu'elle aurait juste dû partir sur son affirmation de départ, les laissant croire qu'elle ne le savait pas vraiment. Elle venait tout juste de rencontrer ces femmes... son histoire larmoyante ne les intéressait pas.

Elle ouvrit la bouche pour dire quelque chose, n'importe quoi, lorsqu'un bras venant de derrière elle se posa dans son dos.

Elle le reconnut immédiatement comme étant celui de Ball, alors elle ne repoussa pas sa chaise en arrière pour le jeter par-dessus son épaule.

— Vous auriez dû la voir à Los Angeles, dit Ball dont la fierté s'entendait dans sa voix. Elle a affronté deux brutes qui m'ont attaqué comme si elle n'était pas plus légère et plus petite. Nous sommes aussi allés plusieurs fois à l'école de sa sœur pour essayer de voir si nous pouvions y trouver des pistes concernant la disparition d'Elise, finalement pour rien, mais ce n'est pas important. Quoi qu'il en soit, Everly a facilement réussi à obtenir la confiance des enfants.

Il l'embrassa sur la tempe.

— Je dirais que tu aurais rendu ces policières très fières de toi, Ev. Es-tu prête à partir ? Elise rentre de l'école dans environ une demi-heure.

Surprise que tant de temps se soit écoulé, Everly regarda sa montre.

— Mince. Oui, je suis prête.

Il fallut un moment pour dire au revoir à tout le monde. Contrairement aux rares fois où elle sortait avec ses collègues policiers, tout le monde voulait la serrer dans ses bras et lui dire quelques mots. Lui dire qu'Elise avait de la chance de l'avoir pour sœur. Exprimer de la gratitude qu'elle soit policière dans leur ville. Qu'elle avait intérêt à s'habituer à traîner avec eux parce qu'ils allaient la harceler pour qu'elle les rejoigne chaque fois que c'était possible, et qu'il leur tardait de rencontrer Elise et d'apprendre à la connaître.

Toute l'expérience avait été forte en émotions... d'une façon agréable. Pas étonnant qu'elle aime Ball à ce point : il avait des amis qui lui faisaient garder les pieds sur terre. Eh oui, il avait été bête quand elle était arrivée au Pit la première fois et qu'elle l'avait rencontré, mais elle avait vu les regards irrités que ses amis lui avaient jetés ce jour-là. Ils n'avaient pas cautionné son comportement. Ils avaient sûrement comploté pour le faire partir à Los Angeles avec elle... et elle ne s'en plaignait pas.

Quand Meat lui dit au revoir, il ajouta qu'il avait pu récupérer quelques conversations sur le vieux téléphone d'Elise et qu'il les enverrait plus tard à Ball et elle.

Everly hocha la tête. Elle n'était pas certaine d'être prête à voir comment ce « Rob » avait manipulé sa sœur, mais elle devait le savoir pour éventuellement empêcher que cela se reproduise avec Elise et d'autres adolescents à l'avenir.

Elle salua Noah en partant et il posa une main sur son oreille en imitant un téléphone et d'un air espiègle, il articula « appelle-moi ». Ball lui jeta un regard assassin, mais le barman se contenta de rire et de les saluer de la main.

Quand ils furent dehors, Ball secoua la tête.

— Waouh. Je te jure que je ne m'étais pas rendu compte comme ils peuvent être énervants. Sinon, je ne t'aurais jamais ramenée ici.

— Je parie que tu étais exactement pareil quand tu as rencontré leurs copines, dit Everly.

Ball posa une main sur son torse en feignant une surprise exagérée.

— Moi ?

Elle éclata de rire. En arrivant devant sa Mustang, il la fit se retourner avant de lui ouvrir la portière, la coinçant contre le métal chaud.

— Est-ce que ça va ?

— Oui, pourquoi ?

— Je ne voulais pas surprendre ta conversation, mais je ne voulais pas l'interrompre. C'était assez intense.

— Ball, comparé à ce que les autres ont traversé, mon histoire n'a rien de très intense. Je n'ai pas été battue, Mamie et Papy faisaient en sorte de me voir au moins une fois par semaine et de me faire manger beaucoup de nourriture saine.

Ball secoua la tête.

— Ne compare pas ce que tu as traversé avec les épreuves des autres. Il s'agit de circonstances différentes et tu n'étais qu'une enfant. Ta mère aurait dû te protéger. Elle aurait dû faire en sorte que tu sois en sécurité et bien nourrie. Elle n'a rien fait de tout cela. Si elle avait agi du mieux qu'elle pouvait, elle aurait pu arrêter la drogue et faire son possible pour te protéger. Et je tiens à te prévenir, Ev, que je ne peux pas la rencontrer. Jamais. Je pense être incapable de ne pas lui dire mon sentiment.

— Je n'avais pas l'intention de te la présenter. Jamais, dit-elle en répétant volontairement sa proclamation.

— Bien.

Il poussa une mèche de cheveux tombée devant les yeux d'Everly et la regarda.

— Chaque fois que je me dis que tu es trop bien pour être vraie et que je dois faire un pas en arrière, que je dois être plus prudent avec ce qui nous arrive, tu me surprends de cette façon.

— Désolée ?

Il gloussa.

— Ne sois pas désolée. J'ai l'impression de t'avoir attendue toute ma vie. Que j'ai dû traverser toutes les autres merdes dans ma vie juste pour savoir t'apprécier.

Waouh. C'était... Everly ne savait pas vraiment ce que c'était. Mais Ball ne lui laissa pas le temps de répondre.

— Je ne sais rien des adolescentes, mais je sais qu'Elise ira bien. Elle t'a pour modèle. Comment pourrait-elle ne pas s'en sortir ?

Puis il l'embrassa sur le front et se pencha pour lui ouvrir la portière.

Everly s'assit dans la voiture, ne sachant pas quoi dire. Apparemment, il ne s'attendait pas à ce qu'elle dise quoi que ce soit. Il s'installa simplement au volant et prit la direction de l'appartement d'Everly.

* * *

Ce soir-là, Everly regarda Ball et Elise se moquer des dernières tentatives de Ball pour communiquer. Il ne semblait jamais être frustré, et il ne demandait plus à Everly de traduire pour lui. Elise et lui se débrouillaient et si l'un des deux était coincé, ils prenaient leur téléphone et s'envoyaient des textos.

Everly n'était jamais sortie avec quelqu'un qui s'entendait aussi bien que Ball avec sa sœur. D'accord, peu de ses copains avaient rencontré Elise, mais les rares qui l'avaient vue étaient mal à l'aise quand Elise et elle avaient une conversation qu'ils ne pouvaient pas comprendre, et ils n'avaient fait aucun effort pour apprendre la langue des signes.

Elle aurait pu croire que Ball essayait un peu trop de l'impressionner, sauf que quand Elise et lui commençaient à « parler », Everly aurait très bien pu ne pas exister.

C'était après le repas du soir et Elise et Ball étaient occupés depuis au moins une heure quand Everly entendit un bruit qu'elle n'avait pas entendu depuis plus de dix ans.

Elle leva la tête et fixa sa sœur, surprise.

Elle *riait*. À voix haute. Elle avait la tête rejetée en arrière et elle se tenait le ventre, riant jusqu'à en pleurer.

Quand Elise s'était assez calmée pour continuer la conversation, elle hocha la tête et répéta le symbole de *bullshit*. Elle fit des cornes avec son petit doigt et son index d'une main, en maintenant le bras devant elle, et elle forma un poing avec l'autre, qu'elle posa sous le coude opposé, ouvrant et formant rapidement la main. Comme une merde sortant du derrière d'un taureau.

Ball rit et refit le geste.

Everly ne savait pas du tout depuis combien de temps sa sœur apprenait des gros mots à Ball. Elle se leva et s'approcha d'eux. Elle ne voulait pas mettre fin à leur rigolade, mais elle se sentait un peu obligée.

— Que faites-vous ? demanda-t-elle, alors que c'était assez évident.

Sans chercher à se cacher, Ball dit :

— Elise m'apprend à jurer. Regarde.

Il fit un cercle avec les doigts d'une main et enfonça le majeur de l'autre main à l'intérieur.

— Trou du cul.

Everly leva les yeux au ciel.

— Je sais ce que ça veut dire. Mais je ne suis pas certaine que ma petite sœur doive t'apprendre ces choses-là. Elle ne devrait même pas les connaître.

Everly accompagna ses mots de langue des signes, afin qu'Elise ne se sente pas exclue de la conversation.

Everly, sérieusement ? J'ai quinze ans. Je ne suis pas une nonne. Bien sûr que je connais des gros mots.

Et si tu disais bonne nuit à Ball avant d'aller te coucher ? Tu as école demain et moi je dois travailler.

Elise fit la moue, mais elle ne tint pas longtemps. Elle sourit vite, fit les signes de *bonne nuit*, et encouragea Ball quand il répondit. Elle serra Everly dans ses bras et partit dans sa chambre.

— C'est une chouette fille, dit Ball quand elle referma la porte derrière elle.

— Oui. Je n'ai aucun mérite, cependant. C'était Mamie et Papy.

— Alors ça, je n'y crois pas, lui dit Ball en la prenant par la main et en la faisant asseoir à côté de lui. J'ai eu une longue discussion avec ta grand-mère quand j'étais là-bas, et elle m'a dit que vous vous appeliez tout le temps par Skype, et aussi que tu as obtenu de ta mère de laisser partir Elise quand elle est allée vivre avec eux à plein temps.

Everly haussa les épaules. Quand Elise s'était rendue seule chez Mamie et Papy, Ella n'avait pas été très contente. Elle avait essayé de la récupérer. Elle voulait garder le contrôle d'Elise pour une raison qu'elle ignorait, et elle ne pouvait pas le faire si cette dernière partait vivre ailleurs.

Everly ne voulait pas se souvenir de la façon dont elle

avait menacé sa propre mère. À la fin, Ella avait été plus inquiète d'être dénoncée à la police que de récupérer sa fille. C'était la dernière fois qu'Everly avait vu sa mère, et elle s'en fichait.

— Elle a aussi dit que tu envoyais de l'argent afin qu'Elise puisse se rendre à son école spécialisée, et que tu lui rendais visite aussi souvent que tu le pouvais.

— Ce n'était pas assez, dit tristement Everly. Elle a quand même été la proie de quelqu'un à cause de son manque d'assurance.

— Ce n'est pas de ta faute. Je pense que tous les adolescents se sentent perdus à un moment ou à un autre.

Juste à ce moment-là, les téléphones d'Everly et de Ball vibrèrent en même temps.

Ball attrapa le sien en premier.

— C'est Meat. Il a envoyé les conversations qu'il a pu récupérer sur le vieux téléphone. Elles viennent d'une appli qui s'appelle Omegle. En gros, c'est une messagerie instantanée gratuite qui permet aux gens de se parler sans créer de compte ni donner des détails sur leur identité.

Everly n'était toujours pas certaine de vouloir les lire.

— Je ne comprends pas pourquoi il existe toutes ces applications qui facilitent la vie des pédophiles et des enfoirés dont les victimes sont les adolescents et d'autres personnes vulnérables, grommela Everly.

— Moi non plus. Viens là, dit Ball en tendant le bras.

Everly se pelotonna contre lui et passa une main derrière son dos pour le serrer contre elle. Être à côté de lui paraissait si naturel. Comme si le fait d'être proche de Ball pouvait la protéger de toutes les horreurs du monde.

* * *

Quand Everly était blottie contre lui de cette façon, il avait l'impression de faire trois mètres de long. Comme s'il pouvait la protéger de tout le mal de la Terre. Il savait qu'elle n'était pas ravie de voir comment Elise avait été trompée, mais ils avaient tous les deux besoin de voir ce qu'elle avait écrit, afin de s'assurer qu'elle ne soit jamais plus aussi vulnérable.

— Prête ? demanda Ball avant de cliquer sur le fichier envoyé par Meat.

Everly inspira profondément avant de hocher la tête.

— Bien. Souviens-toi, Rob est « Inconnu 1 » et Elise est « Vous » dans la conversation.

Elle hocha encore une fois la tête avant qu'ils se mettent à lire les conversations en silence.

Inconnu 1 : Hé, ma belle.

Vous : Salut, Rob.

Inconnu 1 : Comment c'était à l'école ?

Vous : Ennuyeux.

Inconnu 1 : C'est parce que tu es très intelligente.

Vous : Pff.

Inconnu 1 : C'est vrai. Tu es la personne la plus intelligente que je connais.

Inconnu 1 : Je ne sais même pas pourquoi quelqu'un comme toi me parle.

Vous : Parce que tu me plais.

Inconnu 1 : Toi aussi, tu me plais.

Inconnu 1 : Parfois je me sens tellement seul.

Vous : Moi aussi.

Inconnu 1 : As-tu l'impression que personne ne sait ce que tu penses ou ressens ?

Vous : Tout le temps.

Inconnu 1 : Tu es la seule à qui je peux parler.

Vous : Vraiment ?

Inconnu 1 : Oui. Tu me comprends comme personne d'autre.

Vous : J'ai la même impression.

Inconnu 1 : Quand vas-tu m'envoyer une photo ?

Vous : Je ne sais pas.

Inconnu 1 : Pourquoi pas ? Tiens, je t'en envoie une de moi.

Inconnu 1 : Voilà. Tu vois ? Je suis inoffensif.

Inconnu 1 : Stp ?

Vous : OK. Voilà.

Inconnu 1 : Magnifique. Dedans comme dehors.

Ball eut la nausée en voyant la façon dont le type avait appâté Elise. En lui donnant l'impression d'être importante. En lui faisant croire qu'ils partageaient quelque chose de spécial. La photo qu'il avait envoyée était vraiment celle d'un adolescent, sans doute prise du compte de quelqu'un sur les réseaux sociaux. Il continua à lire.

Inconnu 1 : J'adore voir ton visage souriant.

Vous : Pareil.

Inconnu 1 : Je suis désolé que ta mère ne t'ait pas envoyé de message.

Vous : Moi aussi. Je veux dire, je sais qu'elle s'en fout, mais j'espérais qu'elle le ferait au moins pour mon anniversaire.

Inconnu 1 : Je sais, bébé. Tu mérites mieux que ça. J'aimerais pouvoir te voir et te souhaiter un bon anniversaire en personne.

Vous : Moi aussi.

Inconnu 1 : On devrait peut-être se rencontrer.

Inconnu 1 : Elise ?

Vous : Je suis là.

Inconnu 1 : Je veux te voir. Être avec toi. Je ne t'ignorerai pas pour ton anniversaire.

Vous : C'est juste que je ne sais pas.

Inconnu 1 : Penses-y.

— Tu as remarqué qu'il est toujours le premier à lui envoyer un message ? demanda doucement Everly.

— Oui. Même si Meat a dit qu'il n'a pas pu récupérer tous les messages de toutes les applications. Si ça se trouve, Elise le contactait la première ailleurs, dit Ball.

— Je ne sais pas. Il la manipule. Il lui fait des compliments, aborde volontairement des sujets qui vont la contrarier pour pouvoir la réconforter.

— Oui.

C'était un comportement de prédateur classique et Elise avait été entièrement manipulée.

Inconnu 1 : Tu me manques tellement. J'ai détesté ne pas te parler ce matin. Mais c'est de ta faute.

Vous : Je sais.

Inconnu 1 : Si tu m'avais envoyé un message quand je te l'ai dit, nous ne nous serions pas disputés.

Vous : Je suis désolée.

Inconnu 1 : Ce n'est pas grave. Je t'aime. M'aimes-tu ?

Vous : Tu sais que oui.

Inconnu 1 : As-tu réfléchi à l'idée de me rencontrer ?

Vous : Oui.

Inconnu 1 : Et ?

Vous : J'ai peur de ne pas te plaire si nous nous voyons.

Inconnu 1 : Ne pas me plaire ? Elise, je t'aime.

Inconnu 1 : Je suis le seul à dire que tu es jolie.

Inconnu 1 : Je commence à croire que tu fréquentes quelqu'un d'autre.

Vous : Non.

Inconnu 1 : Alors, pourquoi ne veux-tu pas me rencontrer ?

Inconnu 1 : Il te faut peut-être du temps pour y réfléchir.

Inconnu 1 : Je te parlerai plus tard. Peut-être.

Vous : Non ! Je suis désolée.

Vous : Rob ?

Vous : Reviens !

Vous : Je n'ai pas besoin de réfléchir. Je t'aime.

— L'enfoiré, maugréa Ball.

Il sentait la façon dont Everly était toute raide contre lui, et il savait qu'elle était tout aussi fâchée.

Inconnu 1 : Je suis tellement excité.

Vous : Moi aussi.

Inconnu 1 : Il me tarde de te voir.

Vous : Moi aussi.

Inconnu 1 : Je t'aime.

Vous : Je t'aime aussi.

Ball sortit du document, posa son téléphone et prit Everly dans ses bras. Elle n'avait pas dit grand-chose, mais il était évident qu'elle était perturbée.

— Vont-ils le trouver ? demanda-t-elle au bout d'un moment.

— Je ne sais pas. S'il s'agit d'un trafiquant, tu sais comme ces groupes sont bien organisés. Il existe de nombreuses couches hiérarchiques. Celui qui jouait le rôle de Rob en ligne pourrait se trouver de l'autre côté du pays, ou même à l'extérieur. La personne qui a fait monter Elise dans le fourgon est sans doute un pion de bas niveau qui a eu le droit de faire ce qu'il voulait avec les filles jusqu'à ce qu'elles soient récupérées par quelqu'un d'autre. Il est très probable que différentes personnes doivent venir les chercher dans cette maison. C'est très difficile d'attraper ces types-là, mais le FBI fait ce qu'ils peuvent pour remonter leur piste.

— C'est que j'ai peur pour elle. Je vérifie son téléphone tous les matins et je n'ai pas vu qu'elle avait téléchargé une des applications qui se trouvaient sur son autre téléphone, mais je sais qu'elle est bien plus douée que moi là-dedans. Et tous les jours, de nouvelles applications sont développées pour des adolescents afin de les aider à parler à qui ils veulent sans que leurs parents le sachent. C'est terriblement malsain, dit Everly.

— Je sais. Mais je crois sincèrement qu'elle a appris sa leçon. Elle a été profondément secouée par ce qui est arrivé. Elle n'est pas idiote. Elle sait qu'elle n'est pas passée loin. Elle ne refera pas la même erreur, essaya de la rassurer Ball.

— Ball ?

— Oui ?

— Merci.

— Pour quoi ?

— D'être là pour moi. D'être merveilleux avec Elise et d'essayer d'apprendre la langue des signes. Tu n'as pas idée de ce que ça représente pour elle. Merci de m'avoir présentée à tes amis, ils sont merveilleux. Juste... merci.

— Tu n'as absolument pas besoin de me remercier, dit Ball. Je suis sûr que même si je n'étais pas là, Elise et toi vous auriez réussi à tout gérer toutes les deux. C'est moi qui devrais te remercier parce que tu me donnes une seconde chance.

Il leva le menton d'Everly et frôla ses lèvres avec les siennes. À la seconde où leurs bouches se touchèrent, il frissonna. L'électricité entre eux était brûlante, et de plus en plus exigeante tous les jours. Mais Ball refusait de se précipiter. Les choses étaient déjà allées assez vite et il ne voulait surtout pas risquer qu'Everly hésite au sujet de leur relation.

En outre, Elise était dans l'autre pièce. Elle ne pouvait pas les entendre, mais elle pouvait sortir de sa chambre pour demander quelque chose à sa sœur à n'importe quel moment. Il respectait suffisamment Everly et Elise pour ne pas les mettre dans une situation embarrassante.

Ils s'embrassèrent un moment, et quand Ball sentit la main d'Everly couvrir son érection, il se força à s'écarter. Il ne retira toutefois pas sa main, car elle était très bien là où elle était.

— Nous devrions nous arrêter, murmura-t-il en se penchant en avant et en posant le nez contre la peau de son cou.

Everly gloussa.

— Tu penses ?

Pendant une fraction de seconde, Ball eut envie de la soulever et de la porter jusque dans sa chambre, mais il se força à inspirer profondément, même si ce fut alors encore plus difficile de s'éloigner, car son odeur lui emplit les narines.

— Nous avons tout notre temps pour aller plus loin, lui dit-il, incapable de supporter plus longtemps la sensation de sa main sur sa queue. Il prit sa main et embrassa chacun de ses doigts avant de faire pareil à sa paume.

— J'ai trente-quatre ans, Ball. Je ne suis pas une adolescente qui ne sait pas ce qu'elle veut.

— Et j'ai quarante ans, c'est assez pour savoir ce que je veux, moi aussi. Et je ne veux pas un petit orgasme rapide sur ton canapé, tout en m'inquiétant que ta sœur adolescente nous surprenne. Tu me plais. Énormément. Et je veux voir où ira cette relation entre nous. Mais je ne crois pas que ralentir risque de nous faire du mal. Je ne veux pas que tu penses que je suis seulement avec toi pour le sexe. Tu es la première femme avec laquelle j'ai vraiment envie d'avoir une relation depuis le fiasco avec Holly. Je ne veux rien faire pour que ça foire.

Elle le regarda longuement et Ball eut peur qu'elle soit énervée. Elle finit par hocher la tête et se colla une fois de plus contre lui. Elle posa la main sur son ventre au lieu de sa queue, ce qui fut à la fois un soulagement et une déception.

— On peut quand même s'embrasser ici et là, n'est-ce pas ? demanda-t-elle.

Ball gloussa.

— Tout à fait. En fait, je pense devoir insister là-dessus. Notre moment viendra, Everly.

Elle sourit.

— Pour la première fois de ma vie, je profite du fait d'être simplement avec une femme sans que le sexe soit un enjeu. Ce n'est pas pour dire que je ne veux pas te faire l'amour – au contraire –, mais pour l'instant, je profite d'apprendre à mieux nous connaître. Est-ce compréhensible ?

— Oui. Je ressens la même chose.

Ball poussa un soupir de soulagement.

— Veux-tu que je reste ? Je sais que tu dois travailler demain matin.

— Juste un peu plus longtemps, dit Everly.

Ball se pencha, attrapa la télécommande et sélectionna la chaîne des sciences. Il y avait un documentaire sur Tchernobyl et les effets sur les terres alentour, même après tout ce temps.

En l'espace de trente minutes, Everly sommeillait dans ses bras, et Ball ne trouva rien de plus agréable que de la regarder dormir.

10

<hr>

Nous allons être en retard ! dit *Elise en langue des signes.*

Mais non, calme-toi, répondit Everly à sa sœur.

Ball conduit comme Papy !

Everly traduisit pour Ball et il éclata de rire.

— Je ne peux pas vraiment rouler à cent trente kilomètres-heure dans le quartier de Broadmoor, dit-il en souriant pendant qu'Everly traduisait cela pour sa sœur.

La randonnée est censée commencer à dix heures. Il est neuf heures quarante-cinq. Nous allons être en retard ! répéta Elise, très agitée.

Un mois s'était écoulé depuis qu'Everly avait rencontré Ball et ses amis et qu'ils avaient lu les messages d'Elise et du mystérieux Rob. Elise avait rencontré Morgane deux fois, et chaque fois, Everly avait vu qu'une partie de la tension de sa sœur s'était dissipée. Par l'intermédiaire d'un interprète, Morgane et elle avaient parlé de ce que c'était de se sentir effrayée et seule et de se demander si quelqu'un allait un jour vous trouver. Elles avaient discuté de la colère d'Elise parce que quelqu'un avait essayé de la manipuler et de la tromper, et de sa frustration parce que les coupables n'avaient pas été attrapés.

Elise s'était aussi rendue au commissariat de police de Colorado Springs pour rencontrer leur dessinateur de portraits-robots. Le dessin de l'homme qui avait prétendu être le père de Rob avait été envoyé au FBI et à la police de Los Angeles, mais il était intéressant de voir qu'il n'y avait pas beaucoup de similitudes entre les sept dessins faits avec chacune des sept victimes. Parce que le fourgon qui était passé prendre toutes les filles avait été le même – un fourgon blanc ordinaire –, mais que les dessins du suspect étaient différents, la police avait décidé qu'il était presque impossible de définir l'apparence du kidnappeur, en dehors du fait qu'il s'agissait d'un homme blanc aux cheveux bruns.

Elise avait eu des cauchemars de temps en temps, mais passer du temps avec Allye, Chloé, Morgan, et Harlow semblait lui faire du bien. Cela l'aidait à améliorer sa sociabilité avec les personnes entendantes et parce que les autres femmes étaient très terre à terre et tolérantes, elle ne se sentait jamais mal à l'aise avec elles.

Everly et sa sœur avaient aussi trouvé une routine facile dans leur nouvelle vie ensemble à Colorado Springs, et Everly s'en voulait quotidiennement de ne pas avoir fait venir sa sœur plus tôt. Oui, l'école à Los Angeles avait un meilleur programme éducatif, mais en ce qui concernait sa sœur, Everly comprit qu'elle aurait dû davantage se concentrer sur son bien-être mental plutôt que sur ses notes.

Mamie et Papy étaient ravis de voir qu'Elise allait très bien et ils voulaient faire un voyage dans le Colorado pour voir leurs deux petites-filles. Ils n'avaient pas eu de nouvelles de leur fille, mais ce que faisait Ella, c'était son problème. Purement et simplement.

Everly et Ball avaient diminué l'intensité de leur relation

physique, et elle le connaissait vraiment mieux maintenant grâce à tout le temps qu'ils passaient à discuter ensemble. Elle savait qu'il était le meilleur conducteur de tous les Mercenaires Rebelles, et qu'il ne laissait jamais personne sauf *elle* conduire sa Mustang. Pas même ses amis. Il lui avait dit un soir que s'il n'arrivait pas à confier son « bébé » à une policière, en qui pouvait-il avoir confiance ? Elle avait ri et elle avait aimé la faire monter jusqu'à cent soixante kilomètres-heure sur l'autoroute, juste pour voir ce qu'il allait faire. Il n'avait pas paniqué, se contentant de lever un sourcil en la regardant.

Everly savait que quand Ball se mettait en tête de faire quelque chose, comme apprendre la langue des signes, il ne le faisait pas à moitié. Il avait passé des heures et des heures à regarder des vidéos en ligne pour essayer d'apprendre. Elise et lui avaient également passé de nombreuses soirées à travailler ensemble. Il n'utilisait toujours pas couramment les signes, mais il arrivait à tenir des conversations avec Elise et ses amis. Il devait parfois épeler les mots, mais tout le monde était toujours patient avec lui.

Elise semblait s'épanouir dans sa nouvelle école. Elle s'était fait quelques nouveaux amis et avait rejoint le Club de Plein Air. Il y avait des tonnes de randonnées à faire à Colorado Springs, et elle s'y était mise après une courte randonnée d'orientation après l'école.

Ceci était la troisième randonnée qu'elle faisait avec le groupe, et cette fois, Everly et Ball s'étaient inscrits en tant qu'accompagnateurs. Pour lui faire la surprise, ils avaient demandé à Meat de les rejoindre. Elise avait immédiatement apprécié cet homme, et le sentiment était réciproque. Il avait appris quelques signes, mais en général ils communiquaient par textos.

Everly secouait toujours la tête en voyant les échanges entre eux quand elle vérifiait le téléphone d'Elise. Désormais, elle n'y jetait un coup d'œil qu'une ou deux fois par semaine. Elise avait juré qu'elle n'utilisait plus les applications, qu'elle ne voulait plus jamais parler en ligne à un garçon, et qu'elle n'allait certainement pas rencontrer quelqu'un qu'elle ne connaissait pas personnellement... jamais. Et Everly la crut. La leçon avait été dure, mais Elise semblait finalement l'avoir apprise.

Alors que les conversations entre Ball et Elise étaient adorables, celles entre Meat et elle étaient hilarantes. Il ne semblait jamais rien dire de sérieux, et il plaisantait toujours avec Elise. Everly était ravie que sa sœur puisse voir comment les hommes bien devaient agir avec les femmes. Avec Meat et Ball et les autres hommes, elle recevait une véritable éducation et elle apprenait à refaire confiance.

Le sentier de Seven Bridges se situait en haut du prestigieux quartier de Broadmoor. Le chemin lui-même n'était pas trop difficile et il était ombragé presque tout le long. Il devait y avoir dix enfants aujourd'hui, et Everly était impatiente de connaître d'autres nouveaux amis d'Elise.

Ball trouva un endroit pour se garer un peu plus loin du départ du chemin. Apparemment, beaucoup d'autres personnes avaient aussi pensé que la randonnée était une bonne idée aujourd'hui. Elise sauta de la voiture dès qu'elle fut garée, et courut vers l'endroit où s'étaient rassemblés des adolescents de son école.

— On dirait qu'elle est pressée de commencer, dit Ball.

Everly rit.

— C'est bon de la voir enthousiaste pour quelque chose. Pendant un moment, j'ai eu peur qu'elle ne s'en remette pas.

— C'est grâce à toi, dit Ball.

Elle leva les yeux vers lui. Il lui avait pris la main pendant qu'ils marchaient un peu plus tranquillement vers le départ de la randonnée. Everly secoua la tête.

— Franchement, je n'ai pas fait grand-chose.

— Tu n'as pas fait grand-chose ? Ev, tu as changé toute ta vie pour t'adapter à elle. Tu as fait venir ta sœur pour qu'elle vive avec toi. Tu paies une école privée, et tu as fait en sorte qu'Elise reçoive toute l'aide nécessaire pour digérer ce qui est arrivé.

Ces compliments étaient agréables, mais elle avait quand même l'impression de ne pas avoir fait quoi que ce soit de spécial.

— C'est ma sœur. Je ferais n'importe quoi pour elle. Comme Mamie me l'a dit, c'est l'unique personne que je connaîtrai le plus longtemps dans ma vie. Si je ne faisais pas tout mon possible, quel genre de personne cela ferait-il de moi ?

— Je pense que tu sais mieux que les autres que les liens du sang ne sont pas toujours fiables. On est censé pouvoir s'appuyer sur sa famille, mais ce n'est pas toujours le cas.

Elle savait ce qu'il voulait dire. Sa mère était un exemple de choix.

Meat les salua quand ils s'approchèrent. Ball serra la main d'Everly avant de la lâcher pour une poignée de main avec son ami.

— Salut. Es-tu prêt ? lui demanda-t-il.

— Carrément. Ce sera amusant. Everly, j'aimerais leur apprendre quelques-uns de nos signes. Penses-tu qu'on a le droit ?

— Vos signes ?

— Ceux que l'on utilise dans l'armée.

— Oh, d'accord. Je ne vois pas de contre-indication.

— Peux-tu traduire pour moi ? demanda Meat.

— Bien sûr.

Everly s'approcha d'Elise et la tapota sur l'épaule. Elle indiqua rapidement que Meat voulait parler à tout le monde et Elise l'aida à rassembler le groupe. Everly traduisit en langue des signes pendant que Meat parlait.

— Je ne m'attends pas à avoir de problèmes pendant la randonnée d'aujourd'hui, mais au cas où, je me suis dit que j'allais expliquer quelques signes que je pourrais utiliser aujourd'hui.

Meat leva le bras avec le poing serré.

— Ceci veut dire qu'il faut s'arrêter. Je vais marcher devant et si vous me voyez faire ça, arrêtez-vous immédiatement là où vous êtes.

Il posa ensuite la main sur son front.

— Ça signifie qu'il faut regarder, ou que je vois quelque chose. Et si je monte et descends mon poing ainsi, ça veut dire qu'il faut se dépêcher.

Everly sourit quand les ados hochèrent la tête avec enthousiasme. Quelques-uns demandèrent à en connaître d'autres.

— Meat, ils veulent en apprendre d'autres.

— Je vois ça, mais ce sont sans doute les seuls dont nous aurons besoin aujourd'hui.

Everly haussa les épaules.

— Pas grave. Maintenant, ils sont curieux.

Pendant les dix minutes suivantes environ, Meat leur apprit d'autres signaux utilisés quand il était dans l'armée et qui lui servaient sans doute encore en mission avec les Mercenaires Rebelles : couvrez cette zone, ennemi, otage, sniper, véhicule et baissez-vous. Une grande partie des signes était similaire à la langue des signes américaine.

Everly fit le tour pour s'assurer que tout le monde avait de l'eau et n'avait pas besoin d'utiliser les toilettes, puis ils furent enfin prêts à partir. Meat passa devant, et Everly et Ball fermèrent la marche.

Ils marchaient depuis dix bonnes minutes quand Ball se tourna vers elle et dit :

— Je n'y avais pas pensé avant de partir, mais c'est assez étrange de voir des enfants aussi silencieux.

Sa remarque fit rire Everly.

— Ils ne parlent pas, mais ils communiquent.

Elle indiqua le garçon et la fille qui marchaient devant eux. Jusqu'ici, ils n'avaient pas arrêté de se faire des signes. Leurs mains bougeaient à toute vitesse et il était évident qu'ils s'intéressaient davantage l'un à l'autre qu'au paysage magnifique qu'ils traversaient.

Ball gloussa.

— C'est vrai.

Ils marchèrent encore un kilomètre et demi environ, puis ils firent une pause afin que d'autres personnes puissent les doubler sans problème. Everly vit un garçon qui s'appelait Carl s'adresser à deux autres camarades.

Vous avez vu ce type il y a un demi-kilomètre ?

Quel type ?

Non.

Je ne l'ai pas bien vu. Il portait un tee-shirt et un jean noirs. Il était dans les bois sur notre droite. Je l'ai vu du coin de l'œil.

— Ball, dit-elle sans détourner le regard de Carl.

— Oui ? Qu'est-ce qui ne va pas ?

— Carl dit avoir vu quelqu'un dans les bois.

— Où ? Quand ?

— À environ un demi-kilomètre derrière nous.

Elle leva la tête vers lui.

— Devons-nous nous en inquiéter ?

Ball ne semblait pas effrayé, ce qui calma un peu les nerfs d'Everly.

— Ev, nous sommes dans un domaine public. Il y a des tonnes de gens qui se promènent aujourd'hui. Ce n'est pas parce qu'il y avait quelqu'un dans les bois qu'il nous suit. D'accord ?

Elle hocha la tête. Cependant, elle ne dut pas sembler convaincue, car il prit sa tête entre ses mains et se pencha vers elle.

— Je vais en discuter avec Meat et nous serons vigilants, mais n'y pense pas trop. Nous n'avons pas eu de nouvelles des policiers de Los Angeles, et même le FBI a dit que rien ne suggérait qu'il s'agissait d'une énorme opération de trafic humain. Et si c'était le cas, ils n'enverraient pas quelqu'un jusqu'ici dans le Colorado pour retrouver Elise. C'est trop risqué. Ils cherchent tous la facilité, d'accord ?

— Et s'il ne s'agissait pas d'une histoire de trafic ?

Everly posa la question qui la hantait depuis qu'ils avaient découvert que le FBI passait à d'autres affaires à cause d'un manque de preuves dans les enlèvements d'Elise et des autres jeunes filles.

— La même logique s'applique. Colorado Springs est bien trop éloignée de Los Angeles. Personne de censé ne ferait tout ce chemin pour chercher Elise. Ce n'est simplement pas logique.

— Et un psychopathe qui enlève les jeunes filles utilise la logique ? demanda-t-elle en levant un sourcil.

— D'accord, tu as raison. Mais ça fait un mois. Elle n'a pas eu de nouvelles du mystérieux Rob, alors il est sans doute passé à autre chose. Juste au cas où, comme je te l'ai dit, je vais en parler à Meat, nous serons vigilants.

Everly hocha la tête. Les enfants commençaient à s'agiter, alors Ball courut vers Meat pour lui dire ce que Carl avait vu avant de continuer.

Il fallut une heure de plus pour arriver au point où ils allaient faire demi-tour. Il y avait quelques rochers disposés de façon stratégique sur lesquels les adolescents s'installèrent pour manger leur déjeuner. Un garçon et une fille commencèrent à quitter le sentier pour aller vers un grand rocher sur lequel ils avaient clairement envie de grimper.

Oubliant qu'il était avec un groupe d'enfants sourds, Ball cria :

— Ne quittez pas le sentier !

Il jura contre sa propre stupidité quand les deux adolescents continuèrent à avancer. Avant qu'Everly puisse intervenir, il courut vers eux. Il revint vers le groupe avec le couple et demanda à Everly :

— Peux-tu traduire ?

Elle hocha la tête.

— C'est dangereux de quitter le sentier.

Mais il y a un million de personnes ici, répondit un des enfants en langue des signes.

— C'est vrai, et que se passe-t-il si un million de personnes décident qu'ils veulent tous aller voir un buisson en dehors du sentier ? Un rocher ? Un insecte ?

Ball n'attendit pas de réponse.

— Alors, cet endroit ne sera plus un sentier naturel, mais un terrain vague écrasé par les pas. Rester sur le chemin sert autant à vous protéger qu'à préserver la nature.

Mais j'ai vu ce type sortir du sentier toute la journée, dit un garçon qui s'appelait Scott en pointant le doigt vers la gauche.

Meat bougea avant même qu'Everly puisse focaliser ses yeux sur l'endroit désigné par Scott. Elle vit Meat partir dans la direction d'un homme à la quarantaine. Il portait un jean noir et un tee-shirt rouge sombre. Le sentiment de malaise revint et elle se rapprocha de l'endroit où sa sœur discutait avec une jeune fille nommée Ruby.

Meat eut une courte discussion avec cet homme, puis il retourna vers leur groupe. Il sourit et leva les pouces en marchant vers eux.

— Respire, Ev, dit Ball à côté d'elle.

Elle sentit sa main frôler ses omoplates avant qu'il s'écarte. C'était quelque chose qu'il faisait tout le temps. Ball la touchait continuellement. De caresses légères qui n'étaient jamais inappropriées et qui la faisaient toujours penser à Mamie et Papy. Son grand-père avait un jour dit à

Everly que toucher sa femme était un moyen de lui montrer qu'il pensait à elle, et servait aussi à se souvenir de la chance qu'il avait parce qu'elle faisait partie de sa vie.

— Tout va bien, dit Meat, et Everly se plaça vite devant le groupe pour traduire.

— Je veux dire, ce n'est pas bien qu'il ne soit pas sur le sentier, Ball a déjà expliqué pourquoi. Mais il fait du géocaching.

Bien sûr, tous les ados voulurent savoir ce que c'était.

— C'est comme une chasse au trésor avec un GPS. Quelqu'un cache une boîte, ou un petit étui, ou n'importe quel type de contenant, et il met les coordonnées en ligne. Ensuite, n'importe qui peut aller les chercher sur un site Internet et les trouver. Celui qui le trouve signe le journal à l'intérieur et le remet pour la personne suivante.

Les enfants voulurent immédiatement savoir s'il existait une application, et quand ils découvrirent que c'était le cas, ils la téléchargèrent tous.

Meat s'approcha de Ball et d'Everly.

— Es-tu certain qu'il ne faisait rien d'autre ? demanda-t-elle.

— J'en suis sûr. J'ai vu la boussole ouverte sur son écran de téléphone. Personne ne touchera un cheveu des têtes de ces enfants, Everly. Détends-toi.

Elle hocha la tête. C'était plus facile à dire qu'à faire. En tant que policière, elle était naturellement encline à voir le croque-mitaine derrière chaque arbre et chaque rocher. Elle n'était pas certaine de pouvoir un jour baisser sa garde en ce qui concernait Elise. Les jours où elle était en captivité avaient été un enfer. Elle ne pouvait pas revivre ça.

Après le déjeuner, les enfants furent pressés de retourner vers les voitures, car il y avait trois géocaches le long du chemin. Les plus enthousiastes marchaient devant, et ceux qui ne s'y intéressaient pas tellement étaient à l'arrière, plus près de Ball et d'Everly.

Cela faisait un moment qu'ils marchaient lorsque Ball se tourna vers Everly et demanda.

— Ta sœur est-elle en train de parler du cul de Meat ?

Everly regarda Elise et Ruby une seconde, puis elle éclata de rire.

— À vrai dire, oui. Elles sont impressionnées par tous ses... attributs, dit-elle à Ball.

— Plutôt lui que moi, maugréa Ball.

— Ne t'inquiète pas. Elles sont en train de vous comparer, maintenant.

— Merde ! Je ne veux pas le savoir, dit Ball en se couvrant les yeux pour feindre la gêne.

Everly lui donna un coup d'épaule.

— Merci d'être venu aujourd'hui, Ball.

— Je ne manque pas une occasion de passer du temps avec ma policière préférée, plaisanta-t-il. Comment se passe le travail ?

Ils commencèrent à parler du travail d'Everly et des sites Internet que Ball avait conçus cette semaine. Il n'y eut plus de rencontres avec des hommes étranges dans les bois, et les enfants furent ravis d'avoir trouvé les trois géocaches en route vers les voitures.

Le parking était encore plus bondé quand ils arrivèrent vers quatorze heures de l'après-midi. Everly remarqua vaguement qu'il y avait des voitures de prix très variables, représentant tous les niveaux de salaire, ce qui n'était pas inhabituel pour un sentier de randonnée à Colorado Springs. Il y avait une Mercedes garée à côté d'une Kia, ainsi que des Ford, des pick-up, une New Beetle, quelques minivans... même une Tesla et le fourgon de travail de quelqu'un.

Elle fit la remarque à Ball et Elise, disant que c'était

agréable que la randonnée soit véritablement une activité accessible à tous, peu importe leur statut social ou leur salaire.

J'adore être ici, dit Elise. *Il n'y a pas d'endroits de ce genre à Los Angeles.*

Il y en avait, mais pour y accéder il fallait rouler assez longtemps depuis l'endroit où vivaient Papy et Mamie. Everly ne prit pas la peine de le souligner.

Elise continua à parler pendant qu'ils retournaient vers la Mustang de Ball. *Quand j'étais dans ce sous-sol, j'ai cru ne plus jamais pouvoir faire quelque chose de pareil.*

Faire quoi ? demanda Everly.

Ça. Sentir l'odeur des pins. Faire de la randonnée. Être libre.

Everly avait été prête à taquiner sa sœur en disant quelque chose du genre qu'elle ne s'était pas promenée un seul jour de sa vie avant de rejoindre le club ici à Colorado Springs, mais elle fut frappée par les deux derniers mots.

Ball posa la main autour de sa taille et la serra une seconde contre lui avant de la lâcher et de répondre à sa sœur.

Est-ce que ça s'intéresse d'apprendre l'autodéfense ?

Vraiment ? demanda Elise, enthousiaste.

Oui. Allye et Morgane ne participent plus parce qu'elles sont enceintes, mais Chloé et Harlow sont toujours intéressées.

J'aimerais beaucoup ! Everly m'a déjà appris les bases, mais j'adorerais apprendre à tout déchirer. Ruby peut-elle venir aussi ?

Ball regarda Everly. Elle hocha la tête.

Oui. Ça fera un nombre pair.

Cool !

Elise partit en courant pour prévenir son amie de l'entraînement à venir.

Ce fut au tour d'Everly de poser les mains sur Ball. Elle passa le pouce dans la boucle de son pantalon à l'arrière de sa taille, et elle posa la tête sur son biceps. Elle regarda sa sœur courir vers la voiture de Carl. Il avait manifestement conduit plusieurs des autres adolescents ici. Elise commença rapidement une conversation avec Ruby au sujet du cours d'autodéfense auquel Ball les avait invitées.

— Tu n'avais pas déjà commencé un cours, n'est-ce pas ? demanda-t-elle doucement.

Ball gloussa.

— Non. Mais je suis certain que Chloé et Harlow souhaiteront participer. Je voulais la faire penser à autre chose que ce qui lui était arrivé, et c'est la première idée que j'ai eue.

— C'est parfait, lui dit Everly. Merci. J'aurais dû y penser. Ça lui donnera peut-être plus confiance en l'avenir.

— Tu viendras aussi, n'est-ce pas ? demanda Ball.

— Pas de problème. Pourquoi ?

— C'est juste... je ne veux rien faire qui puisse lui déclencher des souvenirs. Je veux dire, tu lui as déjà appris les bases, mais c'était avant qu'elle se fasse enlever. Tu sais aussi bien que moi que quand on commence, on rappelle les choses simples, comme donner un coup de genou dans l'entrejambe et s'échapper quand quelqu'un nous saisit le bras. Mais nous finirons peut-être par aller jusqu'à la façon de s'évader et de se défendre quand on est coincé sur le sol par quelqu'un.

Everly aimait beaucoup le fait que Ball pense toujours aux sentiments ou aux réactions d'Elise.

Puis elle se figea et faillit s'arrêter de marcher.

Elle aimait ? Ce n'était qu'une façon de parler... non ?

Elle s'était presque convaincue quand Elise revint et se jeta dans les bras de Ball.

Il rit et l'enlaça à son tour. Puis elle commença une conversation très animée avec Ball sur son enthousiasme, et celui de Ruby, et qu'elles allaient devenir des guerrières ninjas quand il en aurait terminé avec elles.

Everly voyait clairement que Ball ratait une grande partie de ce que disait sa sœur, mais il ne fut pas frustré et il parvint à comprendre l'idée générale.

L'amour.

Aimait-elle Ball ? Que savait-elle de l'amour ?

Everly aimait Mamie et Papy. Elle aimait Elise. Elle aimait son travail et elle aimait la nourriture mexicaine. Mais quand il s'agissait du sexe opposé, elle ne pensait pas avoir déjà aimé un homme.

Elle appréciait Ball. C'était agréable de passer du temps avec lui. Il lui tardait toujours de recevoir ses textos et ses appels téléphoniques. Elle appréciait son aide avec Elise et elle admirait sa relation avec ses amis et leurs copines. Elle le respectait, attachait de l'importance à leur relation, et pensait qu'il était très intelligent.

Mais l'amour ?

Elle continua à observer sa sœur et Ball qui discutaient. Elle n'avait pas vu Elise agir de façon aussi insouciante depuis qu'elle l'avait ramenée à Colorado Springs. Everly la regarda serrer encore une fois Ball dans ses bras avant de grimper à l'arrière de sa voiture.

Repoussant toutes ses pensées concernant l'amour de Ball, Everly monta à son tour dans la voiture et elle se retourna pour sourire à sa sœur. Puis, sans réfléchir, quand Ball eut démarré et qu'ils étaient en route vers son appartement, Everly posa sa main sur celle de Ball. Ils se tenaient toujours la main dans la voiture, et pour elle c'était aussi naturel que de respirer.

11

———

Le cœur lourd, Ball frappa à la porte de l'appartement d'Everly. Il détestait ce sentiment. Dans le passé, il n'avait encore jamais eu de réticences à partir en mission. En fait, il adorait utiliser les capacités qu'il avait apprises chez les garde-côtes et il lui tardait toujours de sortir les victimes de la situation désespérée dans laquelle elles se trouvaient.

Mais dans le passé, il ne sortait pas avec Everly.

Une semaine s'était écoulée depuis qu'ils étaient partis faire de la randonnée dans la nature au-dessus de Broadmoor et il était censé apprendre l'autodéfense à Elise et son amie dans quelques jours.

Mais maintenant, il devait quitter la ville. Rex avait appelé et leur avait parlé d'une enfant de deux ans qui avait été sortie du pays par son père qui n'en avait pas la garde. Sauver de jeunes enfants rendait toujours les missions plus stressantes. Ils ne comprenaient pas ce qu'il ne se passait ni pourquoi, et, en général ils étaient terrifiés quand les Mercenaires Rebelles débarquaient dans l'endroit où ils étaient enfermés.

La porte devant lui s'ouvrit et Ball ne put s'empêcher de sourire en voyant Everly. Les six dernières semaines avaient été merveilleuses. Il avait appris à la connaître extrêmement bien, et il ne trouvait pas une seule chose qu'il n'aimait pas. Elle était une sœur incroyable et la voir veiller sur Elise lui donnait un aperçu de ce qu'elle pouvait être en tant que mère.

Cette idée aurait dû l'effrayer, mais à la place, il se sentit en paix. Satisfait.

— Salut, dit-elle en ouvrant davantage la porte. Je pensais que tu ne passais que plus tard dans l'après-midi.

— Je sais. Je n'avais pas prévu ça. Puis-je entrer ?

— Oh ! Bien sûr. Pardon.

Elle recula d'un pas et garda la porte ouverte pour lui. Ball entra dans son appartement et il sentit immédiatement son anxiété s'estomper. Il avait toujours cette impression quand il venait. Le simple fait de se trouver dans le même espace qu'elle l'aidait à se détendre. Il avait travaillé tard de nombreuses nuits, assis à la table d'Everly. Il avait fait des marathons de Monopoly avec Elise et Everly et il s'était endormi avec elle dans ses bras trop de soirs pour pouvoir les compter.

Mais il n'avait pas dormi dans un lit avec elle depuis Los Angeles. Il ne savait pas très bien ce qu'il attendait, mais pour une raison pour une autre, il savait qu'il devait prendre son temps. Il ne pouvait pas simplement emménager, ou les faire emménager chez lui... même s'il en avait très envie.

Autrefois, il avait juré ne pas devenir comme ses amis. Ils avaient déclaré que leurs copines étaient « prises » et ils les avaient plus ou moins fait emménager quelques semaines plus tard. Mais voilà qu'il en était à souhaiter connaître un moyen plus aisé de faire avancer leurs relations. De tenir Everly dans ses bras tous les soirs.

Lui dire qu'il devait partir pour une période de temps indéterminée, en sachant qu'il ne serait pas là si elle avait besoin de quoi que ce soit, et qu'il ne verrait pas sa sœur et elle pendant un temps indéfini ne lui convenait pas. Pas du tout.

— J'étais sur le point d'aller faire quelques courses. Mon Dieu, j'avais oublié tout ce que peuvent manger les adolescents. Avant, je faisais la sieste pendant mes jours de congé. Maintenant, je dois aller au supermarché, au pressing, rendre visite à l'école et discuter avec les professeurs d'Elise, et, si j'ai le temps, je voudrais aller jeter un coup d'œil à la nouvelle zone de randonnée que le club veut explorer.

Ball se tourna, s'appuya contre la table et sourit.

— Quoi ? Qu'est-ce qui ne va pas ?

En décidant de ne pas faire traîner les choses – d'ailleurs, il n'en avait pas vraiment le temps – il dit :

— Je pars en mission dans quelques heures.

— Oh.

Ce fut tout ce qu'elle dit. *Oh.*

Ball attendit qu'elle demande où ils allaient, quand ils revenaient... quelque chose. Mais elle se contenta de le regarder.

Incapable de le supporter plus longtemps, il fit un pas en avant et il l'attira dans ses bras. Elle se laissa faire et il se sentit un peu mieux concernant sa réaction quand elle attrapa son tee-shirt et s'accrocha à lui.

Ils restèrent ainsi pendant un moment, puis il s'écarta doucement.

— Pas de questions ? demanda-t-il à voix basse.

— Je n'en ai qu'un million, mais je sais que tu ne peux sans doute pas y répondre, dit Everly.

— Ce n'est pas que nous ne pouvons pas te le dire. Nous ne travaillons plus pour l'armée. Mais nous avons l'habitude de ne pas parler de nos missions aux autres. C'est potentiellement plus sûr. Et je ne sais jamais combien de temps nous allons mettre. Ça dépend de la qualité des informations dont nous disposons. Mais tout bien considéré, celle-ci ne devrait pas être très longue.

— Tu feras attention ? dit-elle avant de grimacer, comme si elle savait que ce qu'elle disait devait paraître bête.

— Bien sûr. Je ne comprenais pas, avant.

— Qu'est-ce que tu ne comprenais pas ?

— Quand les autres expliquaient que l'enthousiasme des nouvelles missions s'était estompé. Je ne pouvais pas l'imaginer. Je veux dire, sortir et agir, c'était notre raison de vivre. Faire une différence. Faire tomber les sales types. Je ne comprenais pas comment ils pouvaient d'abord être tout feu tout flamme à l'idée d'utiliser les capacités apprises dans l'armée, puis soudain être réticents à partir. Mais je comprends maintenant.

Everly leva les yeux vers lui, mais elle ne dit rien.

— Partir signifie que je ne peux pas te voir. Je ne peux pas t'envoyer des textos et voir comment s'est passée ta journée. Je n'entends pas tes histoires incroyables sur les hommes et les femmes que tu as rencontrés au travail. Je ne peux pas m'entraîner à la langue des signes avec Elise. Je ne peux pas te toucher, te tenir la main et te faire dormir sur moi. Et je ne peux pas faire ça...

Ball se pencha en avant et embrassa Everly sur le front. Ensuite, il déposa un baiser sur sa joue, puis sur l'autre. Et enfin, il l'embrassa légèrement sur les lèvres. Elle se leva alors sur la pointe des pieds et posa les mains derrière son cou en le tirant vers elle.

Elle l'embrassa de façon si charnelle que Ball eut immédiatement une érection. Tout le sang passa directement de sa tête à son entrejambe. Il la colla plus près de lui, jusqu'à ce qu'ils se touchent depuis leurs bustes jusqu'à leurs cuisses. Et elle continua à l'embrasser comme si c'était la dernière fois, inclinant sa tête d'un côté, puis de l'autre. Leurs langues s'engagèrent dans un duel et il n'avait jamais rien senti de si bon.

En sachant qu'ils n'avaient pas le temps de faire autre chose que s'embrasser, il essaya de la ralentir, de diminuer l'intensité du baiser, mais Everly refusa. Elle gémit dans sa bouche et elle le sera plus fort.

— Doucement, Ev.

Il frôla ses lèvres en parlant et cela sembla briser l'espèce de transe dans laquelle elle était. Elle posa les mains dans son dos et enfouit le visage dans son cou.

— Tu vas me manquer, dit-elle doucement.

— Pareil, lui dit Ball.

— Et je vais m'inquiéter pour toi.

— Comme je m'inquiète pour toi chaque fois que tu travailles, dit Ball.

Elle leva la tête.

— C'est vrai ?

— Bien sûr. Mais je sais que tu es une très bonne policière, et que tu ne ferais jamais quelque chose d'absurde au point de risquer ta vie.

Elle le fixa un moment.

— Tu essaies de me dire que tu es doué dans ce que tu fais, n'est-ce pas ? demanda-t-elle.

Il sourit.

— Suis-je du genre à te dire quoi penser ?

Elle gloussa.

— Euh... oui, tout à fait.

— Alors je suis doué dans ce que je fais. Et j'ai cinq des hommes les plus compétents et les plus capables pour surveiller mes arrières. Tu nous connais, Ev. Je t'ai dit qu'ils faisaient partie de la Delta Force, des SAS et des Seals. C'est pour cela que toute l'équipe est douée.

— Je sais. Pourtant, il y a une différence entre en entendre parler et connaître la réalité de te voir partir et faire quelque chose de dangereux sous mes yeux.

Ne souhaitant pas lui promettre ce qu'il ne pouvait pas affirmer avec certitude – comme le fait qu'il rentrerait sain et sauf à la maison – Ball changea de sujet.

— Expliqueras-tu à Elise pourquoi nous ne pouvons pas faire le cours d'autodéfense ce week-end ?

— Bien sûr. Elle sera déçue, mais elle comprendra.

— Je te tiens au courant dès que nous atterrissons aux États-Unis, lui dit Ball.

— D'accord.

— Si je peux, je t'enverrai un texto de là-bas, mais parfois nous n'avons pas de réseau fiable.

— J'avais deviné. Mais moi, je peux t'envoyer des textos, n'est-ce pas ? Je veux dire, ton téléphone ne va pas sonner pour annoncer un texto et révéler ta présence juste avant que tu rentres dans la maison du méchant, n'est-ce pas ?

Ball gloussa.

— Non. Tu peux m'envoyer des textos. Elise aussi. À l'atterrissage, j'aimerais beaucoup être au courant de ce qui est arrivé pendant mon absence.

— D'accord. Nous le ferons, alors.

— Everly, j'ai fait de mon mieux pour nous donner du temps à tous les deux et m'assurer que c'était bien ce que nous voulions. Mais il m'a fallu apprendre notre départ pour cette mission pour comprendre comme tu comptes pour moi. Toi *et* Elise. Je veux faire partie de vos vies de façon permanente. Je veux me réveiller au milieu de la nuit et ne pas me sentir coupable parce que nous nous sommes encore une fois endormis sur le canapé. Je veux laisser Elise choisir des meubles qu'elle pourrait aimer pour sa chambre dans ma maison. Je veux dormir coller contre ton dos comme nous l'avons fait en Californie. Je veux tout ça. Je sais que ça fait beaucoup, et je sais que ça sort de nulle part, mais je ne veux plus d'une relation sans lendemain. Je veux que tu sois mienne de toutes les façons possibles... en commençant par le fait d'être si profondément en toi que nous ne savons plus où commence l'un et où finit l'autre.

Ball inspira et se lécha les lèvres. Elle ne l'avait pas interrompu, ne s'était pas échappée de ses bras. Cela lui sembla bon signe. D'un autre côté, elle n'avait rien dit.

— Tu as fini ? demanda-t-elle.

— Oui. Non, attends. Non, je n'ai pas fini. Je te jure que j'ai dépassé tous les problèmes que j'avais lorsque nous nous sommes rencontrés. J'ai beaucoup réfléchi et même si ma situation avec Riley était horrible, je ne dois pas utiliser ce qu'elle a fait pour mettre toutes les femmes dans le même panier. J'ai aussi compris que Holly et moi, ça n'aurait jamais pu durer. Elle était complètement centrée sur elle. Elle aimait le fait que j'étais dans l'armée plus qu'elle ne m'aimait, moi. J'aurais dû le comprendre et oublier son rejet, mais à la place je me suis apitoyé sur mon sort. J'ai changé, et je te promets que si tu me laisses une chance, tu verras comme tu comptes pour moi.

Ball déglutit et attendit sa réponse, respirant à peine.

— D'accord.

Puis il attendit qu'elle poursuive... et quand elle ne le fit pas, il demanda :

— D'accord ?

— Oui. Moi aussi, je veux tout ça. Alors d'accord. Quand tu reviens, nous ferons l'amour comme des bêtes, nous aurons probablement beaucoup trop de manifestations d'affection publique, et nous traumatiserons ma sœur à vie. Je ne suis pas prête à emménager avec toi de façon permanente, mais ça ne me gêne pas de venir dormir. Tout ça me convient... tant que tu te rappelles qu'Elise et moi formons un tout. Je ne vais pas la renvoyer à Los Angeles. Elle est mieux ici avec moi. Nous sommes mieux ensemble.

— Je suis totalement d'accord, dit Ball.

Il fit semblant d'essuyer une perle de sueur de son front.

— Tu m'as fait transpirer pendant un moment, dis donc, se plaignit-il.

Everly gloussa.

— C'est toi qui n'arrêtais pas de parler.

C'était vrai.

— Tu es la meilleure chose qui me soit arrivée depuis longtemps. Je ne vais pas faire foirer ça. Je sais reconnaître une bonne chose quand elle me tombe dessus.

— Il y a deux personnes dans une relation, Ball.

— Ce qui veut dire ?

— Simplement que tu n'es pas le seul responsable de notre couple. Je sais que je ne suis pas la personne la plus facile à vivre. Et nous avons tous les deux des emplois qui nous mettent en danger, et... cela peut faire peser beaucoup de stress sur une relation.

— Compris.

Il marqua une pause avant d'ajouter :

— Quand je reviendrai, passeras-tu la nuit chez moi ? Parce que jusqu'ici, nous avons surtout traîné ici. Je sais que c'est la maison d'Elise, mais même si ma maison n'est pas immense, j'ai une chambre supplémentaire que nous pouvons arranger pour ta sœur.

— J'aimerais beaucoup, répondit Everly avec timidité.

— Bien.

Il regarda sa montre et grimaça.

— Je dois partir.

— Moi aussi.

Ball l'embrassa une fois de plus. Un long baiser tendre qu'aucun d'entre eux ne laissa glisser vers la passion. Il s'écarta à contrecœur.

— Envoie-moi un texto, dit-il.

— Promis.

— Elise aussi.

— Elle aussi.

— Fais attention, dit Ball en ne voulant pas partir.

— C'est moi qui devrais te le dire.

— Tu vas me manquer.

— Idem. Maintenant, pars, lui dit-elle en le poussant. Avant de rester debout ici et de trouver une infinité de choses à me dire pour prolonger ce moment.

— Je pars. Ev ?

Elle poussa un soupir d'impatience exagérée.

— Oui ?

Ball ouvrit la bouche pour lui dire qu'il l'aimait, mais il la referma. Ce n'était pas le moment. Quand il allait lui dire ce qu'elle signifiait pour lui, il voulait avoir le temps de le lui montrer également.

— Prends soin de toi.

— Promis. Maintenant, va faire ta mission pour pouvoir rentrer à la maison.

— La maison. Oui, m'dame. Il lui caressa une dernière fois la joue avec le dos de la main, puis il se tourna et sortit.

* * *

Quatre jours plus tard, Everly et Elise traînaient dans la maison d'Allye près de Black Forest. C'était un assez long trajet depuis son appartement, qui se trouvait au sud de la ville et plus près de la zone de Broadmoor. Mais c'était vendredi, Ball manquait à Elise et elle bien plus qu'elles ne l'avaient anticipé.

Ceci était censé être le soir où Ball donnait le premier cours d'autodéfense à Elise et Ruby, alors au lieu de se morfondre, elle avait accepté l'invitation d'Allye de venir passer la nuit. Elles avaient toutes les deux pris leurs pyjamas et des vêtements pour le lendemain, décidant que ce serait amusant de regarder des films et de passer du temps avec Allye.

Elise était emmitouflée sous une couverture sur le canapé d'Allye au sous-sol, totalement absorbée par un film Netflix, quand Allye demanda à Everly :

— Comment vas-tu ?

— Moi ?

— Oui, toi. J'ai parlé à Elise de ce qui lui est arrivé et je pense que c'est fabuleux que tu aies pu lui faire suivre une thérapie aussi vite. Beaucoup trop de gens pensent que ne pas parler des choses va d'une façon ou d'une autre les faire disparaître, mais ça ne marche pas ainsi. Tu as aussi eu ton lot d'épreuves pendant la disparition d'Elise. Alors, comment vas-tu ?

— Ça va.

Allye leva un sourcil.

— J'ai affreusement peur de la quitter des yeux. Je déteste quand elle part à l'école, et je veux lui dire qu'elle doit rentrer tout de suite à la maison dès que l'école est finie, et ne rien faire avec personne. Ça ne l'aidera pas à guérir, mais c'est ce que je ressens.

— Le lui as-tu dit ?

Everly regarda sa sœur et soupira. Elle semblait complètement à l'aise. Elle avait les yeux rivés sur l'écran, lisant les sous-titres à mesure qu'ils s'affichaient.

— Non. Je ne veux surtout pas qu'elle pense que je ne suis pas forte, et je ne veux pas lui donner d'autres sujets d'inquiétude.

— Everly, je sais que tu es dans la police et que tu es plus que capable de gérer beaucoup de choses, mais te débattre avec les conséquences de son enlèvement ne te rend pas faible. Et je pense qu'elle devrait le savoir. Premièrement, cela lui montrera exactement combien tu l'aimes, et deuxièmement, si tu ressens cela, ne penses-tu pas qu'elle aussi ?

Everly réfléchit. Elle ne voulait surtout pas faire paniquer sa sœur. Mais... n'avait-elle pas pensé l'autre jour qu'Elise semblait un peu effrayée ? Peut-être que si elles parlaient de leurs peurs, ça pouvait les aider toutes les deux.

— J'ai eu une longue discussion avec Gray après mon enlèvement. Oui, j'étais morte de peur quand j'étais détenue par ce psychopathe, mais Gray avait son propre enfer à surmonter. Au début, je ne l'avais pas compris. Je veux dire, il n'était pas celui qui avait été enlevé. Mais ensuite, j'ai essayé de me mettre à sa place et j'ai compris que la terreur qu'il ressentait, tout en étant différente, était tout aussi valable que celle que je traversais. Je pense que si tu parles à Elise et que tu lui expliques ce que tu as ressenti quand elle a disparu, cela pourrait vous aider toutes les deux.

Everly hocha la tête. Elle avait l'impression que sa peur et ses inquiétudes n'étaient rien en comparaison de ce qu'avait traversé Elise. Ça lui semblait même bête d'en parler, car qu'est-ce qui pouvait être pire que ce qui était arrivé à Elise ? Elle se sentit mieux en apprenant que Gray avait eu le même genre d'impressions.

— Je vais le faire. Je pense que c'est pire parce que le type qui a enlevé Elise est toujours dehors. Je ne sais pas du tout s'il rôde dans un coin en attendant de frapper encore. Je sais que c'est improbable. Je veux dire, nous sommes très loin de la Californie, et j'ai fait tout mon possible pour m'assurer qu'Elise sache qu'elle ne doit pas télécharger ou se connecter à une des applications qu'elle utilisait pour lui parler, mais j'ai quand même peur pour elle. Pour moi.

— Je ne sais pas ce que je ferais si Gray disparaissait ainsi, dit Allye.

Elle posa une main sur son ventre et le frotta en poursuivant :

— J'ai un tel respect pour les parents seuls. Je ne pense pas pouvoir le faire. Je suis morte de peur à l'idée d'avoir cet enfant. J'ai peur que ça change tout dans ma relation avec Gray.

— Ça n'arrivera pas, dit Everly.

Allye sourit.

— Sans vouloir te vexer, mais tu ne nous connais pas vraiment, n'est-ce pas ?

— Tu as raison, c'est vrai. Mais j'ai vu comment il te regarde. Il n'arrive pas à détacher les yeux de toi. Quand nous étions au Pit, chaque fois que je regardais les hommes, il te fixait. Et je ne suis pas très souvent avec vous, mais ces Mercenaires Rebelles n'ont pas l'air de faire les choses à moitié. Qu'il s'agisse d'être des soldats, de leurs autres emplois, et d'aimer les femmes avec lesquelles ils vivent.

— C'est vrai, acquiesça Allye.

Puis elle inclina la tête et demanda de but en blanc :

— Es-tu amoureuse de Ball ?

Everly écarquilla les yeux. Elle ne s'était pas attendue à la franchise d'Allye. Mais elle aurait dû. Ball était un membre respecté et aimé de leur tribu. À la place de l'autre femme, elle aurait voulu savoir la même chose.

— Je ne sais pas.

Elle vit Allye froncer les sourcils et elle s'empressa de continuer.

— Mais la première chose que je fais le matin, c'est d'attraper mon téléphone pour voir s'il a envoyé un texto pendant que je dormais. De plus en plus souvent, je me réveille dans ses bras sur mon canapé. Nous nous endormons de cette façon et nous ne nous réveillons que le lendemain matin. Il respecte ma sœur et il a fait de gros efforts pour apprendre à communiquer avec elle. *Vraiment* communiquer avec elle, pas seulement écrire des conneries sur un bout de papier et faire des mimes étranges. Je vois l'inquiétude dans ses yeux quand je porte mon gilet pare-balles au travail, mais il n'a rien dit pour indiquer que je devrais choisir une profession plus sûre. Je n'ai encore jamais senti mon corps entier frissonner après un simple baiser... Est-ce de l'amour ? Je suis sans doute la pire personne au monde à laquelle poser des questions sur l'amour. Ma propre mère ne m'aimait pas. Cependant, je peux te promettre ceci : une amourette sans lendemain avec Ball ne m'intéresse pas. Je suis trop vieille pour ces bêtises. Et si nous en arrivons à ce point-là, la première personne qui apprendra que je l'aime sera Ball, pas toi... désolée.

Everly retint sa respiration, espérant vraiment ne pas avoir vexé Allye. Quand l'autre femme s'adossa contre le canapé avec un immense sourire sur le visage, elle se dit que ça allait.

— Bonne réponse, dit Allye en souriant toujours.

— Est-ce que ça devient un jour plus facile ? demanda Everly.

— Quoi ? Attendre qu'ils rentrent ? Se demander s'ils vont bien et ce qu'ils font ? Pas vraiment.

— Ce n'est pas la réponse que je voulais entendre, répondit Everly.

— Sais-tu ce qui rend les choses plus faciles ?

— Quoi ?

— Savoir que peu importe où ils se trouvent et ce qu'ils font, ils sont soutenus par les autres. Ces hommes savent ce qu'ils font. Oui, souvent leurs missions ne sont pas très sûres, mais je suis certaine qu'ils feront tout ce qu'il faut pour rentrer à la maison sains et saufs.

— Oui, ça aide, admit Everly.

Ça ressemblait beaucoup à la fraternité qu'elle ressentait en tant que policière. Quand il y avait un appel pour des renforts à la radio, chaque policier à dix kilomètres à la ronde laissait tomber ce qu'il faisait pour venir aider.

— Mais le plus important – et tu devrais le comprendre mieux que quiconque – c'est de savoir que ce qu'ils font servis à aider d'autres femmes et enfants à retourner au sein de leur famille. Il est difficile de croire qu'à notre époque il existe encore de l'esclavage humain, mais c'est à ça que se résume le trafic. C'est laid et pervers, et nos hommes créent un monde meilleur, même si ce n'est que pour une femme à la fois, un enfant à la fois.

Ça, Everly le comprenait très bien. C'était pour cette raison qu'elle avait contacté Rex.

— Tu as raison, ça aide.

— C'est ce que je me suis dit, répondit Allye.

Le silence retomba et elles reportèrent leur attention sur le film.

Une demi-heure plus tard, Everly regarda sa sœur et vit qu'elle était profondément endormie.

— Veux-tu la réveiller et lui dire d'aller au lit ? demanda doucement Allye.

Everly secoua la tête.

— Si ça ne te gêne pas, je pense que nous pouvons dormir ici toutes les deux.

— Bien sûr, aucun problème. Je vais laisser la lumière du couloir au cas où l'une de vous se réveille sans savoir où elle est.

— Merci.

Allye se leva et secoua la tête.

— Non, merci à *toi*.

— Pour quoi ?

— Parce que tu es exactement le genre de femme dont Ball a besoin.

Everly gloussa.

— Je ne suis pas certaine que tu aies besoin de me remercier pour ça. C'est moi qui me demande comment j'ai pu avoir une telle chance.

— Bonne nuit, Everly. À demain matin. Nous aurons peut-être toutes les deux de la chance en apprenant que nos hommes rentrent demain.

— Espérons-le.

Et là-dessus, Allye sortit de la chambre, laissant Everly seule avec sa sœur.

Le film défilait encore à l'écran, faisant juste assez de lumière pour y voir. Pendant longtemps, Everly regarda Elise dormir.

Il était possible d'argumenter que les Mercenaires Rebelles n'avaient eu aucun rapport avec le fait qu'Elise soit retrouvée, même si Everly ne pouvait s'empêcher de penser qu'ils avaient quand même aidé. Rex et Meat avaient fourni un travail acharné pour trouver n'importe quel genre d'indice sur l'ordinateur et le téléphone de sa sœur, mais surtout, ils avaient été des bouées de sauvetage quand elle en avait eu le plus besoin. Savoir qu'elle avait les meilleurs des meilleurs pour la soutenir avait rendu toute la situation plus facile à endurer.

Ball était dehors quelque part, essayant de sauver la sœur de quelqu'un d'autre. L'enfant. L'amie. Elle se jura à ce moment-là de ne jamais lui donner l'impression de devoir choisir entre elle et son travail. En outre, ce n'était pas comme si son propre travail était dénué de risque. Chaque fois qu'elle enfilait son équipement avec l'équipe du SWAT, elle prenait le risque d'être abattue. Chaque fois qu'elle arrêtait une voiture, il existait une possibilité que quelqu'un sorte un pistolet et lui tire dessus avant qu'elle puisse faire quoi que ce soit. Mais elle aimait ce qu'elle faisait. Elle aimait mettre les enfoirés à leur place derrière les barreaux.

Elle aimait retirer les drogues de la rue pour éviter qu'elles arrivent dans les mains des enfants. Elle aimait rendre les parents négligents responsables de leurs actes... chose que sa mère n'avait jamais eu à apprendre.

En se penchant en avant, Everly attrapa la télécommande et elle éteignit la télévision. La chambre fut plongée dans l'obscurité, mais elle voyait encore la silhouette de sa sœur à cause de la lumière qu'Allye avait laissée dans le couloir. Avant de s'endormir, Everly attrapa son téléphone sur la table basse devant le canapé. Elle composa un texto venant du fond du cœur pour Ball, puis elle le reposa sur la table. Elle se pelotonna sous la couverture et poussa un soupir de contentement.

Everly : Au cas où j'oublierais de te le dire plus tard, tes amis sont fantastiques. Je n'ai encore jamais été aussi bien accueillie et soutenue que depuis que tu es parti. Tu me manques. Terriblement. Mais je sais que si c'était Elise au-dehors, perdue, effrayée et seule, je voudrais que toi et ton équipe soyez sur l'affaire. Il me tarde de te revoir quand tu rentreras.

— Réveille-toi !

Everly se redressa d'un coup sur le canapé et tendit la main vers son arme à feu... qui bien sûr, n'était pas sur sa hanche.

— Everly, es-tu réveillée ? demanda Allye d'un ton urgent depuis le couloir.

— Nous sommes réveillées, dit Everly à son amie en secouant Elise qui dormait toujours.

— Les hommes sont revenus, mais Ball et Gray ont été blessés.

Everly se figea.

Blessés ? Ball était *blessé* ?

Elle avait un million de questions, mais une seule chose lui passait par la tête quand elle expliqua par des signes rapides ce qu'il se passait à Elise. Allye avait dit *blessé*... pas *tué*. C'était une énorme différence.

12

Ball grimaça quand Elise se jeta dans ses bras. Il chancela, mais il sentit la main d'Everly dans son dos, le soutenant.

Il n'avait pas voulu inquiéter Everly en lui disant qu'il avait été effleuré par une balle, mais Gray avait envoyé un texto à Allye et lui avait parlé de leurs blessures. Avant que son ami le lui dise, il ne savait pas du tout qu'Everly et Elise étaient chez Gray.

À la seconde où ils étaient entrés dans la maison, Elise s'était jetée sur lui.

— Je vais bien, Elise, murmura-t-il en sachant qu'elle ne pouvait pas l'entendre.

Everly fit un pas de côté et toucha l'épaule de sa sœur. *Fais attention, ma chérie. Il est blessé.*

Elise le relâcha si vite qu'il chancela encore sur ses pieds. Everly fut là une fois de plus, la main dans son dos pour lui faire garder l'équilibre.

Ball avait lu chacun de leurs textos sans doute une dizaine de fois depuis qu'il était revenu à un endroit où il captait. Elles avaient fait comme promis et lui avaient envoyé des douzaines de textos depuis son départ. Ceux d'Elise parlaient de ce qu'elle faisait à l'école ou lui envoyaient de petites vidéos où elle montrait des phrases courtes en langue des signes pour l'empêcher d'oublier ce qu'il avait déjà appris.

Mais c'était à cause des textos d'Everly que Colorado Springs lui manquait encore plus que jamais. C'était étrange, car dans le passé, quand il était en mission, il n'avait jamais pensé à rien d'autre que la mission. Cette fois, partout où il regardait, il voyait des choses qui lui rappelaient Everly.

Un policier au coin d'une rue. Quelqu'un qui gesticulait avec les mains lui faisait penser à Everly parlant en langue des signes à sa sœur.

Même voir une femme plus âgée bras dessus bras dessous avec une femme plus jeune de sa famille lui rappelait Mamie et Everly.

Ils avaient trouvé l'enfant disparue exactement à l'endroit indiqué par leurs informations, mais malheureusement, le père était un connard paranoïaque qui s'était enterré avec un tas d'armes. Il avait commencé à tirer quand ils étaient entrés dans sa maison minable et il se foutait que sa fille se trouve à côté de lui.

Ball avait fait un geste désespéré pour attraper la petite fille et l'éloigner du danger, et il avait alors été frôlé par une Balle. Gray avait subi un traumatisme crânien quand il avait taclé le père, heurtant la tête contre le mur de la cabane.

Même si la petite fille avait hurlé pendant tout le sauvetage et une grande partie du trajet du retour, le regard de soulagement de la petite et de sa mère quand elles avaient été réunies à l'aéroport avait fait passer le reste en arrière-plan.

Il avait relu plusieurs fois le dernier texto d'Everly en route vers la maison de Gray. Il avait prévu d'aller directement chez elle, mais bien sûr il avait changé d'avis quand il avait appris qu'Everly et Elise avaient passé la nuit dans la maison de son coéquipier.

Ignorant la douleur de ses côtes, Ball fit des signes à Elise : *je vais bien*.

Elle bougea si vite les mains que Ball ne pouvait absolument pas traduire, mais bien sûr, Everly était à côté.

— Elle dit qu'elle a été très inquiète. Que tu aurais dû te baisser ou bouger plus vite. Elle est fâchée contre toi, mais aussi soulagée que tu ailles bien. Elle t'ordonne de ne plus jamais être blessé.

Ball sourit et fit passer une mèche de cheveux derrière l'oreille d'Elise. *Je ferai de mon mieux*, épela-t-il lentement avec les doigts.

Elise hocha la tête et le serra encore dans ses bras, un peu plus prudemment, cette fois. Du coin de l'œil, il vit Gray saluer Allye. Elle lui faisait les mêmes reproches qu'il venait de recevoir de la part d'Elise.

La main d'Everly était toujours posée au creux de son dos et il n'avait jamais senti rien de mieux. Ce n'était pas un contact sensuel, mais il sentait son émotion. À la seconde où Elise s'écarta, il se tourna vers Everly.

Sans un mot, il la prit dans ses bras et ferma les yeux en poussant un énorme soupir. C'était de ça qu'il avait besoin. Il n'avait pas eu le temps d'enregistrer la douleur dans le feu de l'action. Il avait été trop concentré à faire en sorte que la petite fille qu'ils devaient sauver soit en sécurité. Puis il avait été inquiet à l'idée de la faire sortir de là sans que le reste du quartier cause une émeute. *Puis* il avait fait de son mieux pour la rassurer et la calmer pendant le vol.

Entre ses côtes, la tête de Gray, et les tentatives pour calmer la petite, le voyage de retour en avion n'avait pas été un moment relaxant pour décompresser, comme c'était parfois le cas. Arrow avait nettoyé et pansé sa blessure, en leur assurant que ce n'était pas sérieux. La commotion de Gray était légère et il irait mieux après une journée de repos.

Mais poser les bras autour d'Everly semblait être exactement ce dont il avait besoin pour permettre à son corps de se reposer. Soudain, il fut épuisé. Il ne voulait rien de plus que s'effondrer sur place... de préférence sur un matelas confortable au lieu des lits pourris dont ils s'étaient contentés au cours des derniers jours.

— Vous êtes plus que les bienvenus si vous voulez rester ici, dit Allye à côté d'eux.

Ball leva la tête et il vit Gray et Allye se tenant dans les bras l'un de l'autre, collés ensemble. Gray fronça les sourcils et secoua légèrement la tête. Ball éclata de rire.

— Merci, Allye, j'apprécie. Mais si ça ne te dérange pas, je pense que je vais dormir dans mon propre lit ce soir.

— L'offre reste ouverte, dit Allye.

— Je sais. Merci.

Ball hocha la tête vers Gray quand son ami articula en silence :

— *Merci.*

— Je sais que c'est le milieu de la nuit, mais penses-tu pouvoir me conduire chez moi ? demanda Ball à Everly. Je suis venu ici avec Gray et ma voiture est chez moi.

— *Bien sûr.*

Elle se tourna vers Elise et lui dit en langue des signes : Nous allons ramener Ball chez lui. Va te changer et rassemble nos affaires. Et n'oublie pas nos téléphones. Oh, et ce que nous pourrions avoir laissé dans la salle de bains.

Elise hocha la tête et fila dans le couloir pour descendre l'escalier.

— Est-ce que ça va ? demanda Everly à Gray.

— Oui. Juste un petit coup sur la tête.

Elle hésita, puis ajouta :

— La mission a été réussie ?

— Oui. Il y a une petite de deux ans qui est sans doute complètement claquée dans les bras de sa mère, ce soir.

— Dieu merci, souffla Allye et Ball vit qu'elle avait posé la main de façon protectrice sur son ventre.

— C'est bien, dit Everly.

— Oui, acquiesça Gray.

— Merci d'avoir ramené Ball ici.

Gray gloussa.

— Comme si j'avais eu le choix. À la seconde où il a appris que tu étais ici, il m'a demandé de me dépêcher et de rouler plus vite.

Ball apprécia la teinte rouge qui s'étala sur les joues d'Everly.

— Tu n'aurais pas dû conduire, le gronda Allye. J'aurais pu venir vous récupérer tous les deux.

Gray secoua la tête.

— Chaton, il est deux heures du matin. Je n'avais pas l'intention de laisser ma fiancée enceinte rouler jusqu'à l'aéroport pour passer me prendre.

— Je ne suis pas enceinte. J'aurais pu le faire, intervint Everly.

— Pas moyen, dit Ball.

Allye et Everly levèrent toutes deux les yeux au ciel, et en voyant cela, toutes les douleurs du corps de Ball s'estompèrent. Il détestait comparer Everly à Holly, même dans sa tête, mais bon sang, son ex ne lui aurait même pas apporté un comprimé contre la douleur depuis l'autre pièce s'il lui avait demandé.

Ils entendirent tous les pas d'Elise remonter les marches et ils se tournèrent pour la voir sautiller dans la pièce avec deux grands sacs fleuris sur ses épaules. Elle regarda immédiatement dans leur direction, comme si elle avait peur qu'ils aient pu disparaître pendant les quelques minutes de son absence.

As-tu tout récupéré ? demanda Everly.

Elise leva les yeux au ciel exactement comme sa sœur juste avant, et elle hocha la tête.

— Si je trouve quoi que ce soit, je le mettrai de côté pour ta prochaine venue, ou bien je te le ferai passer, dit Allye.

— Merci, c'est gentil.

Ball ne voulait pas retirer les mains de la femme à ses côtés, mais il se força à la lâcher. Il tendit la main vers un des sacs sur les épaules d'Elise, mais elle s'écarta de lui.

Non ! dit-elle en langue des signes. *Tu es blessé. Je m'en occupe.*

Une fois de plus, un souvenir lui traversa l'esprit. Ce n'était pas très longtemps après sa sortie de l'hôpital. Il avait toujours le bras en écharpe et il n'avait pas encore commencé la rééducation pour son épaule. Il avait invité Holly à sortir pour essayer de... eh bien, il ne savait pas vraiment ce qu'il essayait de faire. Sauver leur relation, supposait-il, ce qui était ridicule parce qu'il était évident maintenant qu'il avait été le seul à essayer.

Ils étaient passés chez elle en chemin vers le restaurant, parce qu'elle voulait déposer un sac avec ses affaires qui s'étaient accumulées chez lui. C'était un autre signal énorme qu'il n'avait pas pris en compte. Elle était en train de vider ses affaires de chez lui pendant qu'il était blessé, et il n'y avait même pas fait attention.

Elle s'était tenue devant sa porte comme une princesse attendant que son serviteur fasse ce qu'elle estimait être une basse besogne... comme porter son propre sac et ouvrir la porte. Elle savait qu'il avait mal à l'épaule – et quand même, il portait une putain d'écharpe –, mais elle s'attendait à ce qu'il porte son sac.

Everly saisit un des sacs et partit à la salle de bains. Elle réapparut deux minutes plus tard avec un jean et un tee-shirt CSPD. Ball la préférait avec son bas de pyjama à rayures bleues et blanches et le débardeur qu'elle portait plus tôt. Elle n'avait clairement pas pris la peine de se brosser les cheveux, car elle avait des épis dans plusieurs directions différentes, ce qui soulignait encore les différences entre Holly et elle. Holly voulait avoir l'air parfaite en toute occasion.

Alors même que les souvenirs de son ex lui traversaient l'esprit, Ball regarda Everly se précipiter vers la porte d'entrée pour la lui ouvrir. Entre Elise et elle, son idiotie passée avec Holly était en train de perdre la capacité de le faire souffrir.

— Merci, Ev.

Elle hocha la tête et se tourna vers Allye.

— Merci de nous avoir invitées. Et pour la discussion.

— Quand tu veux. Et je suis sincère, répondit Allye.

Elise fit le signe pour *Merci* et Allye répondit en langue des signes : *Avec plaisir*.

Plein de gratitude pour ses amis et leur facilité à s'adapter, Ball leva le menton en direction de Gray qui fit de même.

— N'oublie pas de nettoyer cette blessure demain matin, dit Gray.

— Il n'oubliera pas, répondit Everly à sa place.

Ball sourit lorsqu'elle passa le bras autour de lui comme pour supporter son poids, et il dit au revoir une fois de plus avant de se diriger vers la Jeep Cherokee blanche d'Everly. Elle traîna autour de lui pendant qu'il se glissait sur le siège passager et elle s'inquiéta que la ceinture de sécurité risque de frotter contre sa blessure.

Ball prit son visage entre ses mains et l'embrassa. Ce ne fut pas long, mais pas court non plus.

— Je vais bien, dit-il fermement. Arrête de t'inquiéter.

— D'accord. J'arrête de m'inquiéter. Bref, marmonna-t-elle en fermant la portière avant de faire le tour jusqu'au siège conducteur.

Ball sourit et se tourna vers Elise assise à l'arrière, qui souriait aussi.

Trop protectrice, épela-t-il avec les doigts.

C'est agréable, n'est-ce pas ?

Ball hocha la tête. Oui. C'était effectivement agréable.

Le trajet jusqu'à sa maison fut paisible. Il n'y avait pas beaucoup de voitures sur la route et ils traversèrent vite et facilement le centre-ville. Everly se gara bientôt devant sa maison. Elle recommença à le materner, l'aidant à descendre de la voiture et marchant lentement avec lui jusqu'à sa porte. Elise était toujours dans la voiture et il sentait son regard sur eux.

— Restez ici ce soir, dit-il après avoir déverrouillé sa porte.

Elle hésita et il n'eut pas honte d'utiliser sa blessure pour la persuader.

— J'aurais besoin d'aide pour nettoyer ma blessure demain matin. C'est le milieu de la nuit et Elise et toi devez être épuisées. Je n'ai pas encore de lit pour elle, mais elle peut dormir sur le canapé en bas, comme vous avez fait chez Gray. Es-tu de service demain ?

Everly secoua la tête.

— Bien, et comme c'est samedi, Elise n'a pas d'école. Mes sentiments sur ce que je veux n'ont pas changé. Passe tout le week-end avec moi. Elise et toi. S'il te plaît ?

Elle hocha vite la tête et Ball eut l'impression de faire trois mètres. Il savait que son indépendance était importante pour elle.

— Mais je travaille dimanche, en revanche.

— Pas grave. Elise peut rester ici avec moi. Je la ramènerai à la maison quand tu auras fini de travailler, ou bien tu pourras simplement revenir ici.

Il ne parvint pas à déchiffrer ce qu'elle pensait, mais au bout d'un moment elle hocha simplement la tête.

— D'accord.

— Si tu n'en as pas envie, ce n'est pas grave, je voulais juste...

— J'en ai envie. J'hésite parce que je ne veux pas que nous allions trop vite.

Il ne put s'en empêcher. Ball éclata de rire.

— Trop vite ? Ev, si ça ne dépendait que de moi, j'appellerais les autres et nous déménagerions toutes tes affaires dans ma maison dès demain.

— Euh... nous pourrions peut-être attendre jusqu'à après-demain ?

Ball gloussa.

— Va chercher ta sœur. Je suis épuisé et je me dis que vous aussi.

— Oui. Ball ?

— Oui ?

— Je suis contente que tu ailles bien. Je suis très fière de toi. Et même si cette petite fille ne sait jamais qui tu es ou ce que tu as fait pour elle, moi si. Merci.

Ces compliments le touchèrent. Ball l'embrassa sur le front.

— Avec plaisir. Maintenant, va chercher ta sœur. Elle a presque le nez collé à la vitre en nous observant.

Everly éclata de rire.

— D'accord, mais tu ne portes rien !

— Oui, madame.

Ball n'avait pas l'intention d'entrer dans sa maison et de soulever quoi que ce soit tant qu'Everly et Elise n'étaient pas à ses côtés. Il vivait dans un quartier calme, mais c'était le milieu de la nuit.

— Dépêchez-vous. Il ne se passe jamais rien de bon

après deux heures du matin. Va dire à Elise que vous restez ici et entrons tous dans la maison.

Elle hocha la tête et il regarda Everly se précipiter vers la voiture, ouvrir la portière arrière et dire à sa sœur qu'elles allaient rester. Elise sortit du SUV en moins de deux secondes. Elle attrapa leurs sacs à l'arrière et sautilla vers lui avant même qu'une minute se soit écoulée.

Elle sourit en passant devant lui et elle disparut en haut de l'escalier en direction de sa chambre avec le sac d'Everly.

Everly s'approcha de lui en secouant la tête.

— Je suppose qu'elle est contente.

— Apparemment.

Everly passa un bras autour de lui et le tira vers les marches.

— Allez, viens. Tu as l'air de dormir debout.

C'était vrai, mais pas au point que sa queue n'ait pas un sursaut dans son pantalon à l'idée qu'ils seraient bientôt allongés ensemble dans son lit. Il se dit de se calmer et il la laissa le guider vers l'étage.

— Vas-tu me laisser regarder ta blessure ? demanda-t-elle.

Ball secoua immédiatement la tête. Si elle la voyait, elle allait être toute retournée et ils ne pourraient jamais dormir.

— Pas ce soir. C'est bon pour l'instant. Quand nous nous lèverons, tu pourras m'aider à la nettoyer.

Elle soupira, mais elle ne protesta pas. C'était autre chose que Ball aimait chez d'Everly. Elle n'insistait pas tout le temps pour faire les choses comme elle voulait. Holly avait été la reine pour obtenir ce qu'elle voulait.

— Je vais aller voir Elise et m'assurer que tout va bien. Puis je me changerai, dit Everly en montrant la salle de bains. D'accord ?

— Bien sûr, lui dit Ball.

Il se demanda ce qu'elle dirait s'il exigeait qu'elle se change ici devant lui, mais il décida de ne pas pousser le bouchon. Elle disparut dans le couloir et quelques minutes plus tard, elle revint et passa dans la salle de bains. Ball retira vite son jean et son tee-shirt sales. Il enleva son boxer et en enfila un propre, puis il mit un tee-shirt juste au moment où Everly revint dans la pièce. Normalement, il ne dormait avec rien d'autre que son boxer, mais il ne voulait pas qu'Everly s'inquiète de sa blessure. Et si elle voyait le pansement, elle allait s'inquiéter.

Elle avait l'air adorable dans son pyjama. Ses cheveux étaient tous décoiffés sur sa tête, et il avait très envie de les ébouriffer encore davantage.

En se disant de se calmer, Ball s'avança vers elle, l'embrassa sur le front et passa sans un mot dans la salle de bains derrière elle.

Il se brossa les dents et se lava le visage, ne prenant pas la peine de se raser parce qu'il l'avait fait peu de temps auparavant.

La vue qui l'accueillit quand il revint dans sa chambre le fit stopper net.

Everly avait éteint toutes les lumières en dehors de celle sur la table de chevet du côté de Ball. Elle était sous les couvertures et il ne voyait que ses épaules et ses cheveux étalés sur l'oreiller. Elle semblait nerveuse, mais tellement parfaite qu'il faillit ne pas pouvoir respirer.

— Ball ?

Sans un mot, il s'approcha du lit. Il souleva les couvertures et se glissa dessous. Les draps étaient frais contre sa peau, mais à la seconde où il toucha le corps d'Everly, il fut entouré de chaleur. Il la retourna et appuya son torse contre son dos.

Ils poussèrent un soupir tous les deux.

— Ça m'a manqué, lui dit-il doucement.

— À moi aussi.

Ball embrassa son épaule et se détendit enfin entièrement. Il avait été vigilant pendant plus de quatre jours maintenant. Mais à la seconde où il avait fermé les yeux et inspiré l'odeur familière d'Everly, c'était fini. Il aurait dû aller voir Elise, s'assurer qu'elle était bien installée et qu'elle n'avait besoin de rien.

Dans le passé, il se couchait après une mission et il repassait tout dans sa tête. Mais ce soir... ou plutôt, ce matin... son corps s'était immédiatement mis en congé après avoir pris Everly dans ses bras.

Elle était là. Avec lui. Dans son lit. Tout allait bien dans son monde.

13

———

Everly ne sut pas très bien ce qui l'éveilla. Elle avait dormi comme une souche. Cela faisait des années qu'elle n'avait pas dormi aussi profondément que cette nuit-là.

Quelque chose la chatouilla dans le cou.

Elle ouvrit brusquement les yeux et elle bougea avant de réfléchir à ce qu'il se passait. Elle entendit un grognement, mais elle l'ignora en luttant pour sortir de sous les couvertures.

La lumière du matin qui filtrait sous les rideaux l'aida à voir facilement où elle se trouvait... et avec qui.

En haletant, elle resta debout à côté du lit et elle fixa Ball... qui était allongé là avec une main sur le nez, la regardant à son tour.

Elle eut soudain conscience de la situation. Elle était chez Ball. Dans sa chambre. Dans son lit.

Et elle venait de le frapper au visage.

— Merde, je suis vraiment désolée ! Est-ce que ça va ? demanda-t-elle en remontant sur le matelas et en tendant la main vers lui.

À la seconde où elle fit cela, il bondit et Everly se retrouva d'un seul coup sur le dos.

— Où en étais-je ? murmura-t-il.

— *Ball !* Est-ce que je t'ai fait mal ?

— Non, dit-il avant de baisser la tête pour enfouir encore son nez dans le cou d'Everly.

— Sérieusement, Ball. Je suis vraiment désolée. J'ai été désorientée au réveil et je t'ai senti me toucher et j'ai paniqué.

— Ce n'est pas grave, Ev.

Elle frissonna lorsque ses lèvres caressèrent son cou vulnérable. Elle eut les bras couverts de chair de poule.

— Ball ?

— Mmm ?

Il n'arrêta pas son exploration et maintenant, sa main participa également à l'action. La glissant sous la manche de son tee-shirt afin de pouvoir toucher sa peau, il frôla son épaule du bout des doigts au moment où il referma ses lèvres autour du lobe de son oreille.

— Je devrais aller voir comment va Elise, dit Everly en retenant le gémissement qui menaçait de s'échapper de sa bouche.

— Elle va bien, murmura Ball. Elle dort sûrement encore.

— Quelle heure est-il ?

— Je ne sais pas.

— Ball !

— Quoi ? demanda-t-il en relevant la tête et en levant les sourcils.

Ses doigts continuèrent le mouvement et Everly frissonna.

— Je dois regarder ta blessure.

— Je vais bien.

— Mais...

— Everly, je vais bien. Ma blessure va bien. Elise va bien. C'est la première fois que je t'ai dans mon lit, et ça fait quatre jours que je ne t'ai pas vue. Que je ne t'ai pas touchée. Si tu n'as pas envie de ça... il faut le dire maintenant. Si tu es simplement nerveuse, je m'en occupe. Mais si tu ne veux vraiment pas faire l'amour, dis-le-moi. Je ne suis pas débile. Je ne vais pas me recroqueviller et mourir si tu veux attendre.

Everly était effectivement nerveuse, mais elle le désirait. Elle appréciait le fait qu'il ne lui mette pas la pression.

Décidant de se lancer, elle posa les mains sur le bas de son tee-shirt. En cambrant le dos, elle le retira et le jeta par-dessus le bord du matelas.

En gardant les bras au-dessus de la tête, elle fixa Ball d'un air presque provocant.

Il ne dit pas un mot, se contentant de la regarder à son tour, scrutant chaque centimètre.

En le voyant rester silencieux, Everly commença à s'agiter, mal à l'aise, regrettant son acte impulsif. Elle voulut remonter le drap sur sa poitrine nue.

Mais avant même de pouvoir baisser les bras, Ball saisit ses poignets. Il la tenait fermement, mais sans lui faire mal. Everly sentit ses tétons durcir, mais elle ne détourna pas les yeux du visage de Ball. Il lâcha ses poignets et elle resta immobile pendant qu'il la dévorait du regard.

Il avait les yeux écarquillés comme s'il ne pouvait pas supporter de cligner des paupières, craignant de rater quelque chose, et il se lécha plusieurs fois les lèvres.

Puis il se pencha lentement, extrêmement lentement en avant.

Un gémissement involontaire s'échappa de sa gorge avant même qu'il la touche, mais à la seconde où il referma les lèvres autour d'un de ses tétons, le bruit devint plus intense. Elle posa une main sur l'arrière de la tête de Ball et l'autre s'accrocha à ses biceps épais. Elle cambra le dos en se collant avec plus de force contre lui.

— Ball ! s'exclama-t-elle.

Il ne lui répondit pas, continuant simplement à sucer et titiller son téton. Il avait la bouche chaude et quand il utilisa ses dents pour la mordiller, elle faillit bondir au plafond. Elle le sentit sourire contre elle, puis il bougea la tête pour taquiner l'autre téton.

Si Everly n'avait pas ouvert les yeux exactement au bon moment, elle aurait raté la façon dont il grimaça en bougeant.

Elle ne voulait surtout pas qu'il souffre la première fois qu'ils faisaient l'amour.

En sachant que si elle y faisait référence, il nierait tout, elle poussa doucement contre lui jusqu'à ce qu'il se trouve sur le dos, puis elle l'enjamba.

Il ne sembla pas perturbé par le changement de position. Il posa les mains sur sa nuque et il la tira vers lui. Il leva la tête et prit un de ses tétons dans la bouche, pendant que sa main pinçait légèrement l'autre.

Everly n'était pas novice en sexe. Elle avait trente-quatre ans, et elle avait eu sa part de partenaires, mais d'une façon ou d'une autre, se tenir à quatre pattes au-dessus d'un homme pendant qu'il suçait ses tétons n'était pas quelque chose dont elle avait déjà fait l'expérience. C'était assez cochon et très excitant. Elle sentit chaque succion sous la forme d'une étincelle de désir filant tout droit vers son sexe.

Sans réfléchir, elle se mit à se balancer légèrement d'avant en arrière, le mouvement faisant bouger ses seins et ajoutant une autre dimension à ses sensations.

Ball laissa sa tête retomber sur l'oreiller. Il la fixa, la regardant se balancer au-dessus de lui.

— Putain, que tu es sexy, dit-il avec les yeux rivés sur sa poitrine.

Elle se redressa, le forçant à lui lâcher la nuque pour ne pas lui faire mal. Il déposa alors ses deux mains sur ses cuisses et il la caressa. Elle attendit que son regard remonte vers ses yeux.

— Voilà comment ça va se passer, dit-elle aussi sévèrement que possible.

Intérieurement, elle avait l'impression d'être un chiot soumis, souhaitant seulement se rouler sur le dos et laisser Ball faire ce qu'il voulait. Mais elle invoqua la flic autoritaire au fond d'elle et elle dit :

— Tu es blessé. Tu vas rester allongé là et me laisser faire. Je ne veux surtout pas que ta blessure s'ouvre à nouveau et que tu saignes partout sur moi. Compris ?

— Oui, m'dame, répondit Ball avec sérieux.

Ses mains la caressèrent plus haut sur ses cuisses jusqu'à ce que ses pouces frôlent les plis de ses jambes.

Elle regretta sérieusement d'avoir mis un legging pour se coucher.

— Tu es si belle, dit Ball d'un ton émerveillé.

Elle voulut le contredire, c'était au bout de sa langue, mais Everly l'en empêcha. Elle ne s'était jamais vue de cette façon, mais elle ne pouvait nier que le regard de Ball lui faisait reconsidérer l'image qu'elle avait d'elle-même. Pourquoi ne serait-elle pas belle ? Juste parce qu'elle n'aimait pas le petit ventre dont elle n'arrivait pas à se débarrasser, ou qu'elle pensait que ses seins tombaient un peu trop, ne voulait pas dire qu'elle n'était pas belle. Les femmes étaient bien trop rapides à se dénigrer, et à en croire le visage de Ball, il ne voyait rien qu'il n'aimait pas.

Elle se tint plus droite et cambra légèrement le dos.

— Putain, murmura Ball dont les yeux se focalisèrent immédiatement sur ses seins.

Comme elle avait envie de le voir elle aussi, Everly passa les mains sous son tee-shirt et il fit immédiatement son possible pour l'aider à le retirer. Le tissu flotta un instant derrière elle quand elle le jeta, mais elle resta concentrée sur la perfection au-dessous d'elle.

Ball avait des épaules très larges, ce qui n'était pas une surprise. Ses biceps se gonflèrent quand il reposa les mains sur ses cuisses. Il avait un sentier de poils très marqué qui menait jusque sous son boxer. Ses abdos avaient l'air d'être taillés dans le granite et Everly ne put empêcher ses mains de l'explorer.

Elle resta loin du pansement sur son flanc, refusant de laisser sa vue gâcher l'ambiance. Elle détestait qu'il soit blessé, avait envie de voir si c'était grave, mais elle avait davantage besoin de lui en elle.

En posant les mains à plat sur son ventre, elle se pencha en avant, sentant qu'il contractait ses abdos pendant qu'elle le caressait. Quand elle frotta ses tétons avec les paumes, elle les sentit durcir. Elle posa les doigts autour de ses épaules et se pencha encore plus en avant. Elle frôla son torse avec ses seins et les quelques poils qu'il avait la chatouillèrent pendant qu'elle l'explorait.

Elle remonta volontairement, puis revint en arrière en traînant une nouvelle fois ses tétons sur lui.

— Assez, grogna Ball.

Il lui agrippa la taille et il l'ajusta afin que sa chatte se trouve directement au-dessus de sa queue. Il bandait et Everly ne put s'empêcher de se frotter sur lui. Sa culotte et son legging, ainsi que le boxer de Ball, les empêchaient de retirer le plaisir maximal de cette sensation.

Ball passa les mains sous son legging et caressa ses fesses tout en l'appuyant avec plus de force contre lui. Il ne dit rien, mais la façon dont ses yeux se dilatèrent et ses jambes bougèrent lui indiqua tout ce qu'elle avait besoin de savoir.

Il avait aussi désespérément envie d'elle qu'elle de lui.

En bougeant vite, le mouvement délogeant les mains de Ball, elle se leva à côté du lit et elle retira sa culotte et son legging en un clin d'œil.

— Préservatif ? demanda-t-elle pendant que Ball faisait descendre le boxer le long de ses jambes.

Il indiqua la table à côté du lit. Everly ouvrit vite le tiroir et attrapa la boîte. Elle était fermée et elle perdait de précieuses secondes en essayant de l'ouvrir.

Ball la lui prit des mains et arracha tout. Des préservatifs volèrent dans tous les sens.

Pendant une seconde, Everly resta immobile, les yeux écarquillés, puis elle se mit à glousser. Les gloussements devinrent des rires. Elle se pencha vite et ramassa des paquets sur le sol avant de remonter dans le lit. Ne réfléchissant pas au fait que la position était bien plus intime quand elle ne portait pas de vêtements, Everly enjamba une nouvelle fois Ball.

Ce ne fut que lorsqu'elle fut installée sur ses cuisses, fixant sa queue dure, qu'elle se rendit compte qu'elle était entièrement ouverte à Ball.

Elle leva brusquement le regard vers lui et de façon prévisible, il avait les yeux rivés sur sa chatte.

Elle serra les muscles et elle dut volontairement prendre la décision de ne pas se laisser tomber sur le côté pour se cacher sous le drap.

Les mains de Ball retournèrent sur ses cuisses et cette fois, quand ses pouces caressèrent les plis de ses jambes, elle gigota. Il était trop près de l'endroit où elle avait besoin de le sentir.

— Reste immobile et laisse-moi te regarder une seconde, ordonna Ball d'un ton bourru.

C'était presque impossible. Entre sa gêne et son désir, elle voulait tout faire sauf rester assise avec les jambes écartées pour le laisser regarder, mais elle obéit. Pour penser à autre chose, elle l'examina tout aussi avidement.

Il avait la queue épaisse, arquée vers son nombril. Les veines semblaient pulser et pendant qu'elle les regardait, il tressaillit et une goutte de liquide apparut sur le gland.

Elle oublia cependant la lecture attentive de sa masculinité quand elle vit une nouvelle fois le pansement sur son flanc.

Everly ne savait pas si la blessure était très grave, puisqu'elle était couverte, mais plus elle la regardait, plus elle hésitait à continuer. Elle fronça les sourcils et commença à descendre.

— Oh non, dit Ball. Pas de distraction.

Il la saisit autour de la taille et la remonta vers lui.

Ne souhaitant pas se débattre en risquant de lui faire mal, Everly l'aida en glissant les genoux en avant.

Sa queue frôla le sexe ouvert d'Everly et elle hésita encore.

Ball grommela quelque chose et il la tira vite en avant.

Avant qu'elle puisse se rendre compte de ce qu'il se passait, Everly regardait le visage de Ball entre ses jambes. Elle se tenait au-dessus de son torse et il la regardait entre les jambes comme s'il était un homme affamé qui n'avait pas mangé depuis une semaine et qu'elle était un steak appétissant.

Il remonta lentement le regard le long de son corps, jusqu'à la regarder dans les yeux.

— Monte, dit-il doucement.

En sachant ce qu'il voulait, et elle-même très pressée de sentir sa bouche entre ses jambes, elle oublia sa blessure et rampa en avant de quelques centimètres. Ball descendit un peu et il posa un oreiller derrière lui qu'il fit passer sous sa tête.

Everly sentit son souffle chaud contre elle et elle ferma les yeux.

— Écarte un peu plus les jambes, demanda Ball qui l'aida en posant les mains sur l'intérieur de ses cuisses et en appuyant légèrement.

Elle fit ce qu'il voulait et avant de pouvoir vraiment se préparer, Ball fut là. Il léchait et suçait comme si c'était son dernier repas.

Everly tressaillit en gémissant, mais Ball la maintint immobile pendant qu'il dégustait ses lèvres. Il utilisa sa langue, ses lèvres, et même ses dents pour la dévorer. Elle n'avait jamais vécu cela. Aucun amant n'avait jamais été aussi... *féroce* avec elle. Aussi exigeant. Et elle adora.

À un moment, Everly regarda en bas et elle ne put retenir un gémissement. Le visage de Ball était couvert par son excitation. Même son nez brillait de son jus. Il se réjouissait de lui donner du plaisir et de la dévorer, et son enthousiasme montrait son désir.

Quand il s'accrocha à son clitoris et qu'il suça fort, Everly essaya de s'éloigner, les sensations devenant trop fortes. Mais il avait dû anticiper cela, car il posa la main sur sa fesse et son petit doigt frôla son trou.

— Ball ! s'exclama-t-elle.

Il ne répondit pas par des mots, augmentant simplement la succion de sa petite boule de nerfs.

Everly ne put pas réfléchir. Ne put pas décider si elle devait s'écarter ou s'appuyer avec plus de force contre lui. Et il ne lui laissa pas le choix. Il continua à aimer son clitoris jusqu'à ce que ses cuisses se mettent à trembler en préparation pour l'orgasme.

Heureusement, son autre main lui saisit la taille pour l'immobiliser, car une seconde plus tard, elle explosa. Elle tressaillit et gigota entre ses mains pendant qu'il continuait à lécher son clitoris alors même qu'elle jouissait.

— Merde ! Ball... oh mon Dieu... !

Everly savait qu'elle disait n'importe quoi, mais elle avait l'impression que son monde venait d'imploser. Son corps était comme une nouille molle et elle n'arrivait pas à garder une pensée dans sa tête.

Quand elle revint à elle, elle était assise sur les cuisses de Ball. Il était en train de dérouler le préservatif sur sa verge. Il posa ensuite les mains sur ses hanches.

— Baise-moi, Ev, dit-il doucement d'une voix rauque.

Son visage brillait encore et il lécha les lèvres d'anticipation.

Maintenant qu'elle avait repris ses esprits, Everly se rendit compte qu'elle était encore excitée. L'intérieur de ses cuisses était trempé, et elle voulait qu'il soit en elle plus qu'elle n'avait envie de respirer. En se levant vite sur ses genoux, elle avança et prit sa queue dans la main. Il inspira brusquement et ne détourna pas le regard de l'endroit où ils étaient sur le point d'être unis. Everly avait envie de lui faire un spectacle. Elle voulait le prendre extrêmement lentement afin qu'il puisse regarder, mais son corps avait d'autres intentions.

Dès qu'elle posa son gland contre ses plis, elle ressentit le besoin de l'avoir au fond de son sexe qui pulsait encore.

Elle se laissa tomber sur lui d'un seul coup. Ne leur laissant pas le temps de s'ajuster.

Ils luttèrent tous les deux pour respirer quand il s'enfonça en elle.

— Bon *sang*, souffla Ball. Je te sens serrer ma verge comme si tu n'avais pas l'intention de me relâcher.

Il était massif. Et cela faisait si longtemps qu'elle n'avait pas fait l'amour que c'était un peu douloureux de l'avoir en elle, mais son orgasme avait été si intense qu'il avait préparé la voie.

— Ev ? demanda-t-il en enfonçant les doigts dans sa peau avec tant de force qu'elle savait qu'il ferait des bleus.

— Oui ? chuchota-t-elle.

— Bouge.

Elle obéit. D'abord lentement, puis de plus en plus vite, jusqu'à frapper son corps sur Ball, oubliant sa blessure. Ses seins rebondirent si violemment qu'elle avait l'impression que sa poitrine allait être douloureuse plus tard, mais la façon dont le regard de Ball était fixé sur ses seins lui donna l'impression d'être extrêmement sexy.

— Tellement belle, murmura-t-il.

Il laissa une main sur sa hanche et l'autre sur son ventre. Elle faillit se plaindre, ne voulant pas qu'il la touche à cet endroit... puis son pouce frôla son clitoris. Cela interrompit son rythme et il sourit.

— Continue.

— Je ne peux pas réfléchir quand tu me touches de cette façon, se plaignit-elle.

— Bien. Continue à me baiser, Everly.

Elle fit de son mieux, mais quand il frotta son clitoris avec plus de force pendant qu'elle le chevauchait, il lui fut difficile de se souvenir de ce qu'elle faisait. En baissant les yeux, elle vit des taches rouges sur le haut du torse de Ball, et elle aima voir la preuve qu'il n'était pas aussi indifférent qu'il en avait l'air.

— Je ne suis pas loin, avertit-elle lorsque la sensation familière d'un autre orgasme monta en elle.

— Je veux sentir que tu serres ma queue, dit Ball, ses mots cochons excitant encore plus Everly. Force le sperme à sortir de moi, Ev, fais-le. Baise-moi et vide-moi.

Ce ne furent pas ses paroles, mais plutôt la façon dont il utilisait son ongle contre son clitoris extrêmement sensible. C'était douloureux, mais d'une façon agréable. Elle posa une main sur son torse et avec l'autre, elle serra son biceps avec tant de force qu'elle avait conscience de laisser des marques.

— C'est ça. Oh putain, tellement belle. Oui !

Elle entendit à peine ces mots à travers le brouillard d'euphorie qui avait pris possession de son corps. Elle descendit brutalement son bassin et resta là, plus parce qu'elle ne pouvait plus bouger que pour des raisons érotiques, et elle trembla en explosant.

Elle le sentit vaguement saisir ses hanches et la forcer à monter et descendre deux fois avant de la serrer contre lui et de cambrer le dos.

Elle ne put pas le sentir jouir à cause du préservatif, mais elle vit la tache rouge sur son torse s'étaler et il ferma les yeux. Ses hanches eurent un mouvement brusque sous elle et un grognement s'échappa de sa bouche avant qu'il détende tous les muscles de son corps.

En s'allongeant doucement sur lui, Everly se laissa ramollir. Ball posa les bras autour d'elle en la serrant contre lui, et ils ne parlèrent pas pendant un long moment.

Le cœur de Ball battait très fort, tout comme le sien. Au bout d'un moment, elle sentit sa queue glisser hors de son corps et elle frissonna.

— Je déteste ça, chuchota-t-elle.

— Pas plus que moi, chuchota Ball.

Puis il monta les mains et les posa tendrement sur son visage.

Pour une raison qu'elle ignorait, le regarder dans les yeux quand elle était allongée complètement nue sur lui et se souvenir qu'elle avait été dévergondée était plus difficile que d'affronter un type ayant abusé des méthamphétamines.

— Ça. C'était. Putain. De. Parfait, dit-il en articulant soigneusement chaque mot. *Tu* as été parfaite.

— Je... euh... je ne suis pas certaine que tu devrais t'habituer à ce que je sois ainsi.

— Comment ?

Everly se mordit la lèvre.

— Euh, aussi... enthousiaste ?

Il sourit.

— C'est *exactement* comme ça que je te veux. Chaque fois. Si je ne peux pas t'allumer ainsi pour moi chaque fois, alors je ne me débrouille pas bien.

Ces mots la firent fondre.

— Ball...

— Kannon.

— Quoi ?

— La prochaine fois que tu jouiras sur ma langue ou ma queue, je veux que tu dises mon vrai nom.

— D'accord, dit-elle immédiatement, aimant cette idée.

Il remonta et l'embrassa légèrement, puis il laissa tomber ses mains et dit :

— Je n'aime pas être celui qui rompt ce moment de calme tendre, mais je dois m'occuper de ce préservatif.

— Et peut-être te laver la figure, dit Everly en gloussant.

Il secoua la tête.

— Non. Je vais te garder sur moi pendant aussi longtemps que possible.

— Ball ! s'exclama-t-elle en se redressant sur lui et en lui frappant doucement l'épaule. C'est dégoûtant !

— Rien chez toi n'est dégoûtant, dit Ball avec un sourire. Maintenant, décale-toi et laisse-moi me lever. Je dois enfiler un boxer pour que tu ne sois pas tentée de me sauter encore dessus quand tu m'aideras à nettoyer ma blessure.

Merde ! Elle avait complètement oublié. Everly descendit si vite de lui qu'elle serait tombée s'il n'avait pas posé une main pour l'équilibrer.

— Bon sang ! J'ai oublié ! Est-ce que ça va ? Je ne t'ai pas fait mal, si ?

Il ne répondit pas et Everly le regarda avec inquiétude.

Puis elle leva les yeux au ciel. Il avait une fois de plus le regard rivé sur ses seins.

Elle se pencha et attrapa le tee-shirt de Ball qui était miraculeusement encore accroché au bord du matelas. Elle l'enfila par-dessus sa tête et parvint tout juste à ne pas rire quand il cligna des paupières, comme s'il sortait d'une transe. Elle avait l'impression que lui montrer ses seins allait lui servir comme une très bonne façon de détourner son attention.

— Ball ? Est-ce que ça va ?

— Je vais bien, la rassura-t-il avant de rouler du matelas et de s'étirer prudemment.

Everly le dévora des yeux. Nu et allongé il était canon, mais debout et montrant chaque centimètre de son corps dur comme la pierre ? Il était carrément phénoménal.

— Tu aimes ce que tu vois, Ev ?

— Tu sais bien que oui, lui dit-elle en observant la façon dont les muscles de ses cuisses gonflaient quand il marcha vers elle.

— Mes yeux sont ici, plaisanta-t-il.

Everly ne se sentit même pas coupable de prendre tout son temps avant de le regarder dans les yeux. Même à moitié dur et portant toujours le préservatif, sa queue était impressionnante. Elle se lécha les lèvres.

— Putain, Everly. Aide-moi, OK ? Je fais de mon mieux pour ne pas te sauter dessus et te baiser si fort que tu le sentiras chaque fois que tu voudras t'asseoir.

Ces mots la firent frissonner. Elle savait déjà qu'elle allait être un peu irritée vu comme elle l'avait pris avec force, mais penser à lui aux commandes dans le lit suffit à faire pointer une nouvelle fois ses tétons sous le tee-shirt de Ball.

Il lui attrapa la nuque et la força à se mettre à genoux sur le lit. Elle était quand même plus petite que lui dans cette position, et la façon dont elle devait lever la tête pour rejoindre sa bouche était très sensuelle.

Il l'embrassa avec force, le goût d'elle-même sur sa langue rendant le moment encore plus charnel.

Puis il la laissa partir et se tourna vers la salle de bains.

— Donne-moi une minute, puis tu pourras venir m'aider à nettoyer ma blessure.

Everly hocha la tête, se laissa retomber sur le lit et fixa son cul pendant qu'il partait. Elle ne savait pas comment elle avait pu avoir une telle chance, mais elle allait s'accrocher à lui des deux mains. Kannon « Ball » Black était à *elle*. Point final. Et elle n'avait pas l'intention de le rendre. Pas moyen. Jamais.

14

———

Elise : Je rentre en bus maintenant.

Everly : Pourquoi ? Je croyais que tu avais une réunion du Club de Plein Air ?

Elise : Je l'ai quitté.

Everly : Quoi ? Pourquoi ?

Elise : Parce que. Je ne veux pas en parler.

Everly : Eh bien, il le faudra pourtant. Je rentre vers dix-sept heures environ. On parlera à ce moment-là.

Everly : Compris ?

Elise : Oui, comme tu veux.

Everly : Rentre directement à l'appartement et verrouille la porte derrière toi. Je ne me suis pas organisée pour que tu aies de la compagnie aujourd'hui, parce que je pensais que tu restais à l'école jusqu'à ce que je quitte le travail.

Elise : Je ne suis pas un bébé. Je suis très bien toute seule. Ce n'est pas comme si je n'avais pas l'habitude.

Everly fixa son téléphone avec désarroi. Il se passait quelque chose avec sa sœur. Cela couvait depuis une semaine environ. Elle avait paru heureuse le matin suivant le retour de Ball. Ils avaient eu une journée parfaite le samedi et elle avait dit que Ball avait été « merveilleux » le dimanche suivant quand Everly était au travail.

Mais quelque chose s'était manifestement produit à l'école, car Elise avait été maussade et renfermée quand elle était rentrée le lundi soir. Et maintenant le vendredi, quelques jours plus tard seulement, elle avait apparemment quitté le Club de Plein Air pour lequel elle avait été si enthousiaste. Ils étaient censés partir pour une courte randonnée après l'école aujourd'hui, et puis le lendemain, ils avaient prévu une longue randonnée de treize kilomètres.

Everly s'en était réjouie, car cela signifiait que Ball et elle avaient toute la journée pour eux. Et il l'avait déjà informée qu'ils allaient passer cette journée dans son lit.

Ils avaient passé toutes les nuits ensemble pendant la semaine et Everly n'avait jamais été si contente. Ce n'était pas le sexe. D'accord, ce n'était pas *seulement* le sexe. C'était le fait de partager sa journée avec lui. De parler des gens qu'elle avait rencontrés et aidés, et même de ceux qui n'étaient pas ravis de l'avoir rencontrée dans son rôle officiel de policière.

Il lui avait parlé des sites Internet sur lesquels il travaillait et Everly devait admettre qu'elle était toujours impressionnée. Elle n'avait pas vraiment compris ce qui était si difficile dans le fait de créer un site Internet, mais c'était avant de voir le travail de Ball pour les concevoir.

Ils riaient en cuisinant ensemble. Ils regardaient la télévision et Everly aimait la façon dont Ball et Elise s'entendaient et se taquinaient. La semaine passée avait représenté tout ce qu'elle voulait dans une relation.

Mais il y avait quelque chose qui n'allait pas avec Elise, et Everly n'avait pas assez d'expérience avec les adolescents pour savoir ce que cela pouvait être. Ball lui avait dit de donner plus de temps à sa sœur et qu'elle finirait par lui dire ce qui l'ennuyait, mais Everly n'en était pas certaine.

En soupirant, Everly envoya un dernier texto à sa sœur.

Everly : *Je sais que tu n'es pas un bébé. Je suis désolée. Je suis simplement inquiète. Je rentre dès que possible, et nous parlerons.*

Sa sœur ne répondit pas.

Non pas qu'Everly s'y était attendue. Elle voulut envoyer un message à Ball ensuite, mais le Central l'envoya vérifier des troubles par appel radio, et Everly n'en eut pas l'occasion.

Il s'avéra qu'elle ne put pas rentrer à la maison vers cinq heures. Il était plutôt dix-huit heures trente, car après l'appel du Central, elle était restée occupée sans s'arrêter. Puis un accident avec des blessés graves s'était produit juste avant la fin de son travail, et elle ne pouvait pas simplement quitter la scène parce qu'elle avait fini sa journée.

Malgré sa journée chargée, elle n'avait pas arrêté de penser à Elise. Elle était frustrée que quelque chose n'aille pas alors qu'elle semblait s'en sortir si bien. Elle ne voulait surtout pas que sa sœur fasse un retour en arrière. Et l'humeur actuelle d'Elise poussait Everly à se demander si elle avait fait ce qu'il fallait en retirant Elise de son école à Los Angeles et de ses amis. Ce n'était pas son genre de douter d'elle-même, mais la décision brutale de sa sœur de quitter le club – et son refus d'en parler – avait ajouté une couche supplémentaire à une journée déjà difficile.

Quand elle arriva à la maison, Everly n'était pas seulement stressée et frustrée, mais aussi un peu irritée par Elise. Plus elle pensait à la façon dont sa sœur avait balayé ses inquiétudes, et au coup bas quand elle avait prétendu avoir l'habitude d'être seule, plus Everly était contrariée. Elle n'était pas à l'aise – la journée avait été chaude, et le débardeur qu'elle portait sous son uniforme était trempé de sueur – et elle avait envoyé un court texto à Ball en lui faisant savoir qu'elle n'allait sûrement pas pouvoir passer chez lui, mais qu'avec un peu de chance, elle le verrait le lendemain. Encore une chose sur sa pile de désagréments de la journée... elle n'allait pas voir Ball.

Everly déverrouilla la porte de son appartement et paniqua immédiatement en voyant qu'il était plongé dans l'obscurité.

Elise aurait dû être à la maison. C'était après l'heure du dîner, alors elle s'attendait à voir sa sœur dans le salon, en train de regarder la télé.

En laissant tomber son sac, Everly se précipita dans le couloir jusqu'à la chambre d'Elise. Elle ouvrit violemment la porte dans sa panique et écarquilla les yeux.

Elise était allongée sur son lit, écrivant furieusement dans un journal que Ball avait suggéré à Everly d'acheter pour sa sœur.

À la fois soulagée qu'elle aille bien et irritée d'avoir été aussi effrayée, Everly marcha à grands pas vers le lit et elle donna un coup de poing dans le matelas à côté de l'épaule d'Elise.

Sa sœur sursauta, en panique, puis elle jeta un regard assassin à sa sœur quand elle la vit.

Ça ne va pas ? dit Elise en langue des signes.

As-tu fait tes devoirs ? demanda Everly.

On est vendredi. Je n'ai pas besoin de les avoir terminés avant lundi.

C'était vrai. Mais Everly était contrariée, son angoisse en entrant dans l'appartement sombre la rendait irrationnelle. Je ne t'ai pas demandé de faire grand-chose, mais l'appartement est en bazar. Tu n'as pas encore sorti les poubelles et ta chambre est une porcherie.

Elise lui jeta un regard noir. Est-ce pour cela que tu m'as invité ici ? Pour te servir de bonne ?

Everly inspira profondément et elle essaya de se calmer. Non. Je suis désolée. As-tu mangé ?

Bien sûr. J'étais morte de faim et ce n'était pas comme si tu étais là. Aurais-je dû t'attendre ? Ouais, ça ne risquait pas.

Je suis désolée, Elise. Il y a eu un accident grave et j'ai dû rester tard.

Peu importe.

Everly serra les mâchoires en essayant de garder son sang-froid. Si l'on tenait compte de la dernière chose qu'elle avait vue au travail ce jour-là, une ado renfrognée n'aurait pas dû être problème... La vue de l'enfant qui hurlait dans la voiture écrasée n'avait pas quitté ses pensées. La petite avait été coupée par des éclats de verre et les pompiers n'avaient pas pu l'atteindre immédiatement. Elle était donc restée assise là, à pleurer pendant vingt minutes. Cela lui avait fendu le cœur.

Relativise. Après une respiration profonde, Everly essaya encore.

Pouvons-nous parler du Club de Plein Air ?

Non.

Allez, Elise. Parle-moi.

Tu n'es pas ma mère. Tu n'es pas obligée de faire semblant de l'être quand nous sommes toutes seules.

Everly écarquilla les yeux. Waouh. C'était dur.

Elle savait qu'elle aurait dû rester et insister pour découvrir ce qui ennuyait sa sœur, mais elle était fatiguée et elle n'était pas d'humeur à essayer. Cette remarque sur le fait de ne pas être sa mère... oui, c'était douloureux. Et cette douleur la fit culpabiliser en pensant à ce qu'Elise avait traversé.

Sans un mot, elle tourna les talons et elle quitta la chambre d'Elise, fermant doucement la porte derrière elle. Elle quitta son uniforme et enfila un jogging et un tee-shirt, ne prenant pas la peine de mettre des sous-vêtements, puis elle traversa le salon jusqu'à la cuisine.

Elle ouvrit le frigo et regarda l'intérieur sans le voir. Elle n'avait pas vraiment faim... tout ce qu'elle voulait faire, c'était s'asseoir et pleurer.

Elle avait été si fière de la façon dont Elise et elles s'en sortaient, mais après sa journée infernale et l'attitude de sa sœur, Everly se demanda encore une fois si elle avait fait ce qu'il fallait. Elle aurait peut-être dû laisser Elise à Los Angeles avec ses amis, dans la maison stable de Mamie et Papy.

Plus de deux mois s'étaient écoulés depuis son enlèvement et ni les flics ni le FBI n'avaient découvert plus d'informations sur la personne qui en était à l'origine. Il était extrêmement improbable qu'Elise soit encore en danger. Pourtant, Everly ressentait encore une paranoïa subtile tapie en elle.

Elle savait qu'elle dramatisait sa querelle avec Elise, que les choses se présenteraient sous un meilleur jour le lendemain matin, mais à ce moment précis, elle ne put s'empêcher de douter de toutes les décisions qu'elle avait prises depuis qu'elle avait ramené sa sœur à Colorado Springs.

En sentant monter les larmes, elle ferma le frigo et appuya le dos contre la porte en se laissant glisser jusqu'à s'asseoir sur le sol, le dos appuyé contre le gros appareil en inox.

Le téléphone dans sa main vibra pour annoncer un message.

Ball : *Hé, tu es à la maison ?*

Bon sang. Elle ne pouvait pas gérer autre chose maintenant.

Everly : Oui.

Ball *: Super. Je suis en bas. J'arrive.*

Quoi ? Il était là ?

Everly *: Ce n'est pas vraiment un bon moment.*

Ball : Pourquoi ?

Everly *: C'est comme ça. Rentre chez toi. Je te verrai plus tard.*

Ball *: Non, je suis presque là.*

Maintenant, elle pleurait vraiment. Peut-être que si elle n'ouvrait pas la porte, il finirait par partir. Elise ne l'entendrait pas frapper, alors il ne la dérangerait pas. Ses voisins étaient assez curieux, cependant. S'il insistait trop, ils allaient appeler les flics.

Le premier coup sur la porte résonna dès qu'elle eut cette pensée.

En soupirant de frustration, Everly se leva. Elle n'arrêterait jamais de se faire chambrer si ses collègues étaient appelés pour tapage chez elle. De plus, elle ne voulait pas faire ça à Ball. Ce n'était pas de sa faute si elle était de très mauvaise humeur.

Elle marcha jusqu'à la porte et elle la déverrouilla, mais elle ne prit pas la peine de l'ouvrir. Elle entendit Ball tourner la poignée alors même qu'elle s'éloignait. Elle fit un détour par le salon au lieu de retourner à la cuisine et elle s'assit sur un bout du canapé. Elle posa les pieds sur le coussin et passa les bras autour de ses genoux remontés.

En l'espace de quelques secondes, Ball fut là. Il essuya doucement les larmes de ses joues.

— Qu'est-ce qui ne va pas ?

Everly haussa les épaules.

— Elise va bien ?

Elle hocha la tête.

— Tu n'es pas blessée ?

Elle secoua la tête.

Ball se détendit légèrement et il s'assit à côté d'elle. Il

l'attira sur ses genoux et Everly résista brièvement au réconfort avant de céder. Il la serra contre lui sans parler. Everly ne sut pas combien de temps ils restèrent ainsi. Quand elle fut prête à parler, elle se dit qu'il devait avoir des fourmis dans les jambes, mais il ne semblait pas s'en soucier.

— As-tu déjà eu une de ces journées où rien ne se passe bien ? demanda-t-elle.

— Oui.

— Eh bien, aujourd'hui a été une de ces journées pour moi. Elise a quitté le Club de Plein Air, alors que je croyais qu'elle l'aimait beaucoup. Elle ne veut pas me parler et elle agit bizarrement, en étant agressive. Le travail était horrible. C'était un taré après l'autre aujourd'hui, et pour couronner le tout, j'ai dû travailler une heure et demie après la fin de ma journée à cause d'un accident qui s'est produit pile à cinq heures. Personne n'a été tué, Dieu merci, mais il y a eu des tonnes de blessures, y compris un tout petit bébé. J'ai faim, j'ai peur que ma sœur me déteste et que je lui foute sa vie en l'air, et maintenant je ne peux pas passer la journée avec toi demain.

Ball eut le mérite de ne pas immédiatement essayer de la sortir de sa déprime, il se contenta de la serrer plus fort contre lui et de caresser doucement son bras pour l'apaiser.

Elle finit par soupirer et par se redresser.

— Ça va mieux ? demanda-t-il.

— Pas vraiment. Mais je ne peux pas rester à bouder toute la soirée comme une adolescente.

Ball prit sa main dans la sienne. Il la conduisit à la cuisine et l'aida à s'asseoir sur le comptoir.

— Laisse-moi te préparer quelque chose. Qu'est-ce qui te ferait envie ? demanda-t-il.

Everly haussa les épaules.

— Je ne sais pas.

Il ouvrit les placards et regarda ce qu'elle avait. Puis il

jeta un coup d'œil dans le frigo. En se tournant vers elle, il demanda :

— Que dirais-tu de quesadillas au fromage ? Tu as des tortillas et du fromage râpé. Il y a quelques tomates sur le comptoir et tu as aussi de la crème fraîche.

Everly hocha la tête, puis elle posa la main sur son ventre quand il gargouilla.

En souriant, Ball eut la bonne idée de ne pas faire de remarque et il se mit à lui préparer le dîner. Il en fit deux et après l'avoir aidée à descendre du comptoir pour l'installer à table avec un verre de limonade et son repas, il demanda :

— Est-ce que ça t'embête si j'apporte celui-ci à Elise ?

— Bien sûr que non. Mais ne m'en veux pas quand elle t'aura arraché la tête.

Ball la serra contre lui et il embrassa doucement sa joue.

— Pour ta gouverne, tu es incroyable avec elle. Elle a quinze ans. Je ne suis pas surpris que sa garce intérieure se révèle enfin au grand jour. Elle est ici depuis deux mois et je me demandais quand ça allait arriver.

— Eh bien, quel Monsieur je-sais-tout ! dit Everly d'un ton un peu narquois.

Il se contenta de lui sourire.

— Mange. Tu te sentiras mieux quand tu auras quelque chose dans le ventre.

Everly le regarda attraper une assiette et partir dans le couloir. La plupart des hommes qu'elle connaissait auraient fait demi-tour et seraient partis dans l'autre direction après avoir reçu son texto. Mais pas Ball. Il avait ignoré sa mauvaise humeur, l'avait serrée contre lui quand elle avait besoin de câlins plus qu'une leçon de morale et il allait faire de son mieux pour aider Elise également.

Cet homme-là était vraiment parfait.

* * *

Ball ne savait pas du tout ce qu'il allait dire à Elise, mais il devait essayer de lui parler. Il détestait voir Everly déprimer. Ce n'était pas dans sa nature d'être aussi renfrognée, alors il savait qu'elle avait dû avoir une journée vraiment très mauvaise.

Il n'aimait pas non plus le fait qu'Elise ait abandonné quelque chose qu'elle semblait beaucoup aimer. Il devait s'être passé quelque chose. Il ne la connaissait pas depuis très longtemps, mais il espérait qu'elle lui parle. Elle était peut-être mal à l'aise à l'idée de parler à sa sœur de ce qui la contrariait. En tout cas, elle saurait au moins qu'il s'inquiétait.

Il frappa à la porte et il attendit.

Puis il secoua la tête. *Évidemment*. Elise ne pouvait pas l'entendre frapper.

Il poussa la porte et il s'arrêta en jetant un coup d'œil à l'intérieur.

La sœur d'Everly était assise sur son lit, les jambes croisées, le regard perdu dans le vide.

Il ouvrit complètement la porte et elle leva la tête. Elle sourit immédiatement et Ball se dit que c'était bon signe. Il leva l'assiette avec la quesadilla et leva les sourcils.

Elle hocha la tête et dit en langue des signes : *J'ai faim.*

Il entra et posa l'assiette sur sa table de chevet. Elise lui fit un autre petit sourire et attrapa un morceau de la tortilla. Il s'installa sur le bord de son lit, lui laissa une minute ou deux pour mâcher, puis demanda : *Est-ce que ça va ?*

Elle fronça les sourcils. *Tu as parlé à Everly.*

Elle est contrariée. Pas fâchée. Mais triste. Dépassée. Elle s'inquiète pour toi. Il dut épeler certains mots avec les doigts, mais heureusement, Elise sembla le comprendre.

Elle regarda son repas.

Ball tendit la main et toucha brièvement son genou, attirant son attention. Quand elle le regarda à nouveau, il demanda : *Que s'est-il passé avec le Club de Plein Air ?*

L'adolescente s'allongea sur le lit et sortit son téléphone. Elle commença immédiatement à écrire, ses pouces se déplaçant à toute vitesse sur l'écran. Ball se décala jusqu'à coller le dos contre la tête du lit et il attendit qu'elle ait terminé. Quand son téléphone vibra, il regarda le message.

Elise : Je ne voulais pas le dire à Everly parce qu'elle s'inquiète déjà assez.

Ball : Lui dire quoi ? Parle-moi.

Elise : C'est juste que chaque fois que nous partons en randonnée, je me sens bizarre.

Ball : Bizarre, comment ?

Elise : Comme si quelqu'un me surveillait. Je sais que c'est bête, mais je n'arrive pas à me sortir cette impression de la tête. Pendant notre dernière randonnée, c'était si fort que j'ai un peu paniqué. Tout le monde a dû arrêter et me ramener à l'école. Je n'aime pas être la fille bizarre. Je veux dire, nous sommes tous déjà bizarres, mais une gamine sourde qui panique, ce n'est pas fabuleux, fais-moi confiance.

Ball ignora son autodérision et se concentra sur le problème principal.

Ball : Tu as fait ce qu'il fallait.

Elise : Je n'en ai pas l'impression. J'aime faire de la randonnée. Mais je n'arrive pas à chasser l'impression qu'il y a quelqu'un au-dehors. Qui me surveille. As-tu des nouvelles ? Ont-ils trouvé le type qui m'a enlevée avec les autres filles ?

Ball : Je suis désolé, mais non. Tu sais que le FBI a dû laisser tomber l'enquête active à cause d'autres affaires. Mais ils sont toujours aux aguets.

Elise souffla et laissa ses bras tomber sur les côtés. Elle fixa le plafond. Ball écrivit un texto et appuya sur « envoyer ». Elle ne bougea pas quand son téléphone vibra dans sa main. Le flash de la caméra clignotait aussi, la prévenant de l'arrivée d'un texto, mais elle ne réagit toujours pas.

Ball poussa son pied avec le genou.

Enfin, elle soupira et regarda son téléphone.

Ball : *Que puis-je faire pour que tu te sentes plus en sécurité ? Dis-le-moi et je le ferai. Ce que tu veux.*

Elise inspira profondément avant de composer un message.

Elise : *C'est justement le problème. Je ne sais pas. Je crois que je suis juste paranoïaque. J'en ai parlé à ma psy et elle dit que parfois les gens imaginent des ravisseurs à chaque coin de rue après le genre de chose qui m'est arrivée. Toi et tes amis vous faites déjà plus ou moins du baby-sitting après l'école tous les jours. Je pensais qu'être dans la nature avec des amis allait m'aider à me sentir plus libre, mais à la place ça m'a rendue plus paranoïaque. Je veux seulement redevenir la gamine naïve que j'étais avant. J'ai peur d'ouvrir des e-mails de gens que je ne connais pas. À chaque texto que je reçois, je ressens la même chose.*

Ball : *Veux-tu que je revérifie ton téléphone ?*

Elise : *Que veux-tu dire ?*

Ball : *Que je jette un coup d'œil à ton téléphone. Que je vérifie qu'il n'y a rien pour te pister là-dessus.*

Elise : *Je n'ai pas utilisé les applis que j'avais avant.*

Ball : *Je n'ai pas dit ça. Mais quelqu'un qui s'y connaît peut envoyer un e-mail, et si tu l'ouvres, même si tu ne cliques sur rien, cela peut mettre une espèce de traqueur sur ton téléphone. Une sorte de virus. Je peux brancher ton téléphone sur mon ordinateur demain et Meat pourra s'y connecter et jeter un coup d'œil.*

Elise leva la tête et dit en langue des signes : *Vraiment ?*

Ball hocha la tête et copia son signe. *Vraiment.*

. . .

Elise : Ça ne t'ennuie pas ?

Ball : Absolument pas.

Elise : Pourras-tu aussi inspecter le téléphone de ma sœur ? J'ai peur que celui qui m'a enlevée décide de poursuivre Everly à la place. Je sais que c'est bête, je veux dire, nous sommes à des centaines de kilomètres de Los Angeles, mais elle est tout pour moi. Je sais qu'elle est flic, mais je m'inquiète quand même.

Ball : Je vais lui demander. Elise ?

Elise : Oui ?

Ball : Veux-tu bien sortir et parler à ta sœur ? Elle était vraiment mal quand je suis arrivé ce soir. Pas fâchée, mais juste contrariée de ne pas savoir comment t'aider.

Elise : Je peux faire ça. Ball ?

Il sourit avant d'imiter sa réponse.

Ball : Oui ?

Elise : C'est bizarre de se parler de cette façon. Dépêche-toi d'apprendre plus de signes, veux-tu ?

Ball éclata de rire et lui donna une tape sur la jambe avant de dire en langue des signes : *Va parler à ta sœur.*

J'y vais. Et Ball ?

Oui ?

Merci. Comme je ne vais pas faire la randonnée demain, pourras-tu demander à Meat de regarder mon téléphone ?

Promis. Et nous chercherons quelque chose d'amusant à faire aussi.

Elise hocha la tête et quitta la chambre.

Ball posa le coude sur son genou remonté, plaça le menton dans sa main et resta où il était, souhaitant donner aux deux sœurs le temps d'apaiser les tensions. Il détestait qu'Elise ait dû quitter le club parce qu'elle ne se sentait pas en sécurité. Il ne savait pas du tout si elle avait des raisons de ressentir cela ou s'il s'agissait d'une sorte de stress post-traumatique. Rex n'avait pas trouvé de pistes sur son vieux téléphone portable. Les gens qui concevaient ces applications savaient ce qu'ils faisaient. La majorité des conversations était effacée de façon permanente au bout d'une certaine période. Les photos, les conversations, tout. Pouf. Disparu.

L'adresse IP sur le peu qu'ils avaient trouvé menait à une bibliothèque publique de Las Vegas. Ils avaient supposé que la personne eût su rediriger et manipuler les adresses IP, parce que les filles avaient été retrouvées à Los Angeles. Au cas où, les autorités de Vegas avaient été prévenues, mais après quelques jours de surveillance de la bibliothèque, ils n'avaient rien vu qui sorte de l'ordinaire.

Une chose était certaine cependant : Ball n'avait pas menti en disant à Elise qu'il allait faire le nécessaire pour qu'elle se sente en sécurité. Au cours des deux derniers mois, il en était venu à se soucier presque autant d'elle que de sa sœur.

Elle était drôle et talentueuse et il était sûr qu'elle ferait quelque chose d'incroyable de sa vie. Son enlèvement n'allait pas la définir. Il allait seulement la rendre plus forte.

Ball envoya un mail à Meat en lui demandant de jeter un coup d'œil au nouveau téléphone d'Elise le lendemain, puis il tua le temps en vérifiant l'apparence des derniers sites Internet qu'il avait créés sur son téléphone.

Il entendit bientôt quelqu'un près de la porte. En levant la tête, il vit Everly. Un énorme poids semblait être tombé de ses épaules et il poussa un soupir de soulagement.

— Tu te sens mieux ? demanda-t-il.

Elle s'approcha de lui et grimpa sur le lit, posant ses genoux sur le matelas à côté des hanches de Ball et plaçant les bras autour de ses épaules.

— Oui. Merci.

— Je n'ai rien fait.

— Peu importe. Tu es l'homme qui chuchotait à l'oreille des ados.

Il gloussa.

— Attends de voir ce que j'ai en réserve pour toi ce soir quand elle sera allée se coucher.

Comme il l'avait espéré, Everly sourit.

— Ah oui ?

— Oui.

— Ta blessure va bien ?

— Tu sais bien que oui. Tu l'as examinée sous toutes ses coutures ce matin, si je me souviens bien. Juste avant que tu me fasses prendre mon pied… entre autres choses.

Elle fit un sourire sexy et Ball sentit une érection.

— Je ne t'ai pas entendu te plaindre, dit-elle.

— Carrément pas. Pourquoi aurais-je fait ça ?

— Allez, viens. Elise nous attend dans l'autre pièce pour regarder un épisode de *Stranger Things*. Elle a dit qu'elle ne voulait pas se brûler les rétines en nous voyant « batifoler » … c'est le terme qu'elle a utilisé.

— Existe-t-il un signe pour *batifoler* ? demanda Ball en aidant Everly à se lever.

— J'en doute. Elle l'a épelé.

— Je dois vérifier sur Google, histoire de l'embêter un peu, dit Ball.

Everly l'obligea à s'arrêter et le regarda d'un air très sérieux.

— Quoi ? demanda-t-il, inquiet.

— Merci d'être si merveilleux, dit-elle doucement. Je sais que ça fait beaucoup, d'assumer une nouvelle petite amie et sa sœur adolescente.

En l'embrassant sur le front, Ball dit :

— Ce n'est pas une épreuve. Surtout pas alors que vous êtes toutes les deux si fabuleuses. Viens… *Stranger Things* nous attend.

Elle attrapa l'assiette avec la quesadilla à moitié mangée avant de rejoindre Bal et de lui tenir le bras.

Plus tard ce soir-là, Ball était allongé dans le lit d'Everly, rassasié et satisfait, et il la tenait contre lui pendant qu'elle dormait. Il remercia sa bonne étoile qu'Everly et lui n'aient pas traversé les mêmes horreurs que ses amis avec leurs femmes. Oui, ils s'étaient rencontrés parce que sa sœur avait disparu, mais il était heureux que leur séduction se soit déroulée avec relativement peu de drames.

Il s'endormit, content de savoir que la femme qu'il commençait à aimer et sa sœur étaient en sécurité.

Tylor Tuttle était assis dans son fourgon du travail de l'autre côté de la rue par rapport à l'appartement où se trouvait Elise. Il regarda la lumière de sa chambre s'éteindre et il ne put résister à l'envie de défaire son pantalon et de se caresser pendant qu'il pensait à ce à quoi leur vie ensemble allait ressembler... bientôt.

De toutes les filles qu'il avait prises pour les tester, celle-ci était sa préférée. C'était finalement *elle* qu'il avait choisie. Mais il avait été stupide. Négligent. Et une des jeunes filles de deuxième choix avait aidé à sauver tout le monde.

Ce n'était pas important. Il avait fait en sorte de ne laisser aucune trace de lui-même dans la maison. Il avait toujours porté des gants... et un préservatif, bien sûr. Le fait que les flics ne l'aient pas trouvé, ni sa maison à Las Vegas, au cours des semaines écoulées depuis l'avait aidé à se détendre un peu.

Il avait attendu son heure, surveillant sa future épouse depuis plus d'un mois maintenant. Mémorisant ses routines. Prenant des photos d'Elise et admirant sa beauté. Elle serait bientôt à lui. Sa femme. Son tout. Elle allait apprendre à l'aimer, tout comme la femme qui était en ce moment dans le sous-sol de sa maison à Las Vegas. Mais celle-là était vieille maintenant. Usée. Elle n'avait plus aucune vivacité. Il l'avait depuis quinze ans et il lui fallait quelqu'un de neuf. De plus jeune.

Il avait besoin d'Elise.

Le fait qu'elle soit sourde la rendait parfaite.

Elle ne pouvait pas parler et l'irriter.

Elle ne pouvait pas entendre s'il y avait quelqu'un dans sa maison pour appeler à l'aide.

Il pouvait être le centre de son monde.

Elle dépendrait de lui pour tout.

La nourriture. Les douches. Le sexe.

Contrairement à la femme dans son sous-sol, il la laisserait porter ses enfants. Beaucoup d'enfants.

Ils seraient une famille. Pour toujours.

En penchant la tête en arrière, Tylor se frotta plus vite et plus fort, et il grogna en jouissant. Il pensait à Elise. Il prit un mouchoir, se nettoya et sourit.

Bientôt.

Il attrapa son téléphone et envoya un autre message à Elise par l'intermédiaire de leur application secrète. Cela faisait des semaines qu'il lui en envoyait. Il savait qu'elle les lisait, mais elle était simplement trop timide pour répondre. Ce n'était pas grave. Il aimait que ce soit une jeune fille sage.

Rob : Nous serons bientôt ensemble, bébé. Très bientôt.

15

Everly ne fut pas ravie d'entendre la raison pour laquelle sa sœur avait quitté le Club de Plein Air, mais elle était aussi fière du fait qu'elle soit vigilante et qu'elle tienne compte d'une impression bizarre. En tant que policière, Everly avait fini par se fier à ses sensations. Si elle s'approchait d'une voiture après l'avoir fait arrêter et qu'elle ressentait une ambiance étrange, elle faisait toujours extrêmement attention. De même quand elle travaillait avec le SWAT. Quand elle sentait les cheveux se dresser dans sa nuque, elle prenait des précautions supplémentaires.

Finalement, le week-end avait été très sympa. Ils étaient tous allés chez Ball le samedi matin, après qu'il leur a préparé un énorme petit-déjeuner avec des œufs, du pain grillé, du bacon et des roulés à la cannelle. Là, il avait branché le téléphone d'Elise sur son ordinateur et appelé Meat. Quand ce fut fait, et que Meat avait promis de les prévenir dès que possible, ils étaient tous partis au zoo de Cheyenne Mountain, qui n'était pas très loin de la randonnée de Seven Bridges qu'ils avaient fait ensemble. À plus de deux mille mètres au-dessus du niveau de la mer, ce parc en montagne était le zoo le plus élevé d'Amérique.

Mais surtout, ils avaient la plus grande harde de girafes au monde. Et des bébés. Plein de bébés girafes.

Les zoos n'étaient pas ce qu'Everly préférait. Elle avait toujours pitié des animaux enfermés, mais elle devait admettre que nourrir les girafes et regarder les bébés marcher en titubant sur leurs longues jambes avait été incroyable, et amusant, et elle avait adoré voir Elise détendue et souriante.

Elle avait dû travailler le dimanche, mais la sensation de rentrer « à la maison » après était quelque chose qu'elle n'avait encore jamais vécu. Ball avait préparé le dîner, il avait déjà aidé Elise à finir ses devoirs, et ils avaient passé la soirée à se détendre, à rire et à aider Ball avec son apprentissage de la langue des signes.

Everly n'avait pas trop su comment allaient se dérouler les nuits passées chez Ball. Elise et elle avaient enfin trouvé une routine dans son appartement. Mais elle n'aurait pas dû s'inquiéter. Tout se passait extrêmement bien et Everly n'aurait pas pu être plus heureuse. Ça ne dérangeait pas Ball de déposer Elise à l'école le matin, car ils partaient tous en même temps... Everly, pour le commissariat, Ball et Elise pour l'école.

D'une façon ou d'une autre, au lieu d'éloigner Elise et Everly, leur dispute les avait rapprochées. Elise avait promis de faire de son mieux pour ne plus cacher ce qu'elle ressentait en rapport avec l'enlèvement, et Everly avait promis de ne pas traiter sa sœur comme si elle était une enfant. Everly avait bien conscience qu'elles avaient pu résoudre les choses aussi vite grâce à Ball. Elise l'aimait tout autant qu'Everly... enfin, peut-être pas tout à fait autant.

Ball n'était pas sans défauts. C'était un perfectionniste. Qu'il conçoive des sites Internet ou qu'il essaie d'apprendre de nouveaux signes, il voulait que tout soit parfait, et il était d'assez mauvaise humeur quand ce n'était pas le cas. Il avait tendance à se mêler des affaires des autres, ce qui avait été une bonne chose ce week-end-là, mais Everly imaginait que ça pouvait être ennuyeux en d'autres circonstances. Il était resté célibataire pendant très longtemps, et ça se voyait dans sa façon de roter librement et de laisser la vaisselle sale dans l'évier pendant des jours. Elle ne pensait pas non plus qu'il avait un jour passé la serpillière dans sa vie.

Mais vraiment, tout cela était superficiel. L'important était qu'il lui demandait toujours comment s'était passée sa journée, puis qu'il l'écoutait quand elle répondait. Il n'était jamais brusque avec sa sœur et elle était absolument certaine que si elle l'appelait au milieu de la nuit, ou quand il était en train de faire quelque chose, il était prêt à tout laisser tomber pour la rejoindre.

Everly croyait profondément qu'elle et Elise passaient avant dans la vie de Ball et ce fut l'élément décisif pour elle. Il aurait pu être nul en cuisine – ce qui n'était pas le cas – ou bon à rien – ce qui n'était pas le cas – ou faire une centaine d'autres petites choses mesquines, et ça n'aurait pas eu d'importance. Pas alors qu'elle avait toujours l'impression d'être importante pour lui.

Elle était en train de tomber amoureuse de Ball, et elle fut heureuse de recevoir un court texto de sa part à l'heure du déjeuner.

Il avait eu des nouvelles de Meat... qui l'avait appelé parce qu'il avait trouvé quelque chose.

Les pensées agréables qui lui étaient passées par la tête toute la matinée disparurent d'un seul coup. Elle appela immédiatement Ball.

— Qu'est-ce qui ne va pas ? demanda-t-elle au lieu de dire bonjour quand il décrocha. Qu'a-t-il trouvé ?

— Je ne sais pas encore. Meat a juste dit qu'il voulait

nous parler à tous les deux en même temps. Il doit d'abord creuser un peu plus.

— Oh non. A-t-elle continué à discuter avec ce Rob ?

— Je ne sais pas, mais tu dois arrêter de paniquer.

C'était facile à dire pour lui.

Juste à ce moment-là, quelqu'un grilla un stop devant elle et Everly sut qu'elle devait partir. Frustrée parce qu'elle voulait vraiment discuter davantage du téléphone de sa sœur et de ce que Meat avait trouvé, mais sachant qu'elle devait faire son travail, elle dit vite :

— Je dois partir. Est-ce que nous venons chez toi ce soir, ou est-ce que tu viens chez nous ?

Elle se figea en entendant ses propres mots. Elle avait simplement supposé qu'ils allassent passer la soirée ensemble. Et elle se rendit compte que l'endroit où ils dormaient n'était pas important. Tant qu'elle était avec lui, elle était contente.

— Je viens chez toi. Nous appellerons Meat ensemble. Tu finis à cinq heures, n'est-ce pas ?

— Oui.

— D'accord. Je viendrai vers seize heures trente, je tiendrai peut-être compagnie à Elise pendant un moment jusqu'à ce que tu rentres. Veux-tu que nous fassions quelque chose de particulier pour le dîner ?

Toutes ses pensées sur la voiture ayant brûlé le stop s'évanouirent et Everly ferma les yeux en sentant le réconfort que lui apportaient ses mots. Parler du dîner et savoir qu'il serait là pour Elise lui donna envie de pleurer. Elle avait peur de découvrir ce que Meat avait trouvé, mais ils allaient gérer ça... ensemble.

— Quoi que tu fasses, ce sera très bien, parvint-elle à dire.

— D'accord, Ev. Essaie de ne pas t'inquiéter. Meat est doué. S'il a trouvé quelque chose, je peux te garantir qu'il aura des suggestions sur la façon de procéder. De plus, si nous devons nous inquiéter que quelqu'un fasse du mal à Elise, toute l'équipe sera sur le coup. Personne ne va menacer l'une des nôtres et s'en sortir. Entendu ?

Oui, elle l'entendait très bien, et rien n'avait jamais été aussi bien dans sa vie.

Elle avait toujours été excentrique. Une femme dans une profession dominée par les hommes. La fille avec la sœur sourde. L'enfant qui avait une mère droguée. Mais savoir qu'elle avait le soutien des Mercenaires Rebelles s'il arrivait quelque chose à sa sœur était presque aussi réconfortant que l'un des câlins de Mamie.

— Oui, entendu, dit-elle.

— Veux-tu que j'envoie un texto à Elise pour lui faire savoir le plan ?

En sachant qu'elle exagérait et qu'elle devait vraiment se remettre au travail, Everly dit :

— S'il te plaît. Merci.

— Ne me remercie pas pour quelque chose que j'aime faire, la gronda Ball. Je t'ai dit ça hier soir quand tu as essayé de me remercier pour l'orgasme.

Everly sourit à ce souvenir. Il l'avait fait jouir plus violemment que jamais et elle était restée allongée sur le lit, toute molle, incapable de faire autre chose que de dire « merci ». Il avait ri et lui avait dit que c'était lui qui devait la remercier, et qu'elle allait avoir des problèmes si elle essayait encore une fois de le remercier pour quelque chose qu'il faisait pour son propre plaisir. Il avait continué en disant que si elle voulait vraiment montrer sa reconnaissance, elle pouvait le faire en le baisant comme la première fois.

C'était donc ce qu'elle avait fait.

Ils avaient tous les deux été tout mous en étant enfin prêts à dormir.

— Ball ?

— Je suis là.

— Je... je ne sais pas comment j'aurais traversé tout ça sans toi.

Il baissa la voix et elle entendit sa sincérité quand il affirma :

— Tu l'aurais fait de la même façon que tu as tout déchiré les dernières trente-quatre années de ta vie.

— Je suis morte de peur à l'idée de te décevoir comme ta partenaire et ton ex, avoua-t-elle doucement.

— Ça n'arrivera pas. Everly, tu as déjà montré d'un million de façons différentes que tu ne leur ressembles pas du tout. J'avais une rancune contre toutes les femmes à cause des actes de deux d'entre elles. C'était stupide. Je suis simplement content que tu aies pu me pardonner et m'aider à voir mes erreurs.

— Je...

Everly s'arrêta juste à temps avant de lâcher qu'elle l'aimait. Ce n'était pas qu'elle avait honte de le lui dire, ni même qu'elle avait peur, mais la première fois qu'elle le disait, elle voulait que ce soit en face à face avec lui. Elle voulait que ce soit spécial. C'était vraiment très tôt pour penser à l'amour, mais elle n'avait jamais été du genre à retenir ce qu'elle pensait et ressentait.

— Tu quoi ? demanda Ball.

— Je te vois ce soir.

— Fais attention.

— Promis.

— Au revoir.

— Au revoir.

Everly raccrocha et essaya de ne pas penser à ce que Meat pouvait avoir trouvé sur le téléphone d'Elise. Ball lui avait dit la même chose qu'à Elise, que si elle ouvrait une pièce jointe, quelle qu'elle soit, elle pouvait contenir un virus conduisant un réseau de trafic jusqu'à elle. C'était peu probable, car ces gens-là aimaient enlever des filles dont les gens se souciaient très peu... À cause de la publicité qu'avait eue l'affaire et du fait qu'Elise ne vivait même plus à Los Angeles, elle était une cible peu désirable.

Mais ça ne rassurait pas Everly.

Sa radio cracha et le Central appela des renforts pour un cambriolage potentiel en cours. Elle fit passer toutes les pensées concernant sa sœur et Ball en arrière-plan de son esprit et passa les vitesses pour aller faire son travail.

* * *

Elise avait la tête baissée en envoyant des textos à Kim, une de ses amies de Los Angeles. Elle avait gardé le contact avec quelques-unes, mais pas beaucoup. La plupart avaient semblé l'oublier dès qu'elle était partie.

Elle monta lentement les marches jusqu'à l'appartement, les pouces bougeant rapidement sur l'écran de son téléphone. Elise n'était pas pressée, parce qu'Everly n'était pas à la maison et Ball n'arrivait pas avant une heure et demie environ.

En souriant à cause de l'histoire que son amie lui racontait sur un de ses anciens professeurs, Elise lui dit d'attendre un instant, parce qu'elle devait ouvrir la porte. Elle glissa le téléphone sous son bras pour avoir les deux mains libres.

À la seconde où elle fit tourner la clé dans le verrou et poussa la porte, quelqu'un la bouscula à l'intérieur avec tant de violence qu'Elise tomba à quatre pattes dans l'appartement. Son téléphone tomba sur le sol et Elise se tourna pour voir qui l'avait poussée.

Le souffle coupé, elle fixa l'homme qu'elle n'avait jamais cru revoir et qui lui souriait maintenant.

Il avait fermé la porte de l'appartement et il lui disait

quelque chose, mais elle ne le comprenait pas. En rampant en arrière aussi vite que possible, Elise inspira brusquement quand sa tête heurta le mur derrière elle.

L'homme qui l'avait enlevée s'accroupit, lui sourit et lui fit maladroitement le signe *bonjour* avec ses mains gantées. Ensuite, il se leva et attrapa quelque chose dans sa poche arrière. Il était grand et mince et il avait l'air extrêmement normal. Il avait les cheveux bruns et des yeux extrêmement sombres… il ne paraissait pas du tout menaçant, raison pour laquelle elle était montée dans son véhicule.

Ce n'était que quand il lui avait saisi le bras et qu'il lui avait arraché son sac qu'elle avait compris que ce n'était pas le père du mystérieux Rob.

Ne voulant pas découvrir ce qu'il cherchait à attraper, Elise se leva d'un bond et courut vers sa chambre. Si elle réussissait à s'enfermer à l'intérieur, elle allait pouvoir ouvrir la vitre et crier à l'aide.

Mais elle ne put pas aller très loin. L'homme, qui était bien plus lourd qu'elle et faisait presque trente centimètres de plus qu'elle, la tacla par-derrière.

Elise tomba comme un sac de patates. Il avait les bras autour d'elle, alors elle ne put même pas sortir les mains pour briser sa chute. Elle frappa le tapis du menton avec tant de force qu'elle se mordit la lèvre et la langue. Du sang coula dans sa bouche et elle le cracha immédiatement.

Une seconde plus tard, la main de l'homme couvrit sa bouche et son nez.

En sachant qu'elle faisait sûrement des bruits horribles, Elise se débattit. Elle fit tout ce que Ball lui avait appris, mais en vain. L'homme était trop lourd. Son eau de Cologne lui rappela la nuit où il l'avait presque agressée dans l'obscurité.

En panique, Elise se rendit compte qu'elle commençait à avoir le tournis. Il allait la tuer. Ici dans son propre appartement. Ball allait venir et trouver son corps sans vie, et Everly ne se le pardonnerait jamais.

Un peu plus tard, Elise comprit que l'homme ne la suffoquait pas. Sa main gantée était mouillée... le produit chimique qu'il avait mis sur son gant allait faire en sorte qu'elle s'évanouisse.

Son avant-dernière pensée fut qu'elle n'arrivait pas à croire qu'elle se faisait encore enlever.

Sa dernière pensée, avant de perdre connaissance, fut que les chances d'être sauvée cette fois étaient très minces ou inexistantes. Il n'allait pas la laisser s'échapper encore une fois. Impossible.

* * *

Everly gara sa voiture et jeta un coup d'œil à sa montre. Depuis qu'elle avait parlé avec Ball et qu'elle avait appris que Meat avait trouvé quelque chose sur le téléphone d'Elise, elle n'arrivait pas à se concentrer. Et ne pas se concentrer dans son travail, ce n'était pas une bonne chose. Elle avait demandé à partir une heure plus tôt. Heureusement, la journée avait été assez calme et son chef avait accepté sa demande.

Elise aurait dû être rentrée une heure auparavant, mais elle ne répondait à aucun des textos qu'Everly avait envoyés. En regardant autour d'elle, Everly ne vit pas la Mustang de Ball, mais elle ne fut pas vraiment surprise : c'était encore un peu tôt pour qu'il arrive. Le vestibule était vide quand elle entra, et Everly se dirigea vers les escaliers.

Se sentant étrangement nerveuse, mais reconnaissante d'avoir pu quitter le travail plus tôt, Everly ouvrit la porte de son appartement. En sachant que ça ne servait à rien d'appeler sa sœur, elle posa son sac sur le sol et son portefeuille et ses lunettes de soleil sur le comptoir de la cuisine. Elle se dirigea vers sa chambre pour se changer. Elle retira son gilet pare-balles et son uniforme. Elle rangea son arme dans le coffre-fort et enfila un jean et un tee-shirt. Elle prit le temps de se brosser les cheveux et elle sourit lorsqu'ils tombèrent en cascade autour de son visage. Elle s'examina dans le miroir.

Elle se sentait différente, mais elle n'avait pas *l'air* différente de ce qu'elle était quelques mois auparavant.

Avait-elle vraiment rencontré Ball depuis un peu plus de deux mois seulement ? Depuis qu'elle avait été si furieuse parce qu'il dénigrait tout le sexe féminin et supposait qu'elle allait faire foirer la mission pour retrouver sa sœur ?

Pendant toute sa vie, elle ne s'était jamais sentie particulièrement jolie. Même si Mamie lui avait répété qu'elle l'était. Les hommes aimaient lui faire des compliments sur ses cheveux, mais en général ils étaient suivis par un commentaire irritant sur la fougue qu'elle devait avoir au lit parce qu'elle était rousse. Il était devenu plus facile de les porter en chignon ou en queue de cheval pour essayer de couper court aux remarques grossières. Mais en voyant que Ball aimait passer la main dans ses cheveux, elle avait commencé à les laisser détachés plus souvent.

Cependant, elle s'habillait toujours pareil, préférant les vêtements confortables aux tenues plus à la mode. Intérieurement, elle se sentait plus féminine. C'était bien sûr parce que Ball lui disait souvent qu'elle était belle et qu'il passait des heures à lui montrer comme il aimait regarder son corps... qu'il soit vêtu ou pas.

En chassant ces pensées, Everly se tourna pour aller chercher Elise. Elle ouvrit la porte de sa chambre... et regarda autour d'elle, surprise.

Elle n'était pas là. Son lit n'était pas fait, ce qui était normal, et puis il y avait un assez grand nombre de vêtements sur le sol, pas dans son placard ni dans le panier de linge sale, ce qui n'était pas inhabituel pour sa sœur. Elle n'était pas tout à fait maniaque.

Étonnée, Everly retourna dans le couloir. Elle jeta un coup d'œil aux toilettes, mais elle ne trouva pas Elise. Debout dans l'entrée menant au salon, Everly fronça profondément les sourcils.

Elise était absente. Et elle ne savait pas du tout où elle pouvait être. Ce n'était pas comme si elle s'était fait des amis dans l'immeuble, car selon Everly, il n'y avait pas d'autres adolescents ici.

Son sac de cours était posé à côté d'une petite table dans l'entrée de l'appartement. Juste à côté de l'endroit où Everly avait laissé tomber son propre sac quelques minutes auparavant.

Inquiète maintenant, Everly sortit son portable et envoya un texto rapide à Elise en lui demandant où elle était.

Un éclat de lumière attira son regard et Everly se tourna pour voir le téléphone d'Elise sur le sol, à moitié sous une des tables à côté du canapé, la lumière clignotante indiquant qu'un nouveau texto était arrivé.

Avec une angoisse montante, Everly se précipita vers l'appareil. À la dernière seconde, elle pensa qu'il valait mieux ne pas le toucher, juste au cas où il y aurait des empreintes digitales. En utilisant le coin d'une couverture posée sur le canapé, elle le ramassa. L'écran était fissuré, mais le téléphone semblait fonctionner. Everly utilisa le bas de son tee-shirt pour protéger l'appareil de ses propres empreintes digitales et elle appuya sur le bouton *Home*. Le texto qu'elle venait d'envoyer apparut sur l'écran principal. Ainsi que quelques autres de Kim, une fille qu'Elise avait connue à Los Angeles.

Apparemment, elles avaient été au milieu d'une conversation quand Elise s'était soudain arrêtée de bavarder.

Everly remonta le fil de la conversation.

Kim : Tu aurais dû voir M. *Thompson. Son visage est devenu tout rouge et j'ai cru qu'il allait péter les plombs.*

Elise : Ça devait être hilarant ! Attends une seconde… je dois ouvrir ma porte.

Kim : C'était trop drôle ! J'en ris encore en y pensant. J'aurais aimé que quelqu'un prenne une photo.

Kim : Elise ?

Kim : Tu es là ?

Kim : Qu'est-ce qui t'arrive ?

Kim : *Très bien, je te parlerai plus tard.*

Ce fut tout jusqu'à son propre texto où elle disait à sa sœur qu'elle rentrait plus tôt que prévu.

Un sentiment étrange monta dans sa gorge… et Everly se sentit soudain perdue. Elle avait beau être policière, pendant une seconde elle ne sut pas du tout quoi faire. Devait-elle appeler le 911 et leur dire quoi ? Qu'elle ne trouvait pas sa sœur ? Ils allaient simplement lui répéter la même chose que la police de Los Angeles… que c'était une gamine et qu'elle rendait sûrement visite à des amis.

Mais non… ses collègues savaient ce qui était arrivé. Ils ne feraient pas ça, si ? Ils allaient prendre ses inquiétudes au sérieux, d'autant plus qu'Elise avait déjà été enlevée.

Trop de pensées se bousculèrent dans sa tête et Everly resta figée au milieu de son appartement, respirant bien trop fort, essayant désespérément de ne pas paniquer.

En se tournant, elle fixa le sol du couloir d'un air absent… et elle vit une petite tache rouge.

En tombant à genoux, Everly fixa la tache de sang, incrédule.

De la bile remonta dans sa gorge et elle la força à redescendre. Elle ne pouvait pas paniquer. Pas maintenant.

Elise avait besoin qu'elle soit forte. Qu'elle soit intelligente.

Et juste à ce moment-là, comme si un interrupteur avait été enclenché en elle, la peur qui avait failli la submerger se transforma en fureur. Une colère d'une ampleur encore jamais ressentie auparavant la recouvrit entièrement. Épaisse, vibrante, puissante.

Elle avait appris à être prudente et à n'utiliser la force létale que dans les cas de danger extrême, mais Everly sut à ce moment-là que si celui qui avait fait du mal à sa sœur s'était retrouvé debout devant elle, elle l'aurait abattu sans le moindre remords et sans aucune hésitation. Elle était en colère à ce point-là.

Elle se leva et posa le téléphone d'Elise sur le comptoir de la cuisine. Puis elle attrapa son propre téléphone pour appeler Ball, afin de faire venir les renforts, mais avant même qu'Everly touche l'écran, il se mit à sonner.

Surprise, Everly regarda le numéro inconnu à l'écran... et elle fut prise d'un calme étrange. C'était lui. L'enfoiré qui avait volé sa sœur. Elle le *savait*.

En cliquant sur l'icône, elle décrocha :

— Allô ?

— Si tu veux revoir ta sœur, tu vas suivre mes instructions à la lettre. Tu m'écoutes ?

— Oui.

Ce n'était pas le moment de faire la dure. Everly avait besoin d'informations. Et elle en avait besoin maintenant. Elle avait le temps d'abattre cet enfoiré plus tard. Une fois qu'Elise était en sécurité.

— Je te regarde. En ce moment. J'ai mis des caméras dans ton appartement afin de pouvoir garder un œil sur toi.

Everly tourna la tête en essayant d'apercevoir une des caméras.

— Tu ne les trouveras pas. Enfin, tu le pourrais si tu en

avais le temps, mais ce n'est pas le cas. Ce que je veux dire, c'est : ne fais rien de stupide. Si tu appelles quelqu'un après que nous avons raccroché, je la tuerai. Lentement et douloureusement, et je ferai en sorte qu'elle sache que c'est ta faute. J'espère vraiment que tu ne m'y obligeras pas, parce que je ne veux pas tuer Elise. Elle est tellement jolie. Et silencieuse. C'est apaisant. Je ne le supporte pas quand elles crient. J'ai l'intention de la garder très longtemps.

Everly eut elle-même envie de crier. Elle voulait dire à l'homme à l'autre bout de crever et de laisser sa sœur tranquille. Mais le fait qu'il ne veuille pas tuer Elise était une bonne chose... s'il disait la vérité. Il pouvait mentir, il était possible qu'il l'ait déjà tuée, mais elle ne le pensait pas. Elle avait appris à bien interpréter les gens après des années de son travail. Et ce type semblait obsédé.

— J'écoute, dit-elle.

— Bien. Je suis sûr que tu te demandes pourquoi je prends la peine de t'appeler, n'est-ce pas ? Pourquoi je n'ai pas déjà filé avec ma récompense ?

L'idée lui avait effectivement traversé l'esprit.

— Un peu.

— C'est parce que tu es flic. Une sale *flic* puante. Si tu ne l'étais pas, je commencerais déjà ma nouvelle vie avec ma belle épouse. Mais tu ne vas pas arrêter de la chercher. Je le sais. Tu seras éternellement une épine dans mon pied. Et ça ne va pas. Je ne dois négliger aucun détail.

Ça, ce n'était pas bon signe, mais il avait tout à fait raison. Il était impossible qu'Everly arrête de chercher sa sœur. Quel que soit le nombre des années qui passent.

Mais... Mamie et Papy non plus. Et Ball. Et ses amis. D'ailleurs, les amis d'Everly et ses collègues au commissariat non plus. Ce type n'avait apparemment pris en compte aucune de ces personnes, ce qui n'était pas logique, mais à ce moment-là, elle n'avait pas l'intention de regarder la bouche du cheval donné. Il l'avait appelée. Il pouvait être pisté. Il commençait à devenir imprudent et à laisser des indices qui finiraient par conduire jusqu'à lui.

— Que veux-tu ? demanda-t-elle.

— Quand nous aurons terminé de parler, tu dois mettre les deux téléphones dans un tiroir et partir. Ferme la porte derrière toi, et sors comme si tout était normal. Si tu parles à quelqu'un de ce qui arrive pendant ton trajet, je tuerai Elise. Si tu avertis quelqu'un, je la tue. Même si tu as l'air de faire quelque chose qui pourrait attirer l'attention sur toi, je la tue. Compris ?

— Oui.

Elle avait compris. Elle ne croyait pas vraiment qu'il avait eu le temps d'installer des mouchards dans tout son appartement, dans le couloir à l'extérieur, l'escalier et le parking. Mais d'un autre côté, cela faisait longtemps qu'Elise avait déménagé à Colorado Springs. Everly ne savait pas du tout à quoi ressemblait ce type. Elle aurait pu passer devant lui dans le couloir et ne pas le savoir. Elle n'allait certainement pas prendre le risque de faire quelque chose qui lui donne une excuse pour tuer sa sœur et mettre en danger quelqu'un d'autre. Non, elle devait jouer la sécurité et faire ce qu'il disait.

Il poursuivit :

— Tu vas monter dans ta voiture et rouler jusqu'au parking de l'épicerie en haut de la rue. Gare-toi au fond du parking. Les caméras de surveillance ne peuvent pas voir ce qu'il se passe là-bas. Je t'attendrai dans un fourgon blanc avec une énorme enseigne sur le côté indiquant *Plomberie Tuttle*. Ne merde pas, avertit l'homme. Tu préfères que ta sœur reste en vie, n'est-ce pas ?

— Ne lui fais pas de mal, dit Everly en serrant les dents.

— Bien sûr, je n'en ai pas envie... elle est toute ma vie. Mais je le ferai si tu m'y forces.

— Je ne le ferai pas.

— Souviens-toi que je te surveille. Et ce tee-shirt rouge que tu portes est un peu trop voyant pour moi. Tu devrais aller te changer. Enfile un tee-shirt noir à la place.

Everly eut des frissons dans le dos.

Elle ne l'avait pas entièrement cru quand il disait qu'il pouvait la voir. Elle avait prévu d'appeler Ball à la seconde où elle raccrochait. Mais elle avait sorti le tee-shirt rouge du fond de son tiroir cinq minutes auparavant. Il était impossible que l'homme au téléphone ait pu deviner ce qu'elle portait.

Mourant d'envie de chercher où il avait placé les caméras, Everly se força à rester très immobile.

— D'accord. Quoi d'autre ?

— Des claquettes. Tu devrais mettre une paire de sandales ou des claquettes.

— D'accord.

Elle ne savait pas du tout pourquoi il voulait qu'elle porte des claquettes, mais elle s'en moquait.

— Comment puis-je savoir qu'Elise va bien, qu'elle est avec toi ?

— Tu veux une preuve ? demanda-t-il.

— Oui.

Elle sentit le téléphone vibrer dans sa main. Elle l'éloigna de son oreille et fixa la photo qui venait d'arriver.

Elise était assise par terre à côté d'un arbre, apparemment dans une zone boisée. Ses mains étaient attachées derrière elle et elle portait les mêmes vêtements qu'elle avait mis pour l'école ce matin-là. Ses yeux étaient rouges et on voyait des traces de larmes dans la saleté et la poussière sur son visage.

Everly entendit l'homme parler et elle remit le téléphone à son oreille.

— ... Il y a environ trente minutes. Ce sera ta seule chance de sauver ta sœur. Es-tu assez courageuse pour le faire en sachant que j'ai l'intention de te tuer ?

Everly ouvrit la bouche pour répondre, mais la communication fut coupée.

Furieuse qu'Elise soit attachée quelque part au milieu d'une foutue forêt, morte de peur, incapable d'entendre ce qui se passait autour d'elle, Everly sentit la haine mijoter au fond de son âme.

Elle se précipita vers sa chambre et jeta le tee-shirt rouge qu'elle portait sur le sol. Elle enfila un tee-shirt bleu marine de la police de Colorado Springs juste pour être mesquine – et aussi pour se rappeler que peu importe ce qui arrivait, elle savait gérer ce connard – puis elle retira ses tennis et ses chaussettes. Elle glissa ses pieds dans une paire de claquettes bon marché qu'elle avait achetée pour le trajet de son appartement à la piscine et elle repartit à toute vitesse dans l'autre pièce.

Elle prit le téléphone d'Elise sur le comptoir et en réfléchissant vite, elle prit le temps de se rendre à l'évier. Supposant qu'elle était surveillée, Everly fit semblant de pleurer – enfin, elle fit *aussi* semblant de pleurer – et elle resta debout avec la tête penchée pendant une minute. Puis elle ouvrit le robinet et jeta de l'eau sur son visage. En inspirant profondément, elle mit une grande quantité de savon liquide dans sa main. Elle se lava minutieusement les mains en faisant mousser le savon fruité avant de les sécher sur une serviette accrochée à la poignée du frigo.

Puis elle retourna vers les portables et elle inspira profondément. Elle posa sa main sur le téléphone de sa sœur pendant juste une seconde, prenant une deuxième inspiration profonde et calmante.

Lorsque le soleil allait se lever le lendemain matin, soit elle serait morte et Elise serait en route vers l'endroit où le crétin taré voulait l'emmener. Ou alors, Elise et elle seraient toutes deux à la maison, saines et sauves, et son *ravisseur* serait mort.

Elle attrapa les deux téléphones et les plaça dans l'un des tiroirs de la cuisine, puis elle se dirigea vers la porte de son appartement. Si celui qui avait enlevé sa sœur pensait qu'elle était trop lâche pour venir la chercher, il avait tort. Il avait carrément dit qu'il avait l'intention de la tuer, mais Everly était entraînée pour ce genre de situations.

Et elle avait Ball. Il allait comprendre que quelque chose n'allait pas du tout, et il allait faire ce qu'il fallait pour les retrouver, Elise et elle. Ça, elle n'en doutait absolument pas. La raison pour laquelle il avait été si énervé contre son ancienne partenaire, c'était parce qu'elle n'avait pas agi comme aurait dû le faire une véritable partenaire. C'était pareil avec son ex. Être un bon partenaire, c'était ce qu'il y avait de plus important pour Ball.

Il allait venir la chercher. Elle le savait.

Et elle se rassura en pensant que si le ravisseur parvenait à la tuer, Ball et ses collègues Mercenaires Rebelles ne prendraient pas une minute de repos avant d'avoir ramené Elise à la maison.

L'erreur du ravisseur n'était pas de croire qu'elle n'arrêterait jamais de chercher sa sœur... il avait tout à fait raison, c'était vrai. Son erreur était de penser que quelqu'un d'autre ne ferait pas la même chose. Il était clair qu'il était loin d'être bête, mais pour une raison étrange, il ne pensait pas que Ball n'arrêterait pas non plus. Cet enfoiré ne comprenait pas l'honneur et la dévotion, en tout cas pas d'une façon qui n'était pas obsessionnelle et malsaine. Everly savait au fond d'elle que Ball ne se reposerait pas avant d'avoir trouvé Elise et son ravisseur, et de lui faire payer ses actes.

Il lui avait raconté l'histoire de la femme de son chef mystérieux : qu'elle avait disparu plus de dix ans auparavant, mais que Rex n'avait jamais arrêté de la chercher. Qu'il n'avait jamais arrêté de croire qu'elle était quelque part.

Ça n'allait pas être le sort d'Elise si Everly avait son mot à dire. D'un autre côté, même si le ravisseur l'abattait à la seconde où elle montait dans son fourgon – ce dont elle doutait, parce que le parking de l'épicerie était en général assez bondé – Ball allait réussir là où elle avait échoué.

Ainsi décidée, Everly fit de son mieux pour paraître décontractée en marchant vers la cage d'escalier.

Elle était une très bonne policière et elle allait devoir se servir de tout ce qu'elle avait appris dans la rue et à l'académie de police pour battre ce connard à son propre jeu.

Il y avait des caméras partout dans l'immeuble et elle savait que Ball allait demander à Meat ou Rex d'obtenir les enregistrements dès qu'il apprendrait leur disparition.

Prenant le risque que l'homme n'ait pas mis de mouchards dans les escaliers, Everly s'arrêta dans la cage d'escalier avant d'entrer dans le hall. Elle regarda la caméra dans le coin et, sans savoir si le ravisseur regardait, communiqua en langue des signes aussi vite et discrètement que possible qu'Elise avait été enlevée à nouveau et qu'elle était en route pour rejoindre le ravisseur.

Elle ajouta une dernière chose qu'elle espérait pouvoir lui dire en personne, sans savoir si elle en aurait l'occasion.

Ça ne faisait pas beaucoup d'informations, mais avec un peu de chance cela indiquerait à Ball et ses amis que quelque chose clochait et qu'il fallait commencer à les chercher.

Elle inspira profondément, cherchant à se donner des forces, puis elle quitta la cage d'escalier, traversa le hall d'entrée et sortit dans le parking. Lorsqu'Everly grimpa dans sa Cherokee, elle pria pour que Ball atteigne son appartement le plus vite possible.

S'il arrivait et qu'il trouvait assez vite les téléphones, ils allaient lui indiquer qu'il y avait un problème, qu'Elise et elles n'étayent pas simplement parties faire une course. La photo que le ravisseur lui avait envoyée était aussi un énorme indice.

Elle espérait qu'il comprendrait pourquoi elle était partie rejoindre Elise toute seule, au lieu de le contacter d'abord. Elle espérait aussi qu'il comprendrait l'indice qu'elle avait laissé pour lui sur son téléphone.

Ball monta deux à deux les marches de l'immeuble d'Everly. Il n'avait rien laissé paraître quand il lui avait parlé plus tôt, mais il était extrêmement mal à l'aise au sujet de l'appel de Meat.

Il avait essayé de lui faire dire exactement ce qu'il se passait, mais Meat avait expliqué qu'il n'avait pas encore grand-chose à lui dire, juste un soupçon. Meat travaillait aussi vite que possible pour découvrir la vérité et à ce moment-là il allait s'adresser en même temps à Everly et à lui.

Ball avait prévu d'arriver tôt à l'appartement, mais un de ses clients avait appelé pour parler de son site Internet et la conversation avait duré plus longtemps que Ball l'aurait voulu. Dès qu'il avait raccroché, il avait fermé son ordinateur portable et quitté la maison.

Plus il pouvait faire emménager Everly et Elise chez lui rapidement, plus il serait heureux. Ce n'était pas qu'il n'aimait pas l'appartement dans lequel se trouvait Everly. C'était un quartier agréable, la sécurité était bonne, il y avait des caméras partout, et c'était largement assez grand pour les deux sœurs. Mais il voulait qu'elle soit plus près. Tout le temps. Il voulait les photos d'Everly sur les murs de sa maison. Il voulait le bazar d'Everly dans son placard. Il voulait qu'elle soit dans son lit tous les soirs.

D'accord, ils passaient déjà à peu près toutes les nuits ensemble, mais il la voulait avec lui. Pour une raison qu'il ignorait, elle semblait toujours bien plus détendue chez lui. Il voulait qu'Everly puisse en profiter chaque nuit.

Ball appuya sur la sonnette spéciale qu'Everly avait installée au cours des dernières semaines. Elle était attachée à la porte et connectée par Wi-Fi à une lumière qui clignotait à l'intérieur. Il attendit... et il fronça les sourcils quand plusieurs minutes s'écoulèrent sans qu'Elise vienne ouvrir la porte. Il appuya encore sur le bouton, et quand elle ne vint pas à la porte, il tendit la main et essaya la poignée.

Surpris quand elle tourna dans sa main, Ball devint immédiatement vigilant.

Il était impossible qu'Elise oublie de verrouiller la porte en rentrant à la maison.

Il la poussa doucement et écouta un instant.

Rien.

Tout était complètement silencieux.

En prenant le téléphone dans sa main, il fit apparaître le numéro de Meat et s'apprêta à l'appeler. Mais il ne voulait pas encore alerter qui que ce soit qu'il se trouvait dans l'appartement. Ball marcha lentement vers le salon et jeta un coup d'œil dans le couloir. Sombre et silencieux. Il passa la tête dans la salle de bains et vit qu'elle était vide. La porte d'Elise était ouverte et il regarda à l'intérieur. Rien ne semblait déplacé.

En marchant plus vite maintenant, il écouta à la porte d'Everly et n'entendit rien. Il ouvrit silencieusement la porte et regarda à l'intérieur. Ne voyant personne, il entra. Il y avait un tee-shirt rouge sur le sol à côté d'une paire de chaussettes et des tennis, et ses chaussures de travail se trouvaient près du placard. Il jeta rapidement un coup d'œil dans le placard, toucha les vêtements pendus sur le bord du panier à linge. Ils étaient humides. Everly était venue à la maison, s'était changée et apparemment Elise et elles étayent parties quelque part. Mais pourquoi ne l'avait-elle pas appelé ? Et pourquoi avaient-elles laissé la porte déverrouillée ?

Ce n'était pas logique et Ball se sentit extrêmement mal à l'aise. Il retourna au salon et observa tout. Quelque chose semblait... bizarre.

Tout était à sa place, tout était aussi rangé que d'habitude. Mais Ball n'arrivait pas à chasser l'impression qu'Everly et Elise étaient en danger.

Il se rendit dans la cuisine et il vit que l'évier avait été utilisé récemment. Il était encore mouillé. En touchant la serviette accrochée à la porte du frigo, il remarqua que celle-ci était humide également.

— Mais où êtes-vous ? marmonna-t-il.

Il remarqua alors quelque chose que personne d'autre n'aurait vu.

Un des tiroirs était partiellement ouvert.

Everly fermait toujours méticuleusement les tiroirs. Que ce soit dans la cuisine, la salle de bains ou la chambre. Elle disait que c'était une habitude qui lui restait de son enfance pourrie, car sa mère insistait toujours pour que chaque tiroir soit fermé. Sinon, si leur maison était fouillée par les flics ou d'autres drogués désespérés, quelqu'un aurait pu savoir où chercher sa drogue.

Ça n'avait aucun sens pour Ball, mais d'un autre côté, les gens qui se droguaient étaient connus pour être para-noïaques.

Ce tiroir légèrement entrouvert était comme un énorme signal lumineux indiquant que quelque chose n'allait pas. Il s'avança lentement, comme si un cadavre aurait pu miraculeusement se tapir là-dedans en attendant de lui sauter dessus. Avec un doigt, il l'ouvrit entièrement. C'était le tiroir des couverts : les cuillères, les couteaux et les fourchettes étaient tous soigneusement alignés dans leur contenant en plastique.

Mais les deux téléphones portables posés au-dessus n'étaient absolument pas à leur place.

Il les reconnut immédiatement comme étant ceux d'Elise et d'Everly. L'objet posé sur le téléphone d'Everly était plus inquiétant encore.

Sa bague.

Celle que Mamie lui avait donnée.

Celle qu'elle ne retirait jamais au grand jamais.

Elle l'avait enlevée et laissée ici pour qu'il la trouve.

Bordel de merde !

Son doigt cliqua sur le nom de Meat avant que son cerveau ait vraiment eu le temps de réfléchir à ce qu'il faisait. Ball fixa la bague en écoutant la sonnerie du téléphone.

— Ball. J'étais à quelques secondes de t'appeler, dit Meat.

— Everly et Elise ont disparu.

— Quoi ?

— Elles ont disparu. Je suis arrivé à l'appartement et même si Everly n'était pas censée être déjà à la maison, elle est apparemment rentrée en avance. Mais elles ont toutes les deux disparu.

— Merde ! jura Meat.

— Leurs deux téléphones sont ici, alors tu ne peux pas les pister de cette façon.

Ball ne parla pas de la bague d'Everly à Meat. Il avait bien reçu son message : Elise était en danger, alors elle était partie avec elle, ou à sa poursuite. Peu importe ce qui était arrivé, elle avait disparu. Et il devait les retrouver.

— J'allais justement appeler et te dire de venir ici. J'ai trouvé une application sur l'ordinateur d'Elise que je n'avais pas vue avant. Elle avait la même sur son iPhone.

— Quel genre d'application ? demanda Ball impatiemment.

— Ça ressemble à une application normale de calculatrice. Quand on clique dessus, une calculatrice qui fonctionne s'affiche. Mais si tu entres des nombres dans un ordre particulier, cela ouvre une application de messagerie.

Ce fut au tour de Ball de jurer.

— Putain ! Elle a discuté avec ce Rob pendant tout ce temps ?

— En réalité, non, je ne crois pas. On dirait qu'elle a téléchargé cette nouvelle application sur son téléphone une semaine environ après son arrivée ici, mais elle n'a envoyé qu'un seul message à ce faux Rob.

— Qu'a-t-elle dit ?

— Elle lui a dit de la laisser tranquille. Mais une fois a suffi.

— À quoi ?

— Apparemment à ce que l'enfoiré la retrouve. Il a obtenu son adresse IP et il l'a suivie à Colorado Springs. D'après les messages qu'il lui a envoyés, il la suit depuis des semaines. Je ne pense pas qu'Elise ait regardé ces messages. Sinon, j'aimerais croire qu'elle nous aurait prévenus.

— Pourquoi penses-tu cela ?

— C'est plus facile si je te le montre. Je t'envoie un e-mail... OK, regarde ça, dit Meat.

Ball savait qu'il n'avait pas vraiment le temps pour ça, mais la moindre information qu'il pouvait obtenir pouvait l'aider à trouver les filles. En cliquant sur le haut-parleur, il se rendit sur sa messagerie et ouvrit le mail que Meat venait de lui envoyer.

Il parcourut les captures d'écran avec une horreur grandissante.

Rob : Tu me manques.

Rob : Je ne te manque pas ? Pas même un peu ?

Rob : Te souviens-tu de nos conversations ? Tu me disais que tu m'aimais, et je t'aime encore, mon Elise.

Rob : Personne ne peut t'aimer comme moi. Pas tes grands-parents, certainement pas ta mère, et pas ta sœur. Tout le monde t'ignore, comme tu me l'as dit, mais pas moi. Je ne t'ignorerai jamais.

Rob : Je voulais te dire que tu étais très belle aujourd'hui.

Rob : Cette jupe te va très bien.

Rob : Mais tu ne devrais vraiment pas porter quelque chose de si court en public.

Rob : Ton corps est pour moi et moi seul. Pour le regarder.

Rob : Le caresser.

Rob : L'aimer.

Rob : Nous allons être heureux, toi et moi. Je vais vraiment bien m'occuper de toi... et tant que tu te comportes bien, tu auras tout ce dont tu as besoin.

Rob : Elise ? Je ne suis pas content de toi.

Rob : Tu n'as répondu à aucun de mes messages.

Rob : Ça me rend triste. Et fâché. Et jaloux.

Rob : Tu es à moi. Tu m'entends ?

Rob : Très bien. Je sais ce qui te fera plaisir.

Consterné, Ball passa une main sur son visage. Il était difficile de dire à quel moment les messages avaient été envoyés. Il n'y avait pas de date et ils étaient tous mélangés dans des captures d'écran.

Mais il avait attaché une photo au message suivant. Elle

était d'une femme plus âgée aux cheveux roux. Elle était allongée sur la moquette de ce qui semblait être un motel bas de gamme. Son rouge à lèvres était étalé sur son visage et elle avait des seringues piquées dans ses deux coudes. Ses yeux vitreux fixaient le plafond.

Rob : Ta mère ne t'a jamais aimée. Elle t'a fait du mal. Alors, je l'ai tuée pour toi. C'était facile. Il m'a suffi de lui donner des drogues. Une fois qu'elle a pris la première dose, elle a été facile à manipuler. Je lui ai dit que tu la détestais. Que tu avais gâché sa vie. Qu'elle ne méritait pas une fille si belle. Elle ne te fera plus jamais de mal, mon ange.

Il avait alors joint quelques photos de plus du buste sans bras, sans tête et sans jambes d'Ella Adams. D'une jambe dans une benne à ordures. D'un bras dans la poubelle de quelqu'un. De sa tête posée sur un feu de bois pas encore allumé. Et puis de cendres jetées dans l'océan.

Celui qui avait enlevé Elise la première fois avait assassiné la mère d'Elise et d'Everly et éparpillé les parties de son corps. C'était un miracle si tous les morceaux étaient un jour retrouvés. Le fait que personne n'ait averti les sœurs de la mort de leur mère était également révélateur. Personne ne savait qu'elle avait disparu.

Everly lui avait dit un jour qu'Ella avait tendance à disparaître parfois pendant plusieurs semaines. Mais elle finissait toujours par refaire surface, généralement pour appeler et demander de l'argent. En pleurant devant ses parents et en leur disant qu'elle avait seulement besoin d'un peu d'argent pour faire les courses.

Les photos ne lui donnèrent pas mal au cœur, car Ball avait vu pire, mais il était fou de savoir que la femme qu'il aimait et sa sœur étaient très probablement à la merci de ce psychopathe en ce moment même.

Les messages continuèrent après les photos.

Rob : J'étais sûr que tu allais me reparler en voyant ce que j'étais prêt à faire pour toi.

Rob : Mais je vois maintenant que tu es vraiment fâchée contre moi.

Rob : Je vais devoir faire en sorte que tu m'aimes à nouveau.

Rob : Je t'ai vue aujourd'hui. Tu faisais de la randonnée. Tu étais jolie avec ce short. Mais je veux que tu couvres tes jambes la prochaine fois, il n'y a que moi qui peux les regarder. Les lécher.

Rob : Moi aussi j'aime cet endroit. Il faudra que nous revenions. Bientôt.

Rob : Tu devrais faire attention dans le bus. Tu ne sais jamais qui t'observe.

Rob : J'adore la chemise de nuit bleu ciel que tu as portée la nuit dernière. Je t'ai regardée à travers la fenêtre de ton appartement. Tu devrais garder les rideaux fermés, Elise. Te regarder dormir sera tellement mieux quand nous serons ensemble.

Les messages étaient interminables et il était évident que cet homme avait surveillé Elise alors qu'elle était à Colorado Springs. En dehors du moment où il était reparti pour tuer Ella, il était ici dans le Colorado pendant tout ce temps.

Ball fut frappé par l'idée qu'Elise avait eu raison. Quelqu'un l'avait effectivement suivie en randonnée. Elle n'était pas simplement paranoïaque.

Il était presque aussi fier d'elle qu'il était mort de peur.

— Je suis vraiment désolé de ne pas avoir trouvé ça plus tôt, lui dit Meat.

— Ce n'est pas de ta faute. Ces messages vont nous aider à poursuivre cet enfoiré en justice quand nous l'aurons localisé. Je n'aurais pas dû être si prompt à rejeter les inquiétudes d'Elise. Et j'étais en retard aujourd'hui.

— Quoi ?

— Je voulais être ici il y a un moment. Mais je m'occupais de conneries qui pouvaient attendre. Everly a fini le travail plus tôt et elle est arrivée avant moi à la maison. Et maintenant elles ont toutes les deux disparu. J'ai besoin de ton aide pour les trouver, Meat. Il y a des caméras de surveillance dans l'immeuble. Pirate-les. Personne n'est plus doué que toi pour retrouver quelqu'un.

— C'est comme si c'était fait. Je vais aussi appeler le reste de l'équipe.

— Merci. Rex aussi ?

— Rex aussi. Que vas-tu faire ?

— Je vais commencer par parler aux voisins. Elle n'était pas très proche d'eux, et certains n'étaient sans doute pas à la maison, mais je dois commencer quelque part.

— Bien. Ne sois pas surpris si Rex appelle bientôt.

— À plus, dit Ball en coupant le téléphone.

Il attrapa les portables d'Elise et d'Everly et glissa la bague à son petit doigt. Elle lui allait parfaitement.

Ball ferma les yeux pendant un moment et dit une prière silencieuse, puis il se dirigea vers la porte. Quelqu'un avait dû voir quelque chose.

Quinze minutes plus tard, le téléphone de Ball sonna.

— Ball.

— C'est Rex, dit son chef dont la voix électroniquement modifiée lui tapa sur les nerfs pour la première fois.

— Il l'a enlevée, dit Ball.

— Je sais. Mais nous allons la trouver.

Après avoir interrogé les voisins et n'avoir rien appris qui puisse l'aider à trouver Everly et Elise, Ball eut envie de laisser cours à sa frustration. Comment Rex allait-il trouver Elise et Everly alors qu'il ne trouvait même pas sa propre femme ?

Il se sentit immédiatement coupable d'avoir eu cette

pensée. C'était injuste. Mais Ball était à vif et mal à l'aise. En sachant la facilité avec laquelle le ravisseur avait réussi à démembrer et à se débarrasser du corps d'Ella Adams, il se dit qu'il pouvait faire la même chose à Everly et Elise. Ils étaient dans le Colorado. Il y avait des milliers d'hectares d'espaces sauvages où il pouvait enterrer leurs corps. Il était tout à fait possible de ne jamais les retrouver.

— Meat et moi avons regardé les vidéos de surveillance et nous savons comment il a fait sortir Elise de l'immeuble. Il est arrivé derrière elle quand elle est entrée dans son appartement. Évidemment, elle ne l'a pas entendu. Il a quitté l'appartement avec une grande valise.

Ball se retourna et donna un coup de poing dans le mur du couloir avec autant de force que possible.

— Il a mis Elise dans une foutue valise ? demanda-t-il.

— Apparemment. C'était une façon efficace de faire sortir une personne sans connaissance de l'immeuble sans avoir l'air louche. Elle est assez petite pour y entrer facilement et elle est assez légère pour que la valise ne paraisse pas trop lourde.

— Comment a-t-il fait pour enlever Everly ? demanda Ball, extrêmement anxieux.

Everly était futée. Même pour lui, il était difficile de la surprendre. Il était impossible qu'un inconnu puisse la pousser dans son appartement comme il l'avait fait avec Elise.

— D'après ce que nous avons vu… il ne l'a pas fait. Elle est sortie en marchant de son appartement – sans verrouiller la porte, d'ailleurs – et elle a pris les escaliers pour descendre. Mais elle t'a envoyé un message.

Avant que Ball puisse demander à Rex ce qu'il voulait dire, son téléphone vibra en recevant un texto.

Il regarda la courte vidéo que son patron avait envoyée. C'était Everly. Elle était dans la cage d'escalier, sur le point d'entrer dans le hall. Elle avait regardé tout droit vers la caméra avant de parler en langue des signes.

En jurant, Ball relança la vidéo. Il se concentra, essayant de se souvenir de ses leçons. Il rata quelques mots, mais le sens était évident.

Il a encore enlevé Elise. Il est possible qu'il me regarde. Je vais le rejoindre pour essayer de la récupérer. Fouille dans les bois. Peut-être près du chemin de randonnée de Seven Bridges. Je t'aime.

Elle l'aimait. *Putain de merde.* Elle l'*aimait*.

Ball ne la méritait pas, mais il allait la prendre quand même. Elle était à lui. Elle avait réussi à voir plus loin que son comportement de crétin quand ils s'étaient rencontrés et elle avait démonté la froideur de Ball morceau par morceau. Elle était exactement ce qu'il avait cherché. À la fois en tant que partenaire de travail et en tant que partenaire de vie.

Elle avait quitté l'appartement pour aller chercher sa sœur, en sachant qu'il était possible qu'elle ne réussisse pas et qu'elle perde la vie. Mais elle l'avait fait en sachant aussi qu'il la suivrait de près.

Sans hésitation.

En sortant le téléphone d'Everly de sa poche, il composa son mot de passe. Ils les avaient partagés l'autre nuit, en décidant que puisqu'il avait littéralement été dans son corps, il était maintenant normal de connaître leurs mots de passe respectifs. Il avait ri à ce moment-là, mais il ne riait pas maintenant.

— Qu'a-t-elle dit ? demanda Rex.

— Elle pense que sa sœur a été emmenée dans les bois près du sentier de Seven Bridges. Je vérifie son téléphone maintenant, une seconde...

Ball consulta les textos et il en vit un venant d'un numéro inconnu. Il retint sa respiration en voyant la photo qu'elle avait reçue. Il n'y avait pas de texte, mais la photo parlait d'elle-même.

Il comprit pourquoi elle pensait qu'ils étaient peut-être dans la zone de Broadmoor. Les alentours d'Elise sur la photo lui semblèrent familiers. Oui, il s'agissait simplement d'arbres, mais ils avaient quelque chose qui lui rappelait cette randonnée. Et si le ravisseur l'avait suivie à ce moment-là, il était probable qu'il la ramène dans un endroit familier.

Il transmit la photo à Rex et Meat, puis cliqua sur l'historique des appels.

Là. Elle avait accepté un appel d'un numéro inconnu une demi-heure auparavant. Il n'était pas très loin derrière elle.

— Puis-je vous aider ? demanda une femme au bout du couloir.

Ball se tourna et vit une femme d'âge moyen qui avait l'air irrité et effrayé debout devant sa porte. Elle n'avait pas répondu quand il avait frappé à son appartement plus tôt. En sachant que Rex écoutait encore, Ball remit le téléphone d'Everly dans sa poche et se tourna vers elle.

— Oui. Je ne trouve pas ma petite amie ni sa sœur. Everly et Elise Adams ? Elles vivent là-bas.

Il montra leur porte.

— Elles n'étaient pas à la maison quand je suis arrivé. Avez-vous vu ou entendu quoi que ce soit ?

La femme semblait soulagée.

— Je me souviens de vous, maintenant. Vous êtes venu très souvent.

— Oui, madame.

— Je n'ai pas vu Elise cet après-midi, mais j'ai vu Everly. Je l'ai seulement remarquée parce que je trouvais étrange qu'elle rentre chez elle avant de ressortir immédiatement. Mon appartement se trouve du côté du parking et mon bureau est juste devant la fenêtre. Je travaille chez moi, vous savez, et j'aime prendre l'air quand il fait frais dehors. Quoi qu'il en soit, je l'ai vu arriver et se garer. Puis, même pas dix minutes plus tard, elle a marché très vite vers sa Jeep.

— Dans quelle direction est-elle partie ? demanda Ball en sentant l'adrénaline monter dans ses veines.

— À droite. Elle a tourné à droite. Elle a même fait crisser ses pneus, ce qui m'a semblé bizarre, parce qu'Everly est normalement une conductrice très soigneuse et attentive. Vous savez, parce qu'elle est agent de police.

— Merci beaucoup. Je vais voir si je peux les rattraper.

— Elle va bien, alors ?

— Elle ira bien. Merci encore.

Ball se tourna et descendit les marches en remettant le téléphone contre son oreille.

— Tu as entendu ?

— Oui. Tourner à gauche l'aurait conduite à l'autoroute, et on n'aurait pas pu savoir où elle est allée ensuite. Mais tourner à droite signifie qu'elle monte vers la zone de Broadmoor. Il n'y a pas tellement de lieux où se rendre là-haut.

— Très bien. Je m'en occupe. Dis aux autres de me rejoindre au départ du sentier de Seven Bridges. Si je trouve autre chose en chemin, je vous contacte.

— Compris. Terminé.

Ball raccrocha et traversa le hall en courant jusqu'à sa Mustang. Toutes sortes de scénarios effrayants lui traversèrent l'esprit pendant qu'il se dirigeait vers sa voiture, mais il les chassa. Everly n'était pas une adolescente naïve. Il n'était pas heureux qu'elle se mette volontairement en danger, mais il la comprenait. Rejoindre Elise était sa priorité et elle pensait clairement qu'elle pouvait se mesurer à celui qui l'avait enlevée... au moins jusqu'à ce qu'il arrive.

Elle comptait sur lui.

Et il n'allait pas la laisser tomber comme Riley Foster l'avait laissé tomber autrefois.

En moins de deux minutes, il quitta le parking et prit la même direction qu'Everly. Il roula lentement, cherchant tout ce qui pouvait constituer un indice. Sa voiture, ou un fourgon comme celui dans lequel Elise avait été enlevée à l'origine. Tout ce qui pouvait l'aider.

Il faillit le rater.

Il dut faire demi-tour et retourner à l'épicerie. Elle était bondée et des voitures entraient et sortaient constamment du parking. Mais tout au fond, il vit une Jeep Grand Cherokee blanche. La voiture d'Everly n'était pas vraiment unique, mais il devait s'arrêter et y jeter un coup d'œil.

En s'approchant, il vit que c'était vraiment sa voiture. Et son ravisseur avait bien choisi le lieu de rendez-vous. Il était aussi éloigné que possible du bâtiment, ainsi toute vidéo aurait été quasiment inutile. Il envoya un texto rapide à Rex en lui faisant savoir qu'il avait trouvé la voiture d'Everly et l'endroit, puis il se dirigea vers le chemin de randonnée.

— Pourvu que ce soit ici qu'il les ait emmenées, dit Ball en serrant le volant avec tant de force qu'il fit blanchir ses articulations. J'arrive, Everly. Accroche-toi, bébé. Accroche-toi.

17

—————

Everly trébucha pour ce qui lui sembla être la millième fois, mais elle s'en moquait. Elle voulait que Tylor putain de Tuttle la sous-estime. Oui, c'était nul qu'elle fasse de la randonnée en claquettes. Et qu'elle doive lutter contre les effets secondaires du pistolet électrique qu'il avait utilisé sur elle. Mais ils étaient en chemin vers Elise, c'était tout ce qui importait. Elle devait s'assurer que sa sœur allait vraiment bien. Tylor était complètement taré et elle le pensait capable de l'avoir déjà tuée et de ne pas s'en souvenir.

Pendant qu'elle marchait, les détails de sa rencontre avec Tylor tournèrent en boucle dans sa tête :

Everly s'engagea dans le parking et elle vit immédiatement le fourgon blanc garé tout au bout. Il portait une plaque aimantée bas de gamme sur le côté avec **PLOMBERIE TUTTLE** *comme il l'avait dit. Elle se gara à côté et descendit de sa voiture. Elle s'approcha de la portière côté passager et l'homme au volant lui indiqua la porte à l'arrière.*

En ayant l'impression d'être une enfant acceptant les bonbons de l'inconnu de la sagesse populaire, elle ouvrit la portière coulissante et regarda à l'intérieur.

Il n'y avait pas de siège à l'arrière, juste un tas d'outils étranges fixés à des crochets de chaque côté. Elle se figea soudain, car à l'arrière, une valise ressemblant étonnamment à celle qui aurait dû être dans son appartement, au fond de son placard, était posée ouverte.

— Monte et ferme la porte derrière toi, dit l'homme.

N'ayant pas le choix, Everly fit ce qu'il dit. Le bruit de la portière qui se refermait lui évoqua celui d'un cercueil dont on claquait le couvercle.

— Ravi de te rencontrer enfin. Je suis Tylor Tuttle. Je vais être ton nouveau beau-frère, mais malheureusement nous ne ferons pas très longtemps partie de la même famille.

Elle ne voulait pas mordre à l'hameçon, mais elle ne put empêcher la question de sortir :

— Pourquoi ?

— Parce que dès que tu auras accompli la cérémonie de mariage pour Elise et moi, je te tuerai.

Everly écarquilla les yeux.

— C'est moi qui fais la cérémonie ?

Elle était énervée contre l'assurance de ce type, mais perplexe qu'il pense qu'elle veuille, ou puisse, marier qui que ce soit.

— Tu es flic. Tu as l'autorité de nous unir en tant que mari et femme.

Il y avait tant d'erreurs dans ce qu'il venait de dire qu'Everly ne savait pas par où commencer. Elle n'en eut pas le temps, de toute façon, car il continua à parler.

— Et si tu nous maries, Elise saura que tu approuves notre union pour toujours. Elle a peur, elle a besoin de savoir que sa sœur la soutient. Elle est nerveuse.

— Ça ne m'étonne pas, dit Everly. Tu devrais peut-être m'épouser à la place ?

Elle se dit que ça valait la peine d'essayer.

Tylor fronça le nez.

— *Tu es vieille. J'ai déjà une femme vieille, je n'ai pas besoin d'une autre.*

— *Si tu as déjà une femme, comment peux-tu te marier encore ?*

Le commentaire sur son âge la laissa indifférente. Trente-quatre ans, ce n'était pas vieux, mais quand on était un pédophile, au-dessus de vingt ans, c'était déjà un âge canonique.

— *Oh, je vais me débarrasser d'elle dès que je rentrerai à la maison avec Elise. Je n'ai qu'une seule pièce appropriée pour la garder et je ne veux pas qu'Elise soit jalouse.*

Everly eut la nausée en entendant les paroles de cet homme. Il paraissait normal et sain d'esprit, mais il ne l'était clairement pas. Ses cheveux bruns étaient soigneusement brossés, et ses vêtements relativement propres. Il n'était pas gros. En fait, il était un peu trop mince, mais pas au point de se faire remarquer. Il était absolument ordinaire. Il aurait pu être le voisin de n'importe qui... et c'était ce qui le rendait si effrayant. S'il gardait en otage une autre pauvre femme, personne ne le soupçonnerait jamais.

Elle frissonna.

— *Est-ce qu'Elise va bien ?*

— *Bien sûr. Je ne veux pas faire de mal à Elise. Si je le fais, c'est parce qu'elle l'a cherché ou parce que tu as fait quelque chose de stupide. Elle apprendra à m'obéir. Elle apprendra qu'on n'attrape pas les mouches avec du vinaigre, mais avec du miel. J'ai toujours aimé cette expression. Elle est mignonne, non ?*

Everly serra les dents. Ce connard avait déjà fait du mal à Elise et il rejetait la faute sur elle ? En plus d'être fou, c'était aussi un trou du cul. S'il travaillait dans le management, il aurait été le genre d'homme qui prétendait avoir perdu un client à cause de sa subordonnée, juste parce qu'il le pouvait. Pauvre con misogyne.

— *Même si j'apprécie que tu suives mes instructions et que tu fasses ce que je dis, je suis assez surpris. Ce n'était pas très intelligent.*

— J'essaie de m'assurer que ma sœur est en sécurité et que tu ne lui as pas fait de mal.

— Je t'ai déjà dit qu'elle va vivre une longue vie avec moi, dit Tylor en fronçant les sourcils.

— Et tu m'as aussi dit que si je n'obéissais pas, tu allais la tuer, lui rappela Everly.

Il rit.

— Comme si j'allais tuer ma belle Elise. J'ai seulement dit ça pour être sûr que tu viendrais seule. Je devais faire en sorte que tu ne sois plus là pour tout faire rater en continuant à la chercher. Quand tu auras disparu, nous pourrons vivre en paix, sans avoir besoin d'être sur nos gardes.

Everly avait envie de lui dire qu'il avait tort, que Ball et ses amis n'arrêteraient jamais de la chercher, mais elle se tut.

— J'espère vraiment que mon Elise est plus intelligente que toi, dit Tylor.

Puis, sans avertissement, il bondit.

Everly leva le bras pour le bloquer, mais il avait déjà posé le pistolet électrique contre son côté gauche.

Elle tomba immédiatement à la renverse. Tylor ne retira pas les pointes, il continua à la paralyser. Everly avait déjà eu à subir les effets d'un taser, et ce pistolet-ci n'était pas aussi violent que l'arme qu'elle portait pour le travail, mais il restait efficace.

Elle fut désorientée et ne parvint pas à faire fonctionner ses muscles correctement. Elle ne put arrêter Tylor quand il la menotta à un gros anneau sur le côté du fourgon, puis qu'il attacha sa cheville avec une autre paire de menottes accrochées à une chaîne du côté opposé du véhicule.

Il lui tapota la joue – c'était plutôt une claque, en réalité – et se pencha au-dessus d'elle.

— Jolie, mais pas très maligne, dit-il avant de se tourner et de remonter sur le siège conducteur.

Everly ferma les yeux et laissa tomber sa tête sur le plancher du fourgon. Elle ignora la douleur infligée par les embouts *du pistolet électrique et elle fit de son mieux pour obliger son corps à coopérer avec son cerveau. Elle avait besoin d'être attentive.*

Tylor Tuttle l'avait peut-être surpris une fois, mais il n'aurait pas une deuxième chance.

Il pensait sans doute qu'elle était facile à tuer, mais il avait tort. Elle avait beaucoup plus de raisons de vivre : sa sœur, ses grands-parents, et maintenant Ball. Et Ball venait la chercher. Elle espérait simplement qu'il la retrouve à temps.

Ils avaient quitté le sentier principal depuis un moment et ils traversaient les fourrés. Everly était ravie de porter un jean, car les branches et les ronces faisaient de leur mieux pour la griffer jusqu'au sang. Ses pieds souffraient également avec les claquettes, mais elle ne sentait pas la douleur. Elle avait les mains attachées devant elle, lui permettant de bloquer quelques-uns des rameaux qui fouettaient son visage. Elle fit de son mieux pour casser autant de branches que possible en marchant, afin de laisser des traces pour Ball et les autres.

L'endroit où Tylor avait caché Elise ne pouvait pas être très loin, car il n'avait pas eu beaucoup de temps pour l'attacher, puis revenir à son fourgon et rejoindre Everly au parking de l'épicerie. Cette pensée la réconforta. Le parking du chemin de randonnée n'était pas vraiment un lien avec la civilisation, mais c'était mieux que de se trouver au milieu de nulle part, comme maintenant.

Ils commencèrent à monter une colline assez pentue... et Everly eut une mauvaise impression au fond de son estomac.

Elle pouvait supporter beaucoup de choses. Des blessures au couteau, des sales types qui lui crachaient dessus, des poursuites à pied, même prendre une balle, tant que ce n'était pas dans la tête... mais une chose qu'elle n'aimait certainement pas, c'était se trouver en hauteur. Elle avait toujours eu le vertige. Plus ils montaient, plus elle angoissait.

Elle refoula son malaise et refusa de se laisser abattre. Elle n'allait pas laisser Tylor gagner. Hors de question.

Ils avancèrent et se trouvèrent soudain dans une zone ouverte en haut d'une falaise. Cela aurait pu être magnifique, si Everly n'avait pas été pétrifiée.

— C'est beau, n'est-ce pas ? demanda Tylor comme s'il avait lu dans ses pensées.

Everly hocha la tête, la bouche sèche, incapable de parler.

— C'est ici que tu vas le faire.

— Le faire ?

— Marier mon Elise et moi.

— Où est ma sœur ? demanda-t-elle.

— Par ici, dit Tylor en lui tournant le dos et en descendant une petite colline sur leur gauche.

Elle fut tellement tentée de l'envoyer bouler à ce moment précis. De le faire tomber. De le tuer. Mais elle ne savait pas encore où était sa sœur. Tant qu'elle n'avait pas vu Elise, n'avait pas vu qu'elle allait bien de ses propres yeux, elle ne devait rien faire pour contrarier leur ravisseur. Elle devait être patiente.

Tylor la conduisit en bas de la colline et dans un bosquet d'arbres.

Et là, assise sur le sol, enchaînée à un arbre, se trouvait Elise.

Everly poussa un cri de joie en voyant qu'Elise était en vie et qu'elle n'était pas blessée. Elle courut en avant et tomba à genoux à côté d'elle, jetant ses bras liés autour de la tête de sa sœur et la serrant contre elle. Everly sentit Elise pleurer contre elle, mais parce que cette dernière avait les bras attachés dans son dos, elle ne pouvait pas la toucher.

En fermant les yeux pendant une seconde, Everly fit de

son mieux pour contrôler ses émotions. Puis elle inspira profondément. Elles n'étaient pas tirées d'affaire. Loin de là. Elle savait très bien que Tylor allait la tuer. Ou au moins essayer. Ce n'était qu'une question de temps. Everly devait simplement le retarder assez longtemps pour que Ball et les autres aient le temps de les rejoindre.

Décidant d'être aussi obéissante que possible, car cela semblait être ce qu'aimait Tylor, elle le regarda.

— Puis-je lui parler ?

Tylor la dévisagea un moment avant de dire :

— Oui, mais tu lui diras ce que je te dis. Rien d'autre. Et si tu essaies de m'entourlouper, je vous tuerai toutes les deux, compris ?

Everly hocha la tête, même si elle était pratiquement certaine que le type n'allait pas tuer Elise. Il avait des projets pour elle. Soit il était extrêmement stupide – elle n'en était pas certaine, puisqu'il avait réussi à passer inaperçu pendant si longtemps – soit il était trop sûr de lui et pensait que rien ne pouvait mal tourner, puisqu'il avait toutes les cartes en main.

— J'ai besoin de mes mains pour le faire.

Everly tendit ses poignets liés vers Tylor.

Il s'avança vers elle et sortit un couteau de poche.

— Si tu fais quoi que ce soit pour partir, je la tuerai, dit-il en hochant la tête en direction de sa sœur.

— Je ne le ferai pas, lui mentit Everly.

À la première ouverture, elle avait l'intention d'utiliser tout ce qu'elle avait appris en autodéfense et en étant agent de police pour l'abattre. Mais pour l'instant, elle avait besoin de ses mains afin de parler à Elise.

Une fois que ses poignets furent libérés, Everly se tourna vers Elise. Elle posa les mains sur les joues de sa sœur et passa les pouces sous ses yeux en essuyant ses larmes. Elise avait une égratignure sur la tempe, une lèvre fendue et un œil au beurre noir. Tout bien considéré, même si la vue de ces blessures l'énervait, Everly savait qu'elle avait eu de la chance jusqu'ici. Si Tylor avait eu plus de temps entre le moment où il avait traîné Elise ici et cherché Everly, il aurait pu lui faire bien plus mal.

— Dis-lui mon nom, ordonna Tylor.

— Comment s'écrit-il ? demanda-t-elle.

— En quoi est-ce important ?

Everly résista à l'envie de lever les yeux au ciel.

— Parce que je dois le lui épeler.

Tylor épela son nom et Everly ne put s'empêcher d'avoir la pensée délirante qu'il était peut-être fou parce qu'il avait dû épeler son nom pour chaque personne qu'il avait croisée dans sa vie. Elle savait que la pensée était irrationnelle, mais elle détestait tout chez cet homme.

En se tournant vers Elise, elle dit en langue des signes : *Son nom est* T-y-l-o-r T-u-t-t-l-e. *Ne l'oublie pas, et dis-le à Ball et aux autres quand ils nous retrouveront.*

— Tu as fait beaucoup de mouvements pour dire seulement mon nom, dit Tylor d'un air suspicieux.

— Il faut beaucoup plus de temps pour dire les choses par les gestes que verbalement.

Elle mentait, mais ce crétin ne pouvait pas le savoir.

— D'accord. Dis-lui qu'elle m'a manqué.

Quand je te donnerai le signal, tu cours. Je suis sérieuse. Tu cours comme une folle et tu ne regardes pas en arrière.

— Et qu'elle est belle et que nous aurons une vie merveilleuse ensemble. Mais elle doit m'obéir. Si elle ne le fait pas, je devrais la punir.

Everly eut la chair de poule, mais elle hocha la tête avant de se tourner vers sa sœur. *Nous devons le garder calme jusqu'à ce qu'il défasse la chaîne autour de ta jambe. Lève la tête vers lui et acquiesce.*

Elise fit ce que sa sœur demandait et Tylor sourit.

— Dis-lui que je suis désolé qu'il ait fallu si longtemps pour que nous soyons ensemble. Je devais m'occuper de certaines choses à Los Angeles.

Everly leva la tête vers lui.

— Quelles choses ?

Sans l'avertir, il balança son pied et frappa Everly au même endroit où il l'avait paralysée. En soufflant de douleur, elle tomba en avant, mais elle se remit immédiatement à genoux. Elle ne pensait pas avoir de côte cassée, Dieu merci. Elle avait déjà eu ça et même si son flanc était douloureux, elle se sentait à peu près bien.

Du coin de l'œil, Everly vit Elise sursauter de peur, mais elle garda les yeux rivés sur Tylor.

— Tu penses que je vais te le dire ? demanda-t-il.

Everly hocha la tête. Elle savait qu'elle prenait des risques, mais il n'aurait pas abordé le sujet s'il n'avait pas voulu qu'elles le sachent.

— Raconte-lui ce que je t'ai dit.

Everly se tourna vers sa sœur. *Je vais bien. Ne panique pas. Ball va venir nous retrouver. Nous devons juste être courageuses jusque-là.*

Elise hocha la tête. Il était facile de voir que sa sœur était frustrée de ne pas pouvoir réagir. Lui coincer les mains dans le dos, c'était comme mettre un bâillon à une personne parlante.

— Maintenant, dis-lui que je me suis occupé de sa bonne à rien droguée de mère.

Everly regarda à nouveau Tylor.

— Quoi ? Qu'as-tu fait ?

— Je l'ai tuée. Elle rendait mon Elise trop triste. Je ne pouvais pas accepter ça. Elle devait donc mourir.

Sa voix était monotone et il était évident qu'il n'avait pas une once de remords d'avoir tué quelqu'un. Everly sentit les larmes brûler ses paupières, mais elle refusa de les laisser couler. Elle n'avait pas beaucoup aimé Ella, mais elle était quand même sa mère. Même si elle avait été une mère horrible, elle ne méritait pas d'être tuée par cet enfoiré.

Elle n'avait pas l'intention de révéler tout de suite à sa sœur ce qu'avait fait Tylor. Elise devait penser à s'échapper et à rien d'autre. Son plan est de me faire accomplir une espèce de cérémonie de mariage. Joue le jeu jusqu'à ce que je te dise de courir. Non, ne détourne pas la tête, regarde-le avec de grands yeux.

Everly n'aurait pas pu être plus fière de sa sœur. Elle devait être morte de peur, mais elle obtempéra.

Tylor se réjouit.

— Ça, c'est ma gentille petite femme.

Il avança vers les deux sœurs et caressa les cheveux d'Elise. Il se tourna vers Everly, mais garda la main sur la tête d'Elise.

— Il est temps, dit-il. Temps de nous unir pour la vie.

* * *

Ball arriva au départ du sentier de Seven Bridges et il se gara devant le fourgon blanc afin que celui-ci ne puisse pas simplement faire marche arrière et partir. Plomberie Tuttle. Il secoua la tête et fut choqué de se rendre compte qu'il reconnaissait le véhicule. Il l'avait vu le jour où ils étaient venus faire une randonnée avec le Club de Plein Air, mais il n'avait pas eu la plaque aimantée à l'époque. Il y avait eu tant de véhicules dans le parking que celui-ci n'avait pas particulièrement attiré l'attention, et il n'avait eu aucune raison de l'associer au mystérieux fourgon blanc ayant été utilisé dans l'enlèvement d'Elise à Los Angeles.

En jetant un coup d'œil par la vitre arrière, il distingua une valise qu'il reconnut comme celle d'Everly. Il vit rouge à l'idée qu'Elise avait été transportée dedans. En respirant profondément plusieurs fois pour contrôler sa colère, Ball attendit impatiemment que ses coéquipiers arrivent. Il aurait pu partir seul, mais il avait besoin d'organiser les recherches avec les autres.

Il fallut encore cinq minutes, mais il vit enfin un véhicule monter la colline à toute vitesse. Ball était le conducteur le plus doué du groupe, mais les autres étaient plutôt bons, eux aussi. Au bout de quelques secondes, ses meilleurs amis se trouvèrent devant lui.

— As-tu entendu quelque chose ? demanda Gray.

— Meat a dit qu'Everly était sans doute ici ? ajouta Ro.

— Connaissons-nous déjà le nom de ce type ? demanda Arrow.

— D'après moi, c'est Tuttle, dit Black en jetant un regard appuyé vers le fourgon devant eux.

À ce moment-là, un Humvee fonça vers le parking. Ball fut surpris de voir Meat, mais il lui était reconnaissant. Il avait besoin de toute l'aide possible. Au point où ils en étaient, peu importe ce qu'il y avait sur les caméras de vidéosurveillance ou sur le téléphone d'Elise. Il avait plus besoin de Meat *ici* que de lui assis derrière son ordinateur.

— Savez-vous ce qu'il se passe ? demanda Ball.

— On en sait assez, dit Gray. Quel est le plan ? Des idées sur l'endroit où elles se trouvent ?

— Pas exactement. Je me dis que nous allons longer le sentier et voir si nous découvrons quelque chose pour nous indiquer la direction qu'ils ont prise. Everly s'est laissée prendre, alors cherchez des indices de sa part.

— Penses-tu qu'elle sait que nous venons ? demanda Black.

— Non seulement elle le sait, mais elle compte dessus, répondit Ball.

Les autres hochèrent la tête.

— Quelqu'un a prévenu les flics ? demanda Arrow.

— Rex a suggéré que nous attendions d'avoir des informations concrètes sur le fait qu'elles se trouvent bien ici, dit Gray.

— Il ne nous faut surtout pas des dizaines de gens partout risquant de faire peur à cet enfoiré, dit Ball. Il est obsédé par Elise et si quelqu'un essaie de la lui retirer, il va perdre les pédales.

— Allons-y, dit Ro. Plus vite nous la trouverons, plus vite nous pourrons la ramener à la maison avec Everly.

Sans un mot de plus, Ball se dirigea vers le sentier. Il allait bientôt faire nuit et le chemin était fermé à la tombée de la nuit. Il n'y avait pas beaucoup d'autres voitures dans le parking. Chaque fois qu'ils croisaient quelqu'un, Ball demandait s'ils avaient vu Elise ou Everly, ou s'ils avaient entendu quoi que ce soit qui sorte de l'ordinaire. Personne ne put les aider.

Cela faisait une dizaine de minutes qu'ils marchaient quand Ball s'arrêta sur le sentier.

Il inclina la tête et examina la végétation à sa droite.

Gray le rejoignit.

— Qu'y a-t-il ?

— Est-ce que ça te paraît normal ? demanda Ball à son ami, les yeux rivés sur le côté droit du sentier.

— On dirait que quelques personnes sont passées par ici. Récemment, dit Gray.

— Espérons qu'il n'y a pas une géocache par là, maugréa Ball. Si nous suivons une espèce de géo-sentier pour des gens qui jouent à cache-cache, je vais être énervé.

Les six hommes se déployèrent et se faufilèrent en silence dans le sous-bois. De temps en temps, l'un d'entre eux indiquait une branche cassée ou une trace dans la terre.

— Bravo, Everly, marmonna Ball.

Il était certain que c'était elle qui avait laissé ces indices. Elle avait fait tout ce qu'elle pouvait pour les conduire jusqu'à elle.

La montée ne fut pas difficile pour les hommes des forces spéciales, mais le ciel s'assombrissait très vite. Ils devaient se dépêcher et trouver Elise, Everly et l'enfoiré qui les avait enlevées. Ball ne voulait pas penser à ce qui risquait d'arriver une fois le soleil couché.

Il avait un jour dit à Everly qu'il ne se passait rien de bon après deux heures du matin. Ils étaient encore loin de cette heure-là, mais il se disait que la même réflexion s'appliquait ici. Rien de bon n'allait se produire après la tombée de la nuit.

18

Everly essaya de ne pas hyperventiler. Tylor avait défait la chaîne autour des chevilles d'Elise – mais pas de ses poignets – et il l'aida précautionneusement à se lever. Il l'embrassa et en voyant cela, Everly eut l'impression qu'un millier d'abeilles en colère vrombirent dans son ventre. Elise faisait de son mieux pour ne pas énerver leur ravisseur, mais ça, c'était trop.

Elle n'aurait pas dû avoir à souffrir de ses mains sur elle. Ou ses lèvres. Ou n'importe quelle autre partie de lui. La haine monta si vite en Everly qu'elle dut se forcer à ne pas attaquer tout de suite. Elle devait attendre. Elle avait un plan. Elle n'avait pas d'arme, en dehors d'elle-même. Il avait été malin de lui faire porter des claquettes. Le terrain était rude et sans les chaussures adaptées, elle avait un désavantage. Bien qu'elle et le sale type fassent à peu près la même taille, il était bien plus lourd qu'elle. Et il était complètement taré. Dans son expérience, la folie était parfois la raison pour laquelle des gens arrivaient à maîtriser quelqu'un de plus grand et de plus lourd. Ça, et les drogues.

Everly ne pensait pas que Tylor était drogué. Il n'agissait

pas comme les hommes et les femmes dont elle avait dû s'occuper au travail. Il était seulement obsédé.

En gardant sa main sur le bras d'Elise, il la traîna et la guida en haut de la colline jusqu'à la falaise pittoresque. Tylor n'avait pas pris la peine de rattacher Everly. Il était certain à cent pour cent qu'elle obéirait tant qu'il avait les mains sur sa sœur. Et il avait raison, pour l'essentiel.

Une fois en haut de la falaise, il leva le doigt pour pointer un endroit juste devant lui.

— Toi, tu te mets ici, dit-il à Everly.

Elle ne le voulait pas. Il montrait un endroit qui la plaçait bien trop près du bord de la falaise, et non seulement ça... mais en plus elle allait avoir le dos tourné. Elle savait quel était son plan. Il allait l'obliger à les « marier », puis il allait la pousser par-dessus le bord.

Elle le devinait, car c'était aussi son plan, même si dans le sien, c'était Tylor qui tombait.

En ravalant sa peur et en essayant de ne pas paraître complètement paniquée, Everly vint se placer lentement à l'endroit qu'il désignait. Le sol était rocheux et elle jeta un coup d'œil par-dessus son épaule avant de vite reporter son attention sur Tylor et Elise. La falaise commençait à environ un mètre et demi de l'endroit où elle se trouvait. Il y avait de gros rochers et un peu de végétation jusqu'en bas de la colline. Tout au fond se trouvait un petit ruisseau rempli d'autres grands rochers et de débris de forêt. Il était improbable qu'elle survive si Tylor parvenait à la surprendre et à la pousser. Mais il était tout aussi improbable qu'il survive à une chute. Elle garda cette pensée en tête.

Tylor fit tourner Elise et déverrouilla les menottes autour de ses poignets. Puis il la retourna vers lui et Everly eut presque une crise cardiaque quand il attrapa une nouvelle fois ses mains. Elle poussa un soupir de soulagement lorsqu'il attacha simplement les poignets de sa sœur devant elle.

Pendant une seconde terrifiante, elle avait cru qu'il voulait menotter son propre poignet à celui d'Elise. Ç'aurait été désastreux.

— D'accord, tu peux commencer, dit-il alors en se tournant pour regarder Everly.

Elle ne savait pas du tout ce qu'elle était censée dire. Elle ne s'était rendue qu'à un seul mariage de sa vie et elle n'avait pas vraiment fait attention à ce qu'avait dit le pasteur.

— Je suppose que je dois traduire en langue des signes pendant que je parle ? demanda-t-elle en essayant de gagner du temps.

— Bien sûr. Mon Elise a besoin de savoir ce qu'il se passe. Je finirai par lui apprendre notre propre série de signes que nous serons les seuls à comprendre.

Everly s'éclaircit la gorge et parla lentement en faisant des signes. Il lui était difficile de dire des choses différentes avec la voix et avec les mains, mais elle fit de son mieux.

— Nous sommes rassemblés ici aujourd'hui pour être témoins de l'union de cet homme et de cette femme.

Ça y est. Quand je te le dirai, tu te retournes et tu cours aussi vite que possible.

— Le mariage est une promesse entre deux personnes qui veulent passer leur vie ensemble.

Je dois terminer cette farce de mariage, mais je ne le laisserai pas te toucher encore une fois.

— Il permet à deux personnes de se soutenir en traversant les épreuves de leur vie, ainsi que de célébrer les moments de bonheur.

Il te sera difficile de courir avec ces menottes, mais tu peux le faire. Si tu l'entends derrière toi, cache-toi. Ne sors pas, peu importe ce qui arrive. Je te trouverai.

— Pour faire fonctionner une relation, il faut de la confiance et du dévouement.

Je t'aime. Plus que tu ne le sauras jamais.

— Tu mets trop longtemps ! se plaignit Tylor. Dépêche-toi de faire la partie intéressante !

Everly déglutit en hochant la tête et elle regarda sa sœur.

— Acceptes-tu de prendre cet homme pour époux, de l'aimer et de le chérir, pour le meilleur et pour le pire, jusqu'à ce que la mort vous sépare ?

C'est presque le moment. Peu importe ce qu'il se passe, souviens-toi que je t'aime. Maintenant, regarde-le et hoche la tête.

Everly eut envie de vomir en voyant sa sœur lever courageusement la tête vers Tylor et acquiescer.

Il sourit.

— Maintenant, à moi, exigea-t-il.

— Acceptez-vous de prendre cette femme pour épouse, de l'aimer et de la chérir, pour le meilleur et pour le pire, jusqu'à ce que la mort vous sépare ?

Everly savait qu'Elise l'observait de près. *Quand il se penche pour t'embrasser, je vais lui donner un coup de pied dans les couilles. Ce sera ton signal. Tu cours à fond et tu ne regardes pas en arrière.*

Elise pleurait maintenant, mais Everly se concentra sur sa détermination et sa haine de Tylor.

— Dis le reste ! insista Tylor après avoir accepté avec enthousiasme sa partie des vœux de mariage.

— Vous pouvez maintenant embrasser la mariée, dit Everly.

Tylor sourit et se pencha pour embrasser Elise et sceller leurs « vœux de mariage ».

Everly inspira profondément et en même temps qu'elle levait le pied, elle dit en langue des signes : *Maintenant ! Cours !*

Elise tourna les talons et fonça hors de la clairière. Elle

disparut derrière des arbres et Everly l'entendit casser des branches en traversant le sous-bois.

Tylor hurla de douleur et de frustration. Il était tombé à genoux quand Everly lui avait donné un coup de pied, mais il se leva en se jetant sur elle au bout de quelques secondes.

— Il est temps de mourir, connasse ! dit-il d'une voix qu'elle n'avait pas encore entendue.

C'était une voix dure et sombre et pendant une fraction de seconde, Everly se dit qu'il ressemblait à un démon d'une des séries télé qu'elle aimait regarder.

Il sauta sur elle et il fallut toutes les forces d'Everly pour saisir son poignet et l'empêcher de casser tous les os de son visage.

— Elle est à moi ! Tu viens de nous marier ! Elle ne m'échappera jamais ! Elle est Elise Tuttle maintenant. *À moi !* Quand tu seras morte, je la trouverais et nous vivrons heureux pour toujours !

— Absolument aucune chance que ça arrive, maugréa Everly en se battant désespérément pour empêcher les mains de Tylor de se refermer autour de son cou.

En vain. Il avait les pupilles dilatées et les bras qui tremblaient, sans doute à cause de l'adrénaline. Il essayait à la fois de l'étrangler et de la pousser en arrière.

Vers la falaise.

Il lâcha sa gorge d'une main et elle inspira vite.

Mais elle n'avait pas été préparée à ce que sa main revienne en lui frappant le côté de la tête.

Ce fut horriblement douloureux, mais Everly plongea au-dessous de son bras et s'éloigna de la falaise. Il ne la lâcha pas. Il la frappait en continu, certains coups la touchant, les autres ratant complètement. Everly utilisa ses connaissances en autodéfense pour mettre des coups, elle aussi, mais cela ne sembla pas du tout le gêner.

Il avait la colère, le désir et la folie pure dans son camp.

Everly commença à se fatiguer trop vite. Si elle avait porté ses bottes coquées elle aurait pu les utiliser comme des armes en même temps que ses poings. Elle avait perdu les ridicules claquettes après son premier coup de pied. Elle s'était égratigné le dessous des pieds sur les rochers pointus, mais elle le sentait à peine.

Cependant, la douleur des coups de Tylor commençait à faire effet. Il n'avait pas cassé de côtes en lui donnant un coup de pied au début, mais la douleur était maintenant presque insoutenable. Tylor avait trois égratignures sur le visage à cause de ses ongles, et il boitait à cause d'un coup qu'il avait pris à l'arrière du genou, mais il continuait à l'attaquer.

Il marmonna quelque chose à voix basse, mais Everly ne l'entendit pas. Peu importe, elle n'avait pas l'intention de le laisser gagner. Hors de question.

Tylor se pencha et fonça sur elle. Il l'attrapa par la taille et tomba sur le sol avec elle. Pendant une seconde, tout l'air fut expulsé des poumons d'Everly et elle chercha à respirer.

Cette perte de concentration momentanée lui coûta cher. En un éclair, Tylor avait posé les mains autour de sa gorge. Il serrait de plus en plus fort.

Everly regarda ses yeux sombres et elle ne vit rien d'autre que de la haine. Elle essaya d'enlever ses doigts de son cou, mais rien de ce qu'elle fit ne modifia la situation... même lorsqu'elle enfonça les ongles dans sa peau. Elle essaya de plonger ses pouces au fond de ses yeux, mais il avait les bras trop longs, et elle ne pouvait pas l'atteindre.

Alors qu'elle essayait désespérément de lui faire relâcher son emprise sur elle, il siffla :

— Elle est à *moi*. Elle apprendra à me servir exactement comme je le veux. Je suis certain qu'elle sera pénible au début, mais elle finira par m'obéir. Et le mieux ? C'est que je pourrais la faire sortir en public et ne pas m'inquiéter de ce qu'elle pourrait dire. J'aurais dû prendre depuis longtemps une attardée pour femme... j'espère seulement que nos bébés ne seront pas déficients comme elle.

Ces mots l'enragèrent. Tout d'abord, Elise était tout aussi intelligente que n'importe qui, et être sourde n'était pas une déficience. Deuxièmement... des bébés ?

Jamais.

Mais Everly ne put pas protester, car l'obscurité commençait à envahir les bords de sa vision. Elle regarda frénétiquement à sa gauche, puis à sa droite, et elle comprit enfin où elle était allongée.

En ignorant les paroles offensantes et horribles sur l'avenir de sa sœur, elle serra les poignets de Tylor.

Prenant une précieuse seconde pour visualiser exactement ce qu'elle devait faire, Everly se souvint d'être allongée sur le tapis à l'académie de police. Son instructeur était plus grand qu'elle. Et plus lourd de quarante kilos. Elle portait son équipement : un gilet pare-balles, une ceinture pour l'équipement, tout. Elle avait cru qu'il serait impossible de le faire descendre d'elle, mais son instructeur lui avait indiqué exactement où mettre les mains, les pieds et à quel endroit appuyer et elle avait soudain été libérée.

En regrettant pour la millième fois de ne pas porter ses bottes, Everly ouvrit les yeux et regarda le visage du mal. Tout le corps penché en avant, Tylor souriait en l'étranglant, heureux de savoir qu'il avait gagné.

En sachant qu'il y avait de grandes chances pour qu'il l'emporte avec lui et en ne s'en inquiétant pas, Everly planta ses pieds dans le sol avec les genoux pliés.

Elle frappa soudain les genoux contre son derrière de toutes ses forces.

Il tomba en avant, immédiatement déséquilibré, parce qu'il avait mis tout son poids en avant pour l'étrangler.

En saisissant la taille de Tylor et en utilisant ses

dernières forces, elle le poussa encore plus loin en avant et cambra le dos.

Puis elle pria. Énormément.

* * *

Ball leva le poing, indiquant aux autres de s'arrêter. Tout le monde se figea et Ball tourna la tête afin de mieux entendre. Quelque chose ou quelqu'un venait tout droit vers eux, sans se soucier du bruit.

Il fit signe à ses coéquipiers de se déployer. Gray et Ro sortirent leurs armes et les pointèrent calmement dans la direction du son. La personne ou la chose se rapprochait et Ball se raidit.

Ils étaient tous figés sur place, observant l'endroit d'où venait le bruit, quand ils virent soudain Elise courir à toute vitesse vers eux. Elle émergea d'un tas de buissons comme si les chiens de l'enfer la poursuivaient. Ses cheveux étaient complètement ébouriffés et elle était couverte d'égratignures et de marques. Ses mains étaient menottées devant elle et elle zigzaguait maladroitement en courant.

Elle arriva dans la petite clairière et lorsqu'elle vit les hommes qui étaient là, elle trébucha et tomba en avant sur ses genoux. La terreur sur son visage fit bouger Ball avant même qu'il ait le temps d'y penser. Les bruits qui venaient de sa gorge lui glacèrent le sang.

Il n'avait jamais entendu l'adolescente faire un autre bruit que des rires, mais là elle gémissait et pleurait avec assez de désespoir pour que Black crie :

— Merde. Est-ce qu'elle va bien ?

Ball s'agenouilla devant elle et prit le visage d'Elise dans ses mains. Il la força à le regarder.

— Du calme. Tu es avec moi, tu es en sécurité,

murmura-t-il, même s'il savait qu'elle ne pouvait pas l'entendre.

Il lui fallut environ une minute pour se calmer, mais elle y parvint assez pour montrer ses mains et essayer de parler en langue des signes.

Ball lui prit les mains et l'arrêta avant de se tourner vers les autres.

— Quelqu'un a une clé de menottes ?

C'était une question idiote, car ils en portaient tous. Arrow le rejoignit le premier. Ball leva les mains d'Elise et l'autre homme déverrouilla vite ses menottes avec agilité. Puis il les ramassa avec le coin de son tee-shirt et les rangea dans sa poche. Ils avaient tous conscience de devoir préserver les empreintes digitales afin de s'assurer que la responsabilité d'aucun méfait ne leur retombe sur les épaules.

Ball lâcha les mains d'Elise et lui demanda : *Est-ce que ça va ?*

Oui. Il a Everly.

Où ?

Elise pointa du doigt derrière elle.

Plus. Qu'y avait-il autour de toi ?

Une falaise en haut d'une grande colline. Les arbres sont plus épais là-bas. Everly m'a dit de courir.

Ball était à la fois fier de son Everly et horriblement inquiet. Il se tourna vers Arrow.

— Ramène-la au parking et appelle les flics.

— Ne doit-on pas lui faire montrer où se trouve cet enfoiré ? demanda Arrow.

— Carrément pas, répondit immédiatement Ball. Je ne veux plus jamais qu'elle s'approche de lui.

— Très bien.

— Je t'accompagne, dit Black à Arrow.

Ball se tourna vers Elise. *Je vais chercher Everly.*

Il est fou. Il l'a obligée à nous marier.

Ball fronça les sourcils. *Tu n'es pas mariée à ce trou du cul.*

Étonnamment, Elise sourit. C'est bizarre de te voir jurer.

En remerciant Dieu que la jeune fille devant lui n'ait pas été brisée, et se sentant plus fier d'elle qu'il ne pouvait le dire, Ball la serra avec force contre lui.

Elle s'accrocha à lui pendant une seconde avant de le repousser. Va chercher Everly.

Ball hocha la tête et se leva. Il aida Elise à se relever et se tourna vers ses amis.

— Elle peut écrire des textos comme un phénomène. Donnez-lui votre téléphone et parlez-lui de cette façon. Demandez-lui de vous dire tout ce dont elle se souvient, et envoyez-nous les détails par texto.

— Compris, dit Arrow.

Ball se tourna vers elle. Accompagne Arrow et Black. Dis-leur tout ce dont tu te souviens. Je vais te ramener ta sœur.

Elle hocha la tête et bien que des larmes apparaissent dans ses yeux, elle ne les laissa pas couler. Elle était aussi forte que sa sœur.

Ball les regarda jusqu'à ce qu'Elise et les autres soient hors de vue. Puis il se tourna et se dirigea rapidement dans la direction d'où elle venait. Maintenant qu'Elise était retirée de l'équation, Tylor allait être énervé. Et même si Ball savait qu'Everly était capable de se défendre, ça ne voulait pas dire qu'elle était invincible.

En suivant les branches cassées et en se servant de son intuition, Ball conduisit les trois autres hommes vers l'endroit d'où Elise disait venir. Le soleil avait disparu derrière la montagne, et les ombres rendaient le trajet de plus en plus difficile.

Au bout de cinq minutes, Ball eut peur d'être parti dans la mauvaise direction... jusqu'à ce qu'il entende ce qui ressemblait à une voix devant eux.

Il se mit à courir et vit la grande colline dont Elise avait dû parler. Sur la gauche, une chaîne était posée sur le sol, une extrémité attachée à un gros arbre. En retournant son attention vers la colline, il vit qu'elle montait presque tout droit. Ball eut l'estomac noué.

Ce qui monte doit redescendre.

Pour la première fois depuis des années, il eut peur. Et il n'avait jamais peur en mission. En fait, il pouvait compter sur une seule main les fois où il avait vraiment été terrifié dans sa vie, et l'une d'entre elles avait été d'être pendu sur le côté du bateau des garde-côtes sans arriver à démêler son bras de la corde. Ce jour-là, il avait vu sa vie défiler devant lui.

Mais l'idée qu'Everly se fasse tuer était plus terrifiante que tout ce qu'il avait pu vivre. Il ne pouvait pas la perdre. Pas alors qu'il venait enfin de trouver la femme avec laquelle il voulait passer le reste de sa vie. Elle était parfaite pour lui. Belle, courageuse et extrêmement loyale. Il avait besoin de cela. Il avait besoin d'elle.

Meat, Ro, Gray et Ball avancèrent en même temps et leurs jambes musclées les portèrent en haut de la colline avec facilité.

Ils arrivèrent en courant sur le plateau, aucun d'entre eux ne ralentissant, même en voyant ce qui les attendait.

Tylor Tuttle sur Everly.

Elle était sur le dos, il avait les mains autour de sa gorge, et elle avait littéralement la tête au-dessus du vide.

Ball n'eut pas le temps de crier à Tuttle de la lâcher. Avant que lui ou ses hommes puissent s'approcher, Tuttle vola dans les airs.

Son cri résonna autour d'eux, s'interrompant brutalement lorsqu'il atterrit à des centaines de mètres au-dessous.

* * *

Le fait qu'elle pende presque au-dessus du bord de la falaise fut à peine enregistré par Everly. Elle se sentait assez engourdie.

Mais dans la seconde qui suivit, une paire de mains s'accrocha à ses chevilles.

Everly hurla de terreur et essaya de donner des coups de pied.

— C'est moi ! Ball ! Tu es en sécurité. Il est parti.

Elle avait ouvert les yeux quand ses chevilles avaient été saisies, mais en entendant la voix de Ball, elle les referma. Elle essaya d'enfoncer les ongles dans le sable et les rochers, mais elle n'arrivait pas à trouver une prise solide.

— Fais-moi descendre de cette falaise, chuchota-t-elle.

Elle avait affreusement mal à la gorge et elle ne pouvait éviter d'entendre dans sa tête le bruit sourd du corps de Tylor frappant le sol loin au-dessous d'elle, ainsi que son cri qui avait été interrompu si soudainement.

Au lieu de la traîner vers lui, Ball passa les bras sous son dos et ses genoux, et il la souleva.

Everly s'accrocha à lui comme si sa vie en dépendait.

— Ne me laisse pas tomber ! dit-elle d'une voix éraillée.

— Jamais, promit Ball.

Elle compta ses pas et n'ouvrit pas les yeux avant d'avoir atteint le nombre de vingt, lorsqu'il l'allongea sur le sol.

— Elise ? dit-elle pendant qu'il se penchait au-dessus d'elle.

— En sécurité. Elle nous a croisés sur le chemin. Black et Arrow l'ont ramenée au parking et ils appellent la cavalerie.

Everly soupira et sourit.

— Je savais que tu viendrais.

— Chut, ne parle pas.

Ball tourna la tête et cria :

— Meat !

Au bout de quelques secondes, il arriva et ouvrit son sac à dos. Everly déglutit et ce minuscule mouvement la fit grimacer de douleur.

— Quels sont les autres endroits où tu as mal ? demanda Ball.

— Franchement ?

— Toujours.

— Partout. Est-il mort ?

— Oui, Everly, il est mort, dit Gray au-dessus d'eux.

Everly regarda l'autre homme dans les yeux.

— Tu en es sûr ?

— On en est sûr, ajouta Ro.

— Il pourrait faire semblant, murmura Everly. Il doit être mort. Il a tué ma mère et il veut Elise. Il ne va pas abandonner.

Ro s'accroupit à côté d'elle et dit doucement :

— Il est mort, Everly. Veux-tu que je te porte là-bas pour que tu puisses le voir ?

— Non ! s'écria Everly. J'ai le vertige !

Tous les hommes la fixèrent avec incrédulité pendant un moment avant que Meat se mette à glousser.

— Une vraie dure à cuire. Tu t'es volontairement laissée enlever pour sauver ta sœur et tu as fait passer ce type par-dessus la falaise alors que tu as peur du vide ?

— Je t'emmerde, articula Everly avec difficulté.

— Il est parti, répéta Gray. Sa tête a manifestement frappé un rocher en descendant. Son cerveau se trouve à environ six mètres de son corps. Il est vraiment mort et il ne vous embêtera plus, ta sœur et toi. Tu es en sécurité.

En entendant que Tylor Tuttle n'était plus un problème, Everly sentit l'adrénaline dans son corps se dissiper, la laissant faible et en souffrance. Elle avait l'impression que sa gorge était en feu et que tous les muscles de son corps lui faisaient mal, sans parler de ses côtes. Everly grogna et elle referma les yeux.

Quelque chose de frais fut posé sur sa gorge et elle voulut le retirer, mais Ball lui attrapa la main.

— Laisse ça. Je sais que c'est douloureux, mais ça va diminuer le gonflement.

Au départ, la poche de glace chimique lui fit effectivement mal, mais plus elle resta sur sa gorge, plus ce fut apaisant.

Everly sentit que l'on soulevait sa main droite... et elle sourit quand elle comprit ce que faisait Ball. La sensation de la bague que Mamie lui avait donnée fut un soulagement énorme.

Ball l'avait trouvée et il était venu la chercher.

Les mots qu'elle avait retenus montèrent soudain à la surface. En ouvrant les yeux, elle lâcha :

— Je t'aime.

Ball sourit, se pencha en avant et l'embrassa sur le front.

— C'est une bonne chose, parce que je t'aime aussi.

Everly entendit les autres hommes parler de la meilleure façon de la transporter, et du besoin de prévenir les autorités qu'il fallait récupérer le corps de Tylor, mais elle s'en moquait. En d'autres circonstances, elle aurait pris les commandes, mais elle faisait confiance aux amis de Ball pour faire le nécessaire.

Elle regarda Ball et ne put détourner les yeux de son regard. Elise était en sécurité. Son harceleur/ravisseur était mort. Et Ball l'aimait. Elle ne pouvait rien demander de plus.

19

———————

— Salut, Ball, dit Everly en entrant dans la maison.

Ball leva la tête pour voir sa petite amie sexy dans son uniforme tout aussi sexy. Elle faisait encore des demi-journées au commissariat, s'occupant de travail de bureau léger jusqu'à ce que le médecin déclare qu'elle pouvait reprendre une routine normale. Elle avait guéri remarquablement vite, même si ses côtes fracturées étaient restées douloureuses pendant plusieurs semaines.

Cela faisait maintenant un mois et demi depuis l'incident avec Tylor Tuttle et quand Ball avait ramené Elise et elle chez lui après la sortie de l'hôpital d'Everly, elles n'étaient jamais parties. Il n'y avait jamais eu de grande conversation animée sur le sujet, c'était simplement arrivé et il était absolument ravi.

Heureusement, Elise n'avait presque pas été blessée. Elle avait quelques bleus et égratignures à cause des coups de Tuttle et de son tacle dans leur appartement. Mais Everly dut rester deux jours à l'hôpital pour observation. Elle avait quelques côtes fêlées, ses pieds étaient en lambeaux à cause des rochers, et elle avait des hématomes au larynx causés par Tuttle quand il a tenté de l'étrangler.

Ball avait eu envie de le tuer encore une fois quand le médecin avait terminé de leur expliquer la chance qu'avait eue Everly. La vue de cet enfoiré en train de l'étrangler était une image qu'il n'était pas près d'oublier. Il avait été à quelques pas seulement de ce connard, prêt à planter son couteau dans sa nuque et à le paralyser pour toute la vie, quand Everly l'avait fait basculer par-dessus sa tête comme s'il pesait à peine plus qu'un enfant.

Il avait dormi à l'hôpital avec Everly et Allye avait emmené Elise chez elle. Elle avait appelé la psy d'Elise pour qu'elle vienne chez elle à deux heures du matin afin de la voir, et elles avaient parlé jusqu'à l'aube, ne s'arrêtant que quand Elise ne parvenait plus à garder les yeux ouverts.

Même si cela semblait une éternité depuis le moment où Everly avait failli mourir, et qu'elle était presque guérie, Ball ne pouvait s'empêcher d'être contrarié chaque fois qu'il pensait aux hématomes qu'elle avait eus autour de la gorge pendant bien trop longtemps. Il ne savait pas du tout ce qu'il aurait fait si Tuttle avait réussi à l'étrangler, ou s'il l'avait entraînée avec lui par-dessus le bord de la falaise.

— Qu'as-tu découvert ? demanda Everly en laissant tomber ses affaires sur le sol et en s'approchant du canapé où il était assis.

Plus tôt ce matin-là, Ball avait eu un appel téléphonique avec les autres Mercenaires Rebelle et Rex. Leur chef les avait mis au courant de ce qui se passait dans l'affaire. Il avait fallu un moment pour que tous les méfaits de Tuttle soient découverts, mais maintenant que c'était fait, Ball savait qu'ils avaient eu de la chance. Beaucoup de chance.

Il voulait épargner les détails terribles à Everly, mais elle était policière, elle gérait tout le temps des choses horribles. Cette fois était un peu différente, puisque c'était sa sœur qui avait failli être la proie de ce psychopathe. Mais il la respectait suffisamment pour ne pas hésiter.

— Après sa mort, les flics sont allés à son appartement de Las Vegas et ils n'ont pas trouvé grand-chose. Apparemment, c'était une maison de couverture. Il n'y avait pas beaucoup d'objets personnels et cela ressemblait beaucoup à une chambre d'hôtel. Mais ils ont réussi à sauver le téléphone portable de sa poche après qu'il soit tombé de la falaise. *Ça*, c'était un trésor d'informations. Il avait communiqué avec une personne qui s'appelle Jean, lui donnant des instructions explicites sur les moments où elle pouvait manger, quand elle avait le droit de se doucher.

— C'était sa femme, c'est ça ? demanda Everly.

— Si tu as envie de l'appeler ainsi, oui. Plutôt son esclave. Rex a fouillé dans des années de rapports d'enfants disparus et il a trouvé une enfant de douze ans nommée Jean Sherry, qui a disparu d'Henderson, Nevada, il y a quinze ans.

Everly retint son souffle et posa une main sur sa bouche.

— Merde ! Elle a disparu si longtemps ? Et elle était avec lui tout ce temps ? Elle a vingt-sept ans maintenant ?

— Oui aux trois questions. Rex a pu trouver une adresse pour une maison dans une partie pourrie de Vegas. Elle était délabrée et personne dans le quartier n'a jamais soupçonné Tuttle d'être autre chose que légèrement bizarre. Les flics se sont rendus à la maison pour la fouiller.

— Et Jean était là-bas ? En vie ?

— Oui. Dans le sous-sol. Elle est totalement traumatisée. Ses parents n'arrivaient pas à croire qu'elle ait été retrouvée en vie, mais jusqu'ici, elle n'a pas réagi en les voyant. Les psychologues disent que cela pourrait prendre des années avant qu'elle accepte ce qui lui est arrivé. Tuttle l'a tellement maltraitée qu'elle avait peur de faire quoi que ce soit qui risque de l'énerver. Elle ne voulait même pas manger sans qu'il lui dise qu'elle en avait le droit, n'a jamais quitté le sous-sol où elle a vécu pendant quinze ans sans qu'il l'accompagne. Rex m'a envoyé les transcriptions des entretiens... c'est un miracle qu'elle soit encore en vie, Ev. Chaque fois qu'elle tombait enceinte, Tuttle la frappait jusqu'à ce qu'elle perde le bébé. Il jouait à d'innombrables jeux psychologiques avec elle. Ne la laissait se doucher que si elle couchait d'abord avec lui. Il ne fêtait pas son anniversaire, mais à la place il achetait un énorme gâteau et lui donnait des cadeaux à l'anniversaire de son enlèvement. Il la frappait régulièrement jusqu'à ce qu'elle soit à la limite de perdre la vie, puis il la soignait en lui disant que personne ne l'aimait comme lui.

Everly eut un haut-le-cœur et elle posa encore la main sur sa bouche.

Ball se sentit immédiatement affreux. Il n'aurait pas dû lui en dire autant. Il était idiot. C'était bien sûr ce que Tuttle avait prévu pour Elise. Elle aurait été exactement comme Jean, vivant une vie infernale jusqu'à ce que Tuttle la tue ou décide qu'il avait besoin d'une « femme » plus jeune.

Il lui frotta le dos jusqu'à ce qu'elle dise :

— Pardon. Je vais bien.

— Non, c'est moi qui suis désolé. J'aurais dû me taire.

— Oui, tu aurais dû, insista Everly. C'est juste... je me sens terriblement mal pour Jean. Pouvons-nous faire quelque chose pour elle ? Une campagne de dons par exemple ?

— Je vais en parler à Rex.

— C'est juste... ç'aurait pu être Elise. Et comme elle ne peut pas entendre, je n'imagine même pas l'enfer que ç'aurait été. Je n'arrive pas à croire que personne n'ait découvert à quel point Tylor était fou. Personne ne s'en est douté ?

— Apparemment pas. Il a reçu quelques réprimandes au cours des années parce qu'il a agi de façon inappropriée, particulièrement envers les femmes, mais rien d'assez sérieux pour se faire virer ou mettre en prison. Bien sûr, son patron a récemment dû le renvoyer parce qu'il a plus ou moins disparu pendant un mois pour venir suivre Elise, mais en général, il paraissait simplement être un type normal vivant une vie normale.

— Un patron ? demanda Everly. Je pensais qu'il possédait sa propre entreprise, avec son enseigne de *Plomberie Tuttle.*

— C'était une fausse. Il a simplement acheté une plaque magnétique pour lui donner une raison légitime de se trouver dans certains quartiers où il les observait. Cela explique aussi pourquoi aucune des jeunes filles ayant été enlevées n'a jamais mentionné le nom d'une entreprise sur le fourgon. Il pouvait le mettre et l'enlever quand ça lui convenait.

— Mon Dieu, souffla Everly. Nous avons eu tellement de chance.

— Tu es la femme la plus incroyable que je connaisse, lui dit Ball.

Everly fronça les sourcils et elle secoua la tête.

— Mais si. Il t'a carrément dit qu'il allait te tuer et tu es quand même montée dans ce fourgon. Il aurait pu sortir un pistolet et t'abattre sur le champ. Ou pendant que vous marchiez jusqu'à l'endroit où il détenait Elise. Ou une centaine d'autres fois.

Ils en avaient parlé plusieurs fois, mais cela faisait encore beaucoup angoisser Ball.

Everly secoua la tête.

— Non. Il voulait que je sache ce qu'il avait prévu pour Elise. Il voulait que je les marie en pensant, je le suppose, qu'Elise allait croire que j'approuvais leur union, sans doute pour pouvoir lui jeter plus tard au visage que je les avais volontairement mariés. Qui sait ce qui lui passait par la tête ? Je savais que tu allais nous trouver et que s'il réussissait à me tuer, tu n'arrêterais jamais de chercher Elise.

— Pouvons-nous nous mettre d'accord pour ne plus parler du fait que tu te fasses tuer ? demanda Ball en sentant une nouvelle fois remonter la douleur et la terreur qu'il avait ressentie toutes ces semaines auparavant. Il avait cru qu'Everly allait s'éveiller au milieu de la nuit avec des cauchemars, mais à la place, c'était lui. Même dormir avec elle dans ses bras n'avait pas suffi à chasser les mauvais rêves. Des rêves où il arrivait au bord de la falaise et voyait Everly, brisée et morte tout en bas. Des rêves où elle devenait toute bleue pendant que Tuttle l'étranglait.

Everly posa une main sur son bras, comme si elle savait ce qu'il pensait.

— C'est terminé, dit-elle doucement. Je vais bien.

Ball la fit monter sur ses genoux et la serra doucement. Il ne voulait pas la serrer avec force de peur de lui faire mal, alors qu'elle était sortie de l'hôpital depuis longtemps et qu'elle lui avait répété qu'elle se sentait bien. Qu'elle allait bien.

Elise était actuellement à l'école. Elle avait traîné avec sa sœur et lui pendant la première semaine après l'enlèvement et Ball avait été prêt à la garder à la maison avec eux pendant au moins une semaine de plus, mais elle avait décidé qu'elle s'ennuyait et qu'elle voulait y retourner. Tout bien considéré, elle s'en sortait très bien et Ball savait que c'était en partie grâce à la présence d'esprit d'Allye qui lui avait immédiatement fait voir une psy, et en partie parce qu'elle était incroyable.

Plus ils restaient blottis l'un contre l'autre sur le canapé, plus Ball devenait excité. Il s'était retenu de faire autre chose que l'embrasser pendant des semaines, depuis qu'elle avait été relâchée de l'hôpital, mais la veille au soir avait failli causer sa perte. Elle était sortie de la salle de bains sans le moindre vêtement, les cheveux détachés sur ses épaules, et elle s'était avancée jusqu'à leur lit.

Ça l'avait presque tué, mais il l'avait prise dans ses bras et lui avait dit qu'il était épuisé. Elle avait été mécontente, mais elle n'avait pas insisté. Ball avait passé toute la nuit avec une érection en essayant de se rappeler qu'elle avait failli mourir.

Se souvenir de sa beauté de la veille et de la sensation quand il l'avait eue dans ses bras ne l'aidait pas à calmer son excitation. Elle sentait délicieusement bon et il lui fallut faire un effort monstrueux pour ne pas avoir les mains baladeuses.

Juste au moment où il eut recours à la récitation des statistiques du base-ball pour essayer de calmer sa queue, Everly glissa hors de ses bras. Il pensait qu'elle allait se lever pour aller chercher à boire ou à manger, et il fut sur le point d'insister qu'il pouvait lui apporter ce qu'elle voulait, lorsqu'elle s'agenouilla devant lui.

— Qu'est-ce que tu...

Il inspira profondément quand elle défit le bouton de son jean et descendit sa fermeture éclair.

— Everly, non.

— Ball, oui, insista-t-elle. Tu me traites comme si j'étais un morceau de verre fragile et j'en ai assez. C'était exactement ce dont j'avais besoin pendant les premières semaines, mais ça fait bien trop longtemps. Mes côtes sont à peu près guéries. Je t'aime, Ball. J'ai *besoin* de toi.

— Oh, merde, jura Ball avant de soulever ses fesses et de faire descendre son jean assez bas pour qu'elle puisse sortir sa verge.

Elle sourit et ronronna presque en voyant comme elle était épaisse et dure.

— Tout ça pour moi ? demanda-t-elle sans attendre qu'il réponde.

Elle ne le titilla pas, attrapant simplement la base de son membre avant de poser la bouche sur lui.

Ball grogna et posa les mains derrière sa tête en croisant les doigts afin de s'empêcher de la forcer à descendre sur lui. Sa bouche était merveilleuse, chaude, mouillée, et quand elle le suça, il ne put empêcher ses hanches de monter.

Elle eut un petit haut-le-cœur et Ball poussa un juron. Sa gorge avait été très abîmée par Tuttle, et voilà qu'il essayait de s'enfoncer dedans seulement quelques semaines plus tard.

Non. Hors de question. Il l'aimait trop pour lui faire du mal.

* * *

Everly poussa un petit cri de surprise quand Ball la saisit autour de la taille et repoussa sa tête de sa queue. Elle en avait assez qu'il s'inquiète de lui faire mal. Elle appréciait qu'il ne veuille pas la presser, mais merde. Elle avait besoin de lui. Elle avait besoin qu'il la prenne. Elle voulait prouver de la façon la plus charnelle et basique qui soit qu'elle était en vie et en bonne santé. Et le moyen le plus rapide qu'elle ait trouvé pour cela, c'était de le sucer.

Il était évident qu'il n'allait pas faire le premier pas. Elle n'avait jamais été à l'aise en se promenant nue, mais elle l'avait fait la veille en espérant qu'il serait incapable de lui résister.

Mais bon sang, il essayait toujours d'être noble. Bon sang.

En partie pour bannir les pensées sur l'enfer qu'avait dû traverser la pauvre femme gardée prisonnière et torturée pendant plus d'une décennie par Tylor Tuttle, et en partie pour assouvir ses propres besoins, elle avait été chercher ce dont elle avait envie.

Everly adorait faire des fellations à Ball. Elle aimait la sensation de pouvoir que cela lui donnait. Elle aimait entendre ses gémissements et sentir ses cuisses se raidir quand il essayait de retenir son orgasme.

Elle venait cependant à peine de commencer, quand il la retira de lui et la souleva.

— Ball ! protesta-t-elle. J'étais en train de faire quelque chose.

— Et plus maintenant, lui dit-il en marchant vite vers sa chambre.

— Si tu penses que tu vas me poser au lit et partir, tu as intérêt à réfléchir, le menaça-t-elle.

Ce n'était que du bluff. S'il était vraiment capable de la poser et de partir, elle ne savait pas trop ce qu'elle devait faire.

Ball ne répondit pas. Il ouvrit la porte d'un coup de pied et marcha vers le lit. Il ne la laissa pas tomber dessus, mais la déposa doucement sur le matelas, grimpant sur elle dès qu'elle eut quitté ses bras. Il l'enjamba et retira son propre tee-shirt par-dessus sa tête. Puis il passa les mains sous le tee-shirt d'Everly et elle leva les bras pour l'aider à l'enlever. Il défit la fermeture éclair de son pantalon de travail et elle souleva les fesses pour l'aider. Il descendit jusqu'à ses genoux, et elle finit de l'enlever.

Everly eut un petit sourire satisfait en voyant sa réaction quand il découvrit ses sous-vêtements. Elle avait été terrible-ment en manque ce matin-là après avoir dormi nue dans les bras de Ball toute la nuit, et elle avait prévu de le séduire en revenant du travail. Elle avait enfilé un string sexy en dentelle dans l'espoir qu'il ne puisse pas résister en le voyant.

Jusqu'ici, son plan fonctionnait à la perfection.

En se penchant en avant, Ball tendit la main vers le tiroir à côté du lit et sortit un préservatif. Everly retira vite le string. Quand il eut fait rouler le préservatif sur sa queue, Everly avait déjà écarté les jambes et elle était prête pour lui. Le tissu rugueux du jean de Ball frotta contre l'intérieur de ses cuisses, car il n'avait pas pris le temps de le retirer. Cela lui parut extrêmement coquin d'être entièrement nue sous lui alors qu'il était encore partiellement vêtu. Savoir qu'il la désirait au point de ne pas prendre la peine de retirer son jean était très excitant.

— Baise-moi, Ball, chuchota-t-elle en parcourant son torse avec les mains.

Il inspira profondément et appuya le bout de sa queue contre sa fente.

— Je devrais vérifier si tu es prête pour moi, dit-il, mais il ne recula pas ses hanches.

— Je suis prête, assura Everly.

Il serra les mâchoires et inclina la tête en arrière en luttant pour se contrôler.

Décidant que ça suffisait, Everly descendit les mains, saisit ses fesses et le tira brusquement vers elle.

Ball perdit l'équilibre, poussa un cri et tomba en avant. Il tendit les mains pour se rattraper. Son membre entra légèrement en elle et ils gémirent tous les deux à cause de cette délicieuse sensation.

— Bon sang, Ev, j'aurais pu te faire mal ! la gronda-t-il.

Everly gigota contre lui en essayant de le faire entrer plus loin.

— Mais tu ne l'as pas fait. J'ai *besoin* de toi, Ball. Baise-moi.

— Tu es sûre ?

— Je suis sûre.

Everly attrapa son visage et le fixa dans les yeux.

— Fais en sorte que je me sente en vie, Kannon.

Ce fut la dernière goutte.

Sans la prévenir, Ball s'enfonça entièrement en elle et Everly le lâcha pour lui attraper les bras. Ensuite, Ball la baisa comme jamais auparavant. Il ne s'inquiéta pas de savoir si elle avait du plaisir. Il prit simplement ce qu'il s'était refusé pendant plusieurs semaines.

Il était hors de contrôle et Everly adora. Elle ne pouvait rien faire d'autre que rester allongée et prendre ce qu'il lui donnait. C'était terriblement excitant de le voir perdre la maîtrise de lui à laquelle il s'était raccroché pendant des semaines. Everly ne voulait pas être prise ainsi chaque fois, mais à ce moment précis, ce fut parfait.

— Oui, souffla-t-elle en l'encourageant. Comme ça. Possède-moi.

— Tu es déjà à moi, dit Ball férocement. Chaque centimètre dur à cuire de toi.

En faufilant sa main entre eux, Everly commença à frotter son clitoris pendant qu'il la baisait. C'était si agréable de le sentir, son jean frottait contre elle à chaque va-et-vient et la transpiration qui faisait luire le torse de Ball était terriblement sexy. Elle essaya de soulever son bassin, mais elle fut incapable d'avoir la traction nécessaire étant donné la façon qu'il la prenait.

Ball le vit, mais il ne ralentit pas. Il posa simplement une main sous elle et la souleva comme s'il savait exactement ce dont elle avait besoin. Et elle supposa que c'était le cas.

Il maintint le même rythme rapide et elle le vit scruter son corps. Ses seins remuaient quand il s'enfonçait en elle et elle vit que ça l'excitait encore plus. Elle se tripota plus vite et laissa son petit doigt frôler sa queue chaque fois qu'il se retirait.

Au bout de quelques secondes, elle sentit son orgasme la titiller. Ses doigts bougèrent de plus en plus vite sur son clitoris, et elle s'accrocha à son bras de sa main libre, enfonçant les ongles dans sa peau.

— C'est ça, Ev. Marque-moi. Possède-moi. Jouis sur ma queue.

Et c'est ce qu'elle fit. Son nom tomba de ses lèvres avec un grognement.

— Kannon !

Elle entendit Ball gémir et sentit ses doigts s'enfoncer dans ses fesses quand il avança aussi loin que possible en elle, le tissu de son jean frottant contre sa peau, augmentant encore le côté charnel de l'instant.

— Merde, marmonna-t-il quelques secondes après avoir joui. J'ai le tournis et je pense que tu m'as vidé, mais je veux recommencer. Et encore. Et encore.

Everly gloussa et il gémit quand elle serra ses muscles internes autour de sa verge encore en elle.

Ball lâcha doucement ses fesses et passa une main dans sa poche.

Sans un mot, il souleva sa main gauche et enfila une bague à son doigt.

Puis il se rallongea doucement sur elle, la prit dans ses bras et roula jusqu'à ce qu'elle se trouve sur lui.

Everly leva la tête et fixa le magnifique diamant à son doigt.

— Euh... Ball ?

— Mmm ? répondit-il d'un ton absent.

— Est-ce ce que je pense ?

— Oui.

Everly fronça les sourcils.

— Tu ne vas même pas me poser la question ?

— Non.

— Ball ! protesta-t-elle.

— Quoi ? demanda-t-il en gardant les yeux fermés.

En poussant un soupir, tout en étant secrètement très

enthousiaste, Everly posa la tête sur son épaule et examina la bague de fiançailles.

Au bout de quelques minutes, Ball dit :

— Je ne te pose pas la question, car je ne te laisse pas la possibilité de refuser. Tu es mienne, Everly. Et il faut que tu saches que j'en ai déjà parlé à Elise et elle est d'accord. Oh, et j'ai appelé Mamie et Papy qui m'ont aussi donné leur bénédiction. Ils m'ont également appris qu'ils avaient envie de déménager ici pour être plus près d'Elise et toi.

Les yeux d'Everly se remplirent de larmes. Ball savait comme elle avait été inquiète pour ses grands-parents. Ils avaient été tristes d'apprendre la nouvelle pour Ella, mais pas très surpris. Elle avait eu envie de leur demander de déménager dans le Colorado, mais elle n'avait pas osé leur suggérer de déraciner leur vie.

— Je t'aime, Ball.

— Bien. Parce que nous allons nous marier dans une semaine.

Elle se redressa très vite.

— Quoi ?

— Mariés. Une semaine. J'ai obtenu un rendez-vous au tribunal pour samedi. Mamie et Papy arrivent le jeudi. Les filles ont dit qu'elles allaient t'accompagner pour trouver une robe. Elise a déjà commandé une robe qui d'après moi est beaucoup trop courte, mais j'étais en minorité lors du vote. Je porterai un smoking ou juste un costume. Ou un jean. Comme tu veux.

Everly fut surprise. Était-il sérieux ?

— Tu es sérieux, n'est-ce pas ?

— Everly, je t'aime. Rien d'autre n'a d'importance dans ma vie. Quand je me suis rendu compte de ce qui est arrivé et que tu t'étais volontairement mise en danger, j'aurais dû être fâché. Tu sais que c'est imprudent. Tu aurais pu trouver un moyen de me contacter même si cet enfoiré disait te surveiller. Mais tu ne l'as pas fait. Tu as joyeusement marché vers le danger. Mais quand je me suis vraiment assis pour y réfléchir, et que je me suis mis à ta place, j'ai su que j'aurais fait la même chose. Si c'était moi qui avais été enlevé, j'aurais fait comme toi. Nous formons une bonne équipe. La meilleure. J'ai quarante ans et ça me rend malade d'avoir raté autant de temps que nous aurions pu passer ensemble, mais j'ai l'intention de profiter au maximum des prochaines cinquante années.

— As-tu le droit de porter l'uniforme des garde-côtes, maintenant que tu as pris ta retraite ? demanda-t-elle. J'aimerais beaucoup te voir avec pour notre mariage.

Ball sourit et les lignes de son front se détendirent.

Everly n'arrivait pas à croire qu'il ait pu penser qu'elle proteste à l'idée de l'épouser.

— Oui, Ev, je peux faire ça.

— Et tes amis peuvent tous être là ? Et les filles ? Et puis-je inviter quelques amis du commissariat ?

Il gloussa.

— Bien sûr. J'espère que le tribunal a une très grande salle.

En reposant la tête sur son torse, Everly ne put s'empêcher d'admirer encore une fois la bague. Le diamant du milieu n'était pas trop gros et tout autour de l'anneau il y avait de plus petits diamants. Elle pouvait porter cette bague au travail sans s'inquiéter qu'elle reste accrochée à quelque chose.

— Ball ?

— Oui ?

— Je suis à peu près certaine que tu es censé retirer le préservatif avant de redevenir dur.

Il rit.

— Je ne veux pas te quitter.

— Et si tu te levais, enlevais ton pantalon, t'occupais du préservatif avant de revenir au lit ?

— Ça, je peux le faire. J'ai été trop rapide, tu m'as donné trop envie. Donne-moi deux secondes et je reviens me faire pardonner.

Everly ne prit pas la peine de répondre pendant qu'il sortait lentement de son corps, passa sous elle et retira son jean et son boxer. Il se dirigea vers la salle de bains et fut de retour en moins d'une minute.

Sans un mot, il s'agenouilla entre ses jambes, écarta ses cuisses et baissa la tête.

Everly se dit que parfois les pires choses dans la vie s'avéraient être les meilleures. Elle avait détesté Ball lors de leur première rencontre, mais il lui avait lentement montré que sous ses paroles en l'air, c'était quelqu'un de bon. Et en retour, elle lui avait appris que quand on était avec la femme qu'il fallait, tout fonctionnait bien.

Puis elle ne put penser à rien, sauf aux sensations que Ball faisait naître en elle. Elle soupçonnait qu'il allait faire tout ce qu'il pouvait dans un avenir proche – et lointain – pour qu'elle se sente toujours bien.

ÉPILOGUE

Les Mercenaires Rebelles marchèrent en silence dans les ruelles d'un quartier délabré de Lima, au Pérou. L'équipe était accompagnée de deux membres de la Première Brigade des Forces Spéciales de l'armée péruvienne afin de les aider à traduire et donner une légitimité à leur mission. Bien qu'ils partent parfois sous couverture dans les pays étrangers pour accomplir leurs missions, ce travail-ci impliquait des citoyens péruviens et pas des Américains, alors ils travaillaient en tandem avec le gouvernement.

Meat regarda autour de lui et se dit que ce n'était pas un endroit dans lequel il aurait aimé que traînent ses proches. Ce n'était certainement pas le genre d'endroit que le gouvernement mettait en avant dans ses brochures touristiques.

L'odeur d'urine et de vomi était forte, mais Meat l'ignora, concentré sur la mission. Des cabanes de fortune étaient alignées côte à côte sur une zone de huit kilomètres carrés, avec seulement assez de place pour laisser passer une petite voiture le long des chemins de terre entre les maisons. Elles étaient construites avec tous les matériaux que les gens avaient réussi à trouver... du carton, de la tôle, même des pneus. La plupart étaient petites, avec seulement une pièce, et la rivière qui zigzaguait à travers la crasse était la seule source d'eau pour la majorité des familles.

Meat et ses collègues mercenaires avaient très souvent vu la pauvreté de près, mais ici, c'était encore plus horrible et déprimant.

Quand leur cible fut visible, une cabane légèrement plus grande qui possédait un cadenas sur la porte – contrairement à la plupart des autres maisons autour – Gray et Ro partirent vers la gauche, Arrow et Ball vers la droite, et Black et Meat firent le tour en se faufilant vers la ruelle de l'autre côté de la maison. Ils encerclaient ainsi toute la baraque au cas où un des pédophiles tenterait de s'enfuir.

Le plan était d'entourer le taudis et de prendre les ravisseurs par surprise.

Rex avait travaillé avec le gouvernement péruvien pour essayer de savoir combien d'enfants étaient portés disparus, surtout dans les quartiers les plus pauvres de la ville. Il avait accepté de mener une mission jointe avec les militaires pour sauver quatre à huit garçons de cinq à douze ans, qui avaient été enlevés à leur famille et étaient sur le point d'être vendus.

Le fait qu'ils ne savaient pas exactement combien de garçons ils allaient sauver aurait dû être un signal d'alarme, mais après en avoir discuté, personne ne voulut laisser tomber la mission.

Le tuyau qu'ils avaient reçu indiquait qu'ils avaient déjà été vendus, en réalité, et que leur nouveau propriétaire venait les chercher au cours des jours suivants. La mission n'était pas seulement de sauver les enfants et de les rendre à leur famille, mais d'arrêter les ordures responsables de les avoir enlevés.

Meat soupira. Il voulait sauver les garçons, mais il savait

que des centaines, ou des milliers, d'enfants comme eux allaient disparaître dans l'année.

Parfois, Meat se sentait submergé par son travail. Pour chaque femme ou enfant qu'ils sauvaient, il y en avait de nombreux autres qui ne l'étaient pas. Au moins, il était content d'être sur le terrain pour cette mission. Il avait passé de plus en plus de temps devant l'écran d'un ordinateur, repérant les hommes et les femmes malveillants qui n'avaient aucun problème à vendre de la chair humaine. Parfois, il avait l'impression que ses coéquipiers avaient oublié qu'il avait été un soldat de la Delta Force. Ils étaient si habitués à ce qu'il gère l'informatique que quand les choses devenaient plus physiques, il était souvent le dernier à qui on demandait de l'aide.

Mais cette nuit – ou plutôt, ce matin –, ils avaient besoin de toute l'aide physique dont ils disposaient. Il y avait une tonne d'inconnues dans cette descente. Ils ne savaient pas combien de personnes se trouvaient dans la maison ciblée. Ils ne savaient rien sur les gens vivant dans les cabanes autour... étaient-ils également impliqués dans le réseau de trafic ? Y avait-il des armes à feu ? Les garçons étaient-ils encore là ?

C'était un vrai foutoir et Rex était furieux, car tout avait soudain changé après avoir reçu l'information initiale. Personne ne semblait rien savoir. L'équipe était déjà en Amérique du Sud à ce moment-là, et avait décidé, contre l'opinion de Rex, de continuer la mission partagée.

Le travail de Black et Meat était de garder l'arrière de la cabane. De s'assurer qu'aucun des sales types ne s'échappe afin de contenir le raid dans la maison.

Ne sachant pas comment les voisins allaient réagir, les mercenaires s'étaient faufilés dans la zone en plein milieu de la nuit. Il était trois heures et demie du matin, et ils n'avaient croisé que de très rares personnes.

Comme prévu, Gray et Ro pénétrèrent dans la maison en utilisant une grosse pierre pour casser le cadenas d'un seul geste, et ils foncèrent dans la pièce, suivis de près par Arrow et Ball. Le chaos régna immédiatement. Deux jeunes garçons hurlèrent. Des hommes crièrent. Des coups de feu retentirent.

— Attention derrière toi ! cria Arrow dans les écouteurs radio qu'ils portaient tous.

— Attrapez ce gosse ! ordonna Gray lorsqu'un des enfants ouvrit la porte de derrière et s'enfuit en courant.

— Je m'en occupe ! répondit Black en quittant son poste pour courir après l'enfant.

Il ne fallait pas que des enfants s'enfuient pour se cacher avant de se faire à nouveau capturer plus tard.

— Pièce de gauche, pas de danger ! déclara Ball.

— Merde, il y a deux femmes au fond, ajouta Arrow.

— Quel âge ? aboya Ro.

— Des ados. Elles ont l'air mortes de peur, dit Arrow.

— Attachez tout le monde, dit Gray à l'équipe. Tant que nous ne savons pas qui sont nos amis et nos ennemis, tout le monde reste ici.

Meat écouta le chaos de sa radio et garda les yeux rivés sur la porte de derrière. Black était parti à la poursuite du garçon qui s'était enfui et il s'était attendu à ce qu'il revienne au bout de quelques secondes.

Quand ça n'arriva pas, Meat jura doucement. Il ne voulait pas quitter son poste, mais bon sang, il ne pouvait pas non plus laisser Black tout seul. Pas dans ce quartier. En prenant une décision dans la seconde, Meat enclencha le micro de sa radio et dit :

— Black est parti suivre un des enfants qui s'est enfui. Il n'est pas encore revenu. Je vais le chercher.

Il courut dans la direction qu'avait prise son coéquipier. Apparemment, l'équipe avait les choses sous contrôle dans la maison – autant que possible – et avec un peu de chance, il ne s'absentait qu'une seconde.

Il courut le long de l'allée et en arrivant au bout, il regarda autour de lui.

Il vit une fillette, sans doute pas plus de six ans, qui montrait du doigt une autre ruelle.

Meat n'eut même pas le temps de se demander ce qu'une petite fille faisait debout et réveillée à cette heure du matin. Il lui était trop reconnaissant pour son aide et se contenta de hocher la tête.

Il courut vers l'endroit désigné par la fillette et s'engagea dans la ruelle voisine.

Il vit immédiatement Black… en combat contre trois hommes.

Meat se précipita dans le combat et sortit le couteau KA-BAR qu'il portait toujours. Son remords, il trancha calmement la gorge de l'homme qui faisait de son mieux pour saisir le pistolet de Black.

L'homme tomba sur le chemin avec un bruit sourd et Meat se tourna immédiatement vers l'un des autres.

Mais avant qu'il puisse faire autre chose que donner un coup de poing dans les reins du type, ils furent soudain entourés par au moins une douzaine d'autres hommes.

— Putain, jura Black.

Meat ouvrit la bouche pour informer le reste de l'équipe de l'endroit où il se trouvait avec Black, et de la merde noire dans laquelle ils étaient quand les hommes leur sautèrent dessus. Ils n'avaient pas d'armes conventionnelles, mais les battes de base-ball, les bâtons et les pierres dont ils disposaient suffisaient à causer beaucoup de dégâts.

Les hommes arrachèrent les casques audio des Mercenaires et les piétinèrent. Ils donnèrent des coups de pied, des coups de poing, et frappèrent Meat et Black jusqu'à ce qu'ils reposent immobiles dans la poussière. Ils retirèrent leurs armes et leurs chaussures, prenant même leurs treillis et leurs tee-shirts.

Toute l'attaque avait pris place en moins de trois minutes.

Meat grogna de douleur et jeta un coup d'œil à son ami. Le visage de Black était presque impossible à reconnaître. Ses deux yeux étaient gonflés et fermés, son corps était couvert d'hématomes déjà visibles et il saignait à cause de différentes coupures faites avec son propre couteau.

Meat savait qu'il ne s'en sortait pas beaucoup mieux. Il voyait à peine et savait qu'il avait au moins une côte cassée, peut-être plus. Sa cheville lui faisait affreusement mal et il se souvint qu'un des assaillants l'avait piétinée dans la mêlée.

Sentant qu'il n'était pas loin de perdre connaissance, Meat fixa la radio cassée posée sur le sol à trois mètres de là. Au loin, il entendait des cris et des pleurs venant de la rangée de maisons suivantes, mais cela aurait tout aussi bien pu être à des kilomètres de là.

Il essaya de se mettre à genoux. Il aurait pu ramper sur des charbons ardents pour trouver de l'aide pour son pote, mais il tomba presque immédiatement sur le visage quand son épaule le lança. Elle était certainement déboîtée.

Frustré, Meat ne put s'empêcher de penser à Harlow. Elle allait être complètement dévastée s'il arrivait quelque chose à Black. Ils étaient follement amoureux, et Meat savait que Black prévoyait la demande en mariage parfaite lors de leur retour à la maison. Harlow et Black étaient faits l'un pour l'autre et ils s'aimaient profondément, tout comme les autres Mercenaires aimaient leur femme.

Il était le seul à être toujours célibataire. Si quelqu'un devait mourir en mission, ce devait être lui. Personne ne l'attendait. Personne ne l'aimait.

Décidé à trouver de l'aide pour Black, Meat s'appuya

une fois de plus avec difficulté sur ses genoux. C'était affreusement douloureux, mais il commença lentement à avancer, les pierres et la saleté s'enfonçant dans ses genoux à chaque centimètre de terre qu'il parcourait.

Un centimètre lui sembla un kilomètre, mais il ne sentait presque plus la douleur. Son seul objectif était d'atteindre le bout de la ruelle, de tourner au coin, et de retourner à la cabane où avait lieu la descente.

Meat parvint à avancer d'encore six mètres environ, mais la douleur de ses côtes et de son épaule, sans parler de tous les autres bleus et coupures, finirent par le vaincre. Il tomba sur le dos et ne parvint pas à avancer davantage.

Il ne pensait pas avoir fait de bruit, mais apparemment si, car il fut soudain entouré par trois silhouettes vêtues entièrement de noir.

Deux hommes lui saisirent les bras, un autre traîna derrière eux, jetant un coup d'œil vers l'endroit où avaient disparu ceux qui les avaient frappés.

Meat essaya de se battre contre les hommes qui l'entraînaient, mais en vain. Il était complètement impuissant, son corps hors service. Sa vue fut soudain cerclée d'obscurité et il sut qu'il allait s'évanouir.

Il fit de son mieux pour rester conscient, mais l'obscurité insidieuse fut implacable. La dernière chose que vit Meat pendant qu'on le traînait dans la ruelle étroite et qu'on l'emportait dans une des maisons miteuses près de là fut Black, allongé, immobile et apparemment brisé dans la poussière au milieu de la ruelle.

Il avait échoué pour son ami. Et Harlow. Et les Mercenaires Rebelles.

Rex allait être furieux.

* * *

Le chaos continuait dans la maison cible, l'équipe vérifiant et vidant la cabane. Pour une demeure aussi petite et délabrée que celle dans laquelle ils étaient, il y avait un nombre étonnant d'endroits où se cachaient à la fois des hommes et des enfants.

Il fallut bien dix minutes avant que Gray se rende compte qu'il n'avait pas eu de rapport de Black ou Meat depuis qu'un des enfants était parti par la porte arrière.

— Black ? Meat ? Répondez, dit-il dans son casque.

Il n'y eut que du silence.

Gray fit signe de la tête à Ro pour qu'il aille voir la ruelle derrière la maison.

— Ils ne sont pas là-bas, dit Ro quelques secondes plus tard. Aux dernières nouvelles, Meat suivait Black, qui a couru après un des enfants.

— Merde. D'accord, Ball, accompagne Ro et va voir, ordonna Gray. Nous avons tout sécurisé ici.

Ball hocha la tête et se glissa par la porte arrière.

Il fallut encore cinq minutes d'agonie avant que Gray et les autres entendent quoi que ce soit.

— Nous avons trouvé Black, dit Ro.

— Et ?

— Il est mal en point. On dirait qu'il s'est fait attaquer. Et ils lui ont tout pris, rapporta Ro.

— Est-il conscient ?

— À peine. Je n'arrive pas encore à obtenir des informations de sa part.

— Et Meat ? demanda Arrow.

— Disparu, répondit Ball.

— Comment ça, disparu ? aboya Gray.

— Il n'est pas là. Il l'a *été*, parce que les enfoirés qui les ont attaqués ont laissé les deux casques audio. Mais il n'y a absolument aucun signe de Meat.

— Putain ! jura Gray. Ramenez Black ici ! Nous n'avons

surtout pas besoin que ceux qui les ont attaqués reviennent et vous assomment également.

— Négatif, dit Ball. Ro va ramener Black jusqu'à la maison, mais moi je vais chercher Meat.

— Non, hors de question, dit Gray d'un ton grave et menaçant. S'ils ont pu assommer Black et disparaître avec Meat, tu n'as aucune chance tout seul. Pense à Everly et Elise. Elles ont besoin de toi. Rappliquez tout de suite. Nous allons attendre qu'il fasse jour pour appeler les renforts. Ce n'est pas comme si quelqu'un dans ce quartier avait une voiture pour l'emmener. Nous allons établir un périmètre et fouiller chaque maison une à une jusqu'à le retrouver.

— Compris, dit Ball au bout d'un moment.

Gray poussa un soupir frustré. Cette mission allait manifestement prendre plus longtemps que prévu, et ça craignait parce qu'Allye était très proche du terme. Elle avait été inquiète qu'il ne rentre pas à temps et il avait promis d'être là.

C'était une promesse qu'il allait peut-être devoir rompre, car il était impossible qu'il abandonne un coéquipier. Il allait passer le temps nécessaire pour retrouver Meat, même si cela signifiait qu'il ratait la naissance de son premier enfant.

Ils auraient dû écouter Rex quand il leur avait dit de laisser tomber la mission. Mais ils avaient tous été trop inquiets pour les enfants. Trop focalisés sur un moyen de les sauver.

Les choses avaient si vite mal tourné que Gray en avait presque le tournis.

Ils avaient une demi-douzaine d'enfants paniqués, le même nombre de suspects, un Black sévèrement blessé, et un Meat disparu à gérer.

Il fut soudain frappé par une pensée. Meat était leur expert informatique. Il avait commencé à transmettre certaines de ses compétences à Black... mais Black était maintenant lui aussi hors service. Rex allait certainement faire son possible, mais il était à des milliers de kilomètres dans le Colorado, ou quel que soit l'endroit où il vivait réellement.

Angoissé, Gray se passa une main dans les cheveux.

— Où es-tu, Meat ? Mais où es-tu, putain ?

* * *

Le prochain livre de la série arrive bientôt! *Un Défenseur pour Zara*

DU MÊME AUTEUR

Autres livres de Susan Stoker

Mercenaires Rebelles

Un Défenseur pour Allye

Un Défenseur pour Chloé

Un Défenseur pour Morgan

Un Défenseur pour Harlow

Un Défenseur pour Everly

Un Défenseur pour Zara

Un Défenseur pour Raven

Ace Sécurité

Au Secours de Grace

Au Secours d'Alexis

Au Secours de Bailey

Au secours de Felicity

Au secours de Sarah

Forces Très Spéciales Series

Un Protecteur Pour Caroline

Un Protecteur Pour Alabama

Un Protecteur Pour Fiona

Un Mari Pour Caroline

Un Protecteur Pour Summer

Un Protecteur Pour Cheyenne

Un Protecteur Pour Jessyka

Un Protecteur Pour Julie

Un Protecteur Pour Melody

Un Protecteur pour l'avenir

Un Protecteur Pour Les Enfants de Alabama

Un Protecteur Pour Kiera

Un Protecteur Pour Dakota

Forces Très Spéciales : L'Héritage

Un Sanctuaire pour Caite

Un Sanctuaire pour Brenae

Un Sanctuaire pour Sidney

Un Sanctuaire pour Piper

Un Sanctuaire pour Zoey

Un Sanctuaire pour Avery

Un Sanctuaire pour Kalee

Hawaï : Soldats d'élite

Un paradis pour Élodie (Apr 2021)

Un paradis pour Lexie (Aug 2021)

Un paradis pour Kenna (Oct 2021)

Un paradis pour Monica

Un paradis pour Carly

Un paradis pour Ashlyn

Un paradis pour Jodelle

Delta Force Heroes Series

Un héros pour Rayne

Un héros pour Emily

Un héros pour Harley

Un mari pour Emily

Un héros pour Kassie

Un héros pour Bryn

Un héros pour Casey

Un héros pour Wendy

Un héros pour Mary

Un héros pour Macie

Un héros pour Sadie

* * *

En Anglai

Delta Force Heroes Series

Rescuing Rayne

Rescuing Emily

Rescuing Harley

Marrying Emily (novella)

Rescuing Kassie

Rescuing Bryn

Rescuing Casey

Rescuing Sadie (novella)

Rescuing Wendy

Rescuing Mary

Rescuing Macie (novella)

Delta Team Two Series

Shielding Gillian

Shielding Kinley

Shielding Aspen

Shielding Jayme

Shielding Riley

Shielding Devyn (May 2021)

Shielding Ember (Sep 2021)

Shielding Sierra (Jan 2022)

SEAL of Protection: Legacy Series

Securing Caite

Securing Brenae (novella)

Securing Sidney

Securing Piper

Securing Zoey

Securing Avery

Securing Kalee

Securing Jane (Feb 2021)

SEAL Team Hawaii Series

Finding Elodie (Apr 2021)

Finding Lexie (Aug 2021)

Finding Kenna (Oct 2021)

Finding Monica (TBA)

Finding Carly (TBA)

Finding Ashlyn (TBA)

Finding Jodelle (TBA)

Ace Security Series

Claiming Grace

Claiming Alexis

Claiming Bailey

Claiming Felicity

Claiming Sarah

<u>**Mountain Mercenaries Series**</u>

Defending Allye

Defending Chloe

Defending Morgan

Defending Harlow

Defending Everly

Defending Zara

Defending Raven

<u>**Silverstone Series**</u>

Trusting Skylar

Trusting Taylor (Mar 2021)

Trusting Molly (July 2021)

Trusting Cassidy (Dec 2021)

<u>**SEAL of Protection Series**</u>

Protecting Caroline

Protecting Alabama

Protecting Fiona

Marrying Caroline (novella)

Protecting Summer

Protecting Cheyenne

Protecting Jessyka

Protecting Julie (novella)

Protecting Melody

Protecting the Future

Protecting Kiera (novella)

Protecting Alabama's Kids (novella)

Protecting Dakota

Badge of Honor: Texas Heroes Series

Justice for Mackenzie

Justice for Mickie

Justice for Corrie

Justice for Laine (novella)

Shelter for Elizabeth

Justice for Boone

Shelter for Adeline

Shelter for Sophie

Justice for Erin

Justice for Milena

Shelter for Blythe

Justice for Hope

Shelter for Quinn

Shelter for Koren

Shelter for Penelope

À PROPOS DE L'AUTEUR

Susan Stoker est une auteure de best-sellers aux classements du New York Times, de USA Today et du Wall Street Journal. Elle a notamment écrit les séries Badge of Honor: Texas Heroes, SEAL of Protection et Delta Force Heroes. Mariée à un sous-officier de l'armée américaine à la retraite, Susan a vécu dans tous les États-Unis, du Missouri jusqu'en Californie en passant par le Colorado, et elle habite actuellement sous le vaste ciel du Tennessee. Fervente adepte des fins heureuses, Susan aime écrire des romans où les sentiments laissent place au grand amour.

http://www.StokerAces.com

facebook.com/authorsusanstoker

twitter.com/Susan_Stoker

instagram.com/authorsusanstoker

goodreads.com/SusanStoker

www.ingramcontent.com/pod-product-compliance
Lightning Source LLC
Chambersburg PA
CBHW060223100726
47907CB00003B/484